Jenny T. Colgan est une romancière britannique qui partage sa vie entre la France et l'Angleterre. Ses comédies romantiques, touchantes et pleines d'humour, ont remporté de nombreux prix littéraires et figurent régulièrement parmi les meilleures ventes du *Sunday Times*, notamment *La Petite Boulangerie du bout du monde*. Quand elle n'est pas occupée à écrire, elle tente de dompter ses trois enfants fans de calmars, de Spiderman, et de chansons dont les paroles se limitent à « lalala ». Malgré cet emploi du temps chargé, Jenny trouve toujours un moment pour regarder *Doctor Who* comme toute Anglaise qui se respecte et même d'écrire un roman et des nouvelles *Doctor Who* (*Dark Horizons*, *The Triple Knife*, *The Boundless Sea*) sous le pseudonyme J. T. Colgan (« T » pour Tardis).

Ce livre est également disponible au format numérique

www.editions-hauteville.fr

Jenny T. Colgan

Toute résistance serait futile

Traduit de l'anglais (Écosse) par Emmanuelle Casse-Castric

Hauteville

Hauteville est un label des éditions Bragelonne

Titre original : *Resistance is Futile*

ISBN : 979-10-93835-70-9

Bragelonne – Hauteville
60-62, rue d'Hauteville – 75010 Paris

E-mail : info@editions-hauteville.fr
Site Internet : www.editions-hauteville.fr

Ce livre est dédié à mon père, qui m'a fait découvrir Isaac Asimov, Rencontres du troisième type, *Robert Fisk, et tout le reste. Mais ne lis pas le chapitre 18 – juste toi, papa. Les autres, allez-y ! Euh… le chapitre 19 non plus, en fait. Mais en dehors de ça, bonne lecture !*

« J'aime les mathématiques, parce que ce n'est pas un domaine humain et que ça n'a aucun lien de dépendance avec cette planète, ni même avec cet Univers accidentel. »

Bertrand Russell

De prime abord, la main inerte était presque belle. Ouverte, les doigts tendus, parfaitement translucide. Transparente comme si elle était faite de résine, de verre ou de glace. Une sculpture.

À moins d'aller précisément dans cette direction – et seules six personnes sur Terre avaient l'autorisation d'aller dans cette direction – on aurait pu passer à côté sans rien voir.

Sans remarquer la peau molle et bouffie, vidée, derrière le bureau immaculé, dans cette pièce sans corbeille à papier. Pas de poussière, pas de papiers, pas de sacs, pas de bazar. Rien du tout. Rien d'autre que ce cadavre vidé, transparent, plastifié, magnifique.

Il allait bientôt se décomposer, et les détecteurs de mouvements, de poussière et d'odeurs entreraient alors en action. Mais, pour l'instant, tout était calme. Les caméras de surveillance balayèrent encore une fois la zone, s'arrêtèrent, bourdonnèrent, revinrent en place, et ainsi de suite. Mais leurs yeux étaient aussi aveugles que l'homme sans couleur qui était étendu, exsangue, sur le sol immaculé, sous le bureau immaculé de la pièce blanche.

Chapitre premier

Mme Harmon n'était pas spécialement ravie de devoir s'extraire de son douillet box de concierge pour faire visiter les lieux à une énième nouvelle recrue, et elle ne se privait pas de le montrer.

— Voici le bureau, annonça-t-elle d'un ton maussade.

Cette semaine, elle avait surtout eu affaire à de jeunes gens polis aux sourires timides ou aux yeux papillonnants.

Cette grande fille maigre aux cheveux d'un roux violent ne correspondait pas du tout aux critères habituels, alors elle n'allait pas gâcher sa matinée dans des couloirs glacials à lui indiquer les toilettes.

Elle renifla, regrettant d'avoir, encore une fois, mangé son KitKat du midi à 9 heures ce matin-là. Au moins, du temps où elle travaillait dans une prison, on avait parfois des occasions de plaisanter. Alors qu'avec ces universitaires... Quelle bande de tristes sires !

Qu'est-ce que c'était que ce boulot, d'ailleurs ? Ils restaient assis toute la journée à boire du café, laissant traîner leurs tasses sales partout, qu'elle devait ramasser derrière eux comme une fée de la vaisselle. Et ils étaient mieux payés qu'elle ; ça, elle en était sûre. Payés à gribouiller des signes bizarres partout. Parfois

Mme Harmon se demandait si ce n'était pas une vaste supercherie, une sorte de version ultraperfectionnée de fraude aux allocations.

Elle aurait été bien surprise d'apprendre que le docteur Connie MacAdair, titulaire d'un doctorat en calcul des probabilités de l'université de Glasgow, chercheuse en arithmétique formelle probabiliste, pressentie comme future lauréate de la médaille Fields et détentrice d'un nombre d'Erdös de 3, avait, elle aussi, parfois l'impression que les universitaires étaient des imposteurs.

Connie tiqua.

— Pardon, vous avez bien dit que c'est le bureau principal, ici ?

Si on lui avait demandé de décrire ce qu'elle avait sous les yeux, la première expression qui lui serait venue à l'esprit aurait été quelque chose comme « un bunker, après une attaque nucléaire ».

— Open space, crut bon d'ajouter Mme Hamon, comme si c'était une excuse.

La pièce grise était située dans la partie moderne et hideuse de l'université, en dessous du niveau de la chaussée. Par les quelques fenêtres boulonnées aux murs, on voyait défiler les pieds des passants marchant sous la pluie. C'était un vaste espace carré et sombre, parfaitement lugubre, doté de rangées de bureaux comme une salle d'école primaire.

Il n'y avait pas d'ordinateurs, seulement des alignements de prises. Ce qui frappait surtout, c'étaient les boules de papier froissé et les corbeilles débordantes. Les murs étaient tapissés de tableaux noirs et de tableaux blancs. Ces derniers avaient pour certains un dispositif d'impression intégré, et d'immenses volutes de papier traînaient au sol comme des langues déployées. Connie avait vu des photos du département de mathématiques : il était somptueux. Cet endroit était certainement une zone de délestage.

La pièce était jonchée de gobelets et d'assiettes en carton maculées de reliefs de repas. Il y flottait une odeur de mathématiques qui réconforta Connie. Un mélange de calculatrices poussiéreuses et pleines de miettes, de déodorant appliqué à la va-vite, de café froid, et, bien qu'improbable, le parfum bien reconnaissable de polycopiés.

Pour l'heure, l'endroit était désert. Et ne ressemblait en rien à ce que Connie avait imaginé à la suite de l'entretien qu'elle avait passé pour cette offre alléchante de postdoc dans sa spécialité, dans l'une des villes universitaires les plus prestigieuses au monde, avec logement de fonction, sans obligation d'enseignement, seulement la liberté de faire de la recherche pendant les deux prochaines années.

Elle se rappela qu'il s'agissait d'un poste de rêve, d'une chance inespérée en cette période de réductions des budgets. Elle était sur un petit nuage depuis qu'elle avait reçu la lettre d'acceptation.

— Bon, vous y voilà, lâcha Mme Harmon en consultant ostensiblement sa montre.

— Ah, euh… oui, fit Connie, dont le cœur se mit à battre plus vite. (Elle s'était fait la remarque que ce job était trop beau pour être vrai. Elle avait peut-être raison.) Euh… oui… Il y a un bureau pour moi ?

Dans un coin au fond, se trouvait un espace dégagé, uniquement occupé par une plante en pot morte.

— D'accord…, dit-elle en se retournant, perplexe. J'ai quelques questions…

Mais Mme Harmon ne s'était pas attardée. Connie se fit la réflexion qu'elle se déplaçait remarquablement vite pour une personne ayant un centre de gravité si bas.

Connie regarda alentour, au cas où ses collègues auraient décidé de se cacher sous les tables et de bondir soudain pour lui faire la surprise d'une réception de bienvenue qui se déroulerait dans la gêne et la timidité. C'était déjà arrivé.

Mais la pièce était plongée dans un silence de mort. Elle gagna l'une des fenêtres et leva les yeux vers les pavés gris. Puis elle tira une petite chaise et grimpa dessus. Bon, voilà qui était mieux. Même si ce n'était toujours pas le somptueux bureau en haut d'une tour ancienne baignée de soleil, qu'elle avait imaginé…

Juste au-delà de l'allée qui ceignait ce gros bâtiment ingrat s'étendait la campagne. On était tout au bout du campus. Au loin, rendue presque invisible par la pluie insistante, commençait la mer ondoyante de fougères qui entouraient la ville. Un peu plus près, une étendue d'herbe sillonnée de sentiers boueux menait à des champs. De vrais champs, garnis de moutons.

Après trois ans passés à l'université de Glasgow noire de suie et grouillant d'agitation, c'était une révélation. Connie chercha à ouvrir une fenêtre. Cette fonctionnalité n'était pas prévue.

La pluie redoublait d'ardeur, bien que sur les collines douces apparaisse parfois un rayon de soleil passager. Tout à coup, à l'extrémité du champ le plus éloigné, Connie distingua quelque chose à travers le rideau de pluie. Cela bougeait lentement. Très très lentement. Au début cela lui évoqua un drôle de robot carré motorisé avançant pesamment, mais elle abandonna rapidement cette hypothèse. Ne serait-ce que parce que la chose était marron. Qui aurait l'idée de faire un robot marron ? Puis les éléments visuels finirent par prendre sens : c'était un piano. Un piano à queue qui passait à travers un champ. Sous la pluie.

Une procession dans le cadre d'une semaine d'intégration ? Est-ce qu'ils avaient mis un moteur au piano ? Était-ce un pari ridicule ? Connie connaissait le monde universitaire depuis assez longtemps pour ne plus s'étonner de rien, mais elle n'était pas d'humeur à apprécier une blague potache. Elle était sur le point de se détourner lorsque le piano, avançant un peu plus, lui révéla une personne à demi cachée derrière. Il y avait quelqu'un – une silhouette dégingandée comme dans un Giacometti – qui poussait le piano. Il – la silhouette semblait masculine – était complètement détrempé. Sa chemise blanche lui collait au dos, et ses lunettes à grosse monture dégoulinaient.

Elle savait très bien que les pianos pèsent habituellement très lourd. Un instrument d'une tonne, sans prise, résolument peu maniable. Et pourtant ce grand gringalet détrempé semblait parfaitement se débrouiller seul.

Sûrement le club théâtre, pensa-t-elle avec un soupir. Il y avait probablement à l'intérieur un étudiant en médecine éméché, qui agitait un seau pour l'aumône. D'une fac à l'autre, les étudiants étaient partout les mêmes.

Elle reporta son attention sur le labo. Elle avisa une grande équation incomplète sur l'immense tableau blanc à l'autre bout de la pièce, ainsi qu'un feutre neuf et tentateur posé juste à côté. Incapable de résister, Connie s'approcha et résolut prestement l'équation. Jusqu'au moment d'écrire 8,008135 comme résultat.

—Ah ! dit-elle tout haut. Très drôle.

Elle transforma le résultat en 04,0404 et entendit la porte s'ouvrir timidement.

Elle prépara un sourire, même si intérieurement elle était nerveuse. Depuis ses premiers concours de maths pour enfants à l'âge de six ans, elle avait l'habitude d'être la seule fille, ou presque. Aujourd'hui encore pendant les soirées, elle était présentée comme une sorte d'éternelle étudiante, et les hommes prenaient peur quand elle leur annonçait qu'elle était mathématicienne, ils se mettaient à bredouiller et à parler de leurs résultats au bac, comme si son domaine mettait leur virilité à l'épreuve.

Et, encore une fois, elle se retrouvait dans la position de nouvelle de la classe, dans une nouvelle école, une nouvelle ville. C'était supposé devenir plus facile avec le temps, mais en fait ce n'était pas vraiment le cas.

Un homme corpulent entra. Il avait les cheveux frisés, des lunettes et une barbe énorme. Il ressemblait à un nounours. Il jeta un coup d'œil nerveux aux alentours puis sourit en la voyant.

— Waouh, toi ! dit-il.

Elle ne connaissait pas cet individu et se demandait qui il cherchait.

— Bonjour, répondit-elle avec méfiance. Je suis le docteur MacAdair.

— Et ça n'arrête pas de débouler, dit-il en écarquillant ses grands yeux marron. Les jeux Nikoli, c'est ça ?

Connie se raidit.

— Entre autres. Qui êtes-vous ?

— Arnold, répondit l'homme avec un fort accent américain, nullement refroidi par la brusquerie de sa question. Arnold Li Kierkan.

— Ah, j'ai entendu parler de toi ! s'exclama Connie, soulagée. Le coupeur de gâteaux. BM Monthly.

Il lui adressa un sourire ravi en lui serrant la main.

— Génial ! Tu veux un autographe ?

— Euh... je ne... Oh ! D'accord, je vois. Très drôle. Mais, une minute... Nous travaillons dans le même domaine.

— Eh ouais ! D'ailleurs je t'ai vue communiquer à environ dix-neuf colloques.

Connie rosit légèrement. En tant que femme mathématicienne dans une spécialité inhabituelle, elle était l'équivalent d'une star – sans la fortune, l'adulation populaire et la garde-robe gratuite.

— Euh… d'accord, mais… enfin je ne comprends pas… je veux dire, je croyais qu'il s'agissait d'un poste de recherche en analyse statistique. Un seul poste.

Connie sentit sa poitrine se serrer ; elle n'avait tout de même pas compris de travers ?

— Je… je croyais avoir obtenu le poste, reprit-elle. Enfin, j'ai vendu ma voiture… J'ai quitté mon appartement… Alors si maintenant nous sommes en compétition…

— Hmm… tu as besoin de respirer dans un sac en papier ?

— Quoi ? Non ! Je veux que quelqu'un me dise ce qui se passe.

— Du calme. Tout va bien : en fait on est tous là. Personne n'était au courant. Evelyn Prowtheroe…

— Tu plaisantes ?

Il venait de nommer la plus éminente spécialiste du domaine. À sa connaissance, elle occupait une chaire de professeur émérite à l'université du Caire.

— Ranjit Dasgupta…

— Sérieux ?

Alors une pensée la frappa.

Elle prit une grande inspiration avant de donner le nom suivant elle-même. Et ils se retrouvèrent à le prononcer en même temps.

— Sé Weerasinghe…

— Oh, tu le connais ? demanda Arnold, ouvertement goguenard.

Connie plissa les yeux.

— Eh bien, visiblement, toi, Parfait Étranger, tu sais déjà que c'est le cas !

Arnold leva ses grosses paluches en un geste d'apaisement.

— Non, non, pas du tout.

Ses joues rondes et joviales rosirent un peu, et Connie chercha du regard quelque chose à faire ou, faute de mieux, une babiole à tripoter.

C'était lors de la conférence sur les nombres amicaux à Copenhague. Il y avait une horrible bibine locale appelée eau-de-vie. Et un dancefloor. Des mathématiciens qui dansent, ce n'est jamais très glorieux, alors il y avait eu encore plus d'eau-de-vie pour rendre le tout plus supportable, et bizarrement le goût de l'alcool s'en était aussi trouvé amélioré.

Et puis… un Sri Lankais très grand, avec des pommettes si marquées qu'elles paraissaient tranchantes et une voix chaude et envoûtante. Une course aux nombres premiers qui s'était terminée au lit. La parade de séduction s'était déroulée devant toutes les personnes avec lesquelles elle avait un jour collaboré sur cette terre.

Mais ça n'avait pas été le pire. Le pire était arrivé le lendemain matin, après qu'elle avait regagné sa chambre pour se changer et se rafraîchir, lorsqu'elle était descendue prendre son petit déjeuner. Il était évident d'après les regards qu'on lui avait jetés et d'après l'essaim de mâles rassemblés autour de la table de Sé qu'il avait mis toute la salle au courant.

Mais il ne s'était pas levé pour l'accueillir, il n'avait rien dit.

Elle l'avait regardé, et il avait rougi jusqu'aux racines de ses cheveux noirs. Connie s'était contentée de tourner les talons pour quitter la salle à manger. Il avait essayé de la contacter par la suite pour tenter de s'expliquer, de s'excuser, il lui avait même proposé de sortir de nouveau avec lui. Elle n'avait jamais répondu. Cette terrible humiliation qu'elle avait vécue en entrant dans une pièce où tout le monde parlait d'elle s'était muée en une solide détermination : ne plus jamais sortir avec des mathématiciens – même si cela s'était passé quatre ans plus tôt et qu'elle ne fréquentait personne hors de ce milieu.

Elle rougissait rien qu'en y repensant, ce qu'elle s'efforçait de ne jamais faire. La fureur causée par le comportement de Sé s'était atténuée, bien sûr, mais elle n'était guère enchantée à l'idée de devoir travailler avec lui.

— Un beau pays, le Danemark, fit remarquer Arnold.

— Hm hm.

Avec un grand sourire, Arnold fit un geste du bras englobant toute la pièce. Connie le soupçonna de se venger ainsi du fait qu'elle ne l'avait pas reconnu.

— Enfin bref, bienvenue au bunker.

— Depuis combien de temps êtes-vous là ?

— Euh… trois ou quatre jours.

— Vous n'avez pas perdu de temps…

Il opina.

— C'est vrai que c'est un peu… non, un vrai bunker, en fait, admit Connie.

— Exactement. Ces salauds de physiciens s'en tirent mille fois mieux. Tu as vu leur nouveau bâtiment ? Un truc blanc ridiculement grand, on dirait qu'ils travaillent dans un *Mac* géant.

— Je n'ai encore rien vu du tout, répondit Connie en étouffant un bâillement. J'ai pris le train de nuit. Je n'ai même pas encore pris possession de mes appartements.

Le visage d'Arnold s'illumina.

— Ah, ils sont beaucoup plus agréables que cet endroit !

— Moins agréables, ce serait un vrai défi. Sérieusement, tout le monde croit que j'ai déménagé dans une sorte de château merveilleux… Avec une herse. Et des remparts.

Des éclats de voix retentirent soudain dans le couloir, suivis d'un grand fracas.

— Qu'est-ce qui se passe ?

Arnold passa la tête par l'ouverture de la porte.

— Eh, tu ne peux pas apporter ça ici.

— Il semble bien que si, rétorqua une voix laconique. La vraie question, c'est : jusqu'où ?

Connie suivit Arnold dans le couloir, où un piano à queue était pris en sandwich entre les deux murs. Devant l'instrument se tenait l'homme grand et mince qu'elle avait vu dans le champ. Il dégoulinait de pluie et semblait totalement indifférent à ce désagrément.

— Euh… salut ? lança-t-elle, hésitante.

Il posa sur elle un regard étonné. Derrière ses grosses lunettes, ses yeux étaient immenses et noirs.

— Ah oui ! intervint Arnold. Je savais bien que j'avais oublié quelqu'un.

— Tu as…

L'étrange inconnu fit un geste vague en direction de la tête de Connie. Il semblait chercher ses mots, et elle se demanda d'où il sortait. La fréquence à laquelle les gens ressentaient le besoin de faire un commentaire sur ses cheveux d'un roux flamboyant ne cessait de l'étonner.

— Des cheveux, conclut-il.

Il semblait ne pouvoir en détacher son regard.

— Voici Luke, le présenta enfin Arnold. J'aimerais pouvoir te rassurer en te disant qu'en temps normal il n'est pas comme ça, mais jusqu'ici…

— Bonjour, dit poliment Connie. Tu travailles sur quoi ?

Luke l'observa en plissant les yeux, comme s'il tentait vainement de s'arracher à la contemplation de sa chevelure.

— Oh, sur diverses choses ! répondit-il évasivement.

— Luke, tu es trempé, nota Arnold en changeant prestement de sujet. Tu dois te changer. Sinon tu vas attraper la crève.

Luke baissa les yeux, comme s'il en prenait soudain conscience.

— Exact. Des vêtements secs. Oui.

Il tourna les talons, passa sous le piano qu'il laissa coincé au milieu du couloir et s'éloigna.

— Mme Harmon ne va pas aimer ça, prédit Arnold. Surtout après toute cette affaire… du nid.

Connie cligna rapidement des yeux.

— Je me trompe ou ça ne ressemble pas à n'importe quel département de maths ?

— Non, répondit tristement Arnold. À Cardiff ils ont une équipe de lacrosse.

Chapitre 2

Malgré le choc initial en découvrant qu'elle faisait partie d'une équipe, Connie intégra rapidement deux faits : premièrement, personne ne semblait avoir la moindre idée de ce dont il retournait (Arnold lui expliqua qu'à son avis un millionnaire louche voulait devenir le plus grand probabiliste de tous les temps et, pour y parvenir, avait décidé d'enfermer tous les autres dans des oubliettes) ; deuxièmement, il y avait une réunion de labo à 21 heures le soir même. Ce qui clarifierait peut-être les choses, espérait-elle.

Elle décida d'aller inspecter son nouveau logement avant la réunion. Ça ne pouvait pas être pire que son bureau.

La pluie avait enfin cessé, les pavés usés brillaient d'une lumière diluée. Elle laissa le bâtiment bas et hideux derrière elle et descendit la rue en direction de l'aile universitaire plus ancienne, où se trouvait son logement. Les vieux collèges et les bibliothèques illustres luisaient d'un éclat doux dans la lumière diffuse, intemporels et immuables – comme la pluie.

Voilà qui était mieux, pensa-t-elle. Son bâtiment avait été érigé des centaines d'années plus tôt, avec ses tourelles et ses vitraux, ses extensions éparses qui semblaient avoir été ajoutées au fil des époques à une structure de base médiévale. Une guérite de portier en bois était érigée à l'entrée, afin de préserver les habitants des touristes et des visiteurs trop hardis.

— Bonjour, salua Connie, un peu nerveuse.

Les années avaient conféré à la pierre jaune une patine dorée. La cour carrée recouverte d'un gazon parfait qui s'étendait au-delà de la porte visait à inspirer une crainte respectueuse. Et c'était efficace.

— Ah, bonjour ! Docteur MacAdair ?

Elle sourit. Au moins elle était attendue.

— Bonjour.

— Bonjour. Robinson.

Elle se demanda un instant pourquoi il disait « Robinson », avant de comprendre qu'il s'agissait de son nom.

— Oh ! Bonjour, Robinson. Euh… est-ce que je suis au bon endroit ?

— Mais bien sûr, docteur.

Il lui tendit un encombrant trousseau de clés antiques.

— Avez-vous besoin d'un coup de main avec vos bagages ?

— Non, merci.

Elle était venue avec une seule valise. Ses parents se chargeaient du reste, qu'ils lui apporteraient plus tard. Elle était un peu gênée de devoir encore faire appel à eux à vingt-sept ans, mais elle avait renoncé à garder sa petite voiture. À Cambridge, elle n'avait pas l'intention de sortir ni de faire d'incessantes virées à

Londres. C'était un poste extraordinaire, une chance inespérée de se plonger corps et âme dans la recherche – ce qu'elle adorait. Et elle comptait bien en profiter. Elle n'avait donc pas besoin de grand-chose.

Elle suivit les indications pour se rendre à ses appartements : P14. Disposés autour de la cour intérieure, les corps de bâtiments en brique pâle percés de fenêtres à croisillons affichaient fièrement leur héritage du XVe siècle. En comparaison du petit logement grisâtre qu'elle avait auparavant, c'était le jour et la nuit.

À l'intérieur, le silence régnait. Le sol à carreaux noirs et blancs des couloirs était recouvert de tapis soigneusement disposés. Elle poussa une lourde porte en bois cloutée et gravit un étroit escalier ciré qui menait à la pièce principale.

Connie poussa une exclamation étouffée. Il devait y avoir une erreur.

Elle se trouvait sur le seuil d'une grande pièce d'angle lambrissée de chêne. D'immenses fenêtres tout en hauteur donnaient sur la cour. Un tapis carré au motif figurant de petits oiseaux ornait le plancher en chêne sombre. Aux murs des rayonnages vides attendaient d'être remplis. Un confortable canapé en cuir Chesterfield garni de coussins douillets trônait en bonne place. Au fond il y avait une petite cuisine impeccable, puis une salle de bains carrelée en blanc et noir, abritant une grande baignoire sur pieds que Connie considéra avec convoitise. Enfin, dans la chambre attenante, dont la vue donnait sur la campagne vallonnée, se trouvait un lit à colonnes, rien de moins !

Connie éclata carrément de rire et s'en approcha, émerveillée. Les rideaux bleus, suspendus à des colonnes en bois, étaient en velours doux et propre, une véritable antiquité, avec des franges et un liseré brodé représentant des fleurs et des feuillages. Elle secoua la tête, n'en croyant pas ses yeux. C'était… c'était quelque chose !

Elle s'assit prudemment sur le bord du lit, se demandant dans quoi elle s'était fourrée. Et, pour être parfaitement honnête, elle se sentait un peu seule et mal à l'aise dans cet endroit inconnu, même si cet appartement spectaculaire lui était échu. En fait, cela soulignait douloureusement le fait qu'elle n'avait personne avec qui le partager. *Non, pas à ce point*, se corrigea-t-elle aussitôt. Mais quand même.

Elle avait des amis, bien entendu. Mais, dans son monde, les choses étaient plus compliquées. Elle n'avait pas gardé beaucoup de camarades d'école, puisqu'elle avait sauté deux classes. Et à cause de son entrée précoce à l'université elle avait raté toutes les expériences amusantes de l'adolescence. Parmi sa petite bande d'amies, les filles plaisantaient au sujet de tous ces hommes auxquels elle avait accès. Connie ne les détrompait pas, passant sous silence le fait que beaucoup de mathématiciens étaient sérieusement introvertis, et que les autres préféraient se changer les idées après leur journée de travail : ils voulaient sortir et faire la fête avec les sulfureuses étudiantes en arts dramatiques, comme tous les autres.

Et même quand, par miracle, elle rencontrait quelqu'un avec qui les choses prenaient un tour plus sérieux, il y avait inévitablement ces discussions au sujet de qui avait failli obtenir cette bourse ou de qui était sur la liste de tel prix. Connie n'était pas seulement mathématicienne, elle était exceptionnellement brillante, alors les piques acerbes sur le politiquement correct, la parité et les victoires symboliques avaient le don de l'exaspérer. Sans compter que ces relations pouvaient compromettre dangereusement l'équilibre précaire de certains départements au bord de la crise de nerfs. Les ingénieurs pour les relations sexuelles, affirmait-elle (ils savent comment fonctionnent les choses et ont une propension à la patience), et les maths pour le boulot. Et peut-être que lorsqu'elle rencontrerait vraiment l'amour elle saurait ce qu'elle cherchait. On disait qu'à ce moment-là on « savait » sans avoir à se poser de questions.

Parfois Connie craignait d'en être incapable. Que toutes ses autres connaissances (constante de Planck, théorème du point fixe de Brouwer, etc.) ne laisseraient peut-être pas de place pour ce savoir-là.

Puis elle se rappela que Sé était présent. Oh, misère !

On frappa à sa porte. Connie sursauta, brusquement réveillée de sa petite sieste. Sa première pensée fut qu'il s'agissait de l'intendant venant lui annoncer une méprise dans l'attribution des appartements : elle se retrouverait finalement dans le dortoir d'un bâtiment éloigné.

— Bonjour ?

— Oui, bonjour ! répondit une voix féminine impatiente au fort accent étranger.

Connie ouvrit la lourde porte en bois. Elle découvrit une petite femme un peu forte, aux cheveux rassemblés en une natte bien serrée, qui la regardait d'un air de défi.

— Professeur Prowtheroe ! s'exclama Connie, un peu comme une groupie.

Elle avait assisté à une de ses conférences quand elle était étudiante et avait été impressionnée.

— Une femme, constata Evelyn Prowtheroe avec mauvaise humeur.

— À ce qu'il paraît, rétorqua Connie, un peu décontenancée.

— Je n'arrive pas à croire qu'il y ait une autre femme dans ce couloir. Qui manque à l'appel ? Je me le demande bien.

La femme se frotta pensivement le menton. Elle arrivait à peine aux épaules de Connie.

— Tu sais compter ? demanda-t-elle.

— C'est un test arithmétique ? fit Connie avec humeur.

Elle était fatiguée, un peu sur les nerfs, et elle n'avait pas fait tout ce chemin pour qu'un avorton femelle lui crie dessus.

— Tu as du thé ?

— Non.

— Viens chez moi. J'ai du thé.

— Je ne…

— Tu ne veux pas de thé ? Tu es britannique, pourtant, non ? Qu'est-ce qui cloche chez toi ? Il a plu aujourd'hui, il est 15 heures. Si tu ne prends pas le thé, quelqu'un va venir t'arrêter et te donner un passeport français.

— D'accord, d'accord, accepta Connie en se demandant si la professeur Prowtheroe en saurait un peu plus qu'elle sur la situation.

— Voilà. Bien. Viens alors.

Connie fit quelques pas le long du couloir lambrissé. Soudain l'autre femme se raidit et se tourna vers elle.

— Tu es bien une mathématicienne, n'est-ce pas ? demanda-t-elle d'un ton accusateur. Je veux dire : tu n'es pas une physicienne quelconque ?

— Est-ce que j'ai l'air d'une physicienne ?

— Tu as l'air d'un setter irlandais, répondit la professeur en reprenant son chemin.

Heureusement que Connie avait désespérément envie d'une bonne tasse de thé.

La professeur Prowtheroe la conduisit dans un appartement très similaire au sien, tout aussi beau, mais donnant sur la grande bibliothèque ronde de l'autre côté du campus, ainsi que sur la campagne pittoresque. Il y avait également un petit balcon en forme de coquillage, que Connie n'avait pas vu chez elle, permettant de prendre le soleil quand il faisait beau – ce qu'elles feraient souvent par la suite, étant donné qu'Evelyn aimait fumer, mais avait menti à l'intendant à ce sujet.

Les pièces de son appartement étaient déjà élégamment meublées, les bibliothèques étaient remplies, il y avait de belles sculptures en pierre à savon et des tapis d'un goût exquis. Evelyn avait travaillé aux quatre coins de la planète et avait rapporté de ses voyages un grand nombre d'objets intrigants et charmants, qui conféraient à la chambre une atmosphère accueillante. Un feu brûlait déjà dans le petit foyer, répandant une bonne odeur de cèdre, et une théière traditionnelle était posée sur le fourneau.

Evelyn ajouta du lait, puis servit le thé dans de délicates tasses bleues décorées de dorures à l'aide d'un passe-thé.

— Cookie aux raisins ? proposa-t-elle.

Connie en prit un. C'était le meilleur qu'elle ait jamais goûté.

— C'est délicieux.

— La précision, dit Evelyn. C'est ce à quoi la plupart des gens ne se donnent pas la peine de faire attention dans les recettes. Ils prétendent qu'il s'agit de flair, de créativité. Mais ce n'est pas le cas. (Elle soupira, reprit une bouchée de biscuit et regarda Connie.) Alors, Ron Weasley, as-tu la moindre idée de ce qui se passe ?

— Je ne comprends pas, répondit Connie, je pensais… je pensais que c'était un nouveau poste, un lieu dédié à la réflexion scientifique, etc. C'est ainsi qu'on m'a présenté les choses lors de l'entretien. Et je pensais qu'il n'y aurait que moi. Je n'avais pas compris que nous serions… si nombreux…

— Je ne te le fais pas dire.

Elles avaient toutes les deux le regard plongé dans leur tasse de thé.

— Je veux dire… ils n'ont quand même pas l'intention de ne choisir qu'un seul d'entre nous ?

— Eh bien, si c'est le cas…

— Ma thèse a été largement inspirée par vos travaux.

— Très bien, répondit Evelyn d'un ton suffisant.

— Je les trouve tellement… élégants.

— Merci.

Puis Evelyn se tourna vers elle.

— Alors pourquoi diable voudraient-ils nous employer toutes les deux ? demanda-t-elle.

— Euh… pour que nous puissions collaborer ?

— En fait on a inventé cette chose appelée Internet, qui est très pratique pour ça. Je ne sais pas si tu en as déjà entendu parler.

Connie la regarda.

— Je sais bien.

— Et tu as rencontré les autres ?

Elle opina.

— Oui, Ranjit semble très enthousiaste.

— Arnold…, Ranjit…, Sé…

Connie vira au rose fuchsia.

— Attends, fit Evelyn. Tu n'étais pas à Copenhague ?

Connie fixa intensément son thé du regard.

— L'eau-de-vie ? Les nombres premiers ?

— On peut changer de sujet ?

— En fait, je devrais sans doute…

Il y eut un coup décidé à la porte. Evelyn roula les yeux au ciel et se leva.

— Tous les jours cette semaine, à 15 h 07 précises, juste au moment où ils ont assez refroidi pour atteindre la température qu'il apprécie.

— Vous faites des cookies tous les jours ? demanda Connie, dressant soudain l'oreille.

— La nature, expliqua Evelyn en se dirigeant vers la porte, est une combinaison infinie de quelques rares lois immuables.

Entra alors, par les marches de l'entrée exiguë, le jeune homme mince que Connie avait vu le matin même pousser un piano. Luke. Et, à sa grande surprise, il portait toujours les mêmes habits mouillés.

Comme la première fois, il la dévisagea.

— Cheveux, dit-il encore une fois.

— Tu veux bien arrêter de faire ça ? demanda Connie d'un ton aussi poli qu'elle le pouvait. C'est vraiment flippant. Je ne m'appelle pas « Cheveux ».

Il écarquilla les yeux derrière ses montures noires.

— Oh, vraiment ? Flippant. Houla ! Désolé. Flippant ?

Evelyn s'avança vers lui.

— Oui. Tu fais peur aux gens avec tes manières de psychopathe !

Luke opina.

— Et ce n'est pas bien.

Connie était bien placée pour savoir qu'il n'y avait rien de plus pénible que les non-mathématiciens lui demandant si elle était entourée d'autistes et de nerds. Il y avait plein de mathématiciens charmants et sociables, et beaucoup d'introvertis aussi, ce qui était parfaitement acceptable aussi du temps où il était permis d'être un peu réservé sans se voir coller illico une étiquette. Ceux qu'elle avait rencontrés qui pouvaient correspondre au diagnostic d'autistes légers semblaient à la fois exceptionnellement efficaces et très heureux de faire un métier qu'ils adoraient, donc il n'y avait aucun problème. Mais les films hollywoodiens stupides ne faisaient rien pour dissiper les stéréotypes. En ce qui concernait Connie, un certain degré d'excentricité dans son environnement de travail ne la dérangeait pas du tout.

Ce gars-là, en revanche, semblait un peu plus sévèrement atteint.

— Je vois que tu as déjà fait la connaissance de Luke, dit Evelyn.

— À 10 h 22, précisa obligeamment Luke. Hummm…

Il regarda les cookies aux raisins d'un air pensif. Il y eut un silence.

— Veux-tu venir manger un cookie aux raisins ? proposa Evelyn.

Luke, soudain rayonnant, franchit le seuil. Son sourire transformait son visage du tout au tout.

— Oui !

Il mangea deux cookies avec enthousiasme, puis regarda fixement le plat.

— Deux, c'est poli, lui dit Evelyn d'un ton d'avertissement, en lui servant une tasse de thé. C'est comme si j'habitais à côté de Winnie l'Ourson, ajouta-t-elle à l'intention de Connie. Sans l'esprit rigoureux et analytique de Winnie.

Connie observa son collègue avec curiosité.

— Alors tu arrives de quelle université, toi ?

Luke agita ses grandes mains.

— Oh non, j'étais déjà là ! (Il leva les yeux vers elle.) L'université me traite vraiment bien.

— Il est brillant, à ce qu'il paraît, dit Evelyn d'un ton vexé. Il n'a jamais rien publié. Jamais enseigné. Ils le laissent juste traîner là.

— Vraiment ? dit Connie. Tu n'as jamais publié ? C'est dingue !

Luke lui adressa un sourire furtif, l'air vaguement gêné.

— Toi, tu as beaucoup de publications ? s'enquit-il d'un ton distrait.

— Quelques papiers ici et là, répondit modestement Connie, qui était en vérité très fière des articles qu'elle avait réussi à faire publier dans des revues scientifiques, même si sa mère avait l'air de trouver que ce n'était pas grand-chose comme preuve des exploits de sa fille supposée être incroyablement intelligente, surtout après toutes ces années de longues études prolongées qu'elle avait participé à financer.

— Pas autant que moi, intervint Evelyn. On pourrait dire que je suis une autorité en la matière… Attendez, je suis l'autorité en la matière !

— Alors, parle-moi de ton univers, demanda Luke à Connie sans prêter attention au cabotinage d'Evelyn. Quel est son degré de probabilité ?

— Oh, tu sais… quatre éléphants sur le dos d'une tortue géante, et dessous rien que des tortues. Je ne suis pas… Je cherche des solutions pour le monde réel, c'est tout. Des choses pratiques. Je suis une personne rationnelle.

Luke sembla amusé.

— Pour un boulot irrationnel ?

— Pourquoi ? Parce que je suis une femme ?

— Non, répondit lentement Luke. Parce que c'est une mission irrationnelle.

— Alors pourquoi es-tu ici ?

— Parce que c'est l'irrationnel qui est amusant. Pour tout le reste, il suffit d'une règle à calcul.

— Les règles à calcul ont fini par nous mener dans l'espace, lui rappela Connie. Ne les sous-estime pas.

Luke sourit.

— Mais on n'écrit pas de poèmes à propos des règles à calcul.

— Eh bien, c'est dommage ! dit Connie. Il faudrait une ode à ceux d'entre nous qui peinent au pied des montagnes au lieu de jouer dans la poussière d'étoile.

— Un Pierrot dans sa bulle…, dit Luke.

— Quoi ? fit Connie, agacée.

— … avec une règle à calcul. Voilà un poème sur les règles à calcul. J'aurais bien aimé parler de tes cheveux aussi, mais je n'ai pas trouvé de rime.

— Non, dit Evelyn, en jetant un coup d'œil à sa montre.

— Pardon ?

— C'est l'heure à laquelle tu me demandes un cookie à emporter, et je réponds « non », avant de changer d'avis.

Luke fronça les sourcils, Connie jeta un coup d'œil à la grosse montre vieillotte qu'il portait au poignet. Elle indiquait une heure farfelue.

Luke cligna rapidement des paupières.

— Est-ce que je peux prendre des cookies pour plus tard ?

— Non.

— D'accord.

Luke se leva pour partir.

— À plus tard, dit-il en regardant sa montre arrêtée, les sourcils froncés. Pour la réunion bizarre. Je ne comprends pas bien les réunions. Je ne comprends pas quand tout le monde se met à faire « blablabla » et que tout le monde dit « non », puis quelqu'un de plus important dit « mais non, et si… ? » et alors ils répètent le même « blablabla » et enfin on tombe d'accord « mais oui, voilà ce qu'on voulait dire ». Je ne les comprends pas du tout.

Evelyn jeta trois cookies dans un sac de congélation et les lui tendit.

— Après, quelqu'un d'important dit « merci d'être venus », alors qu'on est obligés d'y aller, que c'est pénible et que personne n'a envie d'être là ; donc c'est un mensonge, déclara-t-il en se dirigeant vers la porte. Je trouve que c'est une manière très laborieuse de mentir.

— Au revoir, Luke ! le congédia Evelyn en faisant une grimace à Connie.

— Bon, dit-elle à Connie lorsqu'il eut refermé la porte. Depuis combien de temps travailles-tu dans des départements de mathématiques ?

— Euh… environ six ans ?

— Es-tu déjà tombée sur un spécimen correspondant davantage au cliché du mathématicien ?

Elle se contenta de secouer la tête.

Connie fit la sieste, puis reprit tranquillement le chemin de ce qu'elle appelait déjà en pensée « le bunker ». Une réunion de travail en soirée était chose inhabituelle, mais, à la réflexion, tout depuis le début était inhabituel.

Néanmoins, le temps s'était vraiment réchauffé, il faisait presque doux pour une soirée de printemps. En sortant, elle remarqua les crocus et les jonquilles, qui bordaient la cour carrée, elle passa près de la cafétéria, d'où s'échappaient les voix bruyantes d'étudiants incroyablement intelligents et sûrs d'eux, la crème de la jeunesse britannique, pinte de cidre à la main et acné au menton, commentant à pleins poumons leurs parties de billard.

Elle avait pris un somptueux bain moussant et se sentait capable d'en faire rapidement une habitude. Il s'agissait de l'hôtel le plus agréable qu'elle ait jamais connu. Puis elle avait rangé ses quelques vêtements dans l'imposante armoire en bois massif, s'était choisi une robe à fleurs et des leggings, qu'elle avait enfilés avant de sortir dans l'air printanier, embaumant les jacinthes précoces. C'était délicieux après la brume de Glasgow, même si cette ville n'était pas dénuée de charmes. Elle prenait son temps ; les pavés des rues historiques baignaient dans la lumière douce dispensée par des lampadaires en fer forgé. Puis elle s'éloigna du bruit, traversa la rocade et se retrouva dans une petite ville merveilleusement calme au bord des marais.

Elle repéra le bâtiment de maths et de sciences devant elle, et s'arrêta. Quelques personnes y entraient d'un air furtif. Ses nouveaux collègues. Le travail qui l'attendait, une vie nouvelle, un nouveau poste. Elle se mordit la lèvre. Elle devait simplement y aller. Si elle voulait faire du bon boulot – des travaux sur lesquels des collègues pourraient se fonder, pour lesquels on retiendrait son nom – elle devait se concentrer sur la tâche à accomplir. Quelle qu'elle soit.

À l'entrée, l'agent de sécurité vérifia sa nouvelle carte avec soin, braquant sa torche sur son visage avant de scanner le code-barres. C'était inhabituel, mais Connie était bien trop préoccupée pour y faire vraiment attention. On lui ouvrit la porte – ils devaient avoir des problèmes de sécurité la nuit. Même si elle ne voyait pas ce qu'il pouvait y avoir à voler là-dedans, à part pour quelqu'un adorant sniffer les marqueurs pour tableau blanc.

Elle poussa nerveusement la porte et entra.

Arnold, toujours très amical, agita tout de suite la main dans sa direction, imité par Evelyn.

— Tu as manqué le dîner, l'informa l'éminente professeur. Ils ont encore raté les pommes de terre.

Evelyn était assise à côté de Luke qui regardait par la fenêtre. Elle lui donna un coup de coude qui le fit tourner la tête. Ses yeux semblaient énormes derrière ses lunettes à monture d'écaille ; ils étaient d'un brun profond, ourlés de longs cils d'un noir charbonneux. Son regard sembla glisser sur le visage de Connie en direction de ses cheveux. Ses pupilles ressemblaient à de grands trous noirs. Elle se fit brièvement la réflexion qu'il devait être presque aveugle. Avec un effort évident, il reporta le regard vers son visage et esquissa ce qu'elle identifia comme un sourire d'excuse, puis articula sans bruit « blablabla ».

Elle jeta un coup d'œil alentour.

— Bonsoir ! l'accueillit Arnold. Ton appart est sympa, non ? Ils nous mettraient dans des trucs miteux s'ils avaient prévu de nous faire jouer un remake de *Hunger Games,* pas vrai ? Ou alors ils procéderaient exactement comme ça, ajouta-t-il après une brève hésitation.

Mais Connie ne l'écoutait plus, car elle venait de repérer Sé. Il était toujours aussi élancé et beau, arborant une chemise à carreaux en flanelle qui mettait en valeur sa peau cuivrée. Elle se mordit la lèvre, consciente que toutes les personnes présentes, y compris Ranjit, guettaient leurs réactions. Sauf Luke qui avait repris sa contemplation du paysage à la fenêtre.

— Euh... bonjour, dit-elle gauchement. Salut, Sé.

— Eh, salut, euh... Connie. Comment ça va ?

Sé s'exprimait avec une nonchalance tellement étudiée que Connie s'en trouva légèrement radoucie. Sa silhouette élancée, ses traits fins, sa grande bouche et ses yeux en amande lui conféraient toujours un air un peu distant. Il détourna rapidement le regard, visiblement tout aussi gêné qu'elle par ces retrouvailles, ce qui la rasséréna un peu.

— Bien, répondit-elle. Bien, merci. Quelle surprise de te voir ici !

— C'est une surprise pour tout le monde d'être réunis, ajouta-t-il de sa voix grave.

Il n'avait pas tort : ils se sentaient comme des enfants nerveux attendant l'arrivée de la nouvelle maîtresse. Evelyn s'employait à rayer consciencieusement des éléments sur une liste. Luke dessinait des fractales sur une feuille, de la main gauche. Arnold regardait un épisode de *Futurama* sur son iPhone. Mais aucun d'eux ne parvenait à dissimuler son anxiété.

À 21 h 15 précisément, la porte s'ouvrit avec emphase et fracas. Trois personnes entrèrent. Trois hommes. Connie sentit Evelyn se hérisser.

Deux d'entre eux étaient en costume. Le troisième était grand, large d'épaules. Il avait des cheveux blonds clairsemés, de fines lunettes à la mode et sans doute très chères. Il portait une chemise bleu pâle et un pull en cachemire de couleur pastel, noué avec soin sur ses épaules, pour donner une impression décontractée. Il jeta un coup d'œil nonchalant aux mathématiciens. Et soudain Connie se sentit un peu miteuse dans sa robe fleurie. Elle était à peu près certaine qu'Arnold avait un reste de dîner collé sur son tee-shirt Lego. Elle se redressa sur sa chaise. Sé, comme toujours, était impeccable, avec sa chemise marron à carreaux drapée sur ses muscles fins. Evelyn portait un pantalon noir et des chaussures de motard qui forçaient le respect. Quant à Luke, il avait – qu'est-ce que c'était que cette tenue ? – une vieille veste en velours côtelé avec des pièces aux coudes, un vieux pull doux sur une chemise usée, qui semblait complètement décolorée. Des habits propres mais extrêmement usagés, et qui pourtant allaient ensemble. Ranjit était en polo, et on aurait cru que sa mère venait de le repasser.

L'homme blond, très sûr de lui, toussota et leur adressa un sourire qui dévoilait ses dents mais ne se reflétait pas dans ses yeux.

— Bienvenue, bienvenue à tous.

L'un des hommes en costume arrangea entre ses mains une grosse liasse de feuilles. Connie remarqua alors qu'ils avaient aussi apporté deux caisses remplies de papiers.

— Bien, je vous félicite pour l'obtention de ces postes. Cette université et moi-même pensons que vous représentez l'excellence dans vos spécialités respectives. Vous pouvez être fiers de vos efforts et de vos réussites.

Connie trouvait que quelque chose sonnait faux dans ce petit discours élogieux, mais elle mit ses doutes sur le compte de son insécurité maladive et prêta l'oreille.

— Entre parenthèses, si l'un de vous pouvait m'éclairer sur la raison de la présence de ce piano dans les toilettes des hommes, j'en serais ravi. Comme vous le savez déjà, j'en suis sûr, je suis le professeur Hirati, chef du département d'astrophysique et doyen de la faculté des sciences. Comme prévu, l'enseignement, les séminaires et les cours magistraux ne font pas partie de votre charge de travail, expliqua-t-il avec un sourire étrange. Mais, bien entendu, ne vous imaginez pas qu'on ne vous demande rien en échange !

Evelyn échangea un bref regard avec Connie. L'homme qui tenait les papiers fit un pas en avant.

— Bon, dit-il en retroussant ses manches avec un geste faussement naturel. Voilà de quoi il s'agit. Nous autres, au département d'astrophysique…

Evelyn fit une moue désapprobatrice.

— Nous souhaitons solliciter votre aide pour une petite chose qui nous occupe…

Le silence régnait dans la pièce.

— Nous avons juste besoin que vous jetiez un coup d'œil à quelque chose… Rien de bien méchant.

— Quelle chose ? demanda Arnold.

— Simplement…, nous voudrions simplement que vous fassiez quelques calculs à propos d'une chose sur laquelle nous travaillons.

— Je savais bien que les astrophysiciens ne savaient pas compter, dit Evelyn.

— Vous ne pouvez pas faire ça avec les ordinateurs de pointe que Genève vous fournit généreusement ? suggéra Arnold.

Le professeur Hirati accueillit leurs remarques avec son sourire crispé.

— Eh bien, non justement, nous ne voulons pas que vous utilisiez des ordinateurs. Nous voulons simplement… vous montrer certaines données. Des alignements de chiffres à analyser. C'est tout ce que nous vous demandons. Considérez cela comme un exercice intellectuel.

— Sans ordinateurs ?

— Oui, acquiesça le professeur Hirati qui avait pris une teinte rosée. Juste la puissance de cette bonne vieille bosse des maths.

— Mais…, protesta Arnold.

— Bon, voilà en quoi consiste le travail. Des calculs, sans ordinateurs. Nous vous avons installés ici, dans ce lieu charmant…

— Voilà pourquoi je n'avais pas de signal wifi, comprit Sé.

— Et nous allons vous soumettre ces… ces chiffres que nous étudions. Et nous voulons simplement savoir ce que vous pouvez en faire.

— Règle à calcul, marmonna Luke à l'intention de Connie.

— Mais enfin…, commença Arnold.

— Et le reste du temps, l'interrompit le professeur, vous aurez toute liberté de poursuivre vos propres recherches, à votre rythme, dans des conditions idéales, tous frais payés.

Les six mathématiciens échangèrent des regards.

— Mais…, dit encore Arnold.

— Alors je sais que ça peut paraître un peu mystérieux tout ça. C'est juste un petit truc, au sein de nos travaux, rien d'inquiétant, il s'agit simplement d'écarter un doute, rien de très important. Ça mérite à peine d'être mentionné. Et la tâche vous semblera sans doute amusante. Donc voilà, dit-il en s'éclaircissant la voix. J'ai tellement hâte de vous fournir tout ça, vraiment.

Auparavant, il faudra juste que vous me signiez ces contrats, pour que je sache que vous êtes partants…

Il leur tendit les liasses de papiers.

Arnold les fixa en plissant les yeux.

— Eh, eh, c'est pas la déclaration de secret d'État ? Pas question !

Le professeur Hirati soupira.

— Sérieusement, avant de pouvoir vous en dire plus, il faut absolument que vous me signiez ça… Ce n'est qu'une simple paperasse. Un banal accord de confidentialité. De nos jours, il faut signer ce genre de trucs rien que pour aller aux W.-C. ; on en trouve partout.

Arnold n'avait pas l'air convaincu.

— Eh, moi, je crois que non ! D'accord ?

Le professeur Hirati lui adressa son sourire trop appuyé, qui n'inspirait pas vraiment confiance.

— Il n'y a vraiment pas à s'inquiéter. Vous savez, dans notre branche, nous sommes souvent chargés de petites tâches pour le compte du gouvernement. Rien de glauque, c'est juste une formalité d'usage.

Connie jeta un regard en coin à Sé. Il fouillait dans le grand cartable en cuir débordant de documents, qui ne le quittait jamais. Évidemment, un contrat identique à celui qu'elle avait reçu s'y trouvait. Elle avait désormais honte en repensant à sa joie délirante d'avoir été acceptée pour le poste : elle avait signé en deux temps trois mouvements, et renvoyé les papiers le jour même. Il ne lui était tout simplement jamais venu à l'esprit qu'il puisse s'agir d'autre chose que de résolutions de problèmes. Comment imaginer autre chose ? Elle rougit en pensant à combien elle avait été flattée. Et maintenant ? Sé trouva le paragraphe concerné, enfoui entre deux paragraphes passe-partout. Il le lut pensivement en hochant la tête.

— Vous voyez, le truc, insista Arnold, c'est qu'on nous a fait venir ici parce qu'on est futés, et là j'ai l'impression que vous nous traitez comme de parfaits crétins.

Le professeur Hirati hocha pensivement la tête.

— Oui, je comprends que vous puissiez l'interpréter comme cela.

Il parcourut la pièce du regard. Dehors, il faisait soudain très sombre. Il prit la liasse de papiers.

— Je regrette, je ne peux pas vous en dire davantage. Il s'agit sans doute d'une broutille, mais c'est le gouvernement de Sa Majesté la reine qui exige que vous signiez cette clause de sécurité nationale.

Quelqu'un fredonnait dans le silence général. Arnold chantonnait le thème musical de James Bond.

Personne ne bougeait. Puis, à leur surprise à tous, quelqu'un se leva d'un coup.

— Je signe, annonça Luke.

Il pêcha un vieux stylo plume dans la poche de son manteau, puis le fit passer d'une main à l'autre, comme s'il ne savait pas quoi en faire. Le doyen le regarda avec sérieux.

— Merci. Ici et là.

Par-dessus ses lunettes tendance, le professeur Hirati examina les autres mathématiciens.

— Votre pays a vraiment besoin de vous, dit-il.

Et Connie, bien malgré elle, sentit un frisson lui parcourir l'échine. Qu'est-ce que ça pouvait bien être ? Certains de ses collègues physiciens travaillaient pour des sociétés de défense nationale et étaient devenus très discrets à propos de leur boulot. Et l'agence de surveillance GCHQ disposait d'une importante équipe de décrypteurs issus de sa spécialité, mais elle avait plutôt prévu de passer sa carrière à travailler sur ses chères probabilités, à enseigner à l'université et à superviser des projets de recherche excitants. Voilà qui était inattendu. Ce type ne lui revenait pas. Mais si son pays avait besoin d'elle… Elle se leva.

— Moi aussi, dit-elle d'une voix nerveuse.

Le professeur Hirati lui fit une belle démonstration de son sourire crispé.

— Merci, dit-il. Vous nous rendez un fier service.

Ensuite, les autres gars et Evelyn suivirent le mouvement, jusqu'à ce qu'il ne reste plus qu'Arnold, vissé à son siège et mécontent.

— C'est une intrusion dans ma vie privée ! On ne sait pas ce que la sécurité fait avec ces trucs. On ne peut faire confiance à personne de nos jours. Après on sera dans le collimateur de la NSA, si vous voyez ce que je veux dire ! Ne signez jamais.

Le professeur Hirati fronça le nez. Cette expression semblait beaucoup plus naturelle chez lui.

— Je suis désolé d'entendre cela, docteur Li, dit-il en regardant une autre pile de documents sur son bureau. Je suis vraiment navré. En fait, je crois que si vous n'acceptez pas notre offre, et ce poste…, eh bien, cela signifie sans doute que votre séjour dans ce pays est rendu impossible.

Le visage habituellement jovial d'Arnold se peignit d'horreur.

— Attendez, si je ne participe pas à cette opération de merde, vous allez m'expulser ?

L'astrophysicien haussa les épaules.

— Docteur Li, si vous ne voulez pas apporter votre aide à notre pays, nous devons comprendre que vous êtes contre lui.

Arnold était sidéré.

— Vous vous foutez de moi ? J'y crois pas…

Sé s'approcha de lui.

— Calme-toi. Calme-toi, mon vieux. Tout est dans le contrat, tu sais. Tu as déjà signé. Fais-le, c'est tout.

— Mais ils disent qu'ils vont me prendre mon boulot…

— Du calme. Attends, tu n'as rien vu encore, ça pourrait être super cool !

— Comment ça « ça pourrait être cool » ? Regarde son pull !

Sé lui tapota l'épaule.

— Tu peux prendre le temps d'y réfléchir à tête reposée.

— Non, je regrette, c'est impossible, le contredit brusquement le professeur Hirati. Nous ne pouvons pas vous laisser en discuter entre vous. Si le docteur Li ou qui que ce soit d'autre veut partir, c'est tout de suite.

Très vite l'atmosphère s'était détériorée dans la pièce, et personne ne savait que faire.

Au bout d'un moment, Arnold regarda chacun d'entre eux, ainsi que le doyen, et lâcha une bordée de jurons. Puis il resta un moment sans rien dire.

— Très bien, lança-t-il finalement. Donnez-moi ce torchon, bande d'espions de mes deux.

Il s'assit de mauvaise grâce et inscrivit son nom, de son écriture en pattes de mouche irrégulières, puis il jeta l'accord sur le bureau sans se lever. Le professeur Hirati vint solennellement récupérer le document et considéra longuement Arnold. Les bonnes joues du savant étaient devenues très roses, mais il ne releva pas la tête.

— Très bien. Maintenant nous allons pouvoir vous communiquer le reste des informations demain matin, et vous pourrez vous atteler à la tâche. Pas d'ordinateurs. Pas de réseau. Vous n'en parlez à personne. Ces données ont déjà été examinées sous tous les angles auxquels nous avons pensé. Nous avons simplement besoin d'un résultat clair et net formulé par vos cerveaux peut-être un peu moins directs dans leur approche. Ensuite nous pourrons écarter tout doute, poursuivre nos recherches, et, pendant tout le reste de l'année, vous profiterez de ce cadre de rêve. D'accord ? Vous pouvez en parler entre vous, mais à personne d'autre. Strictement personne. Nous serions mis au courant, compris ?

La réunion prit alors fin, et un agent de sécurité referma la porte du bunker derrière eux. Ils s'éloignèrent en foulant lentement les rues pavées.

— Quel connard ! lâcha Arnold, le front soucieux.

— Tu penses qu'il s'agit de quoi ? demanda Connie.

Mais il se contenta de hausser les épaules tandis qu'elle se hasardait à diverses conjectures.

— Des statistiques de menaces à la bombe nucléaire ? Un horrible calcul sur le réchauffement climatique, pour déterminer combien de mois le monde a devant lui et combien de millions de gens on peut sauver en les enfermant dans un bunker, où ils mangeront des conserves pour le restant de leurs jours ? Quelque chose sur quoi les compteurs d'étoiles ne doivent pas poser leurs petites pattes sales ?

Arnold secoua la tête.

— C'est sûrement de la crypto. Vous vous souvenez de Hardy ? L'économie tout entière repose là-dessus. Essayer d'empêcher les machines de prendre le contrôle… Skynet, mes amis.

Connie fronça les sourcils. Evelyn la rattrapa.

— Et toi, qu'en penses-tu ?

Evelyn haussa les épaules.

— Dans mon pays, quand des gens du gouvernement veulent vous faire signer des trucs, c'est la garantie d'un billet simple pour l'enfer.

Elle poursuivit son chemin en silence.

— Wohoho, les paris sont lancés ! s'écria Ranjit en bondissant en tous sens.

Connie se dit qu'il devait vivre la soirée la plus excitante de sa vie.

— On fait des paris ! Le gagnant achètera les pizzas !

Evelyn leva les yeux au ciel.

— Ce sera une fréquence. Une fréquence liée à une nouvelle tache solaire. Ils vont nous demander de la localiser pour trouver à quoi elle leur sera utile. Aux fours micro-ondes, sûrement.

— On nous ferait signer la déclaration de secret d'État pour un nouveau modèle de four ? railla Arnold.

— Possible, répondit Evelyn. L'université appartient sans doute à un fabricant de fours. On a dû signer la déclaration des secrets de Bosch.

Connie était un peu déçue. C'était totalement plausible : une émanation commercialisable – ou, pire encore, potentiellement transformable en arme – était apparue sur les écrans, et on les avait appelés pour faire les calculs avant que les grands chefs appellent les ingénieurs, qui se chargeraient de faire les manipulations. Cela semblait un peu grand-guignolesque, mais le professeur Hirati devait aimer se mettre en scène.

Mais pourquoi les ordinateurs étaient-ils interdits ?

— Codes, crypto, répéta Arnold. Un truc qu'un ordinateur n'arrive pas à déchiffrer. Et si on ne leur donne pas la réponse qu'ils attendent… bienvenue à Guantanamo !

— Tu n'entreras jamais dans la combinaison orange, le taquina Sé.

— La ferme, Skeletor.

Jusque-là, Sé avait avancé d'un pas égal, mais il se tourna alors vers eux.

— Mais vous n'avez vraiment pas vu d'où venait la paperasse ?

— Vas-y, balance tes infos, lui dit Arnold.

— De la zone 51 ! s'enthousiasma Ranjit.
— Range tes Haribo, Ranjit, le rabroua Evelyn.
Sé secoua la tête.
— Non, pas tout à fait. De Mullard.

Chapitre 3

Après s'être déshabillée, Connie était parvenue à monter sur son incroyable lit à baldaquin (ce qui n'était pas si simple), sur lequel elle était maintenant étendue, passant d'un bord à l'autre du matelas, incapable de dormir. Pourquoi diable n'avait-elle pas senti qu'il y avait anguille sous roche avant d'accepter ce poste ?

Parce qu'elle avait voulu croire qu'on la voulait, elle. C'était aussi simple que ça. Et elle serait peut-être parfaite pour cette tâche. Après tout, la puissance des ordinateurs apporte une aide toute relative. Ils permettent de percevoir des schémas récurrents, de classer, de hiérarchiser, de trier. Mais quand il s'agit de produire quelque chose de beau, de pur, de novateur... ça transcende les circuits imprimés. Elle se tournait et se retournait.

Mullard. Une gigantesque infrastructure dédiée à l'astronomie, qui captait des signaux de l'espace intersidéral. D'où sortaient-ils des nombres qu'ils ne comprenaient pas ? Elle imagina une tempête, une énorme tache solaire interférant avec les ondes radio, un cataclysme gigantesque à des milliers d'années-lumière, et l'entropie qui en résultait, agissant sur quelque chose dont ils n'avaient qu'un vague écho aujourd'hui. Cette idée donna soudain à Connie l'impression d'être très petite, et un peu seule. Penser qu'une galaxie entière s'était embrasée, sans que quiconque y assiste ou s'en soucie, ne laissant que quelques milliers de sorties papier aux mégahertz légèrement irréguliers.

Elle finit par abandonner complètement ses efforts pour trouver le sommeil et gagna la fenêtre pour contempler les ondulations paisibles des collines.

La soirée était encore tiède, et une fraîche odeur printanière de terreau et de verdure flottait dans l'air. Gardant son bas de pyjama en flanelle, elle enfila un large pull de pêcheur qui avait appartenu à un homme qu'elle avait connu (et moins apprécié que son pull), chaussa une paire de vieilles Converse et se glissa sans bruit dans la nuit.

La rosée mouillait le sol, mais l'air était léger et plus doux que ce à quoi elle était habituée. Les rumeurs de la circulation étaient lointaines, et les cloches du centre historique sonnèrent la demie alors qu'elle marchait. Le portier se leva, mais, dès qu'il vit qu'elle n'était pas une étudiante, il la laissa passer sans autre formalité qu'une recommandation de faire bien attention.

Trois carrefours plus tard, elle était au pied des collines, et la pleine lune illuminait le monde. Il n'y avait personne, pas même quelques promeneurs de chien tardifs. Elle était agitée, emplie d'une étrange excitation qui ne faiblissait pas, et elle décida de marcher encore pour se calmer. À la lueur de la lune et des étoiles, elle emprunta le chemin qui quittait la route pour se diriger dans les marais. L'herbe humide lui caressait les chevilles, elle percevait des bruissements de petites pattes dans les buissons, et à mesure qu'elle s'éloignait de la pollution lumineuse ses yeux s'habituaient à la pénombre, et le ciel lui sembla plus vaste que jamais. Elle leva la tête en pensant à l'agitation incessante qui prenait place dans l'immensité silencieuse de l'espace.

Et manqua de tomber sur le corps allongé par terre.

— OH, MON DIEU ! hurla Connie en pilant brusquement, les mains plaquées sur la bouche.

Une silhouette se déplia langoureusement, comme si cela ne la surprenait pas tellement d'avoir failli se faire marcher dessus en pleine nuit. Connie était prête à prendre ses jambes à son cou, lorsqu'elle vit de qui il s'agissait.

— Mais qu'est-ce que tu fous ici ?

Luke était étendu sur le dos et regardait le ciel.

— Luke ?

— Cheveux, murmura-t-il d'un ton rêveur, à moitié endormi, sans tourner la tête.

Il avait retiré ses lunettes, et ses grands yeux semblaient des ombres sur son visage. Connie suivit la direction de son regard. Il contemplait intensément le ciel nocturne clair, où même les étoiles étaient éclipsées par la lueur de la pleine lune.

— Ce n'est pas humide, au sol ?

Luke se tortilla.

— Un peu, oui.

— Tu aimes bien être mouillé, en somme ?

Il ne répondit pas.

— Qu'est-ce que tu regardes ?

Il ne répondait toujours pas.

— J'aime bien regarder le ciel, c'est tout, finit-il par dire. Le mouvement, là, près de Régulus. Alphard, l'Hydre. Elle me semble rose. Laquelle est ta préférée ? Viens t'allonger.

— Dans l'herbe mouillée ?

— Humide.

Elle le regarda un instant. Et, même si ça ne lui ressemblait pas du tout, elle s'allongea non loin de lui, mais pas trop près, et suivit son regard.

— Je ne vois pas de mouvements, dit-elle.

Elle ne voyait que le tissu noir et bleu marine piqué de points blancs brillants. Elle commença à calculer mentalement leurs vecteurs, par habitude, puis s'interrompit.

— Ni de couleur rose.

— Ce n'est pas vraiment rose. Rosâtre. Mais, tu sais, je n'en suis pas certain. Je suis un peu daltonien.

— Je vois. Ça explique beaucoup de choses. Tu es daltonien, alors ?

— Eh bien, oui ! Je ne vois pas beaucoup de couleurs.

— Ça ne veut pas plutôt dire que tu confonds les couleurs ? Comme le rouge et le vert ?

— Pas moi. Je… j'en vois très peu.

— Excepté là-haut.

— Oui. Je vois davantage de couleurs là-haut. Je vois… je vois beaucoup de choses là-haut. Je trouve ça apaisant. Ici, en bas, il n'y a que des ombres rapides. Mais là-haut il y a de l'espace. Je vois bien. Il y a la place pour tout mettre. Et ça bouge à une vitesse raisonnable, tu ne trouves pas ?

Un avion volant en direction de Stansted fila au-dessus de leurs têtes.

— Enfin, certaines choses, du moins, se corrigea-t-il. C'est très calme sur la colline, il n'y a que le murmure du vent dans les herbes hautes, parfois un mulot qui vaque à ses occupations, une chouette qui ulule. Et ici je peux travailler, ajouta Luke en levant sa main aux longs doigts gracieux comme pour relier les points lumineux. C'est un graphe. Comme une toile enfin assez grande.

— Comme un iPad géant, commenta Connie en le regardant tracer des motifs dans le ciel.

— Un quoi ?

Elle se tourna pour le dévisager.

— Tu n'as jamais entendu parler des iPad ?

— Bien sûr que si, s'empressa-t-il de répondre. Ils sont… trop bien ?

Connie sourit.

— Exactement.

Et ils restèrent allongés là, à regarder Saturne progresser lentement dans le ciel. Connie se demanda s'il s'était endormi. Pour sa part, elle ne se sentait pas le moins du monde somnolente.

— Quand j'étais petite…, commença-t-elle. (Elle n'avait pas pensé à ça depuis des années.) Un soir quand j'étais très petite, j'étais en voiture, avec mon père seulement, je ne sais plus où était ma mère.

Luke ne bougea pas.

— Je m'étais un peu assoupie contre la vitre, continua-t-elle, puis je me suis réveillée, et j'ai vu… j'ai vu un OVNI.

Alors il la regarda.

— Vraiment ?

— Oui ! Enfin, non. Pas en vrai. C'était une immense forme arrondie, grosse comme la moitié du ciel, avec des lumières qui clignotaient tout autour.

— Et ?

— Et c'était… merveilleux. J'étais un peu effrayée, et complètement excitée en même temps. Ça y est, je me suis dit. Ils sont là. Mon père… mon père m'a emmenée voir *Rencontres du troisième type* quand j'étais petite. Et en sortant il m'a dit : « Tu sais, si les extraterrestres venaient me chercher, j'irais avec eux sans réfléchir. J'adorerais ça. J'entrerais dans la soucoupe volante sans faire d'histoires. » Alors je lui ai dit : « Quoi, sans nous ? » Il a eu l'air un peu bizarre et il m'a assuré qu'on lui manquerait beaucoup, mais que… : « Tu comprends, les extraterrestres ! » Je me suis écriée : « Moi aussi ! »

Luke sourit.

— J'imagine que ça ne s'est pas passé comme ça.

Connie garda le silence un moment.

— Il nous a bel et bien quittés. Mais pas pour les extraterrestres. Pour une idiote qui vivait plus loin dans la rue. Maman ne s'en est jamais remise. Elle aurait préféré qu'il se fasse enlever par des extraterrestres qui l'auraient soumis à de douloureuses expériences.

Luke cligna des yeux dans l'obscurité.

— Désolé de l'apprendre.

— Ça arrive souvent, répondit aussitôt Connie qui détestait s'attarder sur ces moments pénibles du passé.

Elle avait réagi en s'abrutissant par le travail, le nez dans ses bouquins, étudiant avec ardeur pour ne plus entendre les disputes et les cris. En mathématiques, les nombres faisaient des choses intéressantes, mais surtout ils étaient fiables, ils se comportaient de manière compréhensible. Et $2x$ était toujours plus grand que x, si x était un naturel. En commençant par là, par des connaissances de base, on pouvait parvenir à tout ce qu'on voulait.

— Alors qu'est-ce que c'était ? demanda Luke au bout d'un moment.

Connie s'était perdue dans le labyrinthe de ses pensées.

— Qu… Oh, la soucoupe volante ?

— La soucoupe volante.

— Les phares des voitures sur la colline suivante. Sur la route contournant la colline, qui était arrondie et sombre. Les lumières rouges avançaient dans un sens et les jaunes dans l'autre.

— Aha ! fit Luke. Ça arrive à tout le monde.

— De prendre une file de voitures pour une soucoupe volante ?

— Peut-être pas à tout le monde.

— Et si… enfin…, et si… j'ai entendu des rumeurs à propos de ces missions confidentielles, mais je n'aurais jamais pensé y être mêlée un jour.

— Je doute que ce soit ce qu'on nous demande, n'oublie pas comment sont ces scientifiques. « Réfuter,

réfuter, réfuter. » Ils veulent qu'on leur dise que ce n'est rien de signifiant.

— J'imagine…, admit Connie.

— Si tu y réfléchis trop, ça va t'influencer.

— Ils ne peuvent pas nous empêcher de spéculer.

Il la regarda alors.

— D'après leur petite démonstration d'intimidation ce soir, ils peuvent empêcher beaucoup de choses.

— Oui, mais… tu sais…, commença Connie en levant les mains vers le ciel. Et si… et si c'était un message, venant de plus loin que ce qu'on imagine ? Sur une longueur d'onde inconnue ? (Elle repensa aux suites de nombres.) Et si c'était une chanson ?

Luke la regarda.

— Tu crois qu'une espèce improbable, dans un univers incroyablement éloigné, sans doute situé sur un autre axe dimensionnel que le nôtre, à une autre échelle que la nôtre, que ces êtres soient microscopiques ou gigantesques…, tu crois qu'ils ne trouveraient rien de plus pressé que de nous envoyer *Orinoco Flow* ?

Connie le regarda fixement.

— Sérieusement, c'est la première chanson qui t'est passée par la tête ?

— C'est une jolie chanson, se défendit Luke.

— C'est juste… Je ne sais pas.

Luke leva les doigts en direction de Polaris, tout juste visible sur la droite, et forma un ovale avec ses mains.

— Que fais-tu ?

— Je pars des principes de base. Quelle heure est-il ?

— Minuit cinq.

— Exactement ?

— Oui.

Connie savait toujours avec exactitude l'heure qu'il était.

— Bon, commençons par là, dit Luke. 52 12 0 0 70.

Connie se tourna vers lui.

— C'est… Est-ce que tu viens de déduire nos coordonnées géographiques ? Tu es certain de ce que tu avances ? Tu dois les connaître par cœur ? Comment sommes-nous… Nord… Est…

Luke haussa les épaules.

— Moi non plus, je ne suis pas d'ici. Désolé. Je voulais juste dire qu'il faut s'occuper simplement de ce que l'on sait avec certitude. Pour ce travail.

Connie hocha la tête et se leva.

— Oh ! fit Luke. On s'en va ?

— Est-ce que je dois encore t'expliquer en détail ce problème d'humidité ?

Lorsqu'il se leva, elle remarqua que, sous son manteau, lui aussi était en pyjama. C'était un ensemble en coton terriblement démodé, avec des rayures d'un rose complètement délavé.

— C'est ton pyjama ?

Il fronça les sourcils.

— C'est la nuit, non ?

— En effet.

— Et tu portes aussi un pyjama.

— Les filles sont mignonnes en pyjama. Sur un garçon, ça craint, c'est flippant.

— J'ai beaucoup à apprendre, s'excusa Luke en baissant les yeux, mal à l'aise.

— Beaucoup à apprendre sur quoi ? demanda Connie.

— Euh…

Luke semblait confus.

— Ah, tu n'as jamais travaillé dans une équipe mixte ? le taquina-t-elle.

Il y avait tellement de jeunes mathématiciens pour qui les femmes étaient une espèce extraterrestre, surtout quand ils avaient fait leur scolarité dans des écoles pour garçons.

Le visage de Luke s'éclaira.

— Non ! C'est sans doute pour ça que je fais sans arrêt ces stupides gaffes… de pyjama.

Connie sourit.

— Ça va aller. Nous ne sommes pas si terrifiantes que ça.

Luke se contenta de hausser les sourcils sans rien dire.

— Bon, on ferait mieux de rentrer, reprit Connie. On est tous sous surveillance maintenant. Bon sang, je l'ai vraiment cru quand il a dit ça ! J'imagine que demain on passe aux choses sérieuses.

Alors qu'ils reprenaient le sentier, Connie se rendit compte qu'elle débitait des banalités.

— Pour découvrir ce qui roule autour de la colline, dit Luke.

Ils atteignirent la route et bifurquèrent ensuite vers leur bâtiment, où ils se souhaitèrent bonne nuit.

L'homme qui les avait suivis jusque dans les buissons poursuivit son chemin, saluant le portier au passage.

Chapitre 4

Ils prirent tous leur petit déjeuner ensemble, pleins d'appréhension sur ce qui les attendait, et réticents à converser. Le réfectoire était un lieu bruyant et animé : sur de longs bancs en bois, les étudiants engloutissaient des quantités astronomiques de tartines et de café exécrable. Evelyn avait apporté sa propre Thermos remplie à sa machine à expresso. Cela allait devenir leur nouvelle obsession, et bientôt il y aurait quatre grosses tasses isothermes sur la table (Luke et Ranjit ne prenaient pas de café), afin d'affronter la journée.

Car les journées étaient longues.

Cela rappelait à Connie le conte du Nain Tracassin qui essayait de changer la paille en or. Il semblait y avoir des piles infinies de pages couvertes de nombres, qui leur arrivaient par caisses entières. Chacun d'eux commençait par le début – à supposer que ce soit vraiment le début, ce qui n'était pas l'évidence même. Ils soumettaient les données à tous les tests et manipulations auxquels ils songeaient. Connie y voyait aussi une ressemblance avec les tests que les psychologues scolaires lui donnaient quand elle était petite : ils la faisaient sortir de la classe, et elle se retrouvait entourée de grandes personnes qui la regardaient et lui donnaient l'impression d'être toute petite et faible.

Ils avaient calculé l'entropie et dessiné des graphes, effectué des opérations, additionné, mis au carré, calculé des racines cubiques, divisé, incrémenté… Tout cela manuellement, sur papier.

Voici ce qui était arrivé : toutes les grosses planètes et étoiles émettent un bruit de fond, un bourdonnement de bas niveau qui indique simplement leur présence. D'après les astrophysiciens de Mullard, ces données étaient les fréquences issues d'un mystérieux signal radio apparu soudainement dans l'espace intersidéral, envoyé avec plus d'énergie que ce qu'aurait pu fournir le soleil en un million d'années. Aussi brusquement qu'il était apparu, le signal s'était tu.

Ils avaient soumis les chiffres à des analyses séquentielles, l'Institut de recherche d'une intelligence extraterrestre s'en était mêlé brièvement – avec un enthousiasme excessif –, mais plus les simulations par ordinateurs devenaient nombreuses, moins ils avançaient. Cet assortiment de mathématiciens armés de leurs crayons et de leurs calculatrices était la tentative de la dernière chance.

— On croirait un de ces affreux questionnaires à choix multiples pour lesquels il fallait quitter la classe, grommela Connie en se mettant au travail le quatrième matin.

Luke était en train de construire une pyramide très complexe en origami fait avec des papiers mis à la poubelle. Connie ne l'avait pas vu travailler une seule fois. Il se contentait de regarder ce que les uns et les autres faisaient, pour leur signaler au premier coup d'œil les erreurs ou les failles de raisonnement, qu'il explicitait parfois rapidement sur l'un des tableaux. C'était déprimant mais très impressionnant. Jamais elle n'avait rencontré quelqu'un chez qui les mathématiques étaient une seconde nature. Son talent semblait inné, évident. Mais il n'avait pas du tout l'air d'essayer d'élaborer ses propres théories.

— Mais ces trucs étaient énormes ! s'était écrié Arnold à la mention des questionnaires. C'étaient les rares moments où on n'avait pas à subir les insultes rituelles du reste de la classe ! Un petit coin tranquille dans la salle des profs, un chronomètre. Et beaucoup d'attentions !

Ranjit poussa un soupir heureux à cette évocation.

— Est-ce que vous êtes déjà allés à un de ces grands rassemblements consacrés aux maths aux States ? demanda Arnold tout en calculant une multiplication énorme sur ses doigts, qui bougeaient comme un boulier en vitesse accélérée. Ah, c'était le rêve, ces trucs !

— Une fois j'ai tenu quinze heures à *Dance Dance Revolution*, qu'ils avaient mis en accès libre, répondit Ranjit avec mélancolie. C'était la plus belle soirée de ma vie.

— La plus belle soirée de ta vie ? interrogea Evelyn d'un ton sévère.

Derrière les verres de ses lunettes, Ranjit cligna des yeux.

— Je danse vraiment bien.

— Ah là là, toute cette bouffe gratuite… Rien à faire de la journée, juste battre le mec en face de toi. Euh… ou la femme, ajouta Arnold, essayant d'être politiquement correct.

— Des compétitions stupides pour épater la galerie, grogna Evelyn. Les mathématiques consistent à explorer la beauté subtile des motifs dissimulés dans les lois. Pas à frimer.

— Et c'est pour cette raison qu'ils nous ont donné ce tas de dégoûtants strings pour cochons, se plaignit Arnold en brandissant des feuilles de données.

— Arnold, tu es sûr de savoir ce que ça veut dire, « string » ? demanda Sé.

— C'est marrant de vous voir prétendre que vous en avez déjà vu portés par quelqu'un, se moqua Evelyn.

— Bon, les gars, faut s'y remettre, supplia Connie, tandis que Luke entonnait sa devise « Réfuter, réfuter, réfuter ».

Même si elle admirait ses méthodes (mais elle n'arrivait pas bien à comprendre quelles méthodes il utilisait), il était un peu déprimant de penser qu'ils travaillaient peut-être dans le vide.

Ils s'acharnaient pourtant à la tâche, jusque tard le soir, mangeaient ensemble, discutaient de leurs hypothèses, mais c'était comme essayer de tricoter les étoiles entre elles : ils n'arrivaient à tirer sur aucun fil pour dérouler la pelote, rien qui puisse indiquer que les nombres étaient aléatoires ou délibérés, ou quoi que ce soit d'autre que ce que suggérait le rasoir d'Ockham (et Luke était en faveur de cette théorie), à savoir une interférence radioactive inexplicable, une trace négligeable de Kepler-186f.

De temps en temps, le professeur Hirati faisait irruption, tiré à quatre épingles, consultant sa montre en soufflant, parlant de réunions auxquelles il devait se rendre, et demandant s'ils avaient trouvé quelque chose. « Non ? Très bien, continuez comme ça, c'est tout pour l'instant. »

Au neuvième jour, ils en avaient tous ras la casquette. Connie rêvait en mégahertz, par groupes de six chiffres, qui ne se répétaient pas, qui ne faisaient rien de signifiant. 145 786, 120 634, 389 544. Reportés sur un graphique, ils montaient, descendaient, ondulaient, sans ordre apparent. Insignifiants, simples motifs que l'on pouvait obtenir avec n'importe quel nombre. Ça ne voulait rien dire. Ranjit emplissait des carnets d'algorithmes tracés à gros traits noirs, il jouait avec les nombres, les tordait en tous sens, les disséquait sans discontinuer.

Arnold s'était emparé des tableaux pour s'essayer à une interprétation spatiale des données, en plusieurs dimensions, les traitant comme les mesures de formes gigantesques à cent côtés, qui caracolaient sans but sur les murs. Luke dessina deux yeux et des dents sur une des figures, un polytope déployé sur deux dimensions, dont la forme à plat évoquait un dragon.

Un matin, Connie arriva après une nuit où des rêves enchevêtrés avaient envahi son lit à baldaquin, les chiffres devenus vagues immenses qui menaçaient de l'engloutir toujours plus profond, de la noyer. Elle était fatiguée, grognon, et en avait vraiment marre de ce bunker-laboratoire, des cartes magnétiques pour entrer, des crampes dans la main à force d'essayer de résoudre cette équation, dont la solution n'existait pas.

Et, là, elle constata que Luke avait réussi à faire entrer le piano. Non content de cet exploit, il se trouvait maintenant sous l'instrument, dont il serrait et desserrait les cordes, ce qui produisait des sons atroces.

— Arrête de torturer ce piano, lui dit Connie en replaçant ses cheveux derrière ses oreilles. C'est cruel. Et très inhabituel.

Les deux pieds bottés qui dépassaient des chevalets ne bougèrent pas. Mais une longue main pâle apparut, attrapa les touches par-dessous, pour jouer quelques notes discordantes et horriblement fortes.

— Sixte augmentée, dit Arnold sans quitter des yeux ses papiers. Luke, c'est un intervalle de sixte augmentée, merde. Tu dois arrêter. On croirait que tu cherches à transformer le concept de musique en arme de destruction massive.

— C'est ce qu'il fait ! Tu vas le casser ! l'avertit Connie, alors que la main de Luke tâtonnait toujours.

Le ton des notes montait et descendait, produisant des hurlements affreux, à mesure qu'il serrait ou relâchait les cordes.

— AAAAAH ! finit-elle par crier en jetant son stylo.

Elle vint se poster près du clavier et prit le couvercle entre ses doigts. À l'autre bout de la pièce, Sé continuait à travailler sans le moindre signe de contrariété. Elle secoua la tête, sidérée.

— Si je vois encore tes doigts, je lâche tout, dit-elle d'une voix forte. Je ne plaisante pas.

Alors les bottes bougèrent, et lentement Luke émergea. Il était sur le dos, posé sur une planche de skate. Ses grands yeux sombres derrière les lunettes à monture épaisse semblaient surpris.

— J'étais juste en train de modifier le tempérament du piano, se défendit-il.

— Ah oui ! Eh bien, tu modifies aussi le tempérament du département de maths, je te signale !

— Moi, ça ne me gêne pas, dit Sé du fond de la pièce.

— Mais ça, c'est parce que des années d'exposition intensive au heavy metal ont eu raison de ton âme, argumenta plaisamment Connie. Toi, tu peux aller faire des bruits horribles dans la salle commune.

— Je n'aime pas cet endroit, se plaignit Luke en tapotant le piano, comme s'il rechignait à le laisser là. Les distributeurs de boissons me font de la peine. Et comme je suis sûr à 99,974 pour cent que notre travail ici est totalement futile, je pensais qu'un petit divertissement musical serait le bienvenu.

— Rhhaaa ! gémit Connie. Ça fait trop longtemps qu'on est enfermés ici, les uns sur les autres. Sérieusement ! Personne ici n'a quelqu'un qui l'attend à la maison ? Arnold, tu n'es pas marié ?

Le sympathique Américain semblait moins enjoué qu'à l'ordinaire.

— Euh… non, enfin pas vraiment… Je veux dire, pas comme ça, non.

— Attends, tu ne sais pas ?

— Euh… si. Non. Mais j'ai, tu sais…, un avatar très occupé, finit-il par avouer dans un filet de voix.

Connie se tourna vers Evelyn.

— Et toi ?

— J'ai épousé les mathématiques, lança pompeusement Evelyn. Et puis au Caire cette salope m'a larguée. Sale sorcière !

Elle souligna quelque chose sur sa feuille avec tant de force que la mine traversa le papier. Sé haussa les sourcils.

— Non ! On est tous célibataires ? s'alarma Connie.

— Moi, je suis fiancé, intervint Ranjit, à la surprise générale. Quoi ? C'est vrai ! Depuis mes onze ans. Mes parents étaient ravis. C'est ma cousine au second degré, alors c'est chouette. On attend juste qu'elle ait vingt et un ans. Elle est bonne en maths aussi.

— Mais elle ne vit pas avec toi ?

— Quoi, avant le mariage ? Eh !

Connie secoua la tête.

— Incroyable ! On pourrait se demander s'ils n'ont pas fait exprès.

— Tu n'as pas posé la question en ce qui me concerne, souligna Sé.

Connie piqua un fard. Elle ne tenait pas vraiment à savoir si Sé avait une copine.

— Euh… ben… tu as… ? grommela-t-elle.

— Non, répondit-il en baissant les yeux.

— Et moi, on ne m'a pas posé la question non plus, se plaignit Luke à Evelyn qui lui tapota la main.

— C'est parce que tu es tellement bizarre, le rassura-t-elle. Et ta musique est épouvantable.

— Moi, j'aime bien, dit Luke en se rapprochant de nouveau du piano.

— Je crois que je vais devoir te mettre un gros pain si tu te remets à faire ce boucan, annonça Arnold. Désolé d'avance.

Il leva un poing immense et charnu pour illustrer son propos. Luke fronça les sourcils.

— Mais, afin de donner à ton poing la force nécessaire pour me blesser, tu provoquerais un déséquilibre de ton ratio taille-poids. La gravité ne pourrait pas le compenser.

— Attends, tu dis que je suis gros, là ? demanda Arnold en se levant de son siège.

— Oui, dit Luke, un peu dérouté.

— Viens là, on va régler ça vite fait.

— Je comprends, fit Luke, pensif. Parce que tu ne veux pas dépenser plus d'énergie pour te déplacer. Ce serait un désavantage, exothermiquement parlant ; d'autant plus que ta capacité pulmonaire…

— OK ! le coupa Connie en s'interposant entre eux. Stop ! On a besoin de prendre l'air. Et cette pièce a vraiment, vraiment, vraiment besoin d'être aérée. Mme H. ne veut même plus venir faire le ménage, elle dit qu'on est une troupe de singes.

En disant cela, elle essaya de ne pas regarder Arnold qui examinait tristement ses phalanges poilues.

— Allez ! Ouste ! On sera plus efficaces au grand air de toute façon !

Ils découvrirent alors avec surprise que c'était une journée de printemps radieuse. Les arbres en pleine floraison avaient tapissé le sol de fleurs, le soleil leur chauffait le dos, et dès qu'ils sortirent de la ville, après avoir traversé la route où cheminaient de nombreux cyclistes, empruntant un sentier qui menait dans les bois, Connie prit une grande inspiration et prit conscience que c'était vraiment une bonne idée. Qu'ils fassent tous un peu d'exercice pour rompre cette routine basée sur la mauvaise humeur et la caféine. Peut-être trouveraient-ils un pub de campagne en fin de promenade, où ils pourraient faire connaissance autrement qu'en se disputant pour des futilités alors qu'ils essayaient d'obtenir des résultats avant les autres. Pour résoudre un casse-tête qui n'avait peut-être pas de solution.

— Tu en penses quoi ? demanda Connie à Evelyn alors qu'elles cheminaient côte à côte le long des touffes de jonquilles qui bordaient le sentier.

— Oh, on est sans doute en train d'essayer de réparer un foutu télescope cassé ! répondit Evelyn, tout en consultant sa montre d'un air préoccupé. (C'est qu'elle aimait préparer et manger son repas à la même heure tous les jours.) Je ne sais pas pourquoi ils en font toute une histoire.

— Tu fais comment, toi ?

— Je calcule la complexité des sous-unités de la chaîne, en cherchant à savoir combien de fois chaque paire de nombres possible est utilisée, et de même pour les trigrammes, et ainsi de suite.

Connie hocha la tête.

— Mais ça ne donne rien, si ?

— Ce qui est étrange, dit Evelyn en regardant un nuage éthéré disparaître dans les confins du ciel, c'est que je me suis mise à croire que ça pourrait être tout et n'importe quoi.

Devant elles, Sé et Arnold marchaient côte à côte – Arnold peinant un peu à suivre les grandes enjambées de son collègue. Connie se fit la réflexion que voir Arnold en extérieur semblait bizarre. Il n'était pas dans son élément, c'était un chat d'intérieur, avec une canette de Coca greffée à la main gauche. Ranjit trottinait derrière, et de temps en temps faisait une remarque que les deux autres chassaient comme une mouche importune. Luke avait discrètement cueilli une jonquille et l'examinait avec curiosité.

— Les suffrages de la dernière édition de l'Eurovision. Des transactions boursières. Le compte de taches de rousseur par personne. Des trucs impossibles.

— Je sais, je vois ce que tu veux dire. Ça semble tellement…, commença Connie avec un sourire. Ça me plaît en fait. Rien que la pureté des chiffres, qui se répètent, qui se renversent. C'est comme jouer dans un bac à sable, il n'y a pas de règles.

— Pas de règles, parce qu'on ne sait pas ce qu'ils veulent, rectifia Evelyn. J'aime résoudre les problèmes parce que je peux normaliser le concept d'une réponse. Alors que là ! Pfff ! C'est un soleil qui explose très loin d'ici, qui envoie des traînées de feu au petit bonheur la chance dans une galaxie lointaine. Et ils sont juste dégoûtés parce que leur télescope hors de prix n'arrive pas à voir ça. Ça doit être incroyablement beau. Une étoile agonisante. Triste, même. Mais ça ne veut rien dire.

Ils avaient atteint le sommet de la colline. Tout le monde avait mis son manteau, sauf Luke qui portait toujours la même veste usée en velours côtelé, avec ses pièces aux coudes, un peu trop large pour lui.

De là, on avait une bonne vue sur la campagne : elle s'étendait jusqu'au fleuve qui traversait Ely avant de poursuivre son chemin jusqu'à la mer. Connie suivit des yeux son tracé sinueux dans les plaines, patchwork de parcelles vertes cousues de grandes haies bien entretenues. Quelques moutons paissaient ici et là, et les vaches enfonçaient le mufle dans l'herbe fraîche du printemps et les marguerites éparpillées dans les champs. C'était charmant : l'Angleterre dans toute sa splendeur, beauté calme et spectaculaire. Des clochers pointaient par endroits, entourés d'habitations. Au loin, un train glissa sans bruit, portant son lot de passagers vers la machinerie londonienne, à quatre-vingts kilomètres au sud.

Les uns et les autres s'étirèrent, s'assirent. Sé s'allongea carrément, sortit son carnet de croquis et se mit à dessiner les formations nuageuses pour l'un de ses projets de recherche. Evelyn sortit un petit cigarillo brun qui sentait mauvais et l'alluma avec une lueur de défi dans le regard.

— Ou comment gâcher complètement ce moment, se plaignit Arnold en se mettant à tousser de manière exagérée.

— Ou comment le rendre parfait, le contrecarra Evelyn. En ta présence, je me tiens toujours dans le sens du vent, alors je te suggère de m'imiter, dans cette situation…

Connie contemplait le fleuve, suivant des yeux deux sternes qui décrivaient des cercles paresseux au-dessus de l'eau. Il était aussi difficile de se figurer l'atmosphère bruyante, l'énergie tonitruante et martelante de Londres, grouillant en ce moment même de gens et de véhicules, à moins d'une centaine de kilomètres seulement – distance négligeable à l'échelle de l'espace – que d'imaginer un soleil mourant qui lançait ses derniers feux très loin d'ici, troublant les signaux qu'un appareil terrestre rudimentaire captait…

— Tout est une question de perspective, n'est-ce pas ? fit une voix basse, comme en écho à ses pensées.

Stupéfaite, elle se retourna. Luke était là.

— D'ici, tout semble loin, même si ce n'est pas vrai. Tout dépend où on se place pour regarder.

Soudain, Connie prit conscience de la proximité de Luke. Il ne la touchait pas mais il était trop proche. Elle l'entendait respirer, sentait une drôle d'odeur qu'elle n'arriva pas à identifier sur le moment mais qui plus tard la frappa : on aurait dit l'odeur de l'eau salée. Ses longs cils épais faisaient des ombres sur ses joues pâles.

Elle cligna des paupières. Il avait vraiment des yeux gigantesques. Elle s'était rendu compte – elle ne savait pas si elle était la seule à l'avoir noté – à quel point il voyait mal. Il se débrouillait en empruntant toujours les mêmes trajets, et elle avait aussi remarqué qu'il avait pris l'habitude de la repérer dans la pièce à la couleur de ses cheveux.

— Luke ! intervint Evelyn. Respect de l'espace vital !

— Oh zut ! fit Luke en reculant d'un pas incertain.

Connie tendit la main pour qu'il ne tombe pas, mais il l'évita et effectua une drôle de manœuvre pour retrouver son équilibre, en sautillant en arrière – et qui, contre toute attente, fut couronnée de succès.

— Désolé. Pourtant Evelyn me gronde sans arrêt à ce propos.

— Ce n'est rien. Ça… ça ne me dérange pas, le rassura machinalement Connie, avant de se rendre compte de ce qu'elle était en train de dire.

Elle rougit alors jusqu'à la racine des cheveux. Ses joues étaient brûlantes.

Je suis cloîtrée dans ce labo depuis trop longtemps, se dit-elle. *Je deviens folle. Trop d'heures enfermée entre quatre murs. Trop longtemps sans… Enfin, ce n'est pas que… Enfin Luke est mignon… Trop mignon. Trop mignon pour un garçon. Quoique… Il a les épaules larges sous cette veste… et ces longs doigts élégants…*

— Oh ça, c'est MAGNIFIQUE ! cria soudain Arnold.

Connie se tourna vers lui, consciente d'accueillir cette distraction avec gratitude.

— C'est la plus belle chose que j'aie jamais vue !

Tout le monde suivit la direction de son bras. Et là, juste au pied de la colline, de l'autre côté, un peu cachée par un lacet du sentier, une petite pancarte signalant la présence d'un pub.

Ils s'installèrent en terrasse, dos au soleil, savourant cette liberté au goût étrange devant des pintes. Pour une fois, ils ne stressaient pas au sujet de cette tâche impossible à mener à bien, pour une fois ils ne s'inquiétaient pas d'être surveillés. Ils étaient simplement un groupe de collègues, presque des amis, buvant un verre au pub comme le font les gens normaux le vendredi (en réalité, c'était un mercredi, mais aucun d'entre eux n'avait eu de vrai week-end depuis trois semaines).

Le charme imprévu de cet après-midi ainsi que le cidre local étonnamment fort agirent rapidement sur les mathématiciens, et bientôt le volume sonore monta autour de la table, au gré des plaisanteries où chacun s'illustrait par son ridicule. Sé s'agaça que les autres se moquent de ses tentatives pour faire des fractales avec des paquets de chips vides. Il y eut un interlude assez gênant pendant lequel Ranjit se leva pour exécuter une chorégraphie parfaitement rodée – et très explicite – lorsque le tube *Blurred Lines* passa à la radio. Une dispute éclata entre Evelyn et Arnold, provoquée par un sujet que personne ne put se rappeler avec certitude après coup, mais qui devait concerner soit la nature oppressive de l'Église catholique, soit la manière de préparer les ballottines de poulet.

Connie se laissait envahir par cette atmosphère bon enfant, riant aux blagues stupides, respirant le bon air et admirant le couchant tandis que le pub s'emplissait de fermiers et d'autochtones – alors que les étudiants qu'ils étaient habitués à croiser tout le temps brillaient par leur absence. Dans le jardin garni de tables en bois sur tréteaux, sous lesquelles circulaient plusieurs chiens, les guirlandes électriques s'allumèrent, attirant des papillons de nuit. Le parfum des prairies se mêlait aux effluves de poiré, la fraîcheur nocturne mouillait l'odeur des vilains cigarillos d'Evelyn, et la soirée les enveloppait d'une sensation brumeuse emplie de rires, de bruits, et du plaisir d'être ensemble.

Plus tard – bien plus tard – Connie commença à se demander comment ils allaient réussir à se traîner jusqu'à leurs appartements. D'autant plus que les effectifs de moutons dans les champs semblaient avoir doublé. Elle trouva cette pensée désopilante et se mit à glousser. En revenant des toilettes, elle vit que Luke était debout sur la table et criait quelque chose à propos de signaux d'étoiles.

Elle jeta un coup d'œil autour d'elle. Il parlait beaucoup trop fort. Les convives aux autres tables faisaient mine de ne pas l'entendre, mais elle avait malgré tout la conviction qu'il n'aurait pas dû parler à haute et intelligible voix de leur mission. Ils ne devaient pas en parler en dehors du bunker. C'était bien ce qui était convenu, non ? Elle avait beau être dans un état second, elle sentait que ce n'était pas correct.

— Descends de là-haut ! chuchota-t-elle d'un ton pressant en se dirigeant vers leur table. Luke ! Descends !

Il la regarda en fronçant les sourcils.

— Je ne suis pas en haut.

— Si, tu es là-haut, sur la table !

Il jeta un coup d'œil à ses pieds.

— Haut..., tout est relatif. En fait, ce n'est rien.

— Bon, alors descends de ce rien, s'il te plaît.

— Je dis simplement que...

— Tu peux aussi le dire très discrètement, en privé, dans le bunker, lui rappela Connie.

Luke et Connie se parlaient les yeux dans les yeux, sous le regard du reste de la bande.

— On n'a pas besoin de bunker, dit Luke. C'est bien le problème. Nous avons tous examiné les données correctement. Sauf toi, Sé. Ta recherche sur les structures hiérarchiques de la séquence est erronée. Tu n'as pas pris en compte que l'on peut calquer n'importe quelle interprétation sémantique pour en tirer du sens. Ce que l'on cherche, c'est une interprétation naturelle, et la tienne ne l'est pas. Ce n'est pas parce qu'une structure est élégante qu'on peut y faire correspondre n'importe quelles données.

— Mais c'est n'importe..., s'emporta Sé, avant de prendre un moment de réflexion, le regard perdu dans son verre. Oh ouais ! D'accord. Au temps pour moi. Pourquoi ne pas me l'avoir dit plus tôt ?

— Quelle importance ? dit Luke d'un ton un peu hautain. Tu pourrais aussi bien remplacer le 120-cellules par un macaque rhésus, ton travail ne serait pas plus utile.

— Eh ben, merci ! s'agaça Sé, habituellement imperturbable.

— Non, écoutez, poursuivit Luke, très excité, en agitant ses longues mains.

Evelyn tira sur l'ourlet de sa veste, l'obligeant à descendre de la table, mais il ne se rassit pas pour autant. À certaines tables, les clients dévisageaient carrément ce fou. Connie se prit à souhaiter qu'ils se fassent chasser du pub, mais il n'y avait pas une serveuse en vue.

— Écoutez-moi ! On s'est bien amusés… Bon… euh… je ne sais pas trop ce que signifie « s'amuser », mais j'ai l'impression qu'on devrait dire : « On s'est bien amusés. » Bref, il faut se rendre à l'évidence : ces chiffres ne veulent rien dire. Ce sont des enfilades futiles, des énumérations sans but, sans doute les derniers soubresauts d'une supernova agonisante. Il est temps de leur dire : « Dirigez vos télescopes spatiaux ridiculement hors de prix dans une autre direction. Vous ne faites rien de bon, c'est un gâchis d'argent et de temps. » Et après on pourra faire ce qu'on veut au lieu d'essayer de résoudre ces Sudoku impossibles en prétendant que c'est du travail. Je trouve qu'on devrait leur annoncer ça demain.

— Tu es sûr qu'un mois de recherche est suffisant, mon vieux ? s'étonna Arnold en fronçant les sourcils.

— Tu pourrais y passer cent ans, tu ne serais pas plus avancé. Ce n'est rien. Rien du tout. Et on y perd notre temps.

Evelyn hocha la tête.

— J'aimerais bien boucler un livre d'ici à la fin de l'année.

— Je veux rendre visite à ma famille, dit Sé.

— Je vais me marier ! se réjouit Ranjit.

— Je serais ravi d'envoyer promener cet astrophysicien, grommela Arnold.

Luke tourna la tête vers Connie. Elle le regarda droit dans les yeux.

— Non !

— Quoi ?

— Non ! Je n'ai pas fini, je n'abandonne pas !

— Pas fini de quoi ? De poser tes divisions ?

— Je ne sais pas, répondit-elle, la langue pâteuse. Je saurai quand j'aurai trouvé.

— Tu ne trouveras rien.

— Tu sembles très sûr de toi. Tu ne veux pas que je trouve ?

Ils se défièrent du regard pendant un long moment. Luke baissa les yeux le premier. Arnold finit par se lever.

— Arf, Connie a sans doute raison. On ne peut pas déjà abandonner le sein du gouvernement qui nous nourrit.

Evelyn soupira.

— Rabat-joie.

— Moi, ça me plaît bien, en fait.

Connie examina le visage de Luke. Il n'avait pas l'air de quelqu'un dont la proposition n'a simplement pas été retenue. Il était devenu pâle et semblait complètement désespéré.

Arnold ne remarqua pas ce changement et se leva lourdement du banc.

— Bon, je vais me rentrer. Je sais bien qu'on est en Grande-Bretagne, mais je ne vois pas pourquoi je devrais boire jusqu'à perdre connaissance sous prétexte que c'est la coutume locale.

Les autres lui donnèrent raison et graduellement ils se levèrent tous de table, le pas un peu malaisé. Ils entreprirent de gravir la colline pour rejoindre les lumières de la ville qui, tout illuminée à présent, diffusait une lueur réconfortante.

Seul Luke resta où il était, debout derrière une mer de verres vides, une expression de désespoir figée sur le visage. Connie s'attarda un peu ; elle s'en voulait de l'avoir bouleversé à ce point.

— Je suis désolée, dit-elle. C'est juste que… j'ai l'impression que je n'en ai pas fini. Je crois qu'il y a quelque chose. Quelque chose qui fait sens. Juste en dehors de mon champ de vision. Je sais, j'ai l'air folle en disant ça. Disons que c'est mon sixième sens.

Luke eut l'air dérouté, puis, de nouveau, découragé.

— Je comprends, dit-il.

Elle ne voyait pas pourquoi cette situation l'affectait autant. Ce n'était qu'une assignation, après tout. Un boulot qu'ils s'étaient engagés à faire.

D'un geste désinvolte, elle lui offrit son bras pour descendre la colline, mais il n'eut pas l'air de comprendre ce qu'elle attendait de lui, et pour la deuxième fois de la soirée elle fut gênée par sa propre audace. *N'oublie pas ce qui s'est passé avec Sé*, se sermonna-t-elle. *Ne te ridiculise pas devant tout le monde. Au moins Sé, lui, était intéressé, sur le moment. Stop* !

Elle s'engagea dans le sentier qui descendait.

— À demain, alors, lui dit-elle, voyant qu'il ne bougeait toujours pas.

Il contemplait le ciel nocturne, où les étoiles commençaient à apparaître. Il opina.

— Je vais rester un peu.

Ils rentrèrent à l'université, dans une ambiance pleine de bonhomie. Malgré tout, Connie s'inquiétait pour Luke. C'est pourquoi quand les autres se souhaitèrent bonne nuit avant de regagner leurs pénates elle ne prit pas garde qu'ils la laissaient seule dans le couloir avec Sé.

— Bonne nuit ! lança-t-elle joyeusement en fouillant dans son sac.

Sé avait l'air embarrassé.

— En fait, fit-il. En fait…

Il se rapprocha de Connie.

— Je me demandais si tu voulais prendre un dernier verre ou un café ?

Connie, totalement prise au dépourvu, regarda son visage élégant. Depuis leur arrivée à Cambridge, leur relation avait été – les taquineries des autres mises à part – purement professionnelle, et elle ne voyait plus en lui qu'un collègue sérieux et discret.

— Oh ! Oh, Sé, je…

L'expression du jeune homme affichait un mélange étonnant de nervosité et d'espoir. Elle baissa les yeux.

— Je crois que vu qu'on travaille ensemble… ce serait trop compliqué…

Il émit un grognement de déception.

— Et puis ce type te plaît bien.

— Quel type ? demanda Connie en s'empourprant.

— « Quel type ? » l'imita Sé, agacé. Arnold ? Euh… non. Non, plutôt celui avec son air dans la lune et ses yeux de vache ! Tu le dévores du regard.

— Mais pas du tout ! s'offusqua Connie. Je dévore dix-neuf mille pages de sorties papier sans queue ni tête, comme nous tous !

— Exactement. Tu as besoin de te changer les idées.

Connie eut une brève vision du passé : le corps élancé et presque imberbe de son ancien amant, d'un brun délicieux.

— Non, répondit-elle résolument.

— À cause de lui ?

— À cause de bien des choses.

Sé ferma un instant les paupières, et son visage se ferma.

— Bon, si tu changes d'avis, tu sais où me trouver.

— Bonne nuit.

Il agita la main dans sa direction et s'éloigna d'un pas rapide, la laissant seule dans le couloir, en proie à un sentiment étrange.

Chapitre 5

C'était sans doute en grande partie dû au cidre – et à la proposition maladroite de Sé –, mais Connie passa une mauvaise nuit. Elle s'agitait sous les couvertures, la nuit était lourde, les rideaux du lit oppressants. Elle ne trouvait pas de position confortable, avait l'impression d'être sur un navire en pleine mer. Elle émergeait parfois brièvement avant de sombrer de nouveau dans un demi-sommeil désagréable, elle avait soif, et cette image du visage dévasté de Luke la hantait, même si elle ne comprenait toujours pas pourquoi il était si contrarié.

Enfin, juste avant 4 heures, elle abandonna la partie. Le plancher en chêne vénérable grinça sous ses pieds encore peu habitués à un tel luxe, et elle gagna d'un pas incertain sa kitchenette, où elle avala un verre d'eau avec tant d'avidité qu'elle en oublia de fermer le robinet. Hébétée, Connie regarda en clignant des yeux l'eau qui cascadait dans l'évier. Au bout d'un moment, elle se pencha et actionna le robinet.

Elle mit la bouilloire à chauffer et se prépara une tasse de thé, sans allumer la lumière. La lune dispensait une clarté suffisante par les fenêtres, et de plus elle pensait que ses yeux n'étaient pas prêts à affronter l'éclairage artificiel. Elle emporta son thé, prit une couverture sur le sofa et s'enroula dedans pour se poster devant la grande baie vitrée.

Bien qu'elle n'ait pas un véritable balcon comme Evelyn, il y avait malgré tout un espace entre la fenêtre et le crénelage. Juste assez pour qu'elle s'y faufile, et de là atteigne le toit. Perchée là, elle laissa son regard se promener sur les toits des bâtiments anciens et au-delà, en direction des collines arrondies. Dans le ciel, les étoiles étincelaient. Elle s'imagina voir quelqu'un monter sur une hauteur, mais c'était sûrement une illusion. Personne ne pouvait être dehors à une heure pareille.

Elle continua de boire son thé en contemplant l'horizon, à moitié assoupie, se demandant dans combien de temps les doigts de l'aurore paraîtraient. À ce stade étrange de la nuit, il lui semblait que le matin n'arriverait jamais, qu'il ferait noir pour toujours. Il faudrait s'orienter à la lueur des étoiles lointaines. Une nuit tombée pour l'éternité.

Elle avait dû s'endormir complètement, car, lorsqu'elle revint à elle, les étoiles s'effaçaient, et surtout elle s'était dangereusement affaissée sur le côté ! La frayeur acheva de la réveiller, et elle poussa un cri en s'accrochant au crénelage, convaincue par les vestiges de son rêve qu'elle tombait d'un bateau.

Lorsqu'elle comprit qu'elle ne risquait pas de tomber, qu'elle avait simplement bougé dans son sommeil, Connie se sentit ridicule, mais elle était malgré tout ébranlée. Il n'y avait pas de bateau, ni de mer, ni…

Elle s'immobilisa.

L'aube naissait à peine, juste en face d'elle, plein est. Des traînées roses, pourpres et jaunes commençaient juste à paraître. Mais par ailleurs le ciel était encore sombre, et les collines ressemblaient à des…

Connie se redressa, encore en pyjama, courut enfiler un pull et se précipita au bunker. Elle ne se rendit pas compte qu'elle était pieds nus avant d'être presque arrivée.

Elle s'attendait à ne trouver personne, mais un vigile était là, bien réveillé – pas un des gardes baraqués qui se trouvaient habituellement à ce poste, mais un jeune homme à l'air vif et aux cheveux coupés ras. Il cocha son nom avant de la faire entrer.

Connie se jeta immédiatement sur les piles de papiers, en attrapa une ramée, piqua un beau feutre pour tableau blanc sur le bureau de Sé (ceux d'Arnold étaient toujours en fin de course, alors que sur le bureau de Sé, toujours bien ordonné, les fournitures étaient en parfait état) et se plaça devant le tableau le plus proche de la porte, tout à gauche. Elle dégagea son visage en s'attachant les cheveux avec un élastique, se frotta les yeux pour chasser les dernières traces de sommeil et se mit au travail.

Quatre heures plus tard, les autres arrivèrent en traînant des pieds, plus ou moins débraillés : Arnold arborait de profonds cernes, Ranjit bâillait outrageusement, Sé était élégant malgré sa mine sombre, Evelyn était toujours aussi fraîche et Luke était aux abonnés absents.

— Waouh ! s'exclama Arnold qui venait de pousser la porte de sa main libre.

L'autre était encombrée d'une tasse XXL qu'il remplissait religieusement chaque matin du café préparé par Evelyn.

Connie ne tourna même pas la tête. Chaque centimètre de chaque tableau blanc était couvert de haut en bas. Elle tendait le bras pour atteindre le sommet du dernier avec une équerre, légèrement essoufflée. Le feutre était presque vide.

— C'est mon feutre ? demanda Sé.

On aurait dit que leur conversation de la nuit passée n'avait jamais eu lieu. Il était de nouveau complètement égal à lui-même.

— Qu'est-ce que c'est que ça ? souffla Arnold à mi-voix.

Evelyn s'était déjà avancée pour examiner attentivement un des tableaux.

— Oh, mon Dieu ! s'exclama-t-elle. Oh, mon Dieu !

— Qu'est-ce que c'est ? répéta Arnold.

Il s'approcha un peu.

Evelyn que d'habitude rien ne surprenait s'était assise, sous le choc. Elle regardait les tableaux puis baissait les yeux vers le sol, et relevait la tête comme dans l'espoir qu'il se serait produit un changement.

— C'était un feutre neuf, se plaignit Sé.

— Ce sont juste des ondes aléatoires, dit Arnold. Nous avons déjà constaté tout ça.

Chaque tableau était couvert d'ondulations. Il y avait des pics, certaines lignes étaient incurvées. Des grandes,

des petites. Cela semblait totalement hasardeux, des lignes, et encore des lignes, rien de régulier au niveau des formes ou des tailles.

On aurait dit la mer.

— J'ai calculé les sinus, cosinus, et tout le tralala, se vanta Ranjit. D'ailleurs c'est super dur à faire sans ordinateur. Et il n'y a rien. C'est juste aléatoire. Comme ça. Connie, tu es peut-être devenue complètement folle ? Génial. C'est vrai que tu fais un peu peur à voir.

— La ferme, bande d'idiots, les gronda Evelyn qui semblait avoir du mal à respirer. Connie ? CONNIE ?

Mais Connie ne pouvait plus s'arrêter, elle ne les entendait pas, ne parvenait pas à se concentrer sur eux. Elle était à des kilomètres de là, ballottée sur une mer lointaine, giflée par les embruns, emportée par la force d'un océan légendaire, dont la puissance menaçait de l'entraîner par le fond…

— Attention !

Soudain Luke était apparu dans l'encadrement de la porte, sorti de nulle part, et il se précipita à travers la pièce, à une vitesse impressionnante, juste au moment où Connie, épuisée, trébuchait et glissait du bureau sur lequel elle s'était hissée sur la pointe des pieds pour atteindre le dernier coin de tableau encore blanc.

Juste à temps, il la rattrapa au vol alors qu'elle s'avachissait mollement.

— Ça alors ! dit Evelyn en se levant.

— Elle ne tient pas très bien l'alcool, les informa Sé, se faisant la voix de l'expérience.

Connie était très perturbée et incroyablement gênée de se retrouver dans les bras de Luke. Il la posa délicatement sur l'unique grand fauteuil du labo, tout en la regardant attentivement. C'est à cet instant seulement que Connie eut conscience qu'elle n'avait pas pris de douche ce matin-là. Elle ne s'était même pas lavé le visage. Maintenant elle le regrettait. Puis elle papillonna des paupières, fit le tour de la pièce des yeux et regarda les vagues que les nombres avaient créées.

— C'est bien vrai, murmura-t-elle, le cœur battant.

Sans rien dire, Luke la contemplait fixement.

— C'est vrai, n'est-ce pas ? insista-t-elle. Et tu le savais. Tu savais qu'il y avait quelque chose. Tu le savais depuis le début.

— Je… je dois y aller, balbutia Luke. Tu te sens bien ?

Connie sentit qu'elle hochait la tête, alors même que son estomac faisait des saltos dans son ventre et que son cerveau explosait.

— Euh… oui, ça va.

Il s'éclipsa aussitôt.

— Écoutez, fit Arnold. Bon, je vais vous dire, je suis entré à Caltech à quinze ans, vous voyez ? Et je suis venu en Angleterre avec, genre, une bourse de génie Google, d'accord ? Vous voyez le topo ? Et vous savez, je suis Epic Secundus, mais je n'aime pas en parler. Bref, sérieusement, les filles, qu'est-ce que c'est que ce bordel ?

Evelyn apporta de l'eau à Connie qui la but avidement.

— Tu ne vois vraiment pas ?

Connie avait entièrement couvert les tableaux blancs, de sorte qu'on se serait cru dans un bateau, chaque tableau étant un hublot qui donnait à voir les vagues agitées.

— Je vois... des tonnes de courbes, pointues pour certaines, la plupart n'ayant rien à voir les unes avec les autres, décrivit Arnold. Donc ce sont des séries de Fourier. Des ondulations, certaines qui perdent en amplitude, d'autres qui restent stables, bref, un assortiment banal de fonctions périodiques qui n'ont rien de rare. Elles ont même l'air continues. Alors lorsqu'on superpose les graphes comme tu l'as fait... à quoi ça nous avance ?

— Oui, et puis j'ai déjà écarté cette possibilité, rappela Ranjit. Je savais que ça ne marchait pas. Et je l'ai fait à la main. Vous le saviez, ça ? À la main !

Personne ne prêta attention à ses paroles.

— Bon sang de bonsoir, vous êtes lents à la détente ! Qu'est-ce que vous voyez ?

— Des courbes sans rapport les unes avec les autres.

— Tout à fait, le félicita Evelyn. Ou, comme le commun des mortels les appellerait, des vagues.

Il y eut un grand silence.

— C'est magistral, lança Evelyn avec humeur. Elle a interprété les données comme des idéaux d'anneaux et les a traduites en courbes algébriques. Et voilà le résultat.

— Mais qu'est-ce que tu veux dire à la fin ? s'impatienta Arnold.

— Mais enfin, Arnold ! Que sont les mathématiques ?

— Une façon d'utiliser des lois abstraites pour décrire le monde.

— Le monde dans toute son exactitude ?

— Non, une approximation, en utilisant uniquement les facteurs nécessaires pour… Oh !

— Hm hm.

— Ce ne sont pas des mathématiques.

— En effet.

Connie posa sa tasse ; elle avait l'impression d'être vidée.

— C'est de l'art, dit-elle, faisant converger tous les regards vers elle.

— Quoi, comme le dessin, ces trucs-là ? demanda Ranjit d'un ton circonspect.

— Mais si c'est de l'art…, commença Arnold.

Connie le regarda. Elle avait les traits tirés, des ombres bleues autour des yeux.

— C'est qu'il y a un artiste, conclut-elle.

Chapitre 6

Ils étaient assis en silence. Ranjit se trémoussait sur sa chaise. De temps en temps, il disait « Mais… » sans aller plus loin ou « Alors ! » avant de se remettre à jouer avec ses doigts. Evelyn jurait à voix basse. Arnold était le seul debout, il arpentait la pièce pour examiner les résultats et les feuilles de données, secouait la tête, prenait des notes.

— Tu peux tout recalculer autant de fois que tu veux, lui dit Connie d'une voix blanche, le regard perdu dans le vide. Ils nous ont envoyé une image de la mer.

— Impossible. C'est complètement aléatoire.

Il arriva au dernier tableau blanc.

— Bordel à queue, commenta-t-il.

Chaque courbe obtenue à partir des nombres se terminait par une crête, un crescendo, et les derniers chiffres de la séquence aboutissaient… à une belle courbe douce, dont la ressemblance avec un rivage était parfaite.

— Je vais chercher le professeur Hirati, décida Sé qui se leva en époussetant sa chemise immaculée.

Il déglutit bruyamment.

— Moi ! Moi, je vais le faire ! intervint Ranjit en levant la main. Je vais lui dire.

— Qu'est-ce que tu vas lui dire, exactement ? l'interrogea aussitôt Arnold.

— Que les aliens pratiquent la natation !

Tout le monde le regarda. Evelyn qui s'était mise à déchirer des petits bouts de feuilles imprimées eut un sourire ironique.

— Tu devrais peut-être y aller, fit Arnold à Sé.

Ce dernier opina et se dirigea vers la porte. Puis il s'arrêta et se retourna vers eux.

— Vous savez, dès l'instant où j'aurai franchi cette porte... à la seconde même... le monde entier changera.

— On peut s'être trompés.

— Cela n'aura même plus d'importance.

Cette prise de conscience les réduisit au silence.

— Je vais être célèbre ! s'enthousiasma Ranjit. C'est génial !

— Non, ça ne se passera pas comme ça, rétorqua vertement Evelyn. Voilà pourquoi ils nous ont fait signer ces conneries d'accord de confidentialité. Si tu en parles à qui que ce soit, tu te retrouves dans un avion qui disparaît des radars en dix minutes chrono.

— Tu l'as dit ! approuva Arnold.

Sé posa la main sur la porte.

— Je vais juste aller chercher le professeur.

C'est à cet instant précis que les sirènes se déclenchèrent.

Personne ne dit mot en l'absence de Sé. Arnold continuait à suivre le raisonnement de Connie, en poussant parfois de profonds soupirs. Evelyn fumait un cigarillo, ce qui ne provoqua aucun commentaire de la part des autres. Ranjit sortit son téléphone, puis le rangea quand Evelyn le foudroya du regard, tandis qu'Arnold marmonnait :

— Attention à la combinaison orange, Ranjit. La combinaison orange.

Connie regardait droit devant elle, sa conviction était si profonde qu'elle la submergeait. Elle avait raison et elle le savait. Mais elle savait aussi que Luke était déjà au courant, avant elle. Et d'ailleurs où était-il passé ?

— Mais où est Luke ? s'étonna Arnold, comme en écho à ses pensées. Il y a des gens qui ne supportent pas d'avoir tort ! Quel mauvais perdant !

Quarante-cinq minutes plus tard – mais cela leur avait semblé beaucoup plus long, car ils se sentaient comme des criminels enfermés dans une cellule – il y eut des bruits dehors, et la porte d'entrée s'ouvrit avec fracas. Comme ils étaient la seule équipe à utiliser le bunker, ils échangèrent des regards angoissés. On aurait dit que Sé criait, ce qui était curieux, car il était le type même de personne qui n'élève jamais la voix.

Evelyn écrasa son cigarillo et se leva, tandis qu'au même instant Sé ouvrait la porte à la volée. Son visage habituellement impassible était déformé par une grimace d'horreur, il avait les yeux exorbités.

— Ben Hirati… Le professeur Hirati… Il est mort.

— Quoi ? fit Arnold en se levant.

— Je n'ai même pas pu lui dire… Il n'était pas dans son bureau, apparemment il était à l'espace de travail isolé de Mullard…

— Le quoi ? demanda Connie.

— L'espace de travail isolé... Oh, je vous expliquerai plus tard ! Mais... il est mort. Et aussi... ce n'est pas tout.

Ranjit dressa l'oreille.

— Comment dire ?... C'est horrible. D'après ce que j'ai entendu.

Il y eut un long silence.

— Merde alors ! conclut Arnold.

Connie sentit son cœur s'emballer, elle avait du mal à respirer tout à coup.

— Attends, c'est un meurtre tu veux dire ?

— On ne sait pas.

— Cette journée ne me plaît plus tant que ça, murmura Ranjit, les lèvres tremblantes.

Connie se leva.

— Tu as vu Luke ? demanda-t-elle d'une voix qu'elle s'efforçait de contrôler.

Sé la regarda, dérouté par sa question.

— Non. Mais...

Trois hommes en costume entrèrent dans la pièce. Ils étaient sûrement là depuis le début.

— Je crois que ces messieurs veulent nous parler, à nous tous.

— Vous êtes qui, vous ? interrogea Arnold sans s'embarrasser de politesses.

— Nous ne sommes pas tenus de répondre à cette question, répondit l'un des hommes.

— Euh si, un peu que vous devez. Dans ce qu'on appelle une démocratie, vous avez entendu parler ?

L'homme soupira et regarda un de ses partenaires qui avait entrepris d'effacer les dessins de Connie sur les tableaux. Le troisième rassemblait les cartons remplis d'impressions papier.

— Bon, vous pouvez venir avec nous ou attendre la police. Je vous promets que ce sera plus facile de vous expliquer avec nous.

— Pourquoi aurions-nous affaire à la police ?

— Votre patron est mort. Vous n'avez pas compris ça ? Drôle de coïncidence dans le timing, vous ne trouvez pas ?

En comprenant ce que l'homme sous-entendait, le visage de Sé se décomposa.

— Vous nous espionniez.

L'homme en costume leva les yeux au plafond.

— Écoutez, on est les gentils, d'accord ?

— Vous savez, le gros se cure souvent le nez dès qu'il est tout seul, révéla un des deux autres.

Le premier le fit taire d'un regard.

Maintenant la peur les gagnait pour de bon.

Arnold se mit à fredonner un air que Connie identifia plus tard : *Cloudbusting*, de Kate Bush. De nouvelles sirènes se déclenchèrent dehors, et leur interlocuteur en costard haussa les sourcils.

Sé s'avança.

— Autant régler ça au plus vite.

— Exactement, répondit l'espion. Mais j'ai d'abord besoin de récupérer vos téléphones.

On les escorta hors du bunker un par un, puis on les fit monter à l'arrière d'un fourgon, comme des criminels. Connie pensait qu'on les remarquerait, mais personne ne sembla prêter attention à la manœuvre, et la vie trépidante et centrée sur elle-même de ce petit monde universitaire suivit son cours sans la moindre perturbation. C'était une journée de printemps radieuse, et ils se regardaient, assis de part et d'autre du fourgon. Connie souhaitait désespérément prendre une douche. Le véhicule les conduisit vers le haut de la pente, vers le bâtiment du département d'astronomie Mullard, où se trouvait le bureau du professeur Hirati.

Construit au XIXe siècle, l'observatoire de radioastronomie avait connu des agrandissements successifs grâce à la montée en popularité des départements de physique et d'astronomie. Il abritait de merveilleux télescopes de collection qui avaient été offerts à l'université, ainsi que l'interféromètre de pointe de Cambridge, et d'immenses coupoles qui recueillaient les signaux de l'espace intersidéral. Dans le fourgon, chacun était perdu dans ses pensées. Ranjit s'agitait en se soulevant sur les mains. Arnold donnait l'impression de se retenir de le frapper.

À leur grande surprise, les grilles de l'observatoire étaient fermées, surveillées par ce qui semblait être des soldats. Une solide barrière garnie de barbelés leur bloquait le passage. Voilà qui était nouveau.

Un homme sortit du fourgon qui venait de s'arrêter, vint ouvrir le hayon et leur braqua le rayon d'une lampe torche dans la figure. C'était effrayant. Il les cocha un par un sur sa feuille.

— Ils sont tous là ? demanda un des gardes.

— Pas tout à fait, dit celui qui était à l'avant. Il y en a encore un à qui on doit parler.

La barrière s'ouvrit pour leur laisser le passage, et le fourgon s'avança au pas.

Chapitre 7

Les lieux étaient bondés, des gens couraient en tous sens. Connie nota qu'il s'agissait presque tous d'hommes. Le fourgon roula jusqu'à un bâtiment bas puis s'arrêta. Ils suivirent docilement les hommes en costume, comme des écoliers en file indienne. Ils s'arrêtèrent devant la porte basse d'un bâtiment tout blanc que Connie n'avait pas vu lors de son unique visite de l'observatoire, quatre ou cinq ans plus tôt, dans le cadre d'un cours d'été.

Une fois leur identité vérifiée encore une fois, la porte s'ouvrit, et ils entrèrent dans cet endroit étonnant.

À l'intérieur, tout rutilait – rude contraste avec le département de mathématiques. Les dalles du sol, les murs, les éclairages au plafond, tout était d'un blanc brillant. On se serait cru à l'intérieur d'un téléviseur.

— Voici le Lims, leur annonça leur gardien.

— Local isolé pour matériel spécial, traduisit instantanément Arnold.

L'homme opina.

— Les isoloirs pour merdiers secrets, se moqua Arnold.

Cette fois l'inconnu l'ignora.

— C'est un lieu stérile, totalement isolé du monde extérieur et insonorisé. Pas d'Internet, pas d'entrée non autorisée, pas de communications en dehors d'un circuit fermé de surveillance par caméra interne, qui enregistre tout ce qui se passe ici. C'est un bâtiment conçu pour résister aux bombes, aux intrusions. Et… euh… faites attention : aux toilettes, il y a un système anti-intrusion, alors ne jetez rien d'autre que du papier dans la cuvette.

Partout des signaux lumineux et sonores se déclenchaient. Ici personne ne marchait d'un pas tranquille.

Connie et Evelyn échangèrent un regard.

— Une fois que vous serez changés et décontaminés, j'ai quelque chose à vous montrer, leur dit-il.

— Mais c'est pas possible !

Arnold pouvait à peine faire entrer sa grande carcasse d'Américain dans la combinaison blanche qu'on lui avait fournie.

— Tu ressembles à un bonhomme de neige, lui dit Connie.

— Et toi à une allumette, rétorqua-t-il du tac au tac.

Elle lui sourit.

— Pourquoi on doit mettre ça ? demanda Ranjit qui n'en revenait toujours pas. Vous croyez qu'on va faire l'autopsie d'un alien pour de vrai ?

— Mais oui, Ranjit, il y a une autopsie d'alien à faire, et tous les biologistes, vétérinaires, médecins légistes, chirurgiens et chimistes du monde sont déjà pris aujourd'hui, railla Arnold.

— Je pense qu'ils veulent éviter qu'on contamine la zone, expliqua Sé.

— Eh ben, dans ce cas, toi aussi il te faut une combinaison plus grande, fit remarquer Arnold.

C'était juste : les jambes de la combinaison ne parvenaient aucunement à couvrir les longs membres de Sé et les ridicules chaussons extensibles à enfiler par-dessus les chaussures non plus. Ils laissaient à découvert dix bons centimètres de chevilles d'un brun doré.

Evelyn inspira bruyamment.

— Et personne, absolument personne, ne nous a posé de question sur notre travail. Personne.

— Ils ont peut-être des problèmes plus urgents, souligna Sé.

Evelyn secoua la tête.

— C'est pas ça. Enfin, ils devaient bien avoir une idée derrière la tête avant de nous confier ce merdier. À quelle heure tu t'es levée ?

Connie se sentait épuisée et impuissante ; on la conduisait ici et là alors que tout ce qu'elle voulait, c'était pouvoir s'asseoir dans un endroit sombre et tranquille, afin de réfléchir à sa découverte.

— Quatre heures moins cinq.

Evelyn hocha la tête.

— Je me demande quand le professeur est mort. Mais je parierais que c'est peu après 4 heures.

— Mais pourquoi quelqu'un voudrait tuer un prof de physique ? s'étonna Arnold. À moins que…

— Eh bien, nous étions sur le point de lui dire ce que nous avions découvert, lui rappela Evelyn. Peut-être que quelqu'un ne voulait pas que cela arrive.

Les cinq mathématiciens se regardèrent.

— Une conspiration ! souffla Ranjit.

— Ranj, on n'est pas dans un *James Bond*, lui dit Arnold.

Ranjit parcourut du regard cette pièce d'un blanc immaculé et brillant. Puis il tourna de nouveau la tête vers Arnold.

— Non, Ranjit.

Mais personne d'autre n'en était tout à fait sûr. Et alors qu'ils avaient eu juste le temps de s'habiller, la porte s'ouvrit de nouveau, et un homme entra pour les conduire à un ascenseur tout blanc, qui descendit dès qu'ils furent à l'intérieur.

— Non, rien à voir avec *James Bond*, grommela Ranjit.

À leur sortie, ils découvrirent un long couloir bordé de portes de chaque côté. Chacun fut conduit séparément dans une pièce. Connie se retrouva dans un petit bureau banal, tapissé de livres d'astronomie. L'homme qui leur avait parlé dans le bunker était assis là – et c'était lui, aussi, qui accompagnait le professeur Hirati la première fois qu'ils l'avaient rencontré. Il se présenta sous le nom de Nigel. Il était brun, bien habillé, et donnait l'impression de passer beaucoup de temps en salle de sport. Connie n'aurait pas pu imaginer un prénom lui correspondant mieux. Le dos de ses mains était très poilu.

— Alors, fit Nigel en examinant un document, vous êtes notre petit Einstein.

Il lui avait proposé une tasse de café. Elle s'était promis qu'elle n'en boirait pas, mais la boisson sentait étonnamment bon. Elle regarda le breuvage, puis l'individu en face d'elle. Soudain elle ressentit le besoin d'appeler son père.

— Vous êtes un membre de la police ?

— Non, répondit-il avec un léger sourire. Absolument pas. Vous n'aimez pas mon costume ?

— Je ne devrais pas parler à mon avocat ?

— Pourquoi ? Qu'avez-vous fait ?

— Mais rien. Rien du tout ! répondit Connie, envahie d'un sentiment de culpabilité aussi ridicule qu'irrépressible. Qu'est-il arrivé au professeur Hirati ?

— Eh bien, c'est ce que nous tentons d'établir.

— Mais je croyais que vous espionniez tout le monde ?

— En fait, ça s'est passé très vite. Dans notre beau Local isolé ultrasécurisé. Nous ne savons pas… pas encore. Mais l'enregistrement vidéo a été interrompu.

— Mais vous contrôlez chaque personne qui entre et qui sort.

— Oui. D'habitude, ajouta Nigel d'un air sinistre. Ce matin… Disons que la matinée a été un peu plus chargée qu'à l'ordinaire.

— À cause de nous.

— Oui. À cause de vous.

Il se pencha en avant et croisa les mains sur le bureau.

— Il n'est pas nécessaire que je vous dise que je ne suis pas du côté des méchants. Mais, comment dire…, ce que vous avez découvert, ce que vous avez appris…

— Ces chiffres ont bien un sens.

— Nous nous en doutions.

— Bonté divine ! Merde, alors, je suis juste une universitaire ! Je n'ai rien à voir avec ce genre de choses. Vous avez des équipes qui passent tout leur temps à chercher des trucs comme ça. Moi, je suis juste la petite matheuse.

— Eh bien, il se trouve que nous avions besoin de la petite matheuse, répondit Nigel.

— Vous êtes au service du gouvernement ?

Il ne répondit pas.

— Et lui, il l'était ?

Nigel rassembla ses papiers.

— Peu importe. C'est fini maintenant. Et mon boulot consiste à empêcher que ce soit la panique. Du moins à limiter les dégâts, dit-il en reposant sa paperasse. Si ces informations fuitent, docteur MacAdair, dit-il lentement, réfléchissez aux conséquences. Les marchés financiers. Les pillages. Les emplois. Le chaos. Pensez à n'importe quel film catastrophe que vous avez vu et multipliez les conséquences par un million. Les gens se comportent comme les films leur ont appris à réagir.

— C'est pour ça que vous avez retroussé vos manches ? demanda Connie.

Nigel détourna les yeux un instant, et elle vit ses lèvres frémir.

— Exactement. Mais ne vous inquiétez pas. Vous n'êtes pas considérée comme un suspect.

— Contente de l'apprendre.

— Nous savons exactement où vous étiez ce matin.

Connie essaya de se souvenir de tout ce qu'elle avait fait dans la salle du labo, en proie à l'agitation. Ils étaient donc tous présents ce matin. Tous, ou presque.

Nigel plongea le regard dans celui de Connie. Ses yeux étaient gris et pénétrants.

— Parlez-moi de Luke Beith.

Par la suite, Connie se demanda avec inquiétude si son visage l'avait trahie dès l'instant où il avait prononcé son nom. Les joues empourprées, le bégaiement... Elle se rendait compte qu'elle n'avait pas vraiment l'étoffe d'un agent secret.

— Je ne le connais pas bien, marmonna-t-elle. Je ne sais rien sur lui.

— Tout de même, vous êtes en vase clos tous les six depuis un mois. Vous devez bien avoir appris à vous connaître un minimum.

Connie secoua la tête.

— Il est plutôt... renfermé, comme on dit. Il n'est pas... il est simplement dans son monde. Un peu distrait. Un peu bizarre. Mais, pour un mathématicien, pas tant que ça, en fait.

— Voyez-vous, nous disposons de très peu d'informations à son sujet.

Connie leva la tête.

— Comment ça ?

— Il prétend être né en ex-Yougoslavie, avant la guerre, et être entré clandestinement dans le pays à un très jeune âge. Pas d'extrait de naissance. Pas de passeport. Il aurait grandi dans un orphelinat du docteur Barnado, qui a fermé depuis.

— Oh ! s'exclama Connie, avec un élan de compassion pour le petit garçon calme et solitaire qu'avait dû être Luke.

Nigel la regarda d'un air perspicace.

— Un vilain petit canard ?

Connie haussa les épaules.

— Il semble très... seul.

— Étrange, solitaire ? fit Nigel en se penchant au-dessus du bureau.

— Où voulez-vous en venir ?

— Nulle part. Je veux juste lui parler. Il n'était pas là ce matin, n'est-ce pas ?

— Mais si ! protesta Connie. Il était là. Il est entré dans le labo, je suis... j'ai perdu l'équilibre et il m'a aidée. Voilà, il était avec nous tous.

— Et il est resté ?

— Eh bien..., vous avez tout filmé, non ?

— J'ai pourtant déjà effectué des tas de missions de surveillance complètement rasoir, dit Nigel en secouant la tête. Oui, nous avons filmé, et il est parti. Et ensuite on a perdu sa trace.

Le visage de Connie s'éclaircit.

— Eh bien, évidemment, il n'est pas venu vous voir, il n'est pas venu ici. Sinon vous l'auriez vu. Vous devez avoir des caméras dans tous les coins, ici.

Nigel toussota.

— Non en fait. Pas partout. Nous ne savons pas où il est allé. Il n'est pas entré avec un passe, mais, bon, j'imagine que si on veut faire du mal à quelqu'un, on n'entre pas par la porte d'entrée.

Connie secoua la tête.

— Ça ne ressemble pas à Luke. Ça ne peut pas être lui.

— Je croyais que vous le connaissiez à peine.

Connie regarda ses mains et soupira. Nigel se leva. Il était plus grand que ce que Connie avait imaginé.

— Suivez-moi, ordonna-t-il.

Connie se raidit mais se leva pour le suivre malgré tout. Dans le couloir, les autres attendaient déjà, l'air inquiet.

— Dis-leur : « Je suis Spartacus », lui glissa Arnold alors qu'elle se plaçait derrière Nigel, suivie par les autres.

Chacun était accompagné d'un individu peu souriant à la coupe de cheveux impeccable. Ranjit bavardait avec le sien.

— Et puis, de toute façon, tu vois, il ne mange presque pas. Et il porte toujours les mêmes vêtements. Il est vraiment chelou.

— La ferme, Ranjit, l'interrompit Arnold.

— Pourquoi ne pas nous avoir dit tout ça ? demanda celui qui accompagnait Sé.

Ce dernier haussa les épaules.

— Je n'avais pas remarqué.

L'ascenseur leur fit gravir trois étages, et ils se retrouvèrent au-dessus du rez-de-chaussée, dans un autre couloir d'un blanc aveuglant. Ici il y avait des policiers en uniforme, un de chaque côté de la porte d'un bureau. La porte elle-même se trouvait derrière un portail électronique en Plexiglas épais. Nigel appuya un doigt sur le scanner monté sur le côté. Ranjit poussa un « oh » à voix basse. Il ne se passa rien. Nigel poussa un juron et recommença deux fois, en pressant le doigt très fort, jusqu'à ce qu'enfin les panneaux cèdent en coulissant par à-coups.

Les deux policiers le saluèrent d'un hochement de tête respectueux, puis ils distribuèrent à chacun un masque respiratoire, avant d'ouvrir la porte du bureau.

Alors qu'elle se débattait encore avec l'attache de son masque, Connie fut surprise par la lumière du jour qui entrait à flots par la fenêtre. Elle cligna des yeux. L'idée que dehors le monde vivait encore une belle journée de printemps ensoleillée semblait incroyable. Dans ce monde qui était encore tel que le croyaient les gens, chacun vaquait à ses occupations quotidiennes, certains tombaient amoureux, préparaient leurs vacances, mangeaient des cupcakes ou se brouillaient avec leur mère.

C'est qu'ils ne savaient pas. Ils ne se rendaient pas compte.

Cette réflexion l'occupait tellement qu'elle eut un temps de retard sur les autres qui se mirent soudain à pousser des exclamations étouffées.

— Merde, c'est quoi ça ? s'exclama Arnold.

Elle suivit le groupe et, en découvrant ce qu'ils voyaient, elle aussi eut le souffle coupé.

Il y avait un corps étendu en position fœtale sur un bureau blanc immaculé et vide à l'exception d'un ordinateur de pointe à l'écran gigantesque. Un cadavre. Jusque-là, Connie ne s'était pas rendu compte qu'elle n'avait encore jamais vu de mort. Ni lors du décès de sa grand-mère ni dans un accident. C'était la première fois qu'elle voyait un macchabée. Pourtant elle était certaine qu'un cadavre ne ressemblait habituellement pas à ça.

Mue par une curiosité irrépressible, elle se pencha.

— N'approchez pas plus, grogna Nigel.

Le corps – le cadavre – avait la forme d'une personne, mais... c'était impossible ! Il était translucide. On voyait à travers, comme une méduse. La peau se liquéfiait et coulait. L'odeur n'avait pas encore envahi toute la pièce, mais elle était présente dans l'air, comme un goût qui dépassait l'horreur et l'imagination, un parfum qui ne vous quittait plus, qui devenait une partie de vous. Et, de la même manière, jamais ils n'oublieraient cette vision de la dépouille exsangue du professeur Hirati.

Ses cheveux avaient perdu leur teinte dorée invraisemblable, ils étaient maintenant incolores, blancs. Son corps était en partie dissimulé par ses vêtements, mais Connie était fascinée par les veines, dont le tracé était visible sur chaque étendue de peau à découvert, formant une dentelle macabre. On discernait le globe oculaire dans l'orbite, les os brillants de l'oreille. C'était comme un écorché de laboratoire, un modèle d'exposition. Pas une personne.

— Mais comment... ? fit Arnold.

— Ce qui est bien, dit Ranjit, c'est que je ne vais même pas me sentir mal.

Sur ce, il vomit dans une poubelle, contribuant à son tour au mélange d'arômes nauséabonds dans la pièce.

— Oh, désolé !

— Que s'est-il passé ? demanda Connie d'une voix tremblante. Qu'est-ce qui s'est passé ici ?

Nigel secoua la tête.

— Dès que les experts de la police scientifique auront fini de faire les chochottes et qu'ils se remettront au boulot, on aura une chance de le découvrir. Mais, pour l'instant, je pense…, on dirait bien que sa peau a perdu toute pigmentation.

Connie secoua la tête.

— Qu'est-ce que ça veut dire ?

— Ce qui donne la couleur à la peau…

— Je sais, mais on peut en mourir ?

— Écoutez, je n'ai pas une équipe spéciale pigmentation, d'accord ?

— Vous devriez, marmonna Arnold.

— C'est ça, Capitaine Grande-Gueule, releva Nigel. D'autres chats à fouetter, vous voyez ?

Il les regarda. Quelques scientifiques apeurés, eux aussi revêtus de combinaisons de protection blanches, commençaient prudemment à revenir dans la pièce.

— Chochottes, lâcha Nigel, sans prendre la peine de baisser la voix.

— Est-ce que c'est quelqu'un qui a fait ça ? demanda Evelyn.

— Nous ne savons pas, répondit Nigel. Nous faisons aussi des recherches de pathogènes, d'où les masques et les combinaisons. Bien sûr, nous aurons besoin de prélèvements ADN.

— Ah bon ? fit Arnold. Pourtant j'ai bien l'impression que vous nous avez espionnés sous toutes les coutures depuis des semaines, vous savez tout sur nous, même quand on va faire caca.

Nigel le fit taire du regard.

— Il y a un défunt dans cette pièce, le jour de la plus colossale découverte scientifique de tous les temps. Et vous trouvez ça drôle, mon grand ?

— Non, admit Arnold.

— Bien.

Nigel promena sur eux un regard sévère, comme s'ils étaient un ramassis d'enfants turbulents.

— Et il faut absolument que je parle à votre collègue. Je ne vois pas comment vous pouvez avoir du mal à comprendre ça, avec vos cerveaux hypertrophiés.

— Vous ne pensez tout de même pas que…, s'offusqua Connie.

Nigel écarta les paumes.

— Il s'est produit quelque chose. Un homme est mort. Ça ne fait pas partie de votre boulot de chercher des corrélations ?

— Si Luke est capable d'assassiner quelque chose, c'est Debussy, mais personne d'autre.

— Qui ça ? demanda Nigel.

— Laissez tomber.

Soudain on entendit plusieurs personnes passer précipitamment devant la porte du bureau, et une lumière rouge s'alluma au plafond. L'ordinateur du professeur Hirati, que l'un des experts manipulait jusque-là avec précaution, venait de s'allumer tout seul.

— Qu'est-ce qui se passe ? demanda Ranjit.

On entendait le martèlement des pas dans les couloirs, et des passants jusque-là trop curieux s'intéressèrent brusquement à leur téléphone.

— Vous savez, si j'étais le responsable d'un Local isolé top secret, commenta Arnold, j'éviterais ces grandes enseignes clignotantes.

Personne ne lui prêta attention. Nigel les regarda, puis consulta son téléphone.

— Ne quittez pas les lieux, leur intima-t-il.

— On ne va pas rester avec le truc mort, quand même ? s'inquiéta Ranjit.

— Non, pas ici. Dans un des bureaux.

— On les laisse ensemble ? s'enquit un des collègues de Nigel.

— Pourquoi pas ? Ils risqueraient de dessiner une courbe ? répondit Nigel. Ils ne sont pas suspects. Ils nous aident.

Tous les autres étaient déjà partis, là où leur téléphone ou les alarmes les réclamaient, retirant leur masque dès qu'ils sortaient.

— Euh… au fait, fit Arnold alors qu'ils étaient dirigés vers une autre pièce (qui ressemblait davantage à une salle des profs et bénéficiait, Connie fut soulagée de le constater, de toilettes et d'une machine à café).

Euh, excusez-moi, mais on dirait bien que quelqu'un fait la chasse aux universitaires, alors vous ne pourriez pas laisser un de ces grands gars et son bâton avec nous ?

Nigel se retourna, évalua la situation et hocha la tête.

— Entendu. Brian, reste ici.

Brian était doté d'une épaisse nuque de videur et d'une bouche réduite à l'état de mince fente. Il répondit d'un signe de tête solennel.

— Vous allez fermer à clé ? demanda Arnold.

Nigel les regarda.

— Écoutez : vous n'êtes pas les méchants, nous ne sommes pas les méchants. On peut partir là-dessus ?

— Mais alors c'est qui, les méchants ?

Nigel leva les yeux au ciel.

— Vous voulez bien juste rester là et ne pas vous attirer plus d'ennuis ?

Il y avait du café à volonté, dont ils se servirent tous, et de la nourriture dans le frigo, dont personne ne voulait. L'idée que le petit pot de faisselle ait pu appartenir à la dépouille gisant à quelques mètres de là de l'autre côté d'une cloison était d'une tristesse sans nom.

— C'est une journée vraiment étrange, énonça tout haut Ranjit en faisant les cent pas.

Connie jeta un coup d'œil à Sé qui tripotait sa combinaison de protection. Il s'interrompit dès qu'il se rendit compte qu'elle l'observait, pour reprendre son manège un instant plus tard. Seule Evelyn parvenait à garder son calme. Elle préparait du café pour tout le monde, mesurant soigneusement l'eau et le temps de percolation.

— Comment fais-tu pour être aussi calme ? lui demanda Connie après s'être aspergé le visage d'eau dans la petite salle de bains attenante.

Elle se sentait mieux, même si elle était toujours sous le choc.

— J'ai grandi en temps de guerre civile, répondit Evelyn simplement. J'ai appris un peu plus tôt que vous autres que l'impression de contrôler son environnement n'est qu'une ridicule mascarade. On peut maîtriser un certain nombre de choses – c'est du bon café, entre parenthèses – et pour ce qui est du reste, il faut se résoudre à le laisser glisser sur soi comme l'eau sur les plumes d'un canard.

— Comme une vague.

— Putain, j'espère que Luke va pas tarder à se pointer ! s'exclama Arnold en passant une main sur son crâne chauve. Pour son bien. Ils savent que ça ne peut pas être l'un de nous. Ils vont chercher à mettre ça sur le dos de quelqu'un. Et les geeks bizarres incapables de répondre simplement aux questions directes vont être en tête de leur liste.

— Ça peut aussi bien être l'une de ses quatre ex-femmes, fit remarquer Evelyn.

— Il avait quatre ex-femmes ? s'effraya Connie.

— Je n'en sais rien, admit Evelyn. Mais il faut dire que ça avait l'air d'être ce genre de type.

Ranjit n'y tint plus.

— Ou les aliens ! Ils sont déjà là ! Ils sont… sortis de la mer et l'ont décolorisé.

Les autres le regardèrent.

— Tu veux un casque en aluminium ? lui demanda poliment Arnold.

— Comment seraient-ils entrés ? demanda Evelyn. Dans un bocal pour poisson rouge ?

Ranjit fit la moue et croisa les bras.

— Écoutez, raisonna Arnold. On a reçu un signal – sans doute. Une sorte de signal venu de l'espace intersidéral. Ça ne veut pas dire qu'ils vont arriver et nous envahir le même jour !

— Dans les films, ça se passe exactement comme ça, pourtant, objecta Ranjit. Et il y aura peut-être des aliens femelles trop bonnes.

— Ça fait des années qu'on envoie des signaux, rappela Arnold. On en est seulement au stade exploratoire. Et les probabilités que nos deux espèces aient évolué de manière même vaguement compatible sont très faibles : la sélection naturelle et tous ses accidents de parcours, la différence d'échelle temporelle, l'environnement dissemblable au possible…

— Ou à l'inverse : les conditions favorables à la vie sont toujours similaires à l'échelle de l'Univers, s'amusa à le contredire Evelyn.

— Je ne crois pas, non, rétorqua Arnold avec suffisance. Nous avons soixante-sept milliers de bébêtes différentes, tu sais ?

— Et chacune adore s'emparer du territoire d'autres bébêtes.

Puis ils ne dirent plus grand-chose.

Au bout de quelques heures, Nigel revint. Il avait l'air éreinté.

— Vous savez, toutes ces données ? dit-il. Eh bien, ce n'est pas tout. Il y en a bien plus.

Tous les cinq, défraîchis et anxieux, s'installèrent à une longue table installée sur l'estrade d'un immense amphithéâtre, à l'autre bout du complexe universitaire, devant une centaine de chercheurs. Connie s'efforça d'exposer maladroitement ce qu'elle avait découvert et ce qui l'avait menée vers ce raisonnement. Mais elle voyait bien aux regards sceptiques des physiciens qu'ils jugeaient que sa découverte était plus proche de l'atelier d'écriture que de la science.

— Ce n'est pas possible, dit un imposant Scandinave aux lunettes à la dernière mode. Il est strictement exclu que... Kepler-186f est tellement éloignée que cette information... Je veux dire : ces données n'auraient pas pu voyager aussi vite. Ils ne peuvent pas faire ça. Cela impliquerait une vitesse bien supérieure à celle de la lumière. À la puissance dix ! Donc ça n'a rien à voir avec ça.

Arnold se renversa dans son siège. Il s'amusait beaucoup, Connie le voyait bien. Elle le soupçonnait de s'imaginer parmi un panel d'invités à la Comic-Con.

— Oui, bien sûr, mais en fait on s'en fout royalement, lâcha-t-il.

— Vous devriez peut-être prendre ce détail en compte, rétorqua le Scandinave sarcastique. C'est de la science.

— Exactement. Ce ne sont pas des maths. Les maths n'ont rien à foutre de votre opinion. Il y a une centaine d'années, vous pensiez que l'atome était un caillou indivisible. Il y a quarante ans, vous ne vouliez pas croire que des petits quarks puissent remonter le temps. Il y a trois cents ans, vous étiez sûrs que les étoiles étaient des empreintes divines. Nous, les mathématiciens, on s'en fout. Si la gravité changeait de sens demain, vous n'auriez plus de boulot, les gars, alors que les maths resteraient égales à elles-mêmes.

L'agitation dans la salle se calma, et le silence se fit.

Pour finir, après une très longue journée, on les laissa regagner leurs chambres. Ils durent d'abord signer des tonnes de paperasses, mais Connie doutait qu'il soit possible de garder un secret partagé par tant de gens.

— Pas de problème, expliqua Arnold. Les astrophysiciens sont tous célibataires.

Ils devaient regagner le bunker le lendemain matin et continuer à travailler sur le message. Car maintenant on était sûr qu'il s'agissait de message. Ils ne devaient en parler à personne. Des policiers viendraient les interroger. Et, dès qu'ils reverraient Luke Beith, ils devaient donner l'alerte. On ne leur avait toujours pas rendu leurs téléphones, mais un homme resterait en faction. En partie pour attendre l'arrivée de Luke, leur avait expliqué Nigel. Et en partie au cas où ce qui était arrivé au professeur Hirati ne serait pas un accident ni un fait isolé.

Aucun d'eux ne parla de Luke au cours du dîner tardif qu'ils prirent ensemble dans l'immense réfectoire, trop vide maintenant que les étudiants l'avaient déserté, une odeur de sauce imprégnant chaque recoin. Ils parlèrent très peu, de toute manière. Chacun était perdu dans ses propres pensées.

Ce ne pouvait pas être leur collègue étrange et décalé. Quant à savoir de quoi il s'agissait au juste… Connie pensait à un micro-organisme : quoi d'autre qu'une bactérie à l'action foudroyante aurait pu causer de tels dommages ? Une bactérie non infectieuse, espérait-elle. Mais pourquoi Luke ne réapparaissait-il pas ? Pourquoi avait-il disparu ? Où était-il ?

Et dans l'esprit de chacun trottait ce doute que personne n'osait formuler tout haut de crainte de paraître ridicule ou paranoïaque : puisqu'une forme de vie extraterrestre avait envoyé un message aux Terriens, l'un d'eux avait-il commencé à tuer sur Terre ?

Chapitre 8

Ils se souhaitèrent bonne nuit, et Connie se glissa vers le bout du couloir. Il y avait une volée de marches, à la droite desquelles se trouvaient son appartement et celui d'Evelyn. Ranjit et Sé étaient juste au-dessus ; quant à Arnold et à Luke, ils étaient logés au même étage qu'elles, mais à gauche. Arnold avait bien sûr déjà frappé à la porte de Luke, mais en vain. Une fois tout le monde rentré chez lui, Connie retraversa le couloir.

Tout était tranquille dans l'escalier peu éclairé. Il n'y avait personne. Connie s'approcha de la porte de Luke – un lourd panneau en bois portant le numéro 24. Elle frappa doucement, puis un peu plus fort. Pas de réponse.

— Luke ? chuchota-t-elle. Tu es là ?

Rien. Elle s'accroupit, puis plissa les yeux. La vieille serrure d'origine était encore présente, mais aucun d'eux n'avait les grosses clés correspondantes, tout fonctionnait avec des clés modernes. Elle examina la serrure à barillet, couverte de poussière, et qui semblait légèrement collante. Elle y appuya un doigt. On aurait dit que personne ne l'avait utilisée depuis très longtemps.

Après un instant d'hésitation, elle se releva et regarda autour d'elle, prenant bien garde de ne pas faire grincer le parquet. Personne. Oserait-elle ? Pouvait-elle faire ça ?

Elle posa une main tremblante sur la poignée ronde en laiton terni. Puis elle l'attrapa résolument et, sans vraiment réfléchir, la tourna dans le sens des aiguilles d'une montre. La poignée produisit un léger grincement qui sonna incroyablement fort à ses oreilles. Mais personne ne se manifesta.

Elle ouvrit lentement la porte et inspecta l'appartement, une main sur la bouche.

— Luke ?

Toujours rien. Le vestibule était identique au sien mais disposé en miroir : un portemanteau, quelques marches pour accéder au salon. Il y avait une légère odeur de craie dans l'air. La clarté de la lune entrait à flots par les hautes fenêtres à croisillons. Aucune lumière n'était allumée dans l'appartement. En jetant un coup d'œil derrière elle, Connie trouva le couloir très sombre. Elle déglutit, comprenant qu'il n'était pas là. Mais pourquoi avait-il laissé la porte ouverte ? Quelqu'un était-il passé avant elle ? Était-ce simplement à mettre sur le compte de la distraction de Luke ? C'était bien possible. Elle savait qu'elle n'aurait pas dû être là, qu'elle n'aurait pas dû fouiner chez lui.

Mais où était-il ? Avait-il laissé un indice ?

Elle gravit les marches avant même de réfléchir au fait que cette porte ouverte pouvait aussi signifier que quelqu'un était déjà à l'intérieur.

— Il y a quelqu'un ?

Sa voix était soudain tremblante. Elle fit la première chose qui lui vint à l'esprit et alluma le grand plafonnier suspendu à une chaîne au plafond.

Dépouillée de la clarté blafarde et des ombres, la pièce prit aussitôt un aspect plus banal. Elle se trouvait dans l'image inversée de son appartement. La cheminée, la kitchenette, la pièce menant à… la chambre à coucher.

Rien ne bougeait. Elle ne ressentait pas ce picotement que l'on éprouve lorsqu'il y a quelqu'un dans les parages, même si l'on n'entend rien. Malgré tout, elle se tenait prête à battre en retraite… jusqu'à ce qu'un détail attire son attention.

Au début, elle ne comprit pas ce que c'était. Le salon était identique au sien : un sofa défraîchi, une cheminée, des tables – marqué par le même manque de décoration personnelle dû à leurs journées de travail de quatorze heures (sauf l'appartement d'Evelyn qui était arrangé avec un goût exquis ; par conséquent, ils s'y rassemblaient fréquemment). Il manquait les grosses piles de papier brouillon sur lequel Connie ne pouvait s'empêcher de gribouiller, incapable de se sortir les données de la tête, même quand elle rentrait chez elle à bout de forces. Mais, à part ça, tout était identique. Mis à part… Mais qu'est-ce que c'était ? Quelle était la différence ?

Elle fit le tour de la pièce du regard. Deux manteaux étaient accrochés dans l'entrée : un lainage en tweed usé et un imperméable démodé et luxueux. Elle n'avait jamais vu Luke porter un manteau, quel que soit le temps. Mais cela ne prouvait rien, il pouvait en avoir un qu'il ne portait jamais. Non, c'était autre chose. Elle passa lentement en revue les éléments de la pièce. Qu'est-ce que c'était ?

Elle finit par s'en rendre compte. Où étaient les livres ? La pièce n'avait absolument aucune personnalité : pas d'images aux murs, pas de tapis. Mais pourquoi pas de livres ? Elle n'avait jamais rencontré d'universitaire ne possédant pas de livres. Jamais.

Quelque chose attira son regard sur la plus haute étagère vide. Il y avait un truc laissé là...

Connie tendit le bras et prit le petit objet poussiéreux. C'était exactement ce qu'elle croyait : un cadre photo.

Elle contempla longtemps la photographie ancienne. Au départ elle fut déçue, se disant que c'était simplement une photo oubliée par le locataire précédent. Le cadre était en bois sombre et présentait, entourée d'une marie-louise, une photographie qui lui sembla d'abord en noir et blanc, mais en fait elle était surexposée et très déteinte. Elle devait dater des années 1970. C'était un groupe de jeunes gens souriants rassemblés devant l'université, exhibant fièrement des publications scientifiques. Ils étaient minces, la plupart portaient la barbe.

Pourtant ce qui la frappa surtout, ce fut le deuxième homme à gauche, que l'on voyait particulièrement bien. Il avait un beau visage mince et des lunettes à monture épaisse. Mais c'est surtout sa veste qui troubla Connie. La photo avait été prise par une journée froide, apparemment. Le jeune homme portait ce qui ressemblait – d'après ce qu'elle distinguait en plissant les yeux – une chemise à carreaux et une veste côtelée marron. Cela n'avait rien de particulier dans ce contexte universitaire, au niveau vestimentaire du moins. Mais, sur son bras, on voyait clairement... Elle se tourna pour vérifier son impression. Oui. C'était le même. C'était l'imperméable Acquascutum pendu dans le vestibule. Et, même si les couleurs s'étaient affadies avec le temps, elle était à peu près certaine que la veste côtelée avait des pièces aux coudes – comme celle de Luke.

Soudain Connie se sentit envahie par une immense fatigue. Son cœur battait tellement fort qu'elle était persuadée qu'Arnold l'entendait de sa chambre. Mais elle ne pouvait pas ignorer ce qu'elle venait de découvrir. Elle ne pouvait pas en rester là. Comme dans un rêve, retenant sa respiration, elle s'avança lentement vers la chambre.

La porte était ouverte. Connie ne s'aventura pas à penser à ce qu'elle dirait si Luke entrait à cet instant. Elle ne se permit pas d'aller au bout de cette pensée... Elle ne savait même plus qui il était vraiment.

Elle alluma tout de suite la lumière. Encore une fois, la même pièce, disposée en miroir par rapport à sa chambre. Lit à baldaquin, grosse penderie ancienne près de la porte. Elle avança à petits pas vers l'armoire et, en prenant garde à ne pas voir le reflet de son visage coupable dans la glace, ouvrit la porte.

Des vestes en tweed. Et une en velours côtelé. Des chemises à carreaux. Exactement comme celles de la photo. Elle décrocha l'une des vestes et regarda à l'intérieur. Sans surprise, sous l'étiquette Turnbull & Asser, trois initiales : JMC.

Luke portait les vêtements d'un autre homme. Un homme qui semblait avoir vécu là par le passé, pendant longtemps, avec des habits qui étaient à la mode à l'époque. Et, lorsque cet homme avait dû partir, il avait procédé à la manière désordonnée si typique de certains universitaires. Puis Luke avait emménagé là…

Et là, il semblait… Elle fit rapidement le tour de la chambre : pas de livres, pas de papiers, pas de vêtements, pas d'ordinateur… Rien. Apparemment, il n'y avait là rien qui appartienne à celui qu'elle connaissait sous le nom de Luke Beith.

C'est avec soulagement que Connie quitta le logement pour regagner discrètement son appartement, laissant la porte ouverte derrière elle. Elle comprenait pourquoi Luke ne se donnait pas la peine de fermer à clé. Il n'avait littéralement rien à perdre.

Dans la salle de bains de Luke, une silhouette se tenait dans l'immobilité la plus absolue.

Chapitre 9

Connie prit un bain, puis s'affala dans son lit et s'endormit dès qu'elle posa la tête sur l'oreiller. Son esprit était vide, trop sollicité, dépassé par les événements.

Elle se réveilla au cœur de la nuit, le cœur battant trop vite, sans transition entre le sommeil et le parfait éveil. Elle crut d'abord qu'un bruit l'avait dérangée, mais tout était calme, il n'y avait personne. La ville tout entière dormait.

Elle se glissa dans sa petite niche derrière le crénelage. D'en bas, personne ne pouvait deviner qu'elle était là.

Elle porta son regard au-delà des marécages, sur les collines qui ondulaient au loin.

Comme la nuit précédente, il lui sembla voir une silhouette. Ce n'était pas possible.

Puis son cœur recommença à battre incroyablement vite. Devant elle s'élevait un vieil orme. Elle le regarda, puis la rue en contrebas. Évidemment il y avait là un homme debout. Il devait être en faction. Il assurait leur surveillance, certes, mais elle était certaine que si elle franchissait la porte d'entrée il aurait son mot à dire là-dessus. Elle repéra le scintillement d'un écran par-dessus l'épaule du garde. Il était 3 h 45. Le beau milieu de la nuit. Le garde devait avoir froid, être épuisé à force de se maintenir éveillé jusqu'à ce que sa relève arrive – à 6 heures sans doute. Enfin, elle ne savait pas vraiment comment ça marchait. Et il y avait probablement d'autres gardes de l'autre côté du bâtiment, au niveau de l'entrée – dans une voiture peut-être ? Néanmoins celui-ci était absorbé, faisant glisser son doigt sur des lignes de bonbons colorés. Il jouait, oublieux du reste du monde.

Elle déglutit et évalua ses chances. S'il y avait bien un homme là-bas, c'était Luke, elle en était sûre. Si elle se faisait prendre à sortir en descendant par un arbre, elle serait dans de beaux draps, immédiatement considérée comme suspecte. Mais si elle ne faisait rien…

Ce n'était même pas envisageable. Elle enfila son vieux pull et ses Converse à la semelle lisse. Elle n'avait jamais été une aventurière en culottes courtes : grimper aux arbres ou à la corde n'avait jamais fait partie de ses activités préférées. Mais maintenant elle devait le faire, et, malgré son aversion et le sentiment de prendre un risque inconsidéré, elle se jeta sur les branches les plus hautes en expulsant l'air de ses poumons. Les branches ployèrent sous son poids, comme en proie à une soudaine brise mystérieuse. Elle s'immobilisa, s'attendant à ce que le garde lève aussitôt la tête, mais non, elle voyait toujours l'écran de son smartphone, où dansaient des bonbons roses et jaunes.

Le tronc de l'arbre était sur le côté par rapport à l'homme : en descendant par la droite, elle serait normalement cachée à sa vue.

À condition de ne pas faire de bruit.

Alors qu'elle oscillait légèrement en haut de l'arbre, Connie sentit ses mains devenir toutes moites. C'était sûrement impossible de descendre d'un arbre aux feuilles bruissantes sans se faire repérer. C'est alors qu'elle entendit un « ding » émis par le téléphone du garde, et une brise bel et bien réelle agita les branches. Un petit vent venu de l'est, de la mer très loin, et qu'elle accueillit avec reconnaissance. Elle attendit le souffle suivant pour descendre de quelques branches. Puis, craignant à chaque instant de se faire voir – par le garde, par le portier de nuit, par un passant, par un habitant de l'étage en dessous, par la police qui soi-disant patrouillait dans la ville – elle continua la descente, très lentement, jusqu'à ce que ses chaussures se posent doucement sur le sol. Rasant le mur, elle s'éloigna à pas chassés jusqu'à ce qu'elle tourne le coin du bâtiment et se fonde dans les ombres de la ruelle qui séparait leur collège de la grande bibliothèque. De là elle put trottiner plus rapidement et traverser ainsi la ville de ruelle en ruelle, jusqu'au sentier menant aux collines.

Elle n'avait pas besoin de lampe torche – de toute façon elle n'aurait pas pu en emporter une –, la grosse lune diffusait suffisamment de lumière. Elle se félicitait d'avoir enfilé un pull noir. La seule chose voyante chez elle – mais elle n'y pouvait rien –, c'étaient ses cheveux. Au moins Luke saurait-il tout de suite que c'était elle. Étrangement, elle n'avait pas le moindre doute qu'il s'agissait bien de lui. On aurait dit qu'il l'avait appelée, et elle avait simplement suivi le son de sa voix. Plus curieux encore : elle n'avait plus peur. Dans sa vie bien organisée, structurée par ses aspirations et son activité intellectuelle, c'était quelque chose de nouveau. Elle aurait pourtant cru que, dans une telle situation, elle aurait été terrifiée.

Il était allongé au même endroit que là où elle était littéralement tombée sur lui la première fois, le dos sur un lit d'ajoncs, admirant la lune d'un air satisfait.

— Cheveux ! s'exclama-t-il d'un ton ravi lorsqu'elle arriva dans son champ de vision. Connie était essoufflée, parfaitement réveillée et vivifiée par la beauté étrange de la nuit, par la proximité inhabituelle des étoiles. Vivante.

Chapitre 10

Connie s'assit en tailleur dans l'herbe humide et regarda Luke. Il lui avait souri, heureux de la voir, mais ses grands yeux gris déviaient irrésistiblement vers le ciel, et il semblait peu attentif.

— Luke ! souffla-t-elle d'un ton urgent. Où étais-tu passé ?

Il leva les mains et haussa les épaules en même temps. C'était une étrange combinaison de gestes, et il ne s'en sortait pas très bien.

— Je… j'étais. Je ne sais pas. Je réfléchissais.

— Tu as appris ce qui s'est passé ? C'est terrible.

Luke la regarda, surpris.

— Non. Dis-moi. J'ai entendu de la musique dans la rue. Très forte, par intermittence. C'était pas mal.

— Les sirènes, lui expliqua Connie. On appelle ça des sirènes. Tu ne le savais pas ?

Luke haussa encore les épaules.

— Je… je ne sais pas toujours le nom des choses.

— Et pourquoi ça ?

Son cœur tambourinait dans sa poitrine. Tout à coup il la rendait fébrile. Pourquoi était-il déjà au courant du message avant qu'elle le déchiffre ? Pourquoi ? Son esprit lui proposait une solution qui résonnait sourdement en elle comme un glas. Ses yeux, sa conscience et son expérience refusaient de l'envisager un seul instant.

— Je ne sais pas, répondit Luke.

Il leva les yeux vers Connie, posée sur l'herbe.

— Alors, ils sont au courant ? Est-ce qu'ils savent ce que tu sais ?

Connie fit « oui » de la tête.

— Ce que tu savais déjà, ajouta-t-elle à voix basse.

Il y eut un long silence. Il n'essaya pas de nier.

— Et le professeur ? demanda Connie quand elle n'en put plus d'attendre.

— Qui ?

— Le professeur Hirati.

Luke semblait dérouté.

— Qui ?

— Le type responsable du programme ! Celui qui a les cheveux jaunes, tu sais ? Celui qui vient tous les jours nous demander si on a trouvé quelque chose. Ben Hirati. Professeur Hirati. Le type qui dirige la mission et passe nous voir tous les jours.

— Grand, fit Luke. Le grand... Désolé. Je trouve... Des fois j'ai du mal à différencier les gens. Tout le monde a la même couleur à peu près.

Connie gesticulait maintenant, exaspérée.

— Il vient tous les jours, Luke ! Et il est mort !

Luke s'assit brusquement.

— Il est mort ?

Son visage exprimait une totale surprise. Connie avait attentivement observé sa réaction. Le comportement de Luke était souvent difficile à comprendre, mais ses émotions n'étaient pas dissimulées, elle ne le pensait pas capable de feindre l'étonnement. Il était profondément choqué.

— Comment ? demanda Luke, soudain agité. Comment est-il mort ? Comment a-t-il été tué ?

— Ils ne sont pas encore sûrs qu'il ait été tué. Mais on l'a trouvé… à l'observatoire… (Sa voix trembla.) Et il n'avait plus de…

Elle se tut. Tout à coup elle prenait peur. Dans le ciel la traînée pâle d'un avion se dessinait au-dessus d'une Angleterre calme et nocturne, où il semblait que tout le monde savourait le dernier sommeil serein de sa vie. C'était la dernière nuit où les Terriens pouvaient se croire seuls dans l'Univers – en excluant une potentielle divinité qui ne se mêlait pas de leurs tracas quotidiens autant qu'ils l'auraient souhaité.

Connie et Luke se regardèrent.

— Pas de couleur, compléta lentement Luke. Il n'avait plus de couleur.

Connie était incapable de parler, d'intégrer tout ça. Elle avait le cœur prêt à bondir de la poitrine. Elle hocha la tête.

— Oui. Il était comme transparent, dit-elle en le regardant. Et tu le savais. Tu étais là ?

— Quoi ? Non, bien sûr que non. Évidemment que non…

Tout à coup il s'interrompit, l'air complètement dérouté, et se toucha les yeux du bout des doigts.

— Mais que… ? Qu'est-ce que c'est que ça ?

Il regarda ses doigts, qui étaient mouillés. Intrigué, il les lécha prudemment.

— Qu'est-ce qui m'arrive ? demanda-t-il à Connie.

Il y avait de la panique dans sa voix. Elle regarda son visage.

— Tu… mais tu pleures, constata-t-elle, l'esprit de plus en plus confus.

Luke examina ses doigts puis se toucha encore les yeux.

— C'est comme ça, pleurer ? fit-il à mi-voix. Oh, je ne savais pas !

— Ça ne t'est jamais arrivé ?

Il y eut un long silence.

— Si, répondit Luke d'une voix lasse. Ça m'est déjà arrivé.

Les mains de Connie tremblaient.

— Luke, dit-elle, tu dois me le dire. Peu importe de quoi il s'agit. S'il te plaît, dis-moi… qui tu es.

Luke prit un grand mouchoir d'une autre époque dans la poche de poitrine de sa veste et essuya délicatement ses longs doigts humides.

— Il ne lui restait plus aucune couleur, dit-il.

— Non, ils pensent que c'est peut-être quelqu'un qui lui a fait ça.

Luke hocha la tête.

— Oui, j'ai bien peur que quelqu'un ne soit responsable de ça.

— Tu sais qui ?

Ils étaient debout, face à face, sous le clair de lune.

— Ils sont ici, dit Luke.

Le ton de sa voix – calme, factuel – la glaça de peur. Elle déglutit avec difficulté.

— Qui est ici ? Qui ça, Luke ?

Luke inclina la tête, comme s'il pensait à autre chose.

— Cheveux.

— Connie.

— J'ai du mal avec les noms. Que veut dire Connie ?

— C'est le diminutif de Constance, expliqua-t-elle. J'ai toujours détesté mon prénom.

— Constance ?

— Comme une constante, tu sais. Vas-y, fais-moi la blague de matheux. Elle est désopilante et je ne l'ai entendue que neuf mille fois.

— Tu es une constante.

— Oui, bon, ça c'est ce que veut dire mon nom. Mais je change de rouge à lèvres, des fois.

— Tu es toujours pareille.

— Les gens ne sont pas immuables, Luke.

Il y eut un long silence.

— Luke ?

Il passa les mains dans ses épais cheveux noirs, qui retombèrent en désordre sur sa tête. Il avait tout à coup l'air très jeune. Elle soutint son regard.

— Luke, es-tu vraiment un être humain ?

Il prit une grande inspiration, puis une autre. Enfin il exhala très lentement, comme s'il se défaisait d'un fardeau qu'il portait depuis bien longtemps.

— Eh bien, ça dépend, en fait !

Connie le regarda, le souffle suspendu.

Elle n'arrivait pas à croire que la veille encore elle n'était qu'une fille comme les autres. Son métier était un peu hors du commun, mais, tout bien considéré, ce n'était pas si excentrique que ça. Aujourd'hui, tout avait complètement changé. Elle ne savait absolument plus où était sa place dans l'univers, ni qui s'y trouvait exactement. Elle avait perdu tous ses repères, l'ordre des choses n'existait plus.

— Ça dépend de quoi ?

— Eh bien, je considère que je suis une personne, bien sûr. Mais suis-je un être humain ? dit-il en faisant mine de réfléchir. Pas exactement.

— Haha !

Connie n'avait pas pu se retenir, c'était sorti tout seul. Elle dut réprimer une furieuse et surprenante envie d'éclater de rire, qu'elle s'empressa de refouler, de crainte de partir dans une crise de fou rire incontrôlable.

Elle s'étrangla en le montrant du doigt.

— Parce que… parce que tu viens de… Tu viens de cette planète d'où a été envoyée l'image de vagues !

Il hocha lentement la tête.

— Kepler-186f ! précisa-t-elle.

— On ne l'appelle pas comme ça.

Connie gloussa malgré elle.

— Non, évidemment. Comment l'appelez-vous ?

Il ne répondit pas. Elle s'approcha de lui.

— Mais comment ? Enfin, à te voir… En vrai, tu ressembles à ça ? Tu as l'air humain ?

Elle était déchirée entre l'envie de tendre la main pour toucher son visage et le besoin tout aussi pressant de partir en courant pour aller s'acheter un billet d'avion pour la Nouvelle-Zélande.

— Parce qu'en ce qui me concerne tu as l'air vraiment parfaitement humain.

Luke hocha la tête.

— Je sais.

Il jeta un coup d'œil à son corps.

— Non, dit-il simplement. Non, je ne ressemble pas à ça. Ça me demande beaucoup d'efforts de vivre comme ça. Je… j'ai du mal à m'y habituer.

Connie eut un mouvement de recul involontaire. L'image du professeur au corps transparent, vidé, lui était revenue à l'esprit.

Elle avala sa salive et se frotta très fort les yeux, comme si cela pouvait lui être de quelque utilité.

— Où… où as-tu obtenu… ? Ce corps, est-ce le tien ? Est-ce que tu l'as pris ?

Luke secoua la tête.

— Non. On me l'a donné. C'est mon corps, ne t'en fais pas, mais les pigments m'ont été donnés. Tu pensais être la première, mais ce n'est pas le cas. Un jeune garçon… très doué…, il était brillant. Mais très malade. Il n'allait pas bien du tout. Et c'est lui qui m'a trouvé le premier. Le premier de votre espèce. En Biélorussie, dans son lit, avec un petit ordinateur. Vraiment brillant.

— Que s'est-il passé ?

— Il était malade. Je ne pouvais rien faire. Personne ne pouvait l'aider. Mais lui m'a aidé. Il était… il était très excité de rencontrer un extraterrestre.

Il regarda Connie qui avait réussi à reprendre le contrôle d'elle-même, bien qu'elle tremble encore.

— Disons qu'il ne s'est pas mis à se tordre de rire, lui.

— Je réagis comme ça parce que je n'arrive pas encore à te croire, lui expliqua Connie. Et je dois découvrir si tu as l'intention d'aspirer tous mes fluides vitaux, alors j'écoute d'une oreille, tout en me demandant lequel de nous deux court le plus vite.

Luke battit des paupières.

— Mais jamais je ne... Je ne ferais jamais ça à quelqu'un ! s'exclama-t-il en tapant du poing dans sa paume. *Pràklon !* Mais qui ça peut être ? Qui m'a retrouvé ? Si vite...

— Depuis combien de temps es-tu sur Terre ?

— Depuis 6,49. Quatre ans. Son... Pardon, il avait un nom. Et je le sais. C'était Artem. Et ça a été son... cadeau d'adieu. Pour que je puisse vivre..., que je puisse passer inaperçu...

Sa voix se fit plus dure, mais Connie ne le remarqua pas.

— Quelque part loin de la mer.

Connie cherchait son smartphone, puis jura en se rappelant qu'on leur avait confisqué leur téléphone.

— Tu dis qu'un gamin est mort ?

Luke hocha la tête.

— Ça n'a rien à voir avec moi. Il est né dans une zone radioactive. Il avait déjà commencé à se détériorer alors qu'il n'était que deux cellules dans le ventre de sa mère.

Luke regarda son mouchoir.

— Pourquoi maintenant ? Pourquoi ne pouvaient-ils pas me laisser tranquille ?

Connie contempla Luke.

— À quoi tu ressembles, en vrai ?

Il haussa les épaules.

— Eh bien, nous n'avons pas… nous n'avons pas de couleur, alors…

— Oui, j'ai compris. Mais êtes-vous bipèdes ? Je veux dire : vous vous déplacez sur des jambes ? Ou bien vous êtes plutôt comme des méduses ?

Sans sourire, Luke la regarda droit dans les yeux.

— Une méduse, c'est une bonne…, ce n'est pas une mauvaise comparaison. Nous sommes bipèdes, mais… Nous avons des bras plus pratiques, qui peuvent aller partout, affirma-t-il en tendant les siens. Franchement, comment vous faites avec ces trucs ? demanda-t-il en agitant les mains. Oh, ça sert à rien ! Et ces os ridicules ! Comment se débrouiller avec ces gros bâtons cassables dans le corps ? Et je peux te dire que j'en ai cassé pour le découvrir ! Comment passer les portes, contourner les obstacles, grimper avec ces rouages internes encombrants et lourds ?

Il regarda ses longues jambes d'un air courroucé.

— Et des jambes si courtes, reprit-il. Ça rend les déplacements tellement longs. Et cette fichue gravité n'arrange rien. Voilà pourquoi vous avez besoin de bâtons dans les bras. Parce que tout est tellement lourd, mais vous ne vous en rendez même pas compte, et pour le supporter vous devez être lourds aussi. Et les gens se traînent avec un air malheureux, et ils croient que leur mal-être vient de choses étranges comme les sacs à main ou les fêtes bruyantes auxquelles ils ne savent pas s'ils doivent aller, ou la décision d'avoir ou non d'autres créatures avec des bâtons dans les jambes mais plus petites.

— Des enfants, tu veux dire ? demanda Connie.

— Oui, voilà. Mais ce n'est pas la vraie raison. C'est parce qu'ils sont en permanence écrasés contre la Terre, comprimés par l'air qu'ils respirent.

— Mais alors, quoi, vous vivez sous l'eau comme se l'imagine Ranjit ?

— Parfois, répondit Luke. Certains, oui. C'est… c'est notre problème. Les marées, les groupes des marées. C'est ce qui… Notre planète a des problèmes.

Connie se leva en secouant la tête, commença à reculer.

— Non. Non, c'est ridicule. Non, non et non. Tu es aussi réel que moi.

— Bien sûr que je suis réel, répondit-il, un peu surpris.

— Tu es né en ex-Yougoslavie…

— C'est Artem qui a eu cette idée. Pour que je n'aie pas besoin de papiers. Mais j'ai dû me rajeunir.

— Quel âge as-tu ?

— Quatre cent soixante-dix-neuf ans. En révolutions terriennes, environ trois cents. C'est assez jeune.

Connie détourna le regard, regrettant soudain de ne pas avoir de cigarettes sur elle, alors qu'elle ne fumait pas et n'avait aucune intention de s'y mettre.

— Prouve-le-moi.

Luke posa ses yeux sombres sur elle.

— Non ! répondit-il sans hésiter. Je ne veux pas. Je ne veux rien prouver, et je ne veux pas que tout ça se produise. Je suis juste un type né dans un orphelinat qui a de drôles d'idées. C'est tout. Un universitaire excentrique parmi d'autres. Sans doute un peu fou. Oublie cette conversation.

— Et recherché par la police, compléta Connie.

L'inquiétude se peignit sur le visage de Luke.

— Ils pensent… ils pensent que j'ai tué le grand humain ?

— Ils pensent que c'est un meurtre, et il faut dire que tu es le seul à t'être volatilisé toute la journée.

— Parce que vous venez d'établir le contact avec ma planète, ce qui, autant te prévenir tout de suite, est une mauvaise nouvelle pour tout le monde. Mais c'est surtout une très, très mauvaise nouvelle pour moi.

Il plongea ses yeux noirs dans ceux de Connie. Et là, sous la lune, Connie se retrouva à sonder des puits sans fond, où elle percevait un monde différent, un aperçu de l'altérité totale de Luke qui n'était pas ce qu'il paraissait.

— Je peux te toucher ? s'entendit-elle demander.

Luke hocha la tête.

— Mais je ne sais plus quelles sont les parties intimes, prévint-il. Artem me l'avait dit, mais je n'ai jamais réussi à m'en souvenir. Et puis il n'avait que dix ans, je ne suis pas sûr qu'il ait été très au point là-dessus.

— Quelles sont les parties intimes, sous ton autre apparence ?

— Oh, tout je crois ! répondit-il avec désinvolture.

— Ah, ça doit être compliqué pour la communication, commenta Connie en faisant un pas nerveux vers Luke.

Ils étaient très proches l'un de l'autre maintenant. Des détails lui revinrent en mémoire : la difficulté pour Luke de respecter la sphère personnelle des autres, son manque de compréhension du langage corporel. Mais toutes ces bizarreries, son étrangeté, ça ne pouvait quand même pas…

Mais ils étaient passés dans une nouvelle ère. Une nouvelle existence, une nouvelle conscience. Et elle savait que c'était vrai, même si c'était terriblement difficile à croire.

— Merde alors ! s'exclama-t-elle. J'ai du mal à croire que les théoriciens du complot extraterrestre aient eu raison pendant tout ce temps !

Au-dessus d'eux les étoiles brillaient de tous leurs feux. Elle tendit lentement la main gauche (il y avait une vieille – et mauvaise – croyance selon laquelle les mathématiciens droitiers n'étaient pas vraiment valables, et elle avait la vie dure). Elle remarqua que Luke levait le bras gauche lui aussi. Terrifiée, elle approcha prudemment la main…

Elle toucha son avant-bras, entre sa main et sa chemise de coton à carreaux vert olive. Il avait la peau douce, sèche, chaude. C'était comme… de la peau. Elle n'était pas moite de sueur ni, contrairement à ce qu'elle avait pensé, sèche et poudreuse comme des feuilles mortes.

Elle perçut de nouveau cette odeur inhabituelle qui l'avait frappée : une senteur marine, de coquillages et d'embruns.

— Est-ce que ton apparence réelle est cachée sous cette enveloppe humaine ? murmura-t-elle.

Il leva son autre main et toucha délicatement les cheveux de Connie.

— Tu sais, dans le spectre lumineux de ce système, c'est presque la seule couleur que je perçois.

Il enroula pensivement une mèche rousse autour de ses doigts. Sans précipitation, il entrelaçait patiemment sa main dans ses cheveux, comme fasciné, la dévorant des yeux. Il leva la mèche et l'approcha de son visage, comme s'il avait oublié tout le reste.

Et, bizarrement, Connie sentit enfin son pouls se calmer. Après tout le stress et les tensions de cette journée horrible, elle se détendait enfin. Inexplicablement, elle était d'accord pour qu'il lui touche les cheveux de ses longs doigts.

— Est-ce qu'il y a la vraie toi ? En dessous ? demanda-t-il en écho.

Le hurlement des sirènes déchira brutalement le ciel.

— Oh ! s'exclama Connie en regardant au pied des collines. Ils savent. Ils nous cherchent.

— La musique, dit Luke.

— Ce n'est pas de la musique ! s'énerva Connie. Ce n'est pas ça, la musique !

Cette fois, il était inutile de tenter quelque chose d'insensé ; ça ne pouvait que mal finir. Ils rentrèrent par la porte d'entrée, ensemble. Le portier Robinson cligna rapidement des yeux en les repérant et jeta un coup d'œil à son téléphone. Connie adressa un signe de tête au vieil homme pour lui faire comprendre qu'elle ne lui tenait pas rigueur de faire ce qu'il avait à faire.

— Nous n'avons pas beaucoup de temps, dit Connie en frappant à la porte d'Evelyn.

Sa collègue lui ouvrit aussitôt. Évidemment, elle n'avait guère dormi. Connie alla aussi réveiller les autres. Arnold qui avait passé trop de temps devant son ordinateur se frottait les yeux, Sé arborait une mine sombre et un pyjama noir. Seul Ranjit dormait à poings fermés quand elle était passée, et il était encore tout ébouriffé.

— T'étais où, mon pote ? demanda Arnold à Luke. Ils croient que tu as tué quelqu'un.

Luke ne répondit pas.

— C'est vrai ?

Il secoua la tête d'un air las.

— Tu sais qui l'a fait ? interrogea Sé. Qui… ou quoi ?

Luke hésita. Tous les regards étaient sur lui.

— Je crois… je crois qu'il pourrait s'agir de quelqu'un comme moi.

— Tu veux dire… un mathématicien brillant et paresseux qui n'a jamais entendu parler de Bart Simpson ? Ni du fromage ?! demanda Arnold.

— Pas tout à fait.

Dehors, les sirènes se remirent à hurler. Il jeta un coup d'œil à la fenêtre.

— Vous voyez : je suis… différent.

— Ça, on a remarqué, dit Evelyn.

— Nous devons le protéger, décréta Connie d'un ton farouche.

On entendit des pas bottés dans le couloir, puis quelqu'un tambouriner à la porte dans l'autre aile du bâtiment.

— Pourquoi ? Parce qu'il a tué le professeur ? demanda Sé, la mine soucieuse.

— Parce que c'est un extraterrestre, bande de moules ! s'exaspéra Connie, n'y tenant plus. Quand on y réfléchit deux minutes, ça tombe sous le sens.

Des coups retentirent bruyamment à la porte. Ils faisaient tous cercle autour de Luke et l'examinaient. Il se frottait la nuque, très mal à l'aise.

— Génial ! s'exclama Ranjit. Mais ne me décolorise pas avec ton laser de la mort comme le professeur.

— Je…

Luke secoua la tête sans aller plus loin. De nouveau on cogna à la porte.

— Professeur Prowtheroe ? Vous êtes là ?

Evelyn se leva et regarda autour d'elle.

— Ah ! dit-elle à voix basse. Les coups à la porte au beau milieu de la nuit. Que de souvenirs. Si je suis venue m'installer en Angleterre, c'est parce que je pensais qu'il s'agissait d'un pays où ces choses n'arrivaient pas. J'avais tort, visiblement.

Elle regarda Luke.

— Ils viennent te chercher.

Il hocha la tête sans rien dire.

— C'est vrai, ce qu'elle dit ?

De nouveau il opina.

— Tu m'as l'air plutôt réel, pourtant, ajouta-t-elle.

— Je suis réel. Je n'arrête pas de le dire.

Arnold était bouche bée.

— Tu peux te rendre invisible ? demanda Ranjit, au comble de l'excitation. Ou te téléporter ? Voler ?

— Nous ne nous serions jamais rencontrés si c'était le cas, fit remarquer Luke.

Et bizarrement cela fit plaisir à Connie, même si la situation était critique.

— J'arrive, j'arrive ! cria Evelyn d'une voix endormie. Ne leur dis rien. Rien du tout, dit-elle à l'intention de Luke. Il ne faut pas qu'ils aient le moindre soupçon. S'ils se doutent… si quelqu'un dit un mot… Ils le découperont en petits morceaux pour leurs expériences, vous comprenez ?

Elle darda sur chacun d'eux un regard menaçant.

Arnold hocha la tête, complètement sidéré. Ranjit sautillait sur place. Sé, comme toujours, restait impassible.

— Pas un mot. Ne leur dites pas un mot. N'en parlez à personne jusqu'à ce qu'on décide de ce qu'on va faire.

— J'ai trop de secrets ! dit Ranjit, émerveillé.

— Eh bien, bravo, te voilà dans le monde des adultes !

Puis Evelyn alla ouvrir sa grande porte en chêne avant que Nigel et ses hommes réduisent le bois multicentenaire en miettes.

Nigel était toujours aussi bien mis, même à 5 heures du matin. Il les salua.

— Vous êtes en pleine réunion à ce que je vois.

— Ben, comme on n'a le droit de parler à personne en dehors du groupe, c'est ça ou rester assis chacun dans sa chambre en caleçon, expliqua Arnold.

— Ça vous arrive souvent, mon grand ? plaisanta Nigel dont le regard se posa sur Luke. Ah, docteur Beith ! Nous aurions souhaité vous parler si ce n'est pas trop vous demander ?

— Bien sûr, répondit Luke en regardant ses chaussures.

— C'était vraiment nécessaire, toutes ces sirènes et les malabars ? demanda Connie. Nous ne sommes pas dans un État policier.

Nigel la regarda.

— Tout bien considéré, la reine l'a plutôt bien pris, mais je crois que personne ne sait plus dans quel genre d'État nous vivons, répondit-il. Pas après ce que vous avez découvert. C'est pourquoi nous devons assurer la sécurité de tous.

Immédiatement ils pensèrent tous à Ben Hirati, et ils comprirent ce que Nigel ajouta.

— Et nous avons déjà échoué une fois, n'est-ce pas ?

Une fois Luke parti sous bonne escorte, ils restèrent assis en silence un moment. L'aube se levait derrière la fenêtre, mais ils étaient incapables de dormir.

Evelyn, comme toujours dans les situations de crise, alla faire du café. Puis elle sortit de grandes quantités de fruits secs et de graines de ses placards, et entreprit de préparer du muesli. La regarder faire était étonnamment rassurant.

— Luke est un alien, j'arrive pas à le croire ! cria Ranjit, surexcité. J'ai rencontré un vrai alien, en chair et en os ! J'aimerais bien être un alien.

— C'est ce que tu es pour lui, fit remarquer Arnold.

Sé fronça les sourcils.

— Vous pensez que... vous pensez que ce qui est arrivé... Je veux dire, il a toujours été un peu bizarre. Vous croyez qu'il pourrait... avoir une sorte de maladie mentale ? Vous voyez, s'il a eu un épisode psychotique ou une sorte de crise... Enfin Hirati a été tué de manière horrible.

— Luke ne l'a pas tué, déclara Connie, véhémente. Je pense que... Je l'ai regardé droit dans les yeux. Je le crois.

— Ce ne sont peut-être pas des yeux, réfléchit tout haut Ranjit. Ce pourrait être des mini-antennes peintes pour ressembler à des yeux.

— Oh, quel merdier ! soupira Connie.

Evelyn disposa cinq bols de muesli accompagnés de leur cuillère placée soigneusement à angle droit.

— Une vérité mathématique n'est ni compliquée ni simple en elle-même, leur rappela Evelyn. Elle existe, c'est tout.

— Ouais, mais selon le rasoir d'Ockham c'est un fou meurtrier, dit Arnold d'un air renfrogné. Et c'est emmerdant, parce que je l'aimais bien, moi.

Et c'était loin d'être fini. Pas un instant de répit ni pour dormir, ni pour prendre le temps de réfléchir posément aux conséquences, ni pour faire une pause, ni même pour honorer la mémoire de cet homme qu'ils avaient à peine connu. Ils étaient les esclaves du pouvoir gouvernemental maintenant, et ça ne s'arrêtait jamais.

De nouvelles données arrivaient par salves, de longues tartines de chiffres à décoder, laborieusement. Arnold avait trouvé les micros cachés dans leur labo et avait placé tout contre l'un d'eux un baladeur diffusant en permanence du Justin Bieber, de sorte qu'ils puissent communiquer à voix basse. Il était à peu près certain qu'on ne pourrait pas les entendre, et que celui qui les espionnait aurait vite des velléités de suicide.

Connie avait la tête qui tournait, en proie à un tourbillon d'émotions, constamment sur les nerfs, épuisée et terriblement inquiète au sujet de Luke. Elle ne l'avait pas vu de la journée et se demandait s'ils le retenaient prisonnier dans le Local isolé de Mullard. Elle s'interrogeait au sujet de l'ADN. Est-ce que Luke en avait un ? Les recherches d'ADN aideraient-elles à le disculper ? Est-ce que Luke leur dirait quelque chose ? Sûrement pas. Et s'il leur révélait la vérité le croiraient-ils ? Il fallait un gros effort d'imagination : entre des signaux venus d'une lointaine galaxie et un extraterrestre vivant au milieu des humains, il y avait un monde.

Et s'ils le croyaient les conséquences seraient encore pires.

Pour vaincre l'angoisse, elle se plongea tête la première dans les chiffres. C'était une tâche lente, très lente. Quelque chose de rond émergeait, mais très légèrement. Elle imaginait qu'il devait bien exister un moyen de communiquer et de coder dans ce mode d'expression, une clé interne permettant de déchiffrer plus directement, mais elle ne voyait pas de quoi il pouvait s'agir.

Et il lui était difficile de se concentrer alors qu'elle pensait sans arrêt à Luke – à ce qu'il était et à ce qui se passait évidemment, mais il y avait autre chose, elle le savait. La façon dont il avait enroulé ses cheveux sur ses doigts, se tenant si près d'elle, alors qu'elle scrutait ses yeux insondables.

— Merde ! se dit-elle en prenant une autre tasse de café. C'est encore pire que l'autre fois avec Sé.

— Hum ? fit Sé qui se trouvait devant elle.

Elle sursauta.

— Désolée, j'ai parlé tout haut ? Manque de sommeil.

— Oh non ! répondit-il en la servant. Non, tu avais juste l'air d'être à des milliers de kilomètres.

Sans le vouloir, Connie laissa un léger sourire flotter sur ses lèvres, et son regard alla vers la fenêtre et les champs au-delà. Sé l'observait, mais elle avait déjà oublié sa présence.

Lorsque Luke réapparut deux jours plus tard, Connie crut d'abord à un mirage causé par la fatigue. Un rêve devenu réalité. Il arriva au bunker sur les 17 heures, après deux jours durant lesquels ils avaient seulement obtenu des vagues, encore des vagues, les courbes d'un littoral et quelque chose qui ressemblait à une ligne. C'était une carte gigantesque. Mais de quel endroit ? De quoi ? Et pourquoi ?

Lorsque Luke entra, seul, ils s'immobilisèrent. Puis le visage d'Arnold se fendit d'un énorme sourire.

— Alors, mon vieux, pas de menottes ?

Luke leva les mains.

— Ils ne pouvaient pas me garder plus longtemps. Apparemment la machine à ADN ne fonctionne pas.

— Étrange, dit Ranjit.

Ils lui laissèrent un instant pour comprendre.

— T'es sérieux, tu as cassé la machine à ADN ? se réjouit Arnold. Wouhou !

— Je ne peux pas quitter la ville, mais ils n'ont pas de preuve que j'étais là-bas, je ne crois pas. Ce Nigel m'a posé des questions, encore et encore, toujours la même chose.

— Mais ils n'ont pas la preuve que tu n'y étais pas non plus ? demanda Sé.

Connie le regarda, surprise par l'hostilité dans sa voix.

— Sé ?

— Quoi ? Moi, je sais que je ne l'ai pas tué. Mais il faut bien que ce soit quelqu'un.

Luke cligna des yeux.

— Je n'ai pas l'intention d'essayer de te faire changer d'avis, dit-il simplement avant de se détourner.

Connie alla vers lui avec une pile de sorties papier et toussota.

— Euh… je me disais…

Arnold l'observait du coin de l'œil.

— Tu… tu peux lire ça, évidemment, non ? Puisque ça vient de chez toi.

À présent, ils ne manquaient pas une miette de la scène. Luke se mordilla la lèvre.

— Mmm.

— Bon, tu peux ou tu ne peux pas ? Parce que ça va nous prendre un siècle, sinon.

— S'il traduit tout instantanément, ils vont se douter de quelque chose, avertit Arnold.

— Et ils auraient raison, nota Evelyn.

— Eh bien, on fera comme si ça nous avait pris plus longtemps et en attendant on jouera à *Jungle Speed*, les rassura Connie.

Luke hocha la tête d'un air navré.

— Tu n'as pas envie de lire ? demanda Ranjit.

— Je ne suis pas vraiment obligé, dit Luke.

Mais il se saisit de la première feuille et l'examina attentivement, puis la deuxième et ainsi de suite. Il se laissa tomber sur une chaise, sans plus leur prêter attention, même lorsque Evelyn le pressa :

— Alors, qu'est-ce que ça raconte ?

Pendant ce temps, Ranjit s'était glissé derrière Luke et essayait de le renifler discrètement.

— Arrête ça ! lui lança Connie dès qu'elle vit son manège.

— Il sent la mer, chuchota Ranjit. Comme ce qu'on a vu sur l'image.

Connie ne souhaita pas dire qu'elle le savait déjà. Luke ne remarqua rien de tout cela. Il se passait les mains dans ses cheveux épais et ondulés, le visage concentré et sérieux.

— Tu as des pieds ? Est-ce que tu as des orteils ? l'interrogeait Ranjit. Est-ce que ta main peut se changer en pistolet ? À quoi ressemblent les filles sur ta planète ? Tu es bleu ?

— Ferme-la, Ranjit, lui ordonna Sé qui avait pris une autre pile d'impressions et s'était mis à travailler dessus.

Connie et Evelyn avaient expliqué aux autres comment Connie s'y était prise pour décoder le message deux jours plus tôt. Mais Sé faisait semblant, Connie en était sûre. Elle était surprise par son animosité. Elle s'efforçait de ne pas écouter la petite voix qui lui disait que Sé avait peut-être raison de se sentir menacé par la présence d'un être venu d'un autre monde.

— Ouais, ferme-la… Eh, tu es vraiment bleu ? Et les filles ? Il y a des filles ? Est-ce que tu *es* une fille ? Oh, ce serait décevant ! Parce que tu es plutôt pas mal, mais pas pour une fille.

Arnold regarda sa feuille et son stylo.

— Je vais préparer un questionnaire en quatre cents questions sur tout ce que j'ai toujours voulu savoir sur les extraterrestres, leurs planètes, leurs filles… Et il y a encore autre chose sur les femmes extraterrestres, que tu pourras lire ou partager par télépathie avec moi plus tard. Mais pas de sonde. Mais, si tu as une sonde, j'aimerais beaucoup la voir.

Sé exprima clairement son mépris.

— Moi, je veux une sonde ! intervint Ranjit. Mais pour sonder les autres je veux dire. Pas pour être sondé.

Luke, faisant comme s'ils n'étaient pas là, prit une autre feuille de données. Il parlait à voix basse. Lorsqu'il se tourna enfin vers eux, son expression était grave.

— Qu'est-ce que ça dit ? demanda Arnold. Est-ce qu'ils vont nous pulvériser dans, genre, quatre minutes ? Parce que si c'est le cas…

Il adressa un regard de chien battu à Evelyn et à Connie, puis battit des paupières.

— N'y pense même pas, mon grand, lui dit Evelyn.

— Est-ce qu'ils vont nous réduire en esclavage et nous forcer à faire des choses avec leurs femmes ? rêva Ranjit.

— Il faut que je sorte de ce bunker avant que vous deveniez tous des obsédés sexuels, gémit Evelyn en posant les paumes sur ses yeux. Et c'est tout de même incroyable : on vous annonce l'existence d'une autre espèce intelligente dans l'Univers, et tout ce qui vous intéresse, c'est votre entrejambe !

— Ou des tas de trucs qui explosent, lui rappela Arnold. On imagine aussi ça.

Luke secoua la tête.

— Non, rien de tout ça. C'est ce que je craignais. Ils viennent me chercher.

Chapitre 11

Il y eut un silence.

— Oh ! Tout ça, c'est à propos de toi, bien sûr, dit Sé d'un ton désagréable. Si ça n'est pas charmant !

Luke le dévisagea en clignant des yeux.

— Pas vraiment, non, répondit-il enfin. Pas du tout, à vrai dire.

— Il faisait de l'ironie, lui expliqua Connie. Et il va changer d'attitude tout de suite. Sé, nous avons les premiers messages compréhensibles venus de l'espace. Tu veux bien ranger ton scepticisme et ton agressivité deux secondes ?

Il se leva, une expression furieuse sur son visage aux traits tirés.

— Prouve-le. Démontre-nous que c'est vrai. On est assis là, craignant qu'on ne porte atteinte à notre vie…, que ce soient des rayons laser venus du ciel ou un psychopathe se baladant dans l'université, alors ce serait bien si on en savait un peu plus sur ce qui se passe au lieu de prendre les paroles de ce farfelu pour argent comptant.

Maintenant tout le monde était tendu, le regard fuyant. Luke finit par soupirer et prendre la parole.

— C'est la raison pour laquelle j'ai dû quitter la Biélorussie. Je ne supporte pas bien les grandes fluctuations de température. Et je ne peux pas être trop près de la mer. Trop tentant. Alors le meilleur choix, c'était ici…

— De quoi tu parles ? s'étonna Ranjit. Tu risques de fondre ?

— Vous savez où trouver de l'eau glacée ? demanda doucement Luke.

Ils y réfléchirent un instant.

— Labo de bio, lança Evelyn. Neuvième étage. Je vais décongeler un des prélèvements effectués sur les rats. La fille de la cryogénie animale a un faible pour moi.

— Il faut dire que tu es plus canon que ce qu'elle regarde toute la journée, commenta Arnold.

— Ça fera l'affaire, dit Luke alors qu'elle quittait la pièce à vive allure.

— Où sont ces foutues caméras ? s'interrogea Arnold. J'ai vu les écrans de contrôle dans le Local isolé.

Les yeux étrécis, il se mit en devoir d'inspecter le bunker.

— Ici, fit-il en regardant vers un des coins.

Il y avait un trou dans les dalles de liège tapissant les murs. Il pivota sur ses talons.

— Et même chose de l'autre côté…

— On pourrait tous s'installer dans le placard, proposa Ranjit. On serait bien.

— Non. Si on disparaît tous ensemble, ça éveillera leurs soupçons, dit Arnold. Il faut trouver un angle mort pour Luke, et nous autres, prétendre qu'on fait autre chose.

Il alla éteindre le baladeur mp3 qui déversait les tubes de Justin Bieber dans le micro.

— Bon, les gars, il faut qu'on discute de l'attribution des tâches ménagères, encore une fois. Evelyn va nous montrer comment bien nettoyer correctement, pour qu'il n'y ait plus ces moisissures...

Tandis qu'Arnold débitait d'un ton monocorde son discours sur le ménage, Luke se dirigea vers le fond de la pièce. Son visage était pâle et tendu. Un placard couvrait tout un mur, abritant des manuels de cours. Il s'assit devant en tailleur.

Arnold vérifia les angles des caméras, et apparemment jugea qu'il était hors de vue. Evelyn arriva avec une grande bassine remplie de glace.

— J'ai retiré le rat, précisa-t-elle. Je lui plais vraiment à cette fille.

Alors qu'Arnold continuait à radoter des bêtises à propos de liquide vaisselle, Luke plongea la main dans la bassine posée à côté de lui.

Pendant un bon moment, il ne se passa rien, à part Arnold lisant l'interminable liste d'ingrédients d'une boîte de lessive qu'il avait trouvée là.

— Bon, vous voyez, les détergents actuels – le produit fini, pas juste l'agent de surface – contiennent divers ingrédients. Trois des principaux composants sont les adjuvants (cinquante pour cent en poids, approximativement), le tensioactif ABS (quinze pour cent) et les agents de blanchiment (sept pour cent).

Le temps semblait suspendu. Connie observait attentivement, gagnée par la confusion. Et si c'était un truc, une erreur, ou simplement faux ? Et si elle s'était trompée ? Et si elle s'était laissé embobiner par son charme excentrique, par les phénomènes étranges dont ils semblaient entourés – non, il se passait réellement des choses étranges ! Ils étaient peut-être tous victimes d'une crise d'hystérie collective, à cause du décès de leur supérieur et des messages extraterrestres. Sé était adossé au mur, les bras croisés. Ranjit ne tenait pas en place et ne cessait de faire des commentaires :

— Je ne vois rien. Il se passe quoi ? Pourquoi il ne se passe rien ? C'est une blague ?

— Alors, quand on veut mettre au point une formule de nettoyant, il ne faut surtout pas mettre trop d'agents de surface – ni trop peu. Le dosage exact est en fait un peu inférieur à quinze pour cent, ce qui réagit de manière idéale avec la graisse incrustée.

— C'est pas vrai ! s'exclama Ranjit.

— Eh oui, je sais, réagit aussitôt Arnold. Merci pour cette réaction à la mesure de l'importance de notre répartition des tâches ménagères.

Connie s'approcha encore un peu de Luke et prit involontairement une brusque inspiration.

La main droite de Luke – qui portait toujours cette ancienne montre dorée qui ne fonctionnait pas – était en train de changer. Ses doigts s'allongeaient, se déployant lentement, son avant-bras s'élargissait, prenant une apparence plus robuste, et la couleur de sa chair était instable, elle s'estompait, laissant place à une phosphorescence transparente, brillante. Il avait trois doigts longilignes et un pouce très long aussi. La matière rappelait un peu le corps d'une méduse en effet, mais la chair était comme illuminée, brillant de l'intérieur, parcourue d'étincelles incolores qui allaient et venaient de haut en bas.

Ils étaient tous fascinés. Le discours d'Arnold se perdit dans le silence. Sé quitta l'autre extrémité de la pièce pour voir de plus près, puis il poussa à voix basse ce qui devait être des jurons dans sa langue. Evelyn déglutit bruyamment. Ranjit se détourna et vomit discrètement dans la corbeille à papier.

— Merde, putain de bordel de merde ! fit Arnold. Et… euh… n'oubliez pas d'utiliser un produit à polir.

Connie était hypnotisée par le phénomène.

— C'est beau, dit-elle.

Luke releva la tête, une expression douloureuse dans les yeux, et soutint son regard.

— Est-ce que tu as une queue ? demanda Ranjit qui s'était apparemment remis de son petit accident. Hein, tu as une queue ? Et combien de pattes ? Huit ? Je parie que c'est huit. Et une queue !

Luke retira sa main de l'eau et la serra contre sa poitrine. Il avait l'air de souffrir. Peu à peu les lumières s'éteignirent, ses doigts s'enroulèrent de nouveau, et la couleur chair revint dans sa main. Il grimaçait, le visage crispé.

— Ça fait mal ? lui demanda Connie.

Il hocha la tête.

— En permanence.

— Ta queue doit vraiment faire très mal, réfléchit Ranjit.

— Je n'ai pas de queue.

— Hmm. Tu as des nageoires ?

— Bon, je crois que c'est la fin de notre cours de nettoyage d'aujourd'hui, annonça Arnold d'une voix mal assurée, sans quitter du regard le bras de Luke. Mais surtout n'oubliez pas : soyez prudents dans le vaste monde du nettoyage.

Evelyn eut la réaction la plus surprenante. Après avoir observé la transformation en silence, elle se leva brusquement, traversa la pièce avec une agilité surprenante et, d'une manière qui lui était fort peu habituelle, serra rapidement Luke dans ses bras.

— Bienvenue, dit-elle doucement.

Luke semblait au comble de la surprise.

— On dirait un des X-Men ! s'enflamma Ranjit. C'est génial. Tu sais faire quoi ?

Luke haussa les épaules.

— Ben, surtout des mathématiques.

— Tu parles ! Tu dois avoir des super-pouvoirs.

— Si rester le bras dans un seau de glace pendant une demi-heure compte comme super-pouvoir, j'imagine que oui.

— Sérieux ? Tu n'as pas une force surhumaine ou un truc comme ça ? s'étonna Arnold qui venait de rallumer Justin Bieber, espérant que ceux qui les surveillaient ne verraient que cinq mathématiciens au sens vestimentaire douteux, assis à gribouiller sur des bouts de papier.

— Tu peux déplacer un piano ! lui rappela Connie.

— Ah oui, il y a eu beaucoup de plaintes à ce propos, je m'en souviens.

— Mais pour la plupart des gens c'est beaucoup trop lourd.

— Oui, j'ai quelques avantages musculaires, je crois, admit Luke.

— Porte-moi, demanda Ranjit. Soulève-moi et lance-moi à travers la pièce ! Non, attends, ne fais pas ça. Ou alors soulève-moi et repose-moi délicatement.

— Ouais, enfin n'oubliez pas les caméras, les gars, leur rappela Arnold. Tu pourrais juste soulever un lit à baldaquin tout à l'heure ?

Le silence retomba. Evelyn sortit d'alléchants sandwichs au poulet et à la mayonnaise, qu'elle distribua à la ronde. Gênés, ils attendaient de voir si Luke allait manger.

— Je ne… enfin je peux manger, expliqua Luke. Mais pas un autre animal. Il y a de l'animal là-dedans, non ?

— Oui, mais juste un petit, tempéra Ranjit.

— Mais qu'est-ce que tu manges ?

Luke leur montra un sachet de Soylent.

— C'est ce qui m'a semblé le plus prudent. Sinon je ne sais pas quoi prendre. Et puis les cookies. Tes cookies m'ont été très utiles. Merci. Les autres choses ont un goût de… (Il secoua la tête.) Enfin, je ne peux pas manger un autre être vivant. Je suis un être vivant.

Les sandwichs ne leur faisaient plus très envie, tout à coup.

— Alors parle-nous de ton monde, demanda Arnold. Est-ce que vous avez trois lunes ?

— Non, une seule. Elle ressemble beaucoup à celle-ci. Avoir une seule lune est très utile pour le développement de la vie. Avec les marées et tout ça.

— Et vous vivez dans l'eau ?

— Nous sommes des amphibiens, répondit Luke. Enfin moi, je suis mélangé, ce qui est… euh… inhabituel, alors je m'adapte. Mais je préfère dormir dans l'eau. Je n'aime pas être sec tout le temps.

— Vous avez des maisons ? L'Internet ? Des familles ? Du chocolat ? Du Scotch ? La guerre ?

Luke cligna des yeux.

— Dites, Ranjit, je peux répondre plus tard ? Nous sommes une société, mais nous n'avons pas de familles semblables aux vôtres.

— Oh ! Vous pondez des œufs ?

— Ranjit, c'est une question indiscrète, le rabroua Evelyn avant de marquer une pause. Mais tout de même… vous pondez des œufs ?

— Je ne… On ne parle pas vraiment de la reproduction, répondit Luke.

— Je prends ça pour un « oui », décréta Arnold.

Ranjit opina gravement.

— Qu'est-ce que ça raconte ? demanda Sé qui, de nouveau adossé au mur, était réticent à se joindre au groupe – malgré tout, il avait mangé un sandwich. Le message. Ils sont à ta recherche : pourquoi ?

— Nous avons un problème, sur ma planète, expliqua Luke. C'est une lutte entre deux camps : ceux qui pensent que nous devrions être basés uniquement dans l'eau et ceux qui veulent passer plus de temps sur la terre ferme. Et il y a aussi ceux qui veulent avoir la liberté de se balader là où bon leur semble. Certains ont proposé une séparation, ils veulent construire une grande muraille entre la terre et la mer.

— Bonne chance, commenta Evelyn.

— Alors nous avons essayé. Nous avons essayé de trouver un moyen de réunir les deux camps, pour qu'ils continuent à se parler, au lieu de se séparer, en cristallisant leurs différences. Je suis un véritable…

Il s'interrompit.

— Un ? l'encouragea Arnold. Tu es quoi, d'ailleurs ? Klingon ou Gallifreyan ?

Luke secoua la tête.

— Je suis mélangé.

Sé secoua la tête.

— Il y a quelque chose qui m'échappe. Vous êtes combien dans cette civilisation ?

Luke haussa les épaules.

— Sur la planète ? Quatre-vingt-dix milliards, en gros.

— Et ils se sont lancés à ta poursuite ? Qu'est-ce que tu as de si particulier ?

— Tu es une sorte de seigneur de guerre redoutable, sur ta planète ? demanda Ranjit. Oooh ! Ou un gentil ? Tu es un Optimus Prime ?

Luke secoua la tête.

— Non. Juste un ingénieur mathématicien.

— Alors tu as quoi de spécial ? insista Sé.

Luke soupira, attendit un instant, puis expliqua.

— Je ne crois pas aux murs, je ne crois pas à la séparation forcée. Mais je travaillais sur ce projet. Le projet de muraille. Alors je l'ai saboté.

— Comme tu as essayé de saboter notre mission, releva Connie.

Luke hocha la tête et la regarda.

— Oui, admit-il. Je ne pensais vraiment pas que vous y arriveriez. Les astrophysiciens en étaient très loin. Les ingénieurs aussi. C'était sans compter sur votre intervention.

— Attends ! On est la troisième équipe à travailler là-dessus ? s'indigna Arnold.

Luke ne tint pas compte de sa question.

— Qu'est-ce que tu as fait ? demanda Sé. Tu as tué des gens ?

Luke fronça les sourcils.

— Non, répondit-il. Pourquoi j'aurais fait ça ?

— Eh bien, je crois que nous ignorons beaucoup de choses sur toi. Alors cela me semble être une question raisonnable.

Luke resta silencieux un instant.

— Ça a fait des histoires bien sûr.

— Alors qu'as-tu fait ?

— Eh bien, j'ai un ami qui est ingénieur spatial… Il s'occupe d'activités locales bien sûr, juste de l'exploitation minière et d'énergie stellaire. Quatre-vingt-dix milliards d'individus, c'est une grosse demande énergétique.

— Il t'a fourni une fusée ?

— Oui. Je ne sais pas quand il pourra la récupérer…

— Mais ce n'est pas possible, dit Arnold. Combien de temps il t'a fallu pour arriver ici ?

Luke haussa les épaules.

— Je suis patient.

— Attends, ils devraient être à ta poursuite, intervint Ranjit. Pourquoi on n'a les messages que maintenant ?

— Parce qu'ils sont proches, dit-il simplement. Et il y en a au moins un ici.

Chapitre 12

Le réveil de Nigel Cardon, agent du MI5, se déclenchait à 5 h 30 tous les matins. Mais, ce jour-là, il n'en eut pas besoin. Cela faisait deux jours qu'il n'en avait pas besoin, depuis qu'un jeune technicien lui avait agrippé le bras en lui disant qu'il fallait qu'il voie ça, avant de l'entraîner jusqu'au Lims de Mullard.

Allongé les yeux grands ouverts, il regardait l'aube qui se frayait doucement un chemin dans la pièce. À côté de lui, sa femme dormait à poings fermés. Elle était gracieuse jusque dans son sommeil : une de ses mèches parfaitement teintées de blond s'étalait sur l'oreiller. Il la regarda et soupira. Elle était magnifique, son Annabelle. Belle, respirant l'élégance et la classe, elle tenait parfaitement leur intérieur. Tous ses copains étaient envieux. Ils n'imaginaient pas à quel point il se sentait bestial à ses côtés. Trop masculin, trop poilu. Il ne trouvait pas qu'il méritait toutes ses délicates attentions.

Quant à lui, il ne saurait jamais à quel point c'était la bête en lui qu'elle voulait en acceptant de l'épouser. Ni combien les manières polies et délicates qu'il adoptait à son égard, la traitant comme une princesse, l'ennuyaient au plus haut point et la désespéraient. Ils n'avaient pas d'enfants.

Nigel se glissa hors du lit. Normalement, c'était l'heure où il se livrait à une série d'exercices de préparation physique, tant pour se vider la tête que pour se maintenir en forme. Il trouvait qu'une musculature intimidante était un outil psychologique intéressant dans son métier. Mais, cette fois, il n'avait pas de temps pour ça. Même s'il avait mis son téléphone sur silencieux pour la nuit, il n'avait pas réussi à atteindre un état de sommeil assez profond pour que la petite diode rouge clignotante ne hante pas ses songes.

Il prit sa douche en bas. Annabelle, Dieu merci, lui avait préparé ses habits la veille. Elle était une experte du fer à repasser. « J'aime ça », assurait-elle, restant à sa planche devant des feuilletons tandis qu'il travaillait tard tous les soirs. Elle s'endormait sous un couvre-lit sans le moindre pli, et il la regardait depuis le couloir lorsqu'il rentrait enfin, n'oubliant pas de retirer ses chaussures à la porte.

Il emporta son café dehors. La journée s'annonçait radieuse, étonnamment belle alors qu'on était encore tôt dans la saison. Leur petit coin de paradis anglais, pensa Nigel avec une certaine mélancolie. Puis il regarda le téléphone qui s'excitait sous sa main puissante. Il clignotait, vibrait, gigotait comme s'il était vivant. Sa journée avait déjà commencé.

Dans la voiture, Nigel tapa laborieusement les codes permettant de franchir les quatre niveaux de sécurité de son volumineux téléphone spécial et consulta ses actualités. Rien à signaler. Cependant le fait qu'il considère maintenant faits divers et meurtres ordinaires comme négligeables le choqua. Il emprunta l'A46, comme d'autres hommes dont la veste était suspendue à un crochet derrière le siège conducteur, il installa sa ridicule oreillette Bluetooth (cela faisait longtemps qu'il ne se sentait plus mal à l'aise en la portant), et répondit à ses appels par ordre d'importance. En premier lieu, le secrétariat du cabinet.

Il n'aimait pas les intonations mielleuses de la directrice de cabinet du Premier ministre, on avait l'impression qu'elle était perpétuellement agacée ou condescendante. L'événement le plus extraordinaire s'était produit, et malgré tout elle refusait de se départir de sa froideur, ce qu'il trouvait rassurant, même si c'était à l'opposé de ce que l'intuition lui dictait. Elle était sûrement tout aussi flippée que les autres, c'était humain, après tout. Et le fait qu'elle ne laissait rien paraître prouvait qu'elle jouait un rôle de bout en bout, et que, par conséquent, il pourrait certainement faire tomber son masque un jour ou l'autre.

— Anyali ?

— Monsieur Cardon ?

Il esquissa un sourire.

— Comment va-t-il ce matin ?

— Bien.

Anyali semblait impatiente.

— Allons, ma chère, dit Nigel, sachant pertinemment que ses manières l'agaçaient. C'est à moi que vous parlez, et moi, je leur parle, et il faut que je sache. Je ne suis pas un journaliste du *Sun*, si ? Alors, je vais répéter ma question. Parce que plus il est calme, plus j'aurai de temps avant que tout le monde se transforme en poulets courant après leur foutue queue. Comment… comment va-t-il ?

—Les poulets n'ont pas de queue.

—Bien sûr que si. De grosses queues en plumes. J'en ai vu.

Il y eut un léger bruit d'exaspération à l'autre bout de la ligne, un claquement de porte, et le fond sonore fut assourdi. Elle ne parla pas tout de suite.

—Il est… il est toujours ravi.

—Mais merde, putain ! s'emporta Nigel. Qu'est-ce qui ne tourne pas rond chez lui ?

—Il est aux anges. Les cotes de popularité sont au plus bas, les gens sont au chômage, il ne se passe rien de positif à l'étranger, nous n'avons même pas une bonne guerre pour nous distraire. Ça ne pouvait pas mieux tomber.

—C'est pas vrai ! Dites-moi, il n'en a pas parlé aux Américains ?

—Nous arrivons à peine à l'empêcher d'en parler à tout le monde.

—Et c'est vous qui nous faites des leçons sur le contrôle des données, grogna Nigel, furieux.

—Comment ça se passe, de votre côté ? demanda Anyali en changeant de sujet.

—Ça va. Mais ces gens-là sont des nerds. Ils n'ont pas d'amis. Alors à qui en parleraient-ils ? Les vôtres déjeunent sans arrêt avec des journalistes. Quelle est l'étendue des fuites ?

— Nous avons réussi à le persuader de ne pas le dire à ses enfants.

— Ah ! Dieu merci !

La progéniture du Premier ministre était connue dans certains cercles pour son comportement ingérable, si bien que ses gardes du corps passaient leur temps à présenter des excuses dans les magasins *Topshop*. Depuis peu, des pourparlers étaient au point mort entre le bureau du Premier ministre et l'émission X Factor, à laquelle l'aînée s'était inscrite en secret, ce qui causait une inquiétude bien compréhensible au sein du cabinet. Le Premier ministre était assez satisfait de sa vie dans l'ensemble, mais il aurait préféré échanger ses enfants contre les filles Obama.

— Mais je crois que son humeur peut être qualifiée de positive. Vous savez ce qu'il a dit ? ajouta-t-elle en baissant la voix, avec un air de conspiratrice qui ne lui ressemblait pas.

— Oh, oh, dites-moi donc !

— Il a dit : « Si c'était ça ou l'apocalypse zombie, je suis vraiment soulagé. »

Il y eut un long silence.

— L'apocalypse zombie, bordel ? reprit enfin Nigel. L'apocalypse zombie ? Vous savez quoi, Anyali, je crois que je veux que ces aliens viennent nous anéantir. Qu'ils nous sauvent de ce ramassis d'idiots, que nous sommes visiblement.

— Je me refuse à tout commentaire là-dessus. Où en étions-nous ?

Nigel passa la sixième, doubla la Galaxy d'un commercial et prit une gorgée de café noir dans sa bouteille isotherme en acier brossé.

— Maîtrisé, plus ou moins, grogna-t-il. Mais cette affaire Ben Hirati…, je n'y arrive pas. Je ne sais pas par où commencer. C'est une coïncidence trop importante, ça semble incriminer l'un des six, ou quelqu'un de l'institut qui voulait mettre un terme à ses recherches.

— Ou qui ne l'aimait pas, simplement. Ou il pourrait s'agir d'une mort naturelle. Comment avez-vous fait pour que sa femme l'identifie ?

— Nous ne l'avons pas fait venir, répondit Nigel. Nous lui avons apporté sa montre et son alliance en lui disant qu'un collègue avait déjà procédé à l'identification. Ensuite je lui ai proposé de voir le corps, et heureusement elle a décliné l'offre.

— Et elle vous a cru, elle a gobé ça ?

— Écoutez, je sais que vous êtes un étrange robot dépourvu d'émotions, mais cette dame était plutôt éprouvée par tout ça, elle n'a pas encore eu le temps de bien comprendre ce qui lui arrivait. Alors admettons que oui.

— Mais pourquoi vos geeks l'auraient-ils tué ?

— Aucune idée, répondit Nigel. Ils savaient peut-être qu'ils allaient découvrir la vérité et ne voulaient pas que ça se sache.

— Mais dans ce cas pourquoi ne pas avoir tué la fille ? C'est elle qui a résolu l'énigme.

Nigel secoua la tête. Il ne comprenait pas non plus. Il avait affecté ses hommes à la surveillance des mathématiciens pendant soixante-douze heures, et… rien.

— Je parie sur la mauviette bizarre, dit-il en se frottant la tête.

— Je croyais qu'ils étaient tous bizarres.

— Oh, ce sont de drôles de zèbres, mais le grand maigre a une manière de vous regarder… comme si vous n'étiez pas là.

Il entendit qu'elle feuilletait des papiers.

— Vous voulez parler de Luke Beith ?

— C'est ça.

— Je pensais qu'il avait des problèmes de vue.

— Humm.

— Vous ne croyez pas que ce serait un peu compliqué pour un bigleux de tromper tous vos systèmes de sécurité ? Et puis il est plutôt…

Elle se racla discrètement la gorge.

— Quoi ?

— Euh… il ne passe pas inaperçu, si ? On se souviendrait de l'avoir vu, vous ne pensez pas ?

— Comment cela ?

Elle toussota.

— Enfin, je veux dire, il est…

Pour la première fois, Nigel décela une touche de douceur dans sa voix.

— Quoi ? grogna-t-il, les lèvres agitées d'un tic nerveux pour la première fois de la journée.

— Eh bien, il est plutôt… enfin, pas moi bien sûr, mais certaines personnes pourraient considérer qu'il est assez…

Nigel la laissa se débattre.

— Beau ?

Il sourit.

— Ah, vraiment ?

— C'est une observation strictement professionnelle, se défendit Anyali d'un ton pincé. Je pense juste que cela le rend plus susceptible d'être remarqué. Comme la fille aux cheveux carotte.

— Ah ça, c'est sûr ! Il n'y a presque pas de filles là-bas. Mais je doute qu'ils remarquent un type mal habillé.

— Non, bien sûr, ils ne lui prêteraient pas attention, s'empressa de répondre Anyali.

Il y eut un silence.

— Est-ce qu'il ne serait pas plus prudent de les mettre tous en garde à vue ? demanda-t-elle. Je n'aime pas me dire qu'ils sont en liberté, c'est une variable incontrôlable.

— Eh bien, nous l'avons envisagé. Premièrement, ce sont les seuls à pouvoir traduire les données. Enfin, c'est le cas jusqu'à présent. Et je ne suis pas d'humeur à montrer ces informations à de nouvelles personnes maintenant, même si j'en avais le droit, ce qui n'est pas le cas de toute façon.

— Non, c'est juste.

— Donc il est logique de les laisser ensemble. On leur a retiré leurs téléphones, et leurs passeports sont sous contrôle, sauf pour ce monsieur Beith, qui ne semble pas en avoir. Ni de téléphone, d'ailleurs.

Cela contrariait Nigel. Il y avait tellement de choses qui ne collaient pas chez ce type.

— Ils peuvent poursuivre leur travail. Ou faire de longues réunions complètement assommantes sur les produits d'entretien, ce qui semble être leur principale préoccupation en ce moment.

— Bon, d'accord, je vois que nous avons besoin d'eux, admit Anyali. Je me demandais simplement s'il ne serait pas plus prudent de les arrêter tous ensemble.

— Peut-être, malheureusement c'est contraire à la loi.

— Je ne pense pas que le Premier ministre et le Cobra auraient des scrupules à passer outre à l'*habeas corpus* dans ces circonstances, dit Anyali avec raideur. Si on échappe à l'état d'urgence, on aura de la chance. Nous avons déjà prévenu les gradés de se tenir prêts pour une opération militaire de grande envergure.

— Vous avez fait ça ? demanda Nigel en regardant un camion s'arrêter à une station-service.

Il se demanda comment son esprit pouvait simultanément envisager un état d'alerte militaire au Royaume-Uni et vouloir un muffin.

— Alors vous pourriez au moins les appréhender. Et les faire travailler en même temps. En leur disant que c'est pour leur propre sécurité.

— Bon, deux choses, intervint Nigel qui sentait que le temps pressait. Ils sont mieux comme ça. Ils n'ont pas trop l'impression d'être suspects, ils peuvent se déplacer. Ils savent qu'ils sont sous surveillance, mais ils restent libres dans une certaine mesure. Ils sont relativement détendus et ils travaillent pour nous. S'ils se sentent persécutés ou injustement incarcérés – et je peux vous dire tout de suite que le gros Américain est assez averti en ce qui concerne les droits de l'homme – ils pourraient cesser toute activité en un rien de temps, se fermer comme des huîtres, et nous aurions un nouveau problème sur les bras. Vous voyez ? Nous devrions tout reprendre depuis le début, trouver un groupe d'experts, et si vous pensez qu'il est difficile de travailler avec des mathématiciens vous n'avez encore rien vu.

» Pour qu'ils collaborent, nous avons tout intérêt à ne pas les mettre hors jeu et à les convaincre qu'ils œuvrent pour le bien de leur pays, et sans doute du monde entier. Ce qui est vrai. De plus, si nous sommes tous gentils et sympas, et qu'il y a un pourri parmi eux, ce sera beaucoup plus facile pour le trouver, ils vont petit à petit baisser leur garde, et nous saurons enfin de quoi il retourne.

Après une brève hésitation il ajouta :

— Sauf si le message dit : « Nous venons faire sauter votre planète mardi prochain, bonne journée, ciao. »

Anyali émit un reniflement dédaigneux.

— Avec un tel état d'esprit, il n'est même plus la peine de continuer à se donner du mal.

Il y eut un bref silence.

— Bien, je dois aller faire mon rapport au Premier ministre. Il me faut des résultats. Il me faut la teneur exacte de ces messages, et pour hier.

— Bon, fit Nigel. Mais vous devez me laisser m'occuper d'eux à ma façon.

— D'accord. Pour l'instant. Faites en sorte qu'ils ne tuent personne d'autre, entendu ?

Nigel poussa un soupir excédé, s'apprêtant à raccrocher.

— Oh, vous avez annoncé deux raisons pour ne pas les arrêter ! ajouta Anyali, juste avant que le doigt de Nigel effleure la touche pour raccrocher. Quelle est l'autre ?

— Parce que ce serait injuste, grogna Nigel avant de couper la communication.

Juste avant 7 heures le Lims était au plus calme, et c'était ainsi que Nigel appréciait le mieux cet endroit. À la porte, les hommes se mirent brusquement au garde-à-vous. Ils avaient été engueulés comme du poisson pourri et interrogés sans pitié. Maintenant tout le monde avait une constante expression inquiète virant à la paranoïa. Nigel aimait les voir se crisper à son passage. Rien de mieux qu'un peu de qui-vive au travail.

Son propre bureau se trouvait au dernier étage du bâtiment, dans une tourelle. Il avait naguère servi à Arthur Eddington, mais cela n'avait pas grande importance pour Nigel. Les fenêtres offraient un superbe panorama sur les anciens bâtiments et bibliothèques dont était constituée la ville – qui ce matin sortait d'une brume tiède et déjà estivale. Il n'y avait qu'un moyen d'atteindre le haut de la tour : un escalier qui grinçait. De ce fait, si quelqu'un montait le voir, il était prévenu par le bruit. Sinon, il jouissait d'une tranquillité parfaite. Ses subordonnés, en bas, pouvaient deviner aux grincements du plancher quand il était exaspéré, et faisait les cent pas.

Il s'assit et envoya son assistante, Dahlia, – qui comme d'habitude entrait et sortait de son bureau en trottinant comme un lapin – lui chercher un autre café. Elle avait été sélectionnée par le programme d'ascension accélérée à la haute fonction publique, était d'une intelligence rare, très chic, et c'était un vrai gâchis qu'elle soit employée à lui faire du café – seule chose sur laquelle ils étaient d'accord. La voilà qui revenait. Elle était la seule personne à avoir le pas assez léger sur l'escalier bicentenaire pour ne pas l'alerter. Tous les chercheurs du bâtiment étaient désespérément amoureux d'elle.

— Quoi ? fit-il.

— La police est là !

Il leva la tête.

— La quoi ?

— La police. Après…, vous savez. Ce qui est arrivé au professeur.

— Son décès, vous voulez dire ?

Nigel fronça les sourcils. Il était étonné que l'affaire n'ait pas été encore étouffée par le quartier général à Thames House. Il n'avait vraiment pas besoin qu'un flic balourd vienne fouiner en posant des questions sur les impressionnants dispositifs de verrouillage dont disposaient la plupart des salles.

— Vous leur avez dit qu'on n'était pas très intéressés par la flicaille ?

Dahlia haussa les épaules.

— Mon poste ne prévoit pas les insultes envers les agents de police de Sa Majesté.

— Il ne prévoit pas non plus l'utilisation de lait en poudre pour mon café, mais vous le faites quand même, fit remarquer Nigel en regardant avec dégoût sa tasse, à la surface de laquelle flottait un léger dépôt.

Il soupira. Il valait sans doute mieux se montrer modérément charmant. Leur en mettre plein la vue avec tout le dispositif d'espionnage, dissiper le malentendu… et s'en débarrasser vite fait.

— Envoyez-les-moi, dit-il.

Ensuite, il irait voir la bande des six.

Deux policiers pénétrèrent dans la pièce cinq minutes plus tard, annoncés par leurs pas lourd dans l'escalier. Nigel soupira. Il n'avait vraiment pas le temps pour ces bêtises. L'un des deux s'assit dans le coin, son casque sur les genoux, l'autre s'avança vers lui.

— Vous voulez un café ? demanda nonchalamment Dahlia.

Le policier la regarda, en se demandant si elle était sincère ou pas. Et il avait raison de se méfier, elle ne l'était pas.

Il était trapu, grisonnant, et donnait l'impression d'être confortable, un peu comme un gros fauteuil.

— Malik, inspecteur en chef, se présenta-t-il en tendant la main.

— Nigel Cardon. Désolé, je ne comprends pas bien la raison de votre visite.

Malik le gratifia d'un long regard policier, mais Nigel n'en fut absolument pas troublé. Il était le boss des longs regards silencieux. Il pouvait rester assis là toute la journée, il avait l'avantage hiérarchique.

Nigel but une gorgée du café volontairement infect concocté par Dahlia tout en jetant un coup d'œil à ses mails cryptés. Il n'avait même pas besoin de les décoder pour savoir qui étaient les expéditeurs : secrétariat du cabinet, ministère de l'Intérieur, MI5. Et tous lui demandaient : « Mais qu'est-ce qui va nous tomber dessus, au juste ? »

— Vous m'excuserez, mais je suis très occupé, dit Nigel.

Malik s'éclaircit la voix.

— Trop occupé pour remarquer un cadavre dans votre laboratoire ?

— Non, et nous sommes tous abasourdis par l'horreur, tant pour notre département que pour sa famille. Et, dès la restitution du corps, nous pourrons organiser les funérailles.

— La famille se plaint que le corps ait quitté la région.

— En effet.

— Il a été transféré ailleurs ?

— Nous devons simplement nous assurer de traiter cela correctement et de faire au mieux pour la famille, expliqua Nigel, répétant autrement ce qu'il avait déjà formulé.

— Et vous pensez vraiment qu'il s'agit d'une mort naturelle ?

— Nous n'écartons aucune hypothèse.

— Alors il y a lieu de lancer une enquête criminelle ?

Nigel regarda Malik d'un air froid.

— Vous écoutez beaucoup les bruits de couloir, monsieur Malik ?

— Pourquoi la dépouille n'est-elle pas prise en charge par la morgue la plus proche ? Pour un décès sur le lieu de travail, je crois que c'est la procédure standard.

Nigel se pencha en avant.

— Pardonnez-moi, mais j'avais l'impression que la police de Cambridge avait été informée que ce cas était classé top secret et par conséquent pris en charge par… mes collègues et moi-même.

— Eh, c'est bien beau de le dire, mais c'est nous qui devons parler à sa femme, à sa famille, et je peux vous dire qu'ils sont dans tous leurs états. Et je n'ai pas vu les services secrets s'activer tellement. Donc j'ai décidé de venir jeter un coup d'œil, vu que c'est censé être ma ville.

— C'est bien aimable. Mais vous n'avez pas des kilos de dossiers « égalité des chances » à traiter ?

Malik secoua la tête.

— Pas quand il s'agit d'un meurtre, monsieur.

— Je comprends. Mais puisque je vous dis que nous gérons tout ça.

— Vous avez arrêté un suspect ?

— Nous avons plusieurs personnes sous surveillance rapprochée, répondit Nigel, agacé malgré lui. Et il s'agit d'une affaire de sécurité nationale…

— Je suis sûr qu'une autorisation pourrait être obtenue, argumenta le policier en se carrant dans son siège, bien calé sur son large postérieur.

— Et je suis persuadé du contraire.

— Très bien, dit Malik en se levant. Bon, je voulais juste venir voir. J'imagine que mes méninges atrophiées n'auraient rien compris de toute façon. Mais je dois vous dire que c'est nous qui avons affaire à la famille, ils nous assaillent. Sa femme vient au poste tous les jours, et tout ce que nous avons à lui dire c'est : « Désolé, apparemment c'est classé top secret » ? Ce n'est pas suffisant, monsieur.

Le policier regardait Nigel droit dans les yeux. Ce dernier le jaugea. Il se demandait si finalement ce ne serait pas utile d'avoir un condé averti de son côté. Il savait bien que les flics avaient du flair pour détecter les embrouilles, qu'ils étaient doués pour repérer les mensonges – leur vie professionnelle consistait principalement à se livrer à cet exercice –, et ils étaient dotés d'une capacité remarquable à se concentrer sur un problème à la fois. Comme un chien avec un os. S'il arrivait à maîtriser cette situation, cela pouvait l'aider à avancer sur le reste sans mettre davantage de gens au courant.

— Vous savez garder un secret, Malik ?

L'homme le regarda.

— Si vous saviez quelles photos de votre doyen j'ai en ma possession…

Les lèvres de Nigel furent agitées d'un tic nerveux. Il se demandait s'il pouvait extorquer un peu d'aide sans lui dire de quoi il retournait exactement. Il décida que oui. Malik semblait être de la vieille école. Nigel aimait bien ça. Il appréciait le boulot de flic fait dans les règles. Tout l'opposé des francs-tireurs. Nigel n'avait jamais rencontré un flic hors norme qui ne soit pas un gigantesque connard capable de faire traîner pendant des mois une enquête des plus banales, simplement parce qu'il était insupportable. Dès qu'il voyait un policier en blouson de cuir, Nigel s'enfermait mentalement dans sa bulle. Mais Malik semblait être de la bonne graine.

— Allez donc appliquer vos talents sur ces gens-là, dit-il en notant les noms des six mathématiciens sur un papier. Je vous retrouverai au bâtiment Watson à 11 heures. Pour vous présenter l'équipe du professeur Hirati.

Malik opina en notant les informations sur son carnet.

— Je suis content qu'on ait réglé ça, conclut-il.

Nigel ne lui confia pas que résoudre le mystère de la mort d'un professeur de physique figurait maintenant bien en bas dans sa liste de priorités. Néanmoins, il était curieux de savoir quelle serait l'opinion de Malik concernant Luke Beith.

Peu après 9 heures, Nigel se rendit à pied au département de mathématiques. C'était à quelques kilomètres, mais cela lui donnait l'occasion de téléphoner en chemin sans être entendu, et la journée était belle. Il savait déjà d'après les rapports de la nuit qu'aucun des six n'était rentré dans ses appartements : ils avaient commandé des pizzas, que les gardes avaient inspectées (avant d'en commander à leur tour, avait remarqué Nigel sur l'enregistrement), et étaient restés toute la nuit à travailler. Alors qu'il approchait du bâtiment Watson, Nigel tentait d'endiguer sa nervosité croissante. Lorsqu'ils avaient été en présence d'une potentielle preuve d'intelligence venue de l'espace, il pouvait déjà à peine le supporter, psychologiquement.

Ce qu'ils avaient trouvé maintenant, il ne voulait même pas y penser.

Mais il devait s'y confronter, c'était son boulot. Il se força à adopter un visage impassible, préparé à toute éventualité. Il était prêt à tout entendre.

— C'est incroyable, disait Luke. C'est tout simplement… Je… je ne trouve pas les mots.

— Mais arrête un peu, maugréa Arnold. Franchement, on dirait un chien affamé.

— Comment c'est possible que tu n'aies jamais mangé de pizza ? s'étonna Ranjit, perplexe.

— Parce que… c'est un extraterrestre, lui rappela Evelyn sans aménité.

Elle en avait par-dessus la tête. Rester là toute la nuit à faire semblant de bosser pendant que Luke leur fournissait la traduction s'était révélé extrêmement pénible. Elle jeta un coup d'œil à Connie qui, elle, avait réellement travaillé, mais elle en était encore à la première page alors que Luke avait traité toute une liasse de données.

— Oui, mais ça fait des années que tu es là, fit remarquer Ranjit. Et ce n'est pas comme si les pizzas étaient en voie de disparition dans le monde. Han ! Ça, ce serait horrible s'ils venaient nous prendre nos pizzas. Ça, ce serait vraiment le pire.

— C'est ça, Ranjit, dit Arnold. C'est le pire qui puisse nous arriver. Absolument.

Luke haussa les épaules.

— Je ne sais pas. Ça m'a toujours paru trop grand pour une personne humaine.

Ils s'appliquèrent à ne pas fixer le ventre imposant d'Arnold.

— De toute façon, la ferme, conclut ce dernier.

— D'accord, dit Luke.

Il regarda avec envie la dernière part de pizza froide dans la boîte.

— Ne jamais prendre la dernière part, lui rappela sévèrement Evelyn.

— Oui, je sais, dit-il en y jetant un dernier coup d'œil.

Puis il se tourna vers la pile de papiers et poussa un lourd soupir.

— Qu'est-ce que ça raconte ? demanda Connie.

Elle lui toucha légèrement le bras. Elle voyait à son expression qu'il était très inquiet.

Luke prit les feuilles. Arnold qui n'oubliait pas les caméras s'empara lui aussi d'une pile de papiers et les rassembla d'un air important, avant de lancer d'une voix forte :

— Ne discutons pas de ça à voix haute pour qu'un stagiaire douteux nous enregistre et laisse les fichiers à l'arrière d'un taxi. Nous allons retirer les micros et nous ferons notre rapport plus tard. Si ça ne vous plaît pas, lâchez les chiens courants ou les fumigènes, ou ce que vous avez prévu comme festivités.

Il débrancha brutalement les deux micros qu'il avait trouvés, espérant que les autres dispositifs d'écoute seraient trop loin pour les entendre. Un soupir collectif accueillit son geste.

— Que tous ces enculés de merde aillent se faire voir ! tonna Arnold.

— Tu sais, Arnold, tu pointes les deux majeurs, lui fit remarquer Connie, ils doivent avoir compris l'idée.

— Ah, pas faux ! admit-il en mettant les mains derrière le dos.

— Bande de fils de putes à la mords-moi-le-nœud, grommela-t-il dans sa barbe avant de se redresser. Ça me fait du bien de pouvoir sortir ça. Connards ! Et sinon, continua-t-il en regardant à la ronde, est-ce que quelqu'un porte un mouchard ? Je veux dire : est-ce que l'un de nous essaie de balancer un autre ?

— Si j'essayais de faire tomber quelqu'un, répondit Evelyn, j'aurais au moins exigé en échange qu'on nous donne des bonnes pizzas.

— Jamais de la vie ! s'insurgea Connie.

— Je n'ai pas compris la question, dit Luke.

Connie lui expliqua.

— Pourquoi je voudrais me dénoncer ? s'étonna-t-il alors.

— On se doute que tu ne ferais pas ça, c'était juste une question générale, expliqua Arnold.

— Je ne comprends rien à ce qui se passe, dit Ranjit.

Ils regardaient Sé.

— Quoi ? Je ne pense pas qu'on devrait poursuivre cette mission tout seuls parce que c'est complètement insensé, et j'ai peur qu'on n'ait un extraterrestre meurtrier parmi nous. Pourquoi est-ce qu'on me prend pour le méchant de l'histoire ? Je suis vraiment le seul à voir le risque énorme qu'on prend ? Je suis le seul adulte ici ?

Evelyn secoua la tête.

— Mais est-ce que… tu vas leur rapporter ce qu'on aura dit ?

Sé la regarda droit dans les yeux.

— J'espère qu'on le fera tous ensemble. À moins que vous ne comptiez repousser une menace extraterrestre tout seuls ? C'est ça, le plan ?

— Non, mais une fois qu'on aura décidé… ce qui est le mieux pour nous tous.

— Je ne vois pas de quel « nous » vous parlez, répliqua Sé. Je vois quelques humains, et autre chose.

Arnold soupira.

— Bon. Est-ce que tu es en train de leur transmettre tout ce qu'on dit en ce moment ?

Sé secoua la tête.

— Bien sûr que non ! Je ne suis pas un espion. Ni un con.

— J'ai adoré ce film ! s'exclama Ranjit. *Espions et cons.* Attends, c'était bien ça le titre ?

— Mais tu ne promets pas de rester de notre côté après, précisa Arnold.

Sé sembla blessé et jeta un coup d'œil à Luke qui examinait les données, l'air complètement abattu.

— Je ne crois pas que ce soit le moment pour faire des pactes d'amitié, si ?

— Je pense au contraire qu'il s'agira surtout de ça, en définitive, dit Arnold.

Il y eut un long silence. Sé finit par hausser les épaules.

— Je ne peux rien promettre. Mais je vais écouter.

— C'est tout ce qu'on te demande.

Les paupières de Luke se fermèrent un instant alors qu'il levait la liasse de papiers, les inclinant légèrement pour qu'il puisse les lire plus facilement.

— Eh bien, dit-il d'un ton hésitant, c'est un message assez long, avec diverses expressions de salutations et de solidarité.

— Il y a combien de planètes avec des êtres intelligents ? demanda soudain Ranjit. Enfin ça ne peut pas être juste nous et vous. Ça doit vouloir dire qu'il y en a plein d'autres. C'est logique. Genre quand on voit deux cafards, ça veut dire qu'il y en a un million.

Luke leva la tête.

— Évidemment, répondit-il succinctement. Mais peu sont aussi bizarres que vous.

— On n'est pas bizarres, protesta Arnold. C'est toi qui n'arrives pas à boutonner tes vêtements.

Luke eut l'air vexé.

— Ça ne dérange pas Evelyn de faire mes boutons, dit-il.

— Ça ne me dérange pas, confirma Evelyn.

— Continue, l'encouragea Connie qui voyait que ce qu'il avait à traduire ne le réjouissait pas.

Songeant que ce qu'il tenait entre les mains était peut-être un arrêt de mort, elle sentit son pouls s'emballer.

— « Salutations, etc. Normalement les planètes ayant déjà des relations interplanétaires attendent poliment d'être contactées par leurs voisins non interplanétaires, etc. »

Il regarda les autres par-dessus ses lunettes.

— Ce qui veut dire que vous avez environ cinquante ans de retard. Au moins.

Le visage d'Arnold se chiffonna.

— Ne sois pas « spéciste ».

— « Mais dans ce cas nous devons faire une exception. Nous soupçonnons une personne que nous recherchons de se dissimuler parmi les vôtres. Il porte le nom… »

Luke laissa la phrase en suspens.

— Oh là là ! s'excita Ranjit. Ton vrai nom, ce n'est pas Luke, hein ? Ce serait une coïncidence vraiment zarbie si ton nom de l'espace était le même que ton nom terrien. Ou si c'était Skywalker, évidemment. Comment tu t'appelles ? Est-ce que c'est Zod ? J'espère que oui. Dis que c'est Zod. Zod Skywalker.

Luke, gêné, se frotta la gorge.

— Je ne peux pas, expliqua-t-il. Enfin je ne peux pas faire ces sons avec ces cordes vibratoires. Elles ne peuvent pas servir à grand-chose, je ne sais pas comment vous faites.

— Moi, je peux rugir comme un lion, se vanta Ranjit, avant de faire une démonstration. Tu ne peux pas faire des bruits d'alien ?

Luke secoua la tête.

— Non, pas vraiment.

— Allez, essaie, l'encouragea Ranjit.

— Non. Et si par quelque moyen nous sommes toujours sur écoute…

Connie approuva.

— Continue, je t'en prie, dit-elle en consultant sa montre.

Dehors le soleil s'était levé. Le début d'une nouvelle journée de travail. Bientôt quelqu'un descendrait voir où ils en étaient – sans doute cet affreux type du MI5 en costard. Luke répondit d'un rapide signe de tête.

— Il faudra déjà qu'ils arrivent à me trouver, ils ne savent pas à quoi je ressemble.

— Sauf que tu es exactement là où le message a été capté, lui rappela Evelyn.

— Oui, et j'étais là tout ce temps pour vous empêcher de le décoder. Merci de me rappeler que j'ai échoué cette fois.

Connie rougit.

— Oh, désolée !

— Ouais, bon, arrête de nous traiter de débiles, Méduse-Man, dit Arnold.

— « … traitez-le suivant ce que prescrivent nos lois, et nous vous laisserons poursuivre en paix votre périple spirituel vers l'Univers. Si possible, dissimulez ces événements à vos populations. La peur et l'incertitude ne sont pas à proprement parler les ennemies de l'avancée technologique, mais la paix est préférable. »

Luke eut alors une réaction qui ne lui ressemblait pas du tout : de son poing il assena un coup violent sur la table qui trembla sous l'impact.

— Ils osent dire ça ! Alors qu'ils n'hésitent pas à provoquer la guerre chez nous !

— Que dit la suite ?

— Des coordonnées géographiques, des schémas, des indications sur la façon de me retrouver, d'après eux.

— Et quelle façon suggèrent-ils ?

— Ils conseillent de congeler la Terre pour voir qui devient transparent. Je ne suis pas sûr qu'ils soient très au fait des technologies en pratique chez vous.

Il prit une autre page.

— Ou d'arrêter tout le monde. Ils ne suivent pas votre actualité politique non plus.

— Mais comment ça se passe sur ta planète ?

— De manière efficace. Une fois passée la barre des vingt millions, c'est vraiment nécessaire. C'est pour cela qu'ils essaient de mettre un terme à…

Il fit la grimace, essayant de trouver la juste traduction.

— Disons… au mélange des mouillés et des secs, si on peut dire. D'où la muraille.

Sur son visage se peignit une expression des plus déterminées.

— Il n'y a plus de mur.

— Que dit la suite du message ?

Luke baissa les yeux vers la feuille.

— Ils parlent des conséquences de ce que j'ai fait.

Il se tut alors et se figea, tandis que les autres le dévisageaient.

— Je ne veux pas parler des conséquences de ce que j'ai fait.

— Ah oui ? Je crois que tu ferais mieux de commencer par là, protesta Sé. Parce que tu sais à quoi tu me fais penser ? À un terroriste.

— Je crois… que les dommages collatéraux étaient malgré tout préférables à la séparation, dit Luke. Je ne suis pas quelqu'un qui assassine des citoyens sous prétexte qu'ils ont le malheur d'être ses voisins.

Il baissa les yeux vers la feuille.

— Oh ! fit-il en portant une main à sa bouche.

Connie se rapprocha de lui.

— Mon ami, dit Luke. Mon ami, mon frère, il n'y a pas de différence, celui qui m'a donné son vaisseau. Celui qui m'a proposé de prendre son unique vaisseau, lorsque je lui ai dit ce que j'avais fait. Ce vaisseau qui était sa fierté, sa joie, il me l'a donné sans la moindre hésitation, sans poser de question. Il m'a tout donné pour me permettre de m'enfuir. Et lui n'a pas pu s'enfuir. (Il déglutit.) Le dire est encore plus pénible que de le lire. Je pourrais éviter ces mots en les lisant.

Connie hocha la tête.

— « Nous étions »…

— Tu croyais sérieusement que tu pouvais faire exploser leur grande muraille, prendre un vaisseau, te tirer, et que tous les autres s'en sortiraient ? l'accusa Sé. Super plan !

Luke le regarda bien en face.

— Et si c'était à refaire je n'hésiterais pas, dit-il d'une voix douce. Parce que je crois fermement que tout le monde devrait être libre. Pas seulement les mouillés et les secs. Pas seulement les riches et les non-riches. Vous ne pensez pas ? Votre monde est plein d'opprimés, de barrières, de murs pour séparer les gens, pour qu'ils restent opprimés. Ou peut-être ne l'avez-vous pas remarqué ?

— Mais on a les pizzas, fit remarquer Ranjit. Il y a des compensations.

Sé se tourna brusquement vers Luke.

— Ne t'avise pas de me parler de l'oppression. N'y pense même pas ! À dix-neuf ans, mon père a été accusé d'avoir trahi les Tamouls. Ils lui ont tranché deux doigts à chaque main pour qu'il ne puisse plus travailler. Voilà de quoi sont capables les rebelles et autres combattants de la liberté. Voilà ce qu'ils font. Ils décident d'imposer des libertés dont les gens ne veulent même pas, tonna-t-il en cognant du poing sur la table. Ne me parle plus jamais d'oppression. Ne mentionne plus jamais ça.

Il y eut un pesant silence. Sé se dirigea à grands pas vers la fenêtre. Il était assez grand pour voir à l'extérieur. Il faisait beau, les jambes qui passaient devant le bunker étaient nues, chaussées de sandales ou de tongs.

Luke baissa la tête.

— C'est évident, reprit-il d'un ton calme. Ce qu'ils veulent que je fasse est évident, et je le ferai.

— Quoi ? demanda Connie, le cœur battant.

Il avait l'air si fragile pour un homme si grand. Sé, furieux et grave, leur tournait résolument le dos.

— Ils veulent me reprendre. M'enlever d'ici. Me ramener à la maison et… (Les traits de son visage se déformèrent sous l'effet de l'émotion.) Je crois qu'on dit « faire de moi un exemple ».

— Ils vont te tuer ? demanda Connie.

— À la fin, oui. Et je pense que c'est juste.

Il regarda Connie, puis jeta un coup d'œil en direction de Sé.

— Pas question, décréta Connie. Pas question. On ne les laissera pas t'emmener.

— C'est normal. J'ai… j'ai voulu agir contre l'injustice et la cruauté. Je n'ai tué personne… volontairement. Pas directement. Vous devez me croire. Je ne ferais jamais une chose pareille. Je suis juste un mathématicien. Un ingénieur mathématicien.

— Pourquoi ? demanda Arnold. Sérieusement, mec, si tu es juste un ingénieur de base qui a foutu un pont ou un mur en l'air, comme tu le racontes…, pourquoi se donneraient-ils tant de mal ? Pourquoi passer outre à leur code interplanétaire bizarre ? Juste pour toi ? Parce que tu as pété un mur ? Ça doit arriver tout le temps.

— Non, pas… pas comme ça.

— T'as l'air plutôt badass, pour une méduse.

— Avec une queue, ajouta Ranjit.

— Je n'ai pas de queue, répondit Luke.

— Et les méduses non plus, fit remarquer Evelyn. Calme-toi, s'il te plaît, Ranjit.

Soudain Connie n'y tint plus.

— Vos gueules ! hurla-t-elle, toute tremblante. Ils ne vont pas tuer Luke. Ils ne vont pas t'emmener. Tu n'iras nulle part.

— Du calme, Hit-Girl, fit Arnold en levant les mains.

Connie se dirigea vers Luke.

— Et qu'ont-ils prévu pour la suite ?

— Ils promettent de laisser la Terre tranquille jusqu'à ce que vous soyez prêts à visiter l'Univers par vous-mêmes, dit Luke.

— Et s'ils ne te retrouvent pas ?

Luke cligna des yeux.

— Dans ce cas, ils prévoient ce qu'on peut traduire par… « des conséquences ».

Quelques coups secs retentirent à la porte.

Chapitre 13

Nigel avait préféré frapper à la porte. Il voulait qu'ils soient coopératifs, qu'ils croient qu'il les aidait, qu'il était poli, qu'il faisait les choses dans les règles. Et c'était le cas, d'une certaine manière. Il jeta un coup d'œil à sa montre. Il avait dit à l'inspecteur Malik de venir les interroger en fin de matinée. Il était curieux de voir le résultat.

— Bonjour, lança-t-il en se retenant de plisser le nez.

C'était un homme délicat, et on aurait dit qu'une bombe avait éclaté dans la pièce. Il y avait des papiers, des miettes, des tasses vides et des crayons partout. Alors qu'une poubelle se trouvait à moins d'un mètre, il sentait des copeaux, restes des taille-crayons, sous ses pieds.

— Après toutes ces réunions sur le ménage…, marmonna-t-il.

— Oh, il s'agit donc de cela ? fit Arnold en le regardant avec une hostilité non dissimulée.

Les autres étaient assis en cercle, bouche bée, et se raidirent à son entrée tandis qu'ils se muraient dans le silence. La tension était palpable. Nigel sentit son rythme cardiaque s'accélérer légèrement. Ils savaient quelque chose, c'était évident. S'ils n'avaient rien réussi à décrypter, ils ne se seraient pas brusquement figés, cessant toute activité.

Le grand échalas bizarre devait être en train de parler lorsque l'irruption de Nigel l'avait interrompu.

— Je vous en prie, ne vous dérangez pas pour moi, leur dit Nigel. Nous comprenons parfaitement pourquoi vous avez coupé les micros. Il n'y a aucun problème. Mais je peux vous assurer que j'ai toutes les autorisations nécessaires.

Sé laissa échapper un rire étouffé.

— Comme si ça avait la moindre signification. Je pense que le professeur Hirati aussi devait être une personne autorisée.

— En revanche nous allons les rebrancher, maintenant que vous êtes là, dit Arnold. Par sécurité.

Il darda sur Nigel un regard impertinent que ce dernier choisit d'ignorer.

— Continuez, je vous prie.

Un long silence tomba sur la pièce. Nigel le laissa s'installer. Le silence ne le gênait pas. Même si celui-ci aiguisait sa curiosité.

— Non, dit Connie avec un ton de défi dans la voix. Ne continuez pas.

Evelyn lui jeta un regard d'avertissement, puis essaya de rattraper le coup.

— Pour l'instant il s'agit seulement de balbutiements. Nous n'avons pratiquement rien trouvé encore, si bien que ça ne vaut pas la peine de dire quoi que ce soit, sinon ce serait de la pure spéculation.

Ranjit se lança à son tour dans un babillage excité.

— En fait voilà, il faut apparemment commencer avec un groupe de nombres, pour calculer une fonction polynomiale. Le nombre suivant donne l'unité, puis *x*, *y*, ensuite *x* au carré, *y* et *y* au carré. On utilise ces nombres pour la fonction polynomiale. Et, une fois qu'on a la structure algébrique, on établit un graphe avec des réels. Waouh, c'est super cool ! Vous voyez ? Normalement on ne peut pas faire ça dans un champ algébrique de type fini ! Ensuite ça donne une courbe dans un espace vectoriel à deux dimensions, avec les coordonnées cartésiennes…

Nigel ne l'écoutait plus depuis un bon moment, et il se tourna soudain vers le tableau blanc.

Connie s'agita nerveusement.

— Nous avons quelques résultats, affirma-t-elle. Mais nous étions justement en train de discuter… Enfin nous ne pouvons pas vous en dire beaucoup plus, nous devons d'abord effectuer des vérifications… Il ne faudrait pas que des erreurs subsistent…

— Je comprends, dit Nigel d'une voix suave. Bien entendu, vous avez parfaitement raison. De quoi s'agit-il ?

Tous les regards se tournèrent vers les derniers dessins de Connie au tableau. Elle s'éclaircit la voix et décida que le plus prudent était de coller le plus possible à la vérité, sans cracher le morceau pour autant. Elle remarqua la main de Luke posée sur sa bouche, comme s'il devait se retenir de parler, de tout révéler. Elle le regarda, émerveillée par son apparence humaine, même si par certains côtés, en y repensant, il était très singulier. Ou alors c'était pareil avec tout le monde, lorsqu'on se donnait la peine d'observer quelqu'un assez attentivement. Lorsqu'une personne se détachait de la foule et devenait bien particulière pour vous. Lorsque quelqu'un entrait dans votre vie et…

Elle se força à revenir au moment présent.

— C'est… Eh bien nous pensons que c'est une représentation de leur planète, dit-elle d'une voix hésitante.

Evelyn lui lança encore un regard noir, mais elle n'en tint pas compte.

— C'est tout ce que nous avons jusqu'ici.

Nigel se dressa pour mieux voir.

— Waouh, vous avez tout ça !

Dans son dos, les mathématiciens échangeaient des regards inquiets. Nigel contempla le dessin pendant un long moment. Il sentait les poils se dresser sur sa nuque. Un autre monde. Une autre planète, habitée par des gens – ou par quelque chose, du moins. Nigel ne l'aurait pas admis tout haut, mais dans son esprit ils avaient forme humaine, avec une teinte bleue, peut-être. Et c'était leur monde qu'il avait sous les yeux. Ils leur avaient envoyé une image de leur monde.

— Qu'est-ce que c'est que cette ligne bizarre ? demanda-t-il. Un anneau de gaz comme autour de Saturne ?

Connie regarda la ligne irrégulière qu'il examinait. Elle devinait qu'il devait s'agir de la muraille.

— Ah, c'est une idée, ça ! intervint Arnold. Nous n'y avions pas pensé. Ça pourrait être ça.

Nigel glissa un rapide regard vers lui, mais Arnold arborait une expression parfaitement neutre.

— Peut-être, ou un équateur…, suggéra Connie, essayant de se montrer coopérative.

Nigel sortit son téléphone de sa poche.

— Je vais prendre une photo, dit-il avant de remarquer un bouton à côté du tableau.

— Est-ce que ça sort des impressions ?

— C'est super cool, hein ? dit Ranjit, incapable de se retenir.

Il se précipita vers l'interrupteur tandis qu'Evelyn levait les yeux au ciel.

Nigel arracha la page qui sortait.

— Bien, dit-il. Je vais emporter ça. (Il contempla le dessin imprimé.) C'est une carte, n'est-ce pas ? Est-ce qu'ils nous indiquent où les trouver ?

— Nous n'en sommes pas encore là, dit Connie.

Nigel opina.

— D'accord. Bien. Je vais transmettre ces résultats.

Il fit le tour de la pièce du regard.

— Je dois dire que pour un groupe travaillant sur la mission la plus excitante de l'histoire de l'humanité, vous n'avez pas l'air terriblement enthousiastes.

— C'est peut-être en lien avec le fait qu'on est assignés à résidence, rétorqua Arnold. Et que quelqu'un est mort.

Le visage de Nigel se ferma.

— Oui, nous travaillons là-dessus. Mais ça…, dit-il en brandissant la feuille qui venait de s'imprimer. Un autre monde ! Une autre planète avec des gens qui veulent entrer en communication avec nous… Vous ne trouvez pas ça stupéfiant ?

— Si, répondit aussitôt Evelyn. C'est incroyable.

— Des aliens poissons ! cria joyeusement Ranjit.

Le regard de Nigel se porta directement sur le jeune Indien.

Rien ne lui échappe, pensa Connie, paniquée.

— Comment ça : des aliens poissons ?

— C'est juste une hypothèse, s'empressa de tempérer Arnold. Nous faisons des paris. Et il semble y avoir beaucoup d'eau sur cette planète.

Il y eut un moment de flottement, chacun d'eux se demandant si Nigel gobait ce qu'ils lui racontaient. Ranjit avait pris une couleur écarlate. Connie pria pour qu'il ne vomisse pas.

— Arnold parie qu'ils ont tous des nichons énormes, ajouta Sé. Quatre. Parfois cinq.

Connie lui glissa un regard reconnaissant. Nigel sourit.

— Oh là, attention à ce que vous appelez de vos vœux ! dit-il en agitant la feuille. Je porte ça au Cobra, d'accord ?

Ils hochèrent la tête, soulagés qu'il s'en aille.

— Je serai de retour ce soir, pour voir ce que vous aurez découvert d'ici là. Bon boulot, les gars. C'est extraordinaire. Continuez comme ça. Et si vous avez besoin de quelque chose faites-nous signe.

Puis il prit congé.

Arnold attrapa un feutre et une feuille sur le bureau de Sé et écrivit en grandes capitales : « ABRUTI », puis il tint la feuille face à Ranjit, en dehors du champ des caméras. Ranjit semblait prêt à éclater en sanglots. Connie se tourna vers Sé.

— Merci, lui dit-elle.

Il haussa les épaules d'un air agacé.

Nigel attendit d'être dans le couloir pour appeler Londres sur la ligne sécurisée.

— Oui ? répondit Anyali.

— J'ai une représentation topographique.

— Bien, c'est un début. Autre chose ?

— Oh, plein d'autres choses ! Malheureusement ils ont l'air de penser que je suis un parfait abruti.

Anyali soupira.

— Je vous l'avais dit : il ne faut pas leur laisser la possibilité de se concerter pour mentir.

— Ils peuvent conspirer tant qu'ils veulent, répliqua Nigel. Parce que ça m'apprend une chose : pourquoi mentiraient-ils s'ils n'avaient rien à cacher ? Ils doivent en savoir plus, sinon pourquoi ne collaboreraient-ils pas franchement ?

Il raccrocha et appela l'inspecteur Malik.

— Bonjour. Oui. Je crois que nous avons réduit la liste des suspects à un des six mathématiciens. Essayez d'obtenir une confession directe, d'accord ? Et ne le ménagez pas.

Chapitre 14

— Je croyais que tu voulais te livrer aux autorités, fit remarquer Sé.

Luke hocha la tête.

— Oui, je vais le faire.

— Qu'est-ce que tu attends ?

— Il ne va pas se rendre, décréta Connie. Certainement pas. Ils ne vont pas le mettre à mort. Nous n'allons pas faire ça, c'est totalement exclu.

— Ben… s'ils lâchent une bombe atomique sur Tokyo on sera peut-être obligés, réfléchit Arnold.

— Ils vont faire exploser Tokyo ? demanda avidement Ranjit.

— Tu as parlé de… conséquences ? rappela Evelyn d'une voix calme.

Il y eut un silence.

— C'est possible, oui, ils en ont les capacités, répondit Luke.

Sé lui indiqua la porte.

— Content de t'avoir connu.

— Sé !

Connie avait le cœur au bord des lèvres et les larmes au coin des yeux. Elle se tourna vers Luke.

— Tu ne peux pas faire ça.

— Je dois le faire.

Ils se regardèrent. Et soudain les autres personnes présentes s'effacèrent. Le bureau en désordre, le lino minable, les fenêtres sales, tout ce qui les entourait sembla disparaître, Connie ne voyait plus que lui. Hypnotisés, ils se rapprochèrent l'un de l'autre.

— La raison pour laquelle je ne me suis pas rendu tout de suite… même si je dois le faire, et c'est ce que je ferai…

La voix douce de Luke était basse et désespérée. Connie retenait son souffle. Était-ce possible qu'il ressente la même chose ? La distance entre eux était si grande, si étrange.

Il secoua la tête et tendit la main.

— Oh, Cheveux…, tu vas tellement me manquer !

Connie prit une brusque inspiration. Cela semblait si tordu, tout lui criait que c'était une erreur. Mais entendre enfin ce qu'elle avait secrètement attendu, redouté, repoussé…, mais au fond d'elle souhaitait plus que tout… Elle sentit sa propre main aller à la rencontre de la sienne, comme échappant à sa volonté. Le temps s'était arrêté, les grains de poussière dansaient lentement dans les rayons de soleil matinaux.

— Mais merde, c'est pas vrai ! s'écria Arnold. C'est quoi, cette embrouille ?

Sé renifla bruyamment. Evelyn leva les bras au ciel.

— Luke, je t'ai parlé des bulles personnelles et des limites ! Je t'ai expliqué. Éloigne-toi de Connie, laisse-lui de l'air.

Connie secoua la tête et répondit d'une voix tremblante.

— Non, Evelyn, ça va.

— Oh, merde ! dit Evelyn, qui ne proférait jamais de gros mots.

— Connie ! Connie, tu sais qu'il a une queue, intervint Ranjit.

Arnold se claqua une main sur le front.

— Oh, génial ! Et qu'est-ce qu'on fait maintenant, bordel ?

— Je sais, dit Luke d'une voix inhabituellement tranchante.

Sa main tenait fermement celle de Connie maintenant. Elle était forte et chaude. Elle serra ses doigts, ébahie et émerveillée de l'avoir si près d'elle.

— Je sais, croyez-moi. Et je vais partir. Désolé d'être si faible.

Connie secoua la tête.

— Non ! Non ! Non ! Ils ne savent pas qu'on a tout traduit, ils ne se doutent absolument pas de qui est Luke, sinon ils auraient posé des questions. Nous avons du temps devant nous, nous ne devons pas tout leur révéler tout de suite. Il doit y avoir un autre moyen. Il le faut.

Evelyn leva les yeux.

— Vous êtes deux sacrés timbrés, marmonna-t-elle.

— Je sais, dit Connie, encore toute tremblante.

— Mais, poursuivit Evelyn, je pense que tu as raison. Je pense que vous avez encore un peu de temps. Et je ne vois pas pourquoi on ne pourrait pas les tenir à l'écart encore un moment. Quant aux gens de sa planète, ils doivent s'attendre à ce que la réponse tarde à venir. Ils doivent nous prendre pour une bande de primates.

— Mais vous êtes une bande de primates, dit Luke, troublé.

— Tais-toi, j'essaie de t'aider.

— Cela ne fait que repousser l'inévitable, nota Sé. Si on devait m'exécuter, je préférerais sans doute que ça se fasse au plus vite.

— Sé, tu es un psychopathe, l'accusa Connie.

— Oui, eh bien, lui, c'est un poisson et tu lui tiens la main, rétorqua-t-il. Alors je n'ai pas l'impression d'être celui qui a des problèmes psychologiques dans cette histoire.

— Je me demande comment c'est de mourir, s'interrogea tout haut Ranjit.

— Tu pourrais peut-être leur parler ? demanda Connie en se tournant vers Luke. Essayer d'expliquer à Nigel... Dire aux tiens que tu es désolé.

— Je ne suis pas désolé.

— OK, mais bon, leur parler au moins et... leur demander gentiment... (Elle se tut un instant.) Peut-être leur demander poliment de pouvoir rester ici ?

— Tu plaisantes ? fit Arnold. Qu'est-ce que tu t'imagines qu'il va faire, le Nigel, si on lui explique ça ? Ils vont le disséquer. Ils vont t'emmener au labo illico presto, Luke. Tu ne seras plus jamais libre, tu regretteras de ne pas être mort. Ce sont des salauds, tu sais. Comme je me tue à le dire depuis le début.

Ils se regardèrent. Luke se frotta pensivement la nuque.

— Il y a…, commença-t-il d'un ton hésitant. Il y a… Quand je suis arrivé ici… mon vaisseau s'est écrasé. En Biélorussie. Il ne fonctionne plus, mais… il y a un dispositif que nous pourrions utiliser pour entrer en contact avec eux. Peut-être.

— En Biélorussie ? releva Sé d'un ton sceptique.

— Tu as un meilleur plan, Sé ? attaqua Connie.

— Comment comptes-tu aller en Biélorussie ? Tu n'as pas de passeport, et ils surveillent tes moindres mouvements, fit remarquer Evelyn.

— Pour commencer : comment veux-tu sortir de ce bâtiment ? ajouta Arnold.

— Je sais, dit Luke. Ce n'est pas une bonne idée.

— Non et non ! martela Connie. Si nous pouvions gagner un peu de temps… Ils ne s'attendent pas à ce qu'on ait tout décrypté si vite, non ? Juste un peu de temps. Tu pourrais trouver le vaisseau. Réparer l'unité de télécommunication. Leur parler, au moins… Je n'ai pas de meilleure idée pour l'instant. C'est un point de départ. Juste gagner un peu de temps.

— Connie, dit Evelyn avec véhémence, même si Luke parvenait à sortir d'ici, il y aurait une chasse à l'homme. Il ne s'en tirerait jamais, ils le tueraient.

— Eh bien, d'après ce message diplomatique, rétorqua Connie en attrapant la pile de feuilles la plus proche, qu'elle agita furieusement, ils vont le tuer de toute façon. (Sa voix tremblait.) Alors je ne vois pas comment ça pourrait être pire de lui laisser sa chance.

— Ben, ce sera pire s'ils bombardent Tokyo, glissa Ranjit.

Connie pleurait maintenant, elle dut s'essuyer le visage avec le dos de la main. Mais de l'autre elle ne lâchait pas Luke.

— Du temps, plaida-t-elle. Juste un petit peu de temps. C'est tout. Ensuite on ira les trouver et leur dire ce que l'on sait. Laissez-lui juste une chance. Je vous en prie. Juste une chance. Trois jours ?

— Il se fera arrêter à l'aéroport. Ou à la gare maritime. Ou à une station-service. Ou à la porte du bâtiment, prédit Evelyn. Et si les autorités le tuent et que les extraterrestres viennent quand même ? Réfléchis à ça.

— Ils ne le tueront pas, dit Connie. Ils le ramèneront ici pour le livrer. Sans doute après lui avoir fait subir toutes sortes de choses horribles.

Il y eut un silence.

— Trois jours, supplia Connie avec une note d'affolement dans la voix. Et ensuite on leur dit, on leur dit tout. Au lieu de rester assis ici en attendant sa mort. Vous ne pouvez pas faire ça ! Vous ne pouvez pas les laisser lui faire ça. C'est pas possible !

Il y eut de nouveau un long silence pesant ; ils baissaient tous les yeux.

Puis Evelyn regarda Luke bien en face.

— Tu veux vraiment prendre ce risque ? demanda-t-elle sévèrement.

Il déglutit, jeta un coup d'œil à Connie, puis acquiesça rapidement.

— Attends, intervint Ranjit. Tu ne peux pas sortir comme ça les mains dans les poches. Il y a un type qui fait le guet à la porte. Il va te suivre. Il ne te laissera jamais voler une voiture ! Et ce Nigel, on croirait qu'il est partout.

Luke hocha la tête.

— Je sais.

— Ce qu'il nous faut, c'est créer une diversion, annonça Arnold. Trouver quelque chose pour accaparer leur attention. L'alarme incendie ?

— Cite-moi une seule fois dans l'histoire du monde où une alarme incendie a accaparé l'attention de quelqu'un ? railla Evelyn.

— Pas faux : un incendie alors.

— Tu veux foutre le feu au bâtiment ? Pourquoi tout le monde tient tellement à aller en prison ici ?

— Juste un petit, proposa Arnold. On allume un bec Bunsen là-haut dans un labo de chimie, et on laisse faire les choses.

— Et quand ils sortiront tous les cadavres couverts de cendres c'est quoi ton plan ?

— On fait ça tard dans la nuit, il n'y aura personne.

— Bonjour, la diversion ! Et puis il y a toujours quelqu'un… Et je crois qu'il n'y a vraiment pas de temps à perdre…

Evelyn laissa sa phrase en suspens, soudain songeuse.

— Quoi ? l'interrogea Connie. À quoi tu penses ?

Evelyn regarda sa collègue avec intensité.

— Je vous jure… Jamais je n'aurais cru que je me laisserais embarquer dans un truc pareil, ce n'était vraiment pas dans mes intentions. Vous n'avez aucune idée de ce qu'est le danger, vous ne savez pas ce que c'est. Ce n'est pas amusant et excitant comme dans les films d'action. C'est aussi amusant et excitant qu'un foutu zona.

— Je sais, dit Connie. Je suis vraiment désolée.

— Je me souviens de t'avoir vue à ma conférence, tu sais. À Hull. Impossible à louper avec une tignasse pareille. Si intelligente, timide et discrète. Tu étais entièrement tournée vers les nombres et le travail.

Elle secoua la tête.

— Dis-moi à quoi tu penses, je t'en prie, lui rappela gravement Connie.

Evelyn jeta un coup d'œil à la bassine dans laquelle la glace avait presque fondu. La condensation coulait sur les côtés, mouillant la moquette.

— Nous ne sommes pas les seuls à travailler dans ce bâtiment. Et nous ne sommes pas les seuls êtres vivants non plus. Six étages au-dessus...

— Les laboratoires de biologie, souffla Connie.

— Et la fille canon qui s'occupe des rats, ajouta Ranjit.

— Qu'est-ce qu'il y a là-haut ? demanda Arnold.

— Des lapins, des chiens..., quelques singes, je crois.

— Vous gardez des espèces de votre planète en captivité là-haut ? demanda Luke, tombant des nues.

— On va garder cette discussion pour une autre occasion, abrégea Evelyn.

— Mais c'est verrouillé et sécurisé, non ? s'enquit Arnold. Justement pour éviter que des gens n'entrent et ne les libèrent.

— Exact. Mais n'y a-t-il pas parmi nous quelqu'un d'assez fort pour soulever un piano à queue ?

Ils réfléchirent au déroulement des opérations.

— D'accord, mais pourquoi pas l'alarme incendie d'abord, insista Arnold. Ensuite, quand tout le monde est sorti…

— Oho ! fit Ranjit. Je suis capitaine des pompiers. Ce sera l'occasion de mettre ma veste réfléchissante, dit-il avec un sourire radieux. J'adore être capitaine des pompiers. Il va enfin se passer quelque chose de positif aujourd'hui.

Evelyn jeta un coup d'œil à sa montre.

— Quand ?

Arnold haussa les épaules.

— Bah, ça peut aussi bien être maintenant. Ce n'est pas la peine de reculer pour mieux paniquer. Si nous retournons dans nos appartements maintenant, ça pourrait leur mettre la puce à l'oreille. Et si tu as besoin de temps, Luke, autant ne pas perdre une minute.

En plus, il n'avait rien à mettre dans ses bagages, songea Connie.

Luke écrivit quelque chose sur un bout de papier qu'il tendit à Arnold.

— Qu'est-ce que c'est ?

— Mémorise ça, et ensuite mange-le ou détruis-le d'une manière ou d'une autre, demanda Luke. C'est une fréquence sur laquelle Nigel pourra me contacter. Tu leur communiques ça dans trois jours. Vous n'avez qu'à dire que j'ai fui parce qu'ils croient que j'ai tué le professeur, ou pour quitter la mission, ou pour une autre raison sans lien avec Kepler-186f. Puis racontez-leur que vous avez traduit le message par vous-mêmes. Il n'y a pas grand-chose d'autre que ce que je vous ai dit ; la plus grande partie, c'est du jargon juridique.

— Même dans l'espace il y a du jargon juridique ? s'étonna Arnold, très déçu.

— Le jargon juridique est pratiquement la caractéristique essentielle de toutes les espèces assez évoluées pour les voyages interstellaires, répondit Luke.

Arnold avait l'air très triste.

— Dans l'éventualité très improbable que ce plan fonctionne, quelle est l'étape suivante ? s'enquit Evelyn.

Ils n'en étaient plus aux hésitations, et discutaient en dehors du regard des caméras, massés contre le placard.

— Si la manœuvre de diversion fonctionne, et que tu parviens à t'enfuir, qu'est-ce qui se passe ensuite ?

Arnold poussa un soupir théâtral et fouilla les poches de son énorme short kaki.

— Ah j'espère bien qu'un crétin n'ira pas me voler ma voiture blanche garée au coin de Church Street et de Station Road !

Il jeta ses clés sur la table, puis leur tourna lentement et ostensiblement le dos. Au dernier moment il fit volte-face.

— Tu sais conduire ?

— Je suis ingénieur, répondit Luke.

— Ça veut dire « oui » ?

— Moi, je sais conduire, intervint Connie.

Tous les regards se tournèrent vers elle.

— Oui, sauf que tu ne l'accompagnes pas, gronda Sé.

Connie prit une grande inspiration.

Toute sa vie, elle avait été une fille modèle : studieuse, mûre et réfléchie, nerveuse parfois. Elle avait toujours joué dans les règles. Elle avait travaillé dur à l'école. Elle avait obtenu un bon poste. Elle payait sa redevance audiovisuelle, et, à part quelques fêtes universitaires trop arrosées, elle s'était toujours comportée de manière exemplaire. Toute sa vie durant.

Elle déglutit avec difficulté.

— Si, dit-elle.

Les garçons eurent l'air consterné. Evelyn hocha la tête.

— Ce sera encore plus difficile de passer entre les mailles du filet à deux.

— Non, pas du tout, argumenta Connie. Je me teindrai les cheveux, et puis je donne une impression moins bizarre que lui. Et j'ai une bonne vue.

— Mais… ton passeport, ta carte de crédit…, ils trouveront ta trace.

Connie sortit son portefeuille et, après une brève hésitation, le confia à Evelyn.

— J'affirmerai ne pas vous avoir mis au courant de mes projets, dit-elle.

Evelyn sortit tout l'argent liquide qui s'y trouvait. Puis elle fit de même avec son portefeuille (environ 50 livres) et lui tendit le tout. Ranjit et Arnold l'imitèrent – Ranjit avait surtout de la petite monnaie. Arnold insista pour qu'ils emportent aussi un sandwich gigantesque. Sé faisait la tête.

— Je n'ai pas mon portefeuille avec moi.

— Ce n'est pas grave, Sé.

Ils se regardèrent les uns les autres.

— Sérieusement, vous allez faire ça ? demanda Arnold.

— Trois jours, répéta Connie. Trois jours. Ensuite vous leur dites tout. S'il vous plaît. Trois jours. Dites-leur qu'on a fui, pris de panique. Vous ne vous doutiez de rien. On a tout manigancé dans votre dos, et volé la voiture d'Arnold. Juste un peu de temps. Une toute petite chance. Si on n'est pas là-bas en trois jours, on ne la mérite pas.

Elle jeta un rapide regard à Luke.

Enfin, Arnold la considéra gravement et hocha la tête. Puis il ouvrit largement les bras et la serra, tel un ours affectueux. Et tout à coup ils se retrouvèrent tous à échanger des accolades, sauf Sé qui resta à part. Evelyn retira sa casquette de Gavroche et rassembla les cheveux de Connie en dessous.

Connie alla vers Sé. Le couvre-chef lui donnait des airs de garçon manqué.

— Sé, je sais que tu trouves que c'est une mauvaise idée.

— C'est un euphémisme.

— Je sais que tu es en colère contre moi…, contre tout le monde. S'il te plaît, je sais que tu penses que c'est mal, mais, je t'en prie, ne… ne nous dénonce pas. Je t'en supplie.

Sé la regarda longuement puis soupira bruyamment.

— Si c'était juste lui, je n'aurais pas hésité. Je pense qu'avoir un extraterrestre lâché dans la nature sur Terre, sans que la population en soit informée, est dangereux, mauvais et immoral.

Il tendit sa main aux longs doigts délicats et fermes, et caressa doucement une mèche de cheveux roux échappée de la casquette.

— Mais je serais incapable de te faire encore du mal, dit-il d'une voix rauque. Je ne peux pas te faire du mal, même si ça me fend le cœur.

Chapitre 15

Il fallait que Connie et Luke s'occupent seuls de l'opération au labo de biologie, pour qu'eux seuls apparaissent sur les enregistrements de surveillance, sans impliquer les autres. Mais ils permirent à Ranjit de déclencher l'alarme incendie, en dehors du champ des caméras, parce qu'il en avait tellement envie. Evelyn profita de l'occasion pour fumer un cigarillo à l'intérieur.

— Bon, tout le monde est prêt ? demanda Arnold. On est parés pour faire ça ? J'aurais préféré quelque chose d'un peu plus élaboré, à la *Ocean's Eleven*, un plan super détaillé, avec plein d'alternatives bien pensées selon les éventualités, prenant en compte tout ce qui peut se passer…

« BBBBBBRRRRRRRIIIIIIIIIINNNNNNNG ! »

Avec un sourire extatique, Ranjit leur souhaita bonne chance.

Le bruit de cavalcade dans les escaliers les fit hésiter un instant, puis, main dans la main, ils se mirent à gravir les marches. Le cœur de Connie cognait violemment dans sa poitrine.

— On va juste donner un coup de main aux biologistes, expliqua-t-elle en criant à la cantonade.

Le laboratoire était muni de lourdes portes de sécurité destinées à empêcher toute intrusion, mais pour l'heure elles étaient maintenues ouvertes par un flot de jeunes personnes en blouse, qui feignaient la nonchalance quant à ce qui était probablement une fausse alerte, bien qu'ils n'aient pas été avertis à l'avance de cet exercice incendie.

— Hep ! les interpella un grand gars alors qu'ils essayaient de passer.

Connie lui montra son passe.

— C'est bon, lui dit-elle. C'est juste un exercice, et j'ai laissé mon téléphone en haut. Et tu sais combien de temps on va nous laisser poireauter en bas avant de nous laisser rentrer !

Son interlocuteur hocha la tête et tâta sa poche.

— M'en parle pas.

— Je crois qu'on va en profiter pour aller prendre un verre au foyer des élèves. Tu veux venir ? proposa Connie, s'efforçant de lui adresser son sourire le plus séducteur. Autant en profiter.

Il hocha la tête.

— Clair.

— Super, à tout à l'heure alors ! lui lança Connie avant de passer sous son bras.

L'immense laboratoire était déserté. Des rangées et des rangées de microscopes s'alignaient entre des murs tapissés d'étagères remplies de spécimens, ce qui donnait aux lieux un aspect incongru de cuisine.

— Voilà où tu finirais, dit Connie, ébranlée. Une tache de cellules sur une lame de microscope, ajouta-t-elle en jetant un coup d'œil à Luke. S'ils apprenaient ton existence.

— Alors faisons vite, répondit-il simplement.

Au fond, il y avait une grande porte verrouillée portant l'avertissement « ACCÈS INTERDIT » en lettres rouge vif. Elle était épaisse et insonorisée.

— Tu peux l'ouvrir ? demanda Connie.

En guise de réponse, il appuya sur la poignée, la cassa, glissa les doigts dans le trou et força la serrure. Aussitôt une nouvelle alarme s'alluma en tournoyant à grand bruit.

— Et dire que je t'appréciais déjà avant ça, s'amusa Connie, souriant malgré elle.

Mais il ne l'écoutait pas. Il regardait droit devant lui, où s'étalaient des rangées d'animaux en cage : des lapins, des cochons d'Inde, des centaines de souris. Plus loin dans la vaste pièce, on entendait les cris inquiets des singes et des aboiements.

Luke tourna vers Connie un regard furieux.

— En cas d'incendie, vous laissez ces créatures ? Vous les laissez mourir enfermées dans ces cages ?

Il devait crier pour qu'elle l'entende. Connie cligna des yeux.

— C'est… c'est un sujet compliqué.

— Ça ne me semble pas compliqué.

Il avança vivement et d'un rapide mouvement descendant de la main cassa les premières fermetures des cages. Une grande agitation s'ensuivit. Il se tourna vers Connie comme s'il avait du mal à croire à son appartenance à une espèce capable d'une chose pareille.

L'espace d'un instant, elle-même en fut écœurée. Elle déglutit avec difficulté.

— Vous ne... Enfin ce genre de pratiques n'a pas cours chez toi ?

— Si, répondit-il. C'est pour ça que je suis parti.

Il cassa tous les verrous avec une grande efficacité. Au début, les animaux, trop traumatisés, n'osaient pas sortir. Puis ils se comportèrent de manière très étrange : ils sautèrent par terre et passèrent à côté de Luke comme s'il n'était pas là. Les souris, les cochons d'Inde, les lapins, tous trottinèrent vers Connie, pleins de curiosité, reniflant tout sur leur passage. Ils étaient intéressés, effrayés, et essayaient d'entrer en interaction avec elle. Mais Luke aurait pu être un pilier qu'ils n'auraient pas agi autrement : ils le contournaient comme un cours d'eau.

Désorientés, les animaux commencèrent par tourner en rond. Puis un cochon d'Inde, aussitôt suivi par ses congénères, fila vers la porte. Le temps d'arriver aux cages des chiens et des singes, il n'y avait plus aucun doute sur la direction à prendre : un troupeau bigarré se déversait dans l'escalier. Le bruit était assourdissant, et Connie avait presque du mal à rester debout au milieu de ce flot de fourrure. Un chien s'arrêta et la regarda du coin de l'œil. Il avait la tête rasée. Elle ne voulait même pas penser à ce qu'il avait enduré – il tremblait de tous ses membres. L'animal baissa le museau. Incapable de résister, elle caressa sa tête hérissée de courtes repousses, la gorge serrée.

— Prends ta liberté, mon grand, murmura-t-elle. Cours aussi loin que tu peux.

Les avertissements de sécurité redoublèrent d'intensité, claironnant en chœur avec les alarmes incendie, ce qui ne faisait qu'attiser la panique des animaux.

— Viens, dit Connie. Viens, il faut y aller.

À la sortie du labo, ils tournèrent vers la droite pour atteindre l'escalier principal. Connie jeta un coup d'œil vers le bas : quelqu'un était déjà en train de monter. Des bottes noires faisaient résonner l'escalier.

— Pas par là.

Ils rebroussèrent chemin, retraversèrent le laboratoire au pas de course pour gagner l'escalier de secours, où ils furent rejoints par d'autres gens des étages supérieurs qui rouspétaient et montraient du doigt les singes et les chiens. Tout ce petit monde piaillait et faisait un vacarme épouvantable. C'était le chaos. Les cochons d'Inde se précipitaient devant eux en une véritable cascade, les rats aussi grouillaient partout, se dirigeant instinctivement vers la sortie tandis que Connie et Luke les poussaient en avant. Dans l'escalier les gens commencèrent à descendre plus rapidement en sentant la nuée de petites pattes arrivant vers eux. Un homme cria. Et, lorsqu'ils se précipitèrent par la porte de secours ouverte pour l'occasion au rez-de-chaussée, c'est en tournant le coin du bâtiment que la partie de plaisir débuta vraiment.

Partout les gens criaient et couraient, les chiens devenaient fous en se retrouvant dehors, créant un vent de panique. La quantité de rats et autres petits rongeurs qui fusaient au sol rendait les gens nerveux, on les voyait sautiller. Il y eut des vagues d'épouvante et de hurlements. Connie entendit des sirènes retentir de nouveau et aperçut un agent de sécurité de dos sur le côté du bâtiment. Arnold – qu'il soit béni, ce cher Arnold ! – était en pleine diatribe, il accaparait l'attention du pauvre homme à grand renfort de cris et de gesticulations. L'agent de sécurité tentait de le calmer tout en scrutant la foule – ce qui n'était pas une mince affaire.

— Church Street, Station Road, rappela-t-elle à Luke. Allez, viens. Vite !

Ils s'élancèrent dans la mêlée confuse parsemée de lapins et s'enfuirent par une petite ruelle à côté du cloître. Ils se plaquèrent contre un mur lorsqu'un camion de pompiers passa, toutes sirènes hurlantes, puis traversèrent vers l'arrière de la nouvelle bibliothèque. Pleine d'espoir, Connie parcourut Church Street du regard, tandis que les sirènes décroissaient. Luke n'identifiait pas très bien les voitures, et il lui aurait été difficile de distinguer une voiture blanche d'une machine à laver, mais Connie repéra tout de suite le véhicule en question.

— Oh non ! fit-elle en plaquant une main sur sa bouche. Oh non !...

— Un problème ? fit Luke. Que se passe-t-il ?

Connie appuya sur la clé d'Arnold, au cas où elle se serait méprise. Pourvu qu'elle se trompe ! Mais, évidemment, elle avait vu juste.

Une énorme jeep décapotable d'un blanc brillant, avec le numéro d'immatriculation ARLD42, quatre phares surélevés et un avertisseur qui devait jouer La Cucaracha, elle en était sûre, rutilait dans la rue, solidement plantée sur ses deux places de parking, plus haute que toutes les autres voitures alentour d'au moins trente centimètres. Elle songea que cette voiture devait être la grande fierté d'Arnold et qu'il la leur avait cédée sans la moindre hésitation. Elle en était certaine, car, s'il avait pris le temps d'hésiter, il aurait vu tout de suite que c'était le pire véhicule possible pour prendre la fuite. N'importe qui se souviendrait d'avoir vu passer cet engin.

Elle déglutit, la gorge sèche.

— Bon, fit-elle. D'accord.

Elle regarda autour d'elle.

— Station Road. Station Road. La gare. Vite, allons-y.

Ils remontèrent la rue le plus vite possible, tout en ayant l'air détendus, se frayant un passage à travers le flot de touristes qui s'extasiaient devant les barques naviguant sur la rivière. Connie envisagea ce moyen de transport, puis abandonna aussitôt l'idée.

— Baisse la tête, ordonna-t-elle. Ces endroits sont remplis de caméras de surveillance.

Elle se demandait combien de temps ils mettraient pour comprendre ce qui s'était passé. Une demi-heure peut-être, le temps de rattraper les animaux – enfin, les malheureux qui n'auraient pas eu la chance de s'enfuir au loin. Ensuite ils remarqueraient leur absence. Enfin, elle le saurait assez tôt. D'un instant à l'autre, une main risquait de se poser sur son épaule… Elle évitait de regarder en direction des agents de sécurité, avec leur jolie petite casquette vissée sur le crâne. Qui était au courant ? Qui était à leur recherche ? Bientôt, ce serait tout le monde, pensa-t-elle. Tout le monde serait à leurs trousses. Quelles qu'ils croient être les raisons de leur fuite – échapper à une inculpation pour meurtre, annoncer leur découverte au monde entier – et même s'ils effleuraient la vérité, ils les retrouveraient. Comment espérer être les plus malins et les plus chanceux face aux moyens déployés par Nigel et sa clique ? Mais pas question de baisser les bras.

Quelque chose lui attrapa le bas de la manche par-derrière, fermement. Elle s'écarta, mais cela se reproduisit. Terrifiée, elle s'immobilisa. Luke la regarda, se demandant ce qui se passait. Très lentement, elle se retourna, s'attendant déjà à trouver Nigel ou un de ses hommes de main.

Mais c'était le chien du laboratoire, celui qu'elle avait caressé. Il ignorait totalement Luke, mais se mit à lécher la main de Connie en agitant la queue d'un air plein d'espoir.

— Oh, mon Dieu ! s'exclama-t-elle en prenant rapidement l'animal dans ses bras. Mon Dieu, mon Dieu, répéta-t-elle en regardant autour d'elle.

Elle s'agenouilla devant le chien et s'adressa à lui.

— Écoute : si on s'en sort, si j'arrive à revenir un jour dans cette ville, je te retrouverai. Promis. Je te le promets.

Ensuite, elle sortit le sandwich d'Arnold, laissa le chien le sentir, puis le tendit à Luke qui le lança – avec sa force colossale – vers l'autre bout de la rue. Immédiatement le chien courut après, et ils s'empressèrent de filer dans la direction inverse, tête baissée, pour monter les escaliers de la gare quatre à quatre.

Elle acheta deux billets pour Aylesbury – la première destination dans les départs immédiats –, les valida au portillon, et ils sautèrent à la dernière minute dans un wagon bondé, alors qu'une sonnerie annonçait la fermeture des portes. Il valait mieux se fondre dans la masse, pensait-elle. Elle regarda Luke. Il la contemplait, de ses yeux sombres plus brillants que jamais. Sans se quitter du regard, alors que la voiture était remplie de gens affairés et de mauvaise humeur essayant de pianoter sur leur téléphone, de lire le journal, de s'interpeller, de fouiller dans leur attaché-case ou de se livrer à toutes sortes d'activités qui leur permettaient de se sentir moins seuls dans l'univers, malgré toute cette agitation, malgré le risque qu'on se souvienne de leur présence, Connie s'avança vers Luke, lentement, et posa la tête sur sa poitrine à l'odeur marine et fraîche de sel. Elle y posa aussi la main, et il l'enlaça maladroitement, l'enveloppant comme un manteau, et la serra contre lui, si fort qu'elle sentait le cœur de Luke battre à travers sa peau, juste au-dessus du sien. Et étrangement, alors qu'elle n'avait jamais couru un tel danger, grave et bien réel, elle ferma les yeux et se sentit en parfaite sécurité, ce qui ne manqua pas de la surprendre.

Chapitre 16

Nigel était vert de rage.
— Pardon ?

Brian se balançait d'un pied sur l'autre d'un air penaud.

— Eh bien ! Euh… C'est-à-dire que… L'alarme incendie a été déclenchée.

— Et dans une telle éventualité que devez-vous faire ?

— Mais, chef, il y a quatre sorties et nous, on est deux.

Nigel secoua la tête. Il était sidéré. Son pressentiment était juste : ces salauds savaient quelque chose. Et il avait sincèrement cru qu'ils auraient la réaction de n'importe quel scientifique : la fierté et la joie d'avoir fait une nouvelle découverte. Ils les avaient bien bernés.

Il tapa sur le bureau et jura comme un charretier. Il arrivait trop tard : Malik n'avait même pas pu les interroger. Mais il était le seul à blâmer pour cet échec. Il aurait dû faire ce que le gouvernement lui demandait : il aurait dû les arrêter tout de suite. Les arrêter tous en tant que suspects dans cette affaire et leur faire passer un sale moment dans une cellule.

Mais, dans ce cas, auraient-ils été plus avancés si par la suite les mathématiciens avaient refusé de traduire les données ? Il lui en restait encore quatre pour effectuer cette tâche. En les emprisonnant, il aurait pris le risque de ne rien découvrir. Mais maintenant deux d'entre eux avaient disparu. L'un d'eux était sans doute l'assassin. Statistiquement, il pariait sur le type.

Nigel supposait que face à une découverte de cette envergure il avait été pris d'un accès de folie. Mais pourquoi diable les autres le couvraient-ils ? Pourquoi l'avaient-ils aidé à s'enfuir ? Cela n'avait aucun sens. La fille était-elle son otage ? Il lâcha un juron. C'était sûrement ça ! Il devait avoir extorqué leur collaboration en prenant un otage. Merde, il n'avait vraiment pas besoin d'un truc pareil au beau milieu de cette enquête ! Sans compter tous ces gens qui se plaignaient d'avoir des singes dans leur jardin. Il soupira. Quel fiasco !

Son téléphone sonnait sans arrêt, mais il n'en tenait pas compte. Il finit par regarder l'écran et sut qu'il était bien obligé de décrocher. C'était le bureau du Premier ministre. Il y avait peu de chance que ce soit pour l'inviter à une garden-party. Chaque chose en son temps. Dieu merci, il avait déjà le policier dans son camp.

Nigel avait ordonné qu'ils reviennent tous au Lims, dans les pièces où ils avaient été interrogés la première fois.

Sé se contentait d'observer. Arnold essayait d'énerver le garde en faction à la porte en criant des insanités sur sa mère. Evelyn faisait les cent pas. Ranjit dormait à poings fermés.

— On les a repérés sur les caméras de la gare, chef.

Nigel se félicita – et ce ne serait pas la dernière fois – d'avoir fumé le calumet de la paix avec la police locale. Ses efforts étaient largement récompensés.

L'équipe de Malik était aussitôt passée à l'action, et en quelques minutes il y avait plus de cinquante agents de la police des transports aux gares de King's Cross et de Liverpool Street, pour fouiller tous les trains arrivant en gare. Ce qui, bien entendu, provoqua retards et récriminations considérables, ainsi que moult grossièretés tandis qu'ils fouillaient lentement les wagons, sans prêter attention aux remarques désobligeantes marmonnées sur leur passage.

Chou blanc. Ils cherchaient une chevelure rousse et une chevelure noire avec des lunettes. Mais les cheveux roux pouvaient être teints, coupés, dissimulés sous une perruque, et, à supposer que Luke n'ait pas eu recours à l'ultime astuce du travestissement consistant à retirer ses lunettes, tous les passagers ou presque avaient les cheveux noirs et des lunettes.

À Ely, ils s'étaient contentés de réclamer poliment les papiers d'identité au niveau des portillons. Les gens étaient moins pressés, et cela ne les embêtait pas trop.

À King's Lynn, ils bouclèrent tout le périmètre : le chef de gare était un ancien militaire et il avait attendu l'occasion d'une telle chasse à l'homme toute sa vie durant. Il se lissa la moustache et prit les choses en main.

Lors de la dernière coupe budgétaire, Nantwich était devenue une station sans personnel, et les messages d'alerte se heurtèrent à un répondeur téléphonique.

À Ipswich, Connie avala sa salive, vérifia que ses cheveux étaient bien rassemblés sous sa casquette, prit une grande inspiration et courut en pleurnichant vers le premier contrôleur qu'elle trouva, lui racontant que ses voisins de train, une jeune femme rousse et un homme aux cheveux noirs, lui avaient volé son portefeuille avant de descendre à Aylesbury. Le sympathique contrôleur, remarquant son affolement et se demandant, tout excité, s'il pouvait s'agir d'un indice qui aiderait à capturer les deux fugitifs qui venaient d'apparaître sur son écran d'ordinateur – soupçonnés de meurtre ! – et si cela pouvait lui décrocher une augmentation, peut-être même une décoration, la laissa passer de l'autre côté des tourniquets en la rassurant :

— Allons, allons, ça va aller.

Puis il se tourna pour passer un coup de téléphone. Aussitôt Connie tourna les talons en criant :

— C'est bon, j'ai vu un policier là-bas. Oh, mais c'est qu'il y en a plein ! lança-t-elle avec un grand sourire. Je vais aller le voir directement, ne vous embêtez pas. Merci encore !

Et, le cœur trépidant comme un marteau-piqueur, elle tenta malgré tout de prendre un pas désinvolte pour se diriger vers la foule, dans laquelle elle se fondit.

Luke attendit que tout le monde ait quitté le wagon, puis il arracha la porte donnant sur la voie, sauta sur le rail sous tension et traversa sans se faire remarquer pour rejoindre les trains de marchandises.

Il avait glissé à Connie un morceau de papier sur lequel on lisait : « Q U E E N S F L E E T », tracé d'une drôle d'écriture carrée aux lettres espacées. Il y avait aussi une indication de latitude et de longitude (Elle sourit à l'idée qu'il pensait qu'elle pourrait s'en servir.) ainsi qu'une représentation topographique en 3D d'Ipswich, dont le tracé argenté et lumineux bougeait à mesure qu'elle se déplaçait. Elle n'avait pas la moindre d'idée de la façon dont il avait fait ça. C'était extrêmement beau et absolument pas pratique puisqu'elle devait se cacher pour consulter la carte afin que personne ne remarque cette merveille.

Elle devait le retrouver là-bas à la nuit tombée. Elle y serait.

Chapitre 17

— Oh, mais je sais rien, moi, soutenait Arnold. Rien de rien. On ne peut pas retourner travailler sur ce truc ?

— Alors que tu me mens comme un arracheur de dents ? rétorqua Nigel qui avait du mal à contenir sa fureur.

— Oh oui, toi en revanche tu es totalement honnête avec nous depuis le début.

Nigel écarta les bras.

— C'est une question de sécurité nationale. Moi, j'œuvre pour la sécurité nationale. Alors désolé, monsieur Assange, si ma conversation n'est pas conforme aux règles de rédaction Wikipédia !

Arnold haussa les épaules.

— Bon, où est mon avocat ?

— Tu as dépassé ce stade il y a environ trois cents infractions de ça, gronda Nigel en faisant le tour de la pièce aveugle.

— Oh, je vois, c'est l'heure de Jack Bauer ! plaisanta Arnold. Je me suis toujours demandé comment je tiendrais sous la torture, dit-il d'un air songeur. La fois où je me suis coincé la queue dans ma braguette indique sans doute que ma résistance n'est pas terrible. Mais allons-y. Vous avez des bâches plastiques pour protéger le sol ? demanda-t-il en regardant autour de lui. Je peux avoir le supplice de l'eau plutôt que le tournevis ? J'ai très peur de l'eau, promis. Faites-moi boire la tasse au lieu de m'arracher l'œil avec un tournevis. Je suis terrifié par l'eau.

— Nous n'allons pas te torturer, soupira Nigel. Nous appartenons au gouvernement britannique, tout de même.

— Ah, la satire maintenant ! dit Arnold d'un air entendu. Ça me plaît.

— Dis-nous ce que tu sais, simplement.

— Je te l'ai dit, je n'étais au courant de rien. Et soudain un cochon d'Inde m'a sauvagement mordu !

Nigel leva les yeux au plafond.

— Alors pourquoi vous trafiquiez sans arrêt les micros ?

— Parce que vous êtes de sales espions fouineurs et qu'on ne pouvait pas parler librement de ce qu'on étudiait en ignorant qui écoutait aux portes. Nous aussi, on s'inquiète de la sécurité, crois-moi.

— Est-ce que Luke Beith… A-t-il fait preuve d'une quelconque agressivité à l'égard de Connie MacAdair ? S'est-il montré intimidant ?

— Ah, Luke ? fit Arnold en souriant. Non. Pas du tout. Il était juste… Bon, il était un peu perché, mais ce n'est pas grave. Enfin, par les temps qui courent, peut-être que ça l'est.

— Assez perché pour enlever quelqu'un ? Pour tuer quelqu'un ?

Arnold réfléchit à ce qu'il s'apprêtait à dire, et en conclut que ça ne pouvait pas empirer les choses. Une petite vérité pour dissimuler le grand mensonge.

— Je ne crois pas qu'il aurait eu besoin d'enlever Connie, dit-il. Je crois qu'elle l'aurait suivi n'importe où.

— C'est pas vrai ? s'étonna Nigel qui ne comprenait jamais ce qui plaisait aux femmes chez les hommes. Ils étaient ensemble ?

— Ça nous a surpris aussi, mon vieux, répondit Arnold en soulevant sa casquette de base-ball pour se gratter le crâne. On pensait tous qu'elle allait se remettre avec Sé. Lui-même a été plutôt déçu. Je peux avoir du café ?

— Non.

— Le problème, c'est que je suis devenu complètement accro ces derniers mois, à force de trimer pour vos basses besognes.

Nigel lui jeta un regard excédé.

— Fais un procès, dit-il en se rasseyant. Alors ils avaient une relation ?

Voilà qui remettait les choses en perspective.

— Ils se sont enfuis ensemble ?

Arnold haussa les épaules.

— On pourrait soigner ma blessure ? demanda-t-il en montrant de minuscules marques de crocs sur son gros mollet pâlot. On ne sait pas ce qu'ils ont injecté à ces bestioles. Il avait sans doute l'anthrax. C'est vraiment douloureux. C'est de la torture.

Ensemble, ils examinèrent les vagues griffures. Arnold eut l'élégance d'avoir l'air un peu honteux.

— Il a peut-être avoué le meurtre, et elle l'aura convaincu de prendre la fuite, avança Malik dans la salle d'opérations que l'on avait précipitamment installée au poste de police.

— Elle ne m'a pas l'air du genre Bonnie and Clyde, dit Nigel.

— Les gens font des choses folles par amour, argumenta Malik qui n'avait pourtant pas l'air du genre à faire des folies par amour.

Il avait plutôt l'allure de quelqu'un qui va à la jardinerie le dimanche.

— Si vous saviez ce qui arrive ici le lundi matin…

Nigel haussa les épaules.

— Où en sommes-nous ?

Malik mit en marche les enregistrements du laboratoire de vivisection. L'image était granuleuse, et Connie comme Luke tournaient le dos à la caméra. Luke faisait quelque chose au verrou, mais il était impossible de distinguer quoi exactement.

— Il avait un passe-partout ? se demanda Nigel. Ou il en a volé un ?

— Personne n'a signalé de vol, répondit Malik. Tous les biologistes ont montré leur clé personnelle et en ce moment ils sont soumis au détecteur de mensonge, pour déterminer si l'un d'eux les a aidés, mais jusqu'à présent nous n'avons rien trouvé. C'est un verrou de plus de quinze centimètres, et il a été littéralement détruit. Il devait avoir un outil quelconque.

Nigel cligna des yeux.

— Alors c'était prémédité.

— Ses appartements étaient vides.

— Nous sommes au courant.

— Ce n'est pas le cas pour elle, elle semble être partie sur un coup de tête. Elle a laissé son rasoir, ajouta Malik d'un air entendu.

— C'est un indice ?

— Une femme qui s'enfuit de son propre chef avec un homme qui lui plaît emporte toujours son nécessaire d'épilation, l'informa Malik.

Nigel regarda la pièce pratiquement vide. Il était presque 18 heures.

— Mais où sont-ils tous passés ?

Malik questionna un jeune policier d'un haussement de sourcils.

— Ils prêtent toujours main-forte à la fourrière. Les enfants... ne sont pas ravis de devoir rendre les lapins, pour tout vous dire, chef.

Nigel se prit la tête entre les mains.

— Vous êtes en train de me dire que nous avons probablement un grand criminel dans la nature (Il se retint d'ajouter : « Et l'avenir de la civilisation entre nos mains. ») et vos effectifs sont en train de se disputer avec des enfants pour des cochons d'Inde ?!

Il y eut un silence gêné. Malik toussota.

— Ordonnez... ordonnez-leur de revenir au poste tout de suite, et qu'ils disent aux gens de garder les animaux trouvés, commanda-t-il tandis que la jeune recrue décrochait le téléphone.

Il y eut un moment d'hésitation.

— Euh… sauf les singes, précisa Malik. Il nous faut les singes.

Nigel leva les yeux au plafond et appela Annabelle pour la prévenir qu'il rentrerait tard. Annabelle sortit du lit où jusque-là elle se prélassait en se demandant si elle pourrait lui donner envie de la posséder violemment avec cette nuisette très coquine que ses copines l'avaient malheureusement convaincue d'acheter lors d'une soirée de démonstration de lingerie et de sex-toys. Elle se regarda dans le miroir, soupira, puis fourra le vêtement au fond de l'armoire avant de remettre sa douillette robe de chambre.

— C'est parti, soupira Nigel. Mandat d'arrêt. Prévenez Interpol. Luke Beith. Soupçonné de meurtre. Peut-être d'enlèvement aussi. Probablement dangereux.

Connie traversait des champs sous un ciel rosé, trébuchant fréquemment. Cette carte scintillante que lui avait donnée Luke était un objet des plus étranges et élégants. Le chemin indiqué la menait droit vers l'est, à vol d'oiseau. Aussi, dès qu'elle fut à l'extérieur de la banlieue d'Ipswich, laissant derrière elle les rues interminables bordées d'entrepôts de literie et de magasins de discount, elle dut éviter des fossés et des clôtures, essayant de trouver des sentiers, mais elle traversait systématiquement les champs méticuleusement indiqués et empruntait les ruelles de minuscules villages.

Elle ne croisa presque personne. C'était une soirée de fin de printemps, propice à l'assoupissement, dans un coin de campagne tranquille. Même en se rapprochant de Queen's Fleet, près de Felixstowe, où d'immenses ferries partaient pour Hoek van Holland, les marchandises arrivant par camions entiers des quatre coins du globe : des voitures et des jouets, de l'acier et du fromage, de la soie… Elle vit quelques tracteurs de loin en loin, une voiture de représentant esseulé gravissant les collines par la route touristique de Lowestoft à Carlisle ou d'Ipswich à Manchester.

Alors qu'elle forçait l'allure pour ne pas être en retard à leur rendez-vous, elle repensa avec un bref accès de panique à tout ce qu'ils avaient fait. Ils étaient en cavale. Et cette idée semblait absolument incongrue en cette belle soirée dans la campagne anglaise.

Ce n'était pas le genre de choses qui arrivait aux gentilles filles comme elle. Elle avait son permis cycliste. Elle était membre de l'Organisme de sauvegarde des monuments historiques ! Enfin, pas tout à fait. Mais ça faisait des siècles qu'elle songeait à prendre une adhésion. Et une fois, avec un pincement de culpabilité, elle avait commandé un article du catalogue Cyrillus, même si elle n'avait pas d'adorable enfant en blouse à smocks pour aller avec lui. Les catalogues l'avaient d'ailleurs suivie à Cambridge, alors qu'elle n'avait pas donné sa nouvelle adresse. C'était peut-être ainsi qu'ils la coinceraient. Par le biais des catalogues Cyrillus. C'était une variante des lettres de Poudlard. En plus dangereux.

Elle soupira. Elle ne devait pas penser aux choses folles qu'elle faisait, ni à ce que ses parents penseraient s'ils venaient à l'apprendre – ou plutôt quand ils l'apprendraient. On découvrirait qu'ils étaient partis tous les deux, et on les tiendrait pour responsables de la mort du professeur Hirati, bien sûr. Alors qu'elle était sûre – absolument presque certaine – que Luke n'avait rien à voir là-dedans.

Et, même sans cela, ils avaient sans aucun doute perpétré un délit dans le laboratoire de biologie. Ils seraient au minimum coupables de dégâts criminels. Quoi qu'il arrive, elle était dans le pétrin.

Elle ne pouvait pas réfléchir à tout cela maintenant. Elle devait se concentrer sur une seule chose. Et, lorsqu'elle y parvenait, la panique refluait, la peur lâchait prise. Elle se concentrait sur son odeur, sur le toucher de sa peau. Sur Luke. Le murmure du sel dans ses cheveux, sa silhouette élancée qui dissimulait sa force colossale, sa façon de regarder profondément en elle, jusqu'au plus intime…

Ça valait le coup, se disait-elle alors qu'elle marchait d'un pas décidé, seule et fatiguée, perdue au milieu de nulle part mais suivant la ligne qu'il avait dessinée pour elle.

S'ils parvenaient à le sauver. Si elle pouvait aider à le sauver. Et même s'ils n'arrivaient pas à le sauver. Elle avait juste besoin de passer un peu de temps avec lui. De le voir. C'était tout ce à quoi elle pouvait penser en ce moment. C'était tout ce qu'elle voulait.

Le temps était inhabituellement chaud. Elle avait retiré sa veste depuis un moment déjà, mais elle ne pouvait pas prendre le risque de retirer sa casquette, ce qui aurait laissé paraître ses cheveux. Elle les avait attachés en tirant le plus possible, mais des mèches d'un roux doré s'obstinaient à se libérer, et maintenant que son front était mouillé de sueur les cheveux restaient collés dessus.

Elle s'arrêta dans un village endormi qui comptait un seul pub et une seule boutique. Il ne devait quand même pas y avoir une chasse à l'homme d'envergure nationale… En étaient-ils déjà là ? Leurs amis les avaient-ils trahis ? Pas Arnold, elle en était à peu près sûre, elle savait ce qu'il pensait des autorités. Evelyn, même chose. Et elle était devenue son amie. Mais Sé : pouvait-elle compter sur lui ? Il était vraiment difficile de savoir ce qu'il avait en tête. Mais s'il pensait réellement ce qu'il disait en promettant de la protéger… il tiendrait parole. En revanche elle se faisait du souci au sujet de Ranjit. Il ne les dénoncerait pas volontairement, mais elle craignait qu'ils ne lui proposent une glace ou autre babiole, et qu'il crache le morceau sans même s'en rendre compte.

De toute façon, elle devait prendre le risque, sinon elle allait s'évanouir tellement elle avait chaud et soif, et alors ce serait fichu de toute façon.

Une jeune fille potelée se tenait derrière le comptoir du Spar. Connie s'acheta deux sandwichs, une grande bouteille d'eau, des bananes et des noix comme source d'énergie, et quelques barres chocolatées. Elle avait prévu de lancer quelque chose comme : « Il fait chaud pour la randonnée aujourd'hui ! » Mais la fille était complètement obnubilée par son téléphone, et Connie se fit la réflexion qu'il devait être beaucoup plus difficile de partir en cavale du temps où les gens n'étaient pas encore obsédés par leur portable. Elle se contenta donc de tendre la monnaie en silence, grogna un remerciement et repartit aussitôt. La jeune fille leva à peine la tête.

Tant mieux, se dit Connie.

Nigel essayait encore de les rattraper par les voies habituelles, sans révéler tous les détails au monde entier. Les gares, ports, aéroports, autoroutes et stations-service étaient bouclés. Tous ceux qui entreprenaient de quitter le pays ce soir-là – surtout les couples de type caucasien – allaient passer un long moment pénible, et il y aurait des plaintes, comme toujours ; ils déploreraient l'état lamentable de la Grande-Bretagne, menaçant de rester à l'étranger puisqu'ils étaient traités comme des criminels dans leur propre pays, tandis que les agents de sécurité tâcheraient de rester calmes, de ne pas céder à la belligérance à mesure que la nuit avançait et que les passagers avaient eu le temps de s'imbiber en attendant leur avion ou leur bateau, dont le départ était largement différé. Peu à peu un sentiment général de malaise s'installerait, exacerbé par la moiteur de la nuit et par la pleine lune. Les urgences allaient avoir du travail, ce soir.

Connie arriva à Queen's Fleet au coucher du soleil, juste après 20 h 30. En d'autres circonstances, cela aurait été une soirée magnifique.

Elle se demanda vaguement quel était le plan de Luke. Il impliquait sans doute les gros ferries qu'elle voyait de là où elle se trouvait, fendant laborieusement les eaux entre l'Angleterre et les Pays-Bas. Elle espérait qu'ils ne devraient pas traverser clandestinement sur l'un d'eux. Ça ne pouvait pas se passer si facilement. Ou pis encore : il y avait de petits bateaux de plaisance qui dansaient autour des pontons au bord de la rivière. Il n'avait quand même pas l'intention de…

Elle repensa à sa force extraordinaire, ce qui la conduisit à se poser des questions. Il était difficile de savoir ce qu'il pensait être possible. En avait-il vraiment conscience ? Elle but à grands traits et mangea une autre barre chocolatée. Elle aurait aimé pouvoir passer un coup de téléphone, mais leurs téléphones avaient été confisqués. Cette présence lui manquait. Mais qui croirait à son histoire ? Son père ?

Tandis que la lune apparaissait dans le ciel rose et mauve, elle attendait Luke. Elle attendit longtemps, en contemplant le ciel, soigneusement dissimulée sous un immense chêne aux rameaux largement déployés, qui lui permettait de surveiller toutes les criques sans être vue. Mais en vain.

Les nuits blanches des derniers jours et le périple de vingt-cinq kilomètres à travers les plaines et les landes de l'est de l'Angleterre eurent finalement raison de Connie, et, alors que les dernières lueurs rosées illuminaient l'horizon, que les lumières des ferries les transformaient en navires enchantés pour fées et que les plates-formes pétrolières s'allumaient au loin comme des sapins de Noël, elle s'endormit.

— On nous a signalé qu'ils auraient volé le portefeuille de quelqu'un, annonça le jeune policier en grattant nerveusement ses boutons d'acné.

— Bon, très bien, fit Nigel en examinant ce qui était jusque-là un tableau d'incidents très dépouillé.

Il y avait eu un signalement à la gare, à peu près à la bonne heure, mais cela laissait environ quarante destinations entre lesquelles ils avaient pu choisir, s'ils n'étaient pas simplement descendus à l'arrêt suivant pour rentrer à pied.

— Quel est le nom de la victime ?

— Ah ! fit le policier en relevant le nez de son rapport.

— Quoi « ah » ? demanda Nigel.

— Euh… eh bien, la fille parlait au type de la gare et ensuite elle a dit qu'il serait aussi rapide qu'elle aille voir directement un policier, et elle est partie vers le policier le plus proche.

— Bon. Quel policier ?

— Ah, ben, aucun finalement, monsieur. Le chef de gare Kenneth Turlington a appelé d'Ipswich, en disant que nous avions sûrement déjà l'information, mais qu'il voulait apporter sa confirmation.

Nigel se leva.

— Vraiment, vos gars n'ont rien signalé ?

L'agent de police Mbele secoua la tête d'un air inquiet.

— Rien du tout, monsieur.

— Ah, c'est fantastique ! dit Nigel en se dirigeant vers la carte.

— Monsieur ? fit l'agent qui pensait qu'il allait se prendre un sacré savon.

— Eh bien, oui ! expliqua gentiment Nigel. Si une fille s'est fait voler son portefeuille et que, contrairement à ses dires, elle n'a pas porté plainte auprès de la police – alors qu'il y avait foule de policiers sur place – vous n'avez pas une petite idée de son identité ?

La compréhension éclaira le regard de l'agent.

— Vous pensez que c'était elle ?

— Le chef de gare a-t-il signalé sa couleur de cheveux ?

Le policier examina le rapport.

— Non, juste un chapeau.

— Un chapeau. Un jour où il fait 26 °C à l'ombre.

Nigel marqua Ipswich d'une punaise sur la carte.

— ENFIN ! Une avancée. Bravo à cet agent de la gare ! dit-il en examinant soigneusement la carte. Je me demande s'ils se sont séparés. Ce serait logique, ajouta-t-il en traçant un trait du bout du doigt. À leur place, où iriez-vous, Malik ?

L'inspecteur s'approcha, sourcils froncés, et suivit le tracé de Nigel.

— Felixstowe. Changement à Ipswich, dit-il dans un éclat de rire tout en secouant la tête. Vous savez, on passe notre temps à inspecter les cargaisons qui entrent au Royaume-Uni. Ça va changer de faire l'inverse.

Nigel hocha la tête.

— Ouais, mettez au courant la sécurité du port de ferry, des deux côtés. Vous savez, si je devais m'évader du pays, c'est aussi ce que j'aurais fait.

— Pas moi, répondit Malik du tac au tac.

— Ah bon ?

— Nan : un grand chapeau de fête sur la tête, je me mêle à la farandole d'un enterrement de vie de garçon, muni d'un faux passeport découpé dans un cahier de coloriage pour gamins, et je passe les contrôles de Stansted à 5 heures du mat en dansant la samba, ils comprendraient même pas ce qui se passe.

— Intéressant, commenta Nigel. Bon, on va les appeler aussi alors.

Les jeunes recrues décrochèrent les téléphones puis sautèrent en voiture, direction Felixstowe, pour donner un coup de main à leurs collègues. L'agent Mbele apporta six sacs à pièces à conviction.

— C'est pourquoi ? s'étonna Nigel. Deux paires de menottes, ça devrait suffire, non ?

— Vous n'imaginez pas les autres trucs qu'on risque de trouver par la même occasion, répondit Malik.

— Je suppose que non.

Nigel n'avait jamais fait partie de la police, et il savait qu'ils étaient au courant. Il espérait que cela ne les rendrait pas méfiants à son égard.

Chapitre 18

Connie ne savait pas depuis combien de temps elle était là ni ce qui l'avait réveillée. Tout ce qu'elle savait, c'était qu'elle était au beau milieu d'un rêve fort agréable. L'air était doux et sentait la mer, tout le monde était parti, il n'y avait plus personne sur Terre excepté Luke debout devant elle, avec ce sourire hésitant et tordu qui la faisait craquer et qui lui donnait l'impression de n'exister que pour elle seule, lui conférant la certitude que tout irait bien, que tout se finirait merveilleusement bien, du moment qu'ils étaient ensemble. Elle en était sûre et certaine.

Puis elle prit une inspiration, et quelque chose la réveilla – un coup d'avertisseur d'un ferry du côté du débarcadère –, elle papillonna des yeux et, sous l'effet de la panique, l'espace d'un instant, elle ne vit qu'une grande silhouette noire devant elle, qui cachait les étoiles. Puis elle se réveilla tout à fait, le sommeil s'envolant comme une poussière, et elle s'aperçut qu'il s'agissait de Luke. Elle était sur le point de crier son nom lorsqu'il posa un doigt sur ses lèvres.

— Chut.

Mais dans ses yeux dansait une lueur amusée.

— Depuis combien de temps es-tu là ? demanda-t-elle à voix basse, le cœur battant, à la fois heureuse et terrifiée, saisie d'une montée d'adrénaline rien qu'en le voyant.

— Hum. Pas assez longtemps pour que ce soit flippant ? dit-il.

Elle lui sourit et se leva.

Connie se rendit soudain compte qu'elle n'avait jamais eu autant envie d'embrasser quelqu'un de toute sa vie. Même pas lors de son premier baiser. (À quatorze ans, lors d'un entraînement pour les Olympiades mathématiques à Bath, avec Chester Carson, la grande star de quinze ans qui avait gagné la médaille d'or l'année précédente et qui était acclamé comme une rock star, dont il avait le look. Maintenant il mettait en ligne beaucoup de photos de lui sur son jet-ski près de sa maison dans les Hamptons. Connie se disait parfois que quelqu'un de vraiment heureux et comblé ne s'embêterait pas à partager autant de selfies. Il n'avait jamais poursuivi dans une carrière de recherche malgré ses débuts prometteurs ; il avait empoché le prix et s'en était sorti comme ça. Chacun ses goûts… Et puis elle pouvait toujours critiquer, mais c'était elle qui se retrouvait en cavale, avec la police aux trousses, à dormir sur la plage.)

Mais maintenant que Luke était en face d'elle, c'était une envie plus forte que tout ce qu'elle avait ressenti auparavant. Elle déglutit, la gorge sèche, et cligna des yeux. Non. Non, c'était ridicule. Elle avait vu à quoi ressemblait vraiment son bras, de ses yeux vu, et elle savait que ça ne se pouvait pas, qu'il était intrinsèquement différent.

Mais le raisonnement ne changeait en rien son envie. Elle mourait d'envie d'être de nouveau dans ses bras. Elle fit un pas vers lui.

— Je suis content de te voir, dit-il.

Elle s'ordonna de se reprendre. C'était ridicule. Ridicule.

— Tu veux du chocolat ? demanda-t-elle.

Une expression confuse se peignit sur son visage.

— Euh… je ne sais pas. Tu crois que j'aimerai ?

— C'est comme un gâteau, précisa-t-elle, pour lui fournir une indication.

Oh, bon sang, se sermonna-t-elle, cesse de te comporter comme une idiote.

Luke regarda prudemment le morceau de chocolat.

— Ça se mange, précisa Connie, encourageante.

Il s'assit en tailleur, et elle se rapprocha de lui. Il déballa soigneusement la barre, la renifla et en cassa un bout. Tout à coup, Connie gloussa.

— Quoi ?

— Tu fais des trucs extraterrestres.

— Hey, protesta-t-il, vexé. Je me débrouillais très bien jusqu'à ce qu'ils me trouvent ! C'est quand même dans votre civilisation qu'on se fait des trous dans la peau pour s'amuser.

— C'est vrai.

— Et vous avez ces stupides jambes en os que personne n'aime utiliser. Personne n'aime ça, il n'y a pas que moi.

Luke croqua le chocolat.

— Oh ! Oh, d'accord ! s'exclama-t-il.

Connie éclata de rire.

— Ne reste pas coincé dans le pot de miel !

— Je vais prendre mon air « je ne comprends pas cette référence culturelle », dit gravement Luke, ce qui décupla l'hilarité de Connie.

— Comment ça : les gens n'aiment pas utiliser leurs jambes ?

— Tu sais, les choses rondes qui tournent, dit Luke évasivement en croquant un autre carré de chocolat. Tu vois : ce qui est intéressant avec ça, c'est que ça fond à trente-sept degrés Celsius, ce qui est la température normale d'un humain en bonne santé, ce qui procure une sensation assez extraordinaire de…

— Luke, l'interrompit Connie, je suis une Terrienne. Je te jure que tu n'auras pas grand-chose à m'apprendre sur le chocolat. Mais qu'est-ce que tu appelles « les choses rondes qui tournent » ?

Luke agita ses longs doigts.

— Tu sais : les choses voitures.

— Pas « les choses voitures », Luke : les voitures.

— Oui. Pourquoi les gens se déplacent comme ça ?

— Parce que ça va plus vite.

— Et alors ? C'est mauvais pour votre santé et pour l'air qu'on respire, et pour les gens qui tombent devant et pour les enfants qui restent coincés dedans, et mauvais pour les arbres qui se mettent sur leur chemin et pour les pays qui leur fournissent du carburant. Pourquoi ne pas aller un peu moins vite sur vos grandes pattes raides ?

— Parce que… hum. Hmm. Parce qu'on doit filer à l'étranger ? lui rappela-t-elle en lui jetant un regard en coin. Alors tu…, je veux dire, tu pensais… Enfin comment allons-nous nous rendre en Biélorussie ?

Connie ne voulait pas admettre qu'elle ne gardait qu'un vague souvenir scolaire de la Biélorussie. Ils étaient maintenant aux confins de l'Angleterre, à l'orée d'une grande aventure, et elle espérait vraiment qu'il avait un plan.

Luke lui attrapa la main et l'aida à se relever. Puis ils se tournèrent vers la mer. Luke poussa un grand soupir.

— Oh ! fit-il.

— C'est dur pour toi de voir l'eau ? demanda Connie.

— Pourquoi penses-tu que je me suis installé dans un endroit où on ne peut pas la voir ? Pas du tout, complètement enclavé. Sinon c'est trop difficile, tu vois ? dit-il, sans quitter les vagues des yeux. Déjà là, ça devient trop dur, ajouta-t-il en se tournant vers elle. Tu es sûre de vouloir venir ? Il n'est pas trop tard pour faire marche arrière.

Elle secoua la tête.

— Pour moi c'est très simple, répondit-elle alors qu'ils contemplaient la houle. Nous allons prendre le ferry ?

— Le quoi ?

— Un ferry. Un bateau. Là-bas, tu vois ?

Luke y jeta un bref coup d'œil.

— Ce sont des bateaux ?

Connie se mit à s'inquiéter vraiment. Et si elle était en fuite avec la version extraterrestre de Ranjit ? Et s'il n'avait pas la moindre idée de ce qu'ils allaient faire ? Elle ne savait pas comment ils pouvaient atteindre la Biélorussie. Elle ne savait même pas ce qu'ils faisaient. Sur un coup de tête et un coup de cœur, elle avait pris la fuite avec lui, et maintenant…

— Luke, tu ne sais pas comment nous allons nous rendre là-bas ?

Elle essayait de masquer la panique dans sa voix. Il se tourna vers elle en souriant.

— Bien sûr que si. Je sais très bien.

Il lui caressa doucement les cheveux. Cela semblait l'apaiser. La casquette de Connie était tombée dans son sommeil.

— Nous allons nager.

Sur le coup elle avait simplement ri, avant de se demander si elle était dans le rêve d'un fou, si toute cette histoire n'était qu'une illusion à laquelle elle s'était laissé prendre. Luke qui n'avait pas remarqué son rire avait commencé par retirer sa veste.

— Tu as un sac ? lui demanda-t-il. Étanche ?

Elle avait un sac en plastique dans son sac à dos. Il le prit et commença à le remplir.

— Écoute, je… enfin je sais nager, mais je peux nager pendant dix minutes, pas plus, dit-elle, la voix empreinte de nervosité. Je sais qu'il fait un temps d'été, mais tu vois, c'est la mer du Nord, il fait trop froid dans l'eau, il y a des tas de gens qui meurent comme ça. Et c'est… L'Europe est à des kilomètres d'ici, c'est très loin. Même en bateau, ça met des heures. Je sais… enfin je sais que tu t'en crois capable et que tu es une sorte de poisson, mais pas moi. Je ne peux pas. Je pensais… je pensais qu'on serait passagers clandestins sur un ferry, ce genre de choses…

Elle se tut un instant.

— À vrai dire, je n'avais pas réfléchi jusque-là.

Luke avait un regard amusé.

— Tu crois que je ne t'aiderai pas ?

— Je ne crois pas que ça change grand-chose, déplora Connie. À moins que tu n'aies une sorte de radeau de survie gonflable sous la peau.

Ils se regardèrent. Luke fit un pas vers elle.

— Tout va bien, je vais t'aider. Tu me fais confiance ?

Elle lui avait fait confiance et voilà où elle en était, pensa rapidement Connie.

— Je veux te faire confiance, répondit-elle.

— Bon, se réjouit Luke. Ça devrait faciliter les choses. Viens avec moi.

— J'ai pas mon maillot, protesta Connie d'une petite voix.

— Pas grave ! Je ne sais pas quelles sont les parties intimes.

— Euh… garde ton caleçon, lui demanda Connie alors qu'il s'élançait vers l'eau.

Puis il se tourna vers elle, il se tenait bien droit en souriant, et elle sentit son cœur faire un salto.

— Allez, viens ! Mets tes habits dans le sac et viens ! Viens nager avec moi.

Le cœur de Connie battait à tout rompre. Elle n'y arriverait pas. C'était impossible… Peut-être qu'en nageant un peu, pas trop loin des côtes… C'était de la folie. C'était complètement et parfaitement fou.

— Perdue pour perdue ! cria-t-elle en retirant son tee-shirt et son pantalon avant de se mettre à courir sur la plage.

Connie n'avait plus pied, elle en était consciente.

Pourtant ils avançaient toujours plus loin dans l'eau noire. La surface était tiède après cette journée chaude, mais, lorsqu'elle bougeait les jambes, Connie sentait le courant froid et noir qui l'attirait vers le bas. Les lumières des ferries de Folkestone étaient à peine visibles par-dessus son épaule droite. Elle se retourna et nagea sur le dos pour regarder Luke. Il était maladroit dans l'eau, se déplaçant comme un petit chien, le sac en plastique sur l'épaule.

— Je pensais que tu serais vraiment bon nageur, fit-elle remarquer en fronçant les sourcils. Avec tes gènes de poisson…

Il lui sourit. Contrairement à elle qui était toute nerveuse et inquiète, il était totalement détendu.

— Regarde bien, je vais venir t'attraper, dit-il tout à coup, comme s'ils jouaient à chat.

Elle rit et poussa des cris en s'éloignant à grands coups d'éclaboussures, puis fit une pirouette dans l'eau.

Connie avait toujours aimé nager, mais cela faisait bien longtemps qu'elle n'avait pas pratiqué la natation. Elle fut saisie par le froid de l'eau, même si elle commençait à y être habituée et appréciait finalement le choc des grandes vagues contre son corps. Pour la première fois depuis très longtemps, elle se sentait libre. Malgré tout ce qui se passait et la tournure que ça prenait, ils étaient là sous les étoiles, avec les lumières de l'Angleterre derrière eux, juste tous les deux dans l'eau… Ils s'éloignaient encore, et Connie se sentit gagnée par la nervosité. Mais il était capable de la secourir, non ?

Elle se retourna tout en se tenant redressée dans l'eau, pour voir Luke. Elle se rendit compte à quel point l'eau était devenue glaciale sous ses orteils. Il la remarqua, soutint son regard pendant deux secondes, puis disparut brusquement : il venait de plonger sous la surface.

Connie le chercha des yeux, et soudain elle vit quelque chose : une phosphorescence dans les vagues. Quelque chose émettait un clignotement scintillant sous ses jambes. Et elle comprit alors qu'il s'agissait de Luke.

Son cœur se mit à battre plus vite. La panique monta en elle à mesure qu'elle comprenait que ce gentil excentrique qu'elle avait appris à connaître ces derniers mois… avait disparu. Il n'avait rien de semblable à elle, et avait cédé place à un halo clignotant qui se déplaçait comme du mercure scintillant autour d'elle. Sa respiration devint précipitée, et elle regarda la terre qui lui semblait si lointaine… Que faisait-elle là ? Cette mission inconsciente, cette cascade d'événements qui l'avaient menée à cette terrible catastrophe : embarquée dans une bataille contre des moulins à vent, cette nuit serait sa dernière… Elle commença à se débattre dans l'eau, but la tasse, ce qui la fit tousser, à demi étouffée ; elle sentit la panique la submerger… Elle essaya de se hisser hors de l'eau, mais bien sûr elle échoua et retomba, paralysée par la terreur, incapable de contrôler ses réactions. Elle glissa sous la surface pour la deuxième fois, en agitant bras et jambes de manière désordonnée, dominée par la peur, avalant l'eau salée malgré sa gorge contractée.

C'est ridicule, se dit-elle, surprise de parvenir encore à raisonner, je pourrais encore faire demi-tour, regagner la terre.

Mais en être consciente ne l'aidait pas le moins du monde, elle coulait sous les vagues, bien en dessous de la couche superficielle réchauffée par le soleil. Elle sombrait sans fin dans les eaux noires et glacées, dans l'étreinte accueillante de la mer.

Elle fut rattrapée, et bien maintenue. Elle ne sentait rien tellement elle était engourdie, elle avait seulement conscience d'une présence solide et chaude, et le papillonnement des lumières envahit sa vision périphérique.

— Cheveux…

Un son par-dessus le souffle des vagues.

Elle étouffait, toussait, et, d'une manière très peu séduisante, recracha la moitié de l'océan. Luke rit du rire qu'elle lui connaissait, en plus grave. Elle avait les yeux fermés, mais elle le sentait là.

— C'est toi ? demanda-t-elle bêtement lorsque ses haut-le-cœur se calmèrent.

Elle avait toujours les yeux fermés.

Elle prétendait que c'était parce que l'eau de mer la piquait, et non parce qu'elle appréhendait de voir ce qu'était devenu Luke.

Elle était dans ses bras ; ça, elle le sentait, et ça ressemblait vraiment à des bras, mais ils étaient bien plus gros et plus puissants qu'avant, et bien qu'humide sa peau diffusait plus de chaleur que la sienne. Il la tenait fermement, elle sentait un large torse contre elle. Puis elle se rendit compte qu'ils avançaient, ils franchissaient les vagues bien plus vite qu'elle n'aurait pu nager, plus vite qu'un bateau même.

— Il y a une raison pour laquelle tu gardes les yeux fermés ?

Même si la voix était plus grave, plus profonde, cela ressemblait parfaitement au Luke qu'elle connaissait, jusque dans ses intonations amusées. Elle n'arrivait pas à croire qu'il n'était plus sous sa forme humaine. Elle rouvrit brièvement les yeux et les referma aussitôt.

Elle était collée contre un torse large, puissant… et translucide.

— Merde, alors !

— Je sais, dit Luke. Crois-moi, j'aurais vraiment préféré être un menteur pathologique poilu et osseux…

— Tu avais dit que tu n'avais pas de queue ! lui reprocha Connie alors qu'ils fendaient les flots comme si…

Eh bien, comme si une puissante créature des mers les transportait. Elle soupira.

— Je n'en ai pas, répondit-il. Regarde donc. Mais personne ne m'a posé la question pour les branchies.

— Tu as des branchies.

— J'ai des branchies.

Le silence se fit, à peine troublé par le bruit des vagues.

— Je vais essayer d'ouvrir un œil.

— Vas-y, l'encouragea Luke. Et tu n'es pas la seule à voir pour la première fois.

— Que veux-tu dire ?

— Oh, sous l'eau je vois parfaitement bien, quand il fait suffisamment noir ! Aucun problème. Maintenant je te vois.

De nouveau Connie avait le cœur qui battait plus vite. Elle aurait dû faire le régime maillot de bain au lieu d'abuser des cookies d'Evelyn ! Elle sut aussitôt que cette inquiétude était parfaitement stupide dans ces circonstances. Et si sa forme était repoussante pour lui ? Et si, n'ayant eu jusque-là qu'une vision floue de Connie, il était dépité de découvrir à quoi elle ressemblait vraiment ?

La panique la gagnait.

— Euh… et alors ?

Il y eut un silence. Tout sembla soudain très calme, dans l'obscurité sous la lune et les étoiles frémissantes qui semblaient à portée de main. L'eau n'était plus froide grâce à la chaleur qu'il diffusait.

Soudain ils cessèrent d'avancer, mais il la tenait toujours au creux de son bras.

— Ouvre les yeux, dit-il.

Connie prit une grande inspiration.

— Vraiment, ouvre les yeux. S'il te plaît. Regarde-moi, Connie. Regarde qui je suis vraiment.

Connie se mordit la lèvre, compta jusqu'à trois, prit une grande inspiration… et ouvrit les yeux.

Maintenant les lumières du rivage avaient complètement disparu. Elle savait qu'ils étaient dans la mer du Nord, mais elle avait l'impression qu'ils étaient au milieu d'un océan désert, et non sur un des trajets maritimes les plus fréquentés au monde. Au début, elle ne le distingua pas bien, il n'était qu'une forme bordée d'étoiles sur un fond de ciel étoilé. Un mouvement dans le ciel.

Puis ses yeux s'habituèrent à l'obscurité, et elle le vit plus en détail : ses traits, plus ou moins reconnaissables, plus larges ; ses yeux, qui ne semblaient plus si immenses maintenant ; et même ses cheveux, qui étaient devenus complètement transparents mais étaient toujours épais et bouclés. Il lui souriait. C'était son corps athlétique, à travers lequel on voyait l'eau et dans lequel fusaient des étincelles, qui faisait la vraie différence. Il était large et élancé, musclé. Il était évident que c'était sa véritable nature. Élégant et libre, il était dans son élément, comme un dauphin. Et, tandis qu'elle l'observait, il la tenait.

— Ah, Dieu merci ! murmura-t-elle.

— Tu t'attendais à quoi ? À une anguille ?

— Oui, admit-elle. Peut-être quelque chose du genre d'une anguille.

— Je ne suis pas une anguille, lui dit-il en la regardant au-dessus des vagues.

— Tu… Tu es beau.

Ces mots lui semblaient étranges à prononcer, mais elle devait le dire.

Luke sourit et pencha sa tête immense, et les étoiles apparurent de nouveau derrière lui, mais en même temps elle voyait presque à travers lui. C'était très déroutant.

— Toi aussi, dit-il.

— Non. Moi, je…

Connie baissa les yeux, mais Luke la fit taire.

— Chuut ! Oh, que c'est bon de retourner à l'eau ! Tellement bon. Tu sais, là je m'en fiche s'ils nous attrapent dans cinq minutes, s'ils nous tirent dessus, si je me fais harponner comme un…

— Comme quoi ?

— Je ne sais pas. Vous leur faites des misères. Nous avons une espèce semblable.

— Les baleines ?

Il hocha la tête.

— En quelque sorte. Mais les nôtres font de très bons analystes informaticiens, dit Connie en le regardant. J'ai besoin de faire une bonne course. Je suis coincé dans ce corps depuis des années. Des années ! C'était comme vivre dans une prison minuscule. Un cercueil. Ce monde est infesté de pêcheurs, tu sais ? Je ne pouvais pas prendre ce risque, pas une seule fois.

Il frissonna, et l'eau ruissela dans son cou.

— Et même si nous avons foutu en l'air le monde entier, toi et moi, Cheveux, même si nous avons répondu à une impulsion qui aurait dû être ignorée, qui aurait pu être empêchée…, tu m'as libéré. Merci. Merci de m'avoir rendu ma liberté.

Il passa son bras puissant autour de la taille de Connie.

— Tu veux faire un tour ?

C'était la sensation la plus extraordinaire que Connie ait jamais connue. Auparavant elle trouvait qu'ils progressaient très rapidement : ce n'était rien en comparaison de maintenant. Il fendait les eaux comme s'il dévalait une colline. D'un coup de jambes il se propulsait hors des flots ; d'autres fois, il la soulevait comme un précieux bagage et replongeait, galopant dans les profondeurs. Une fois il la projeta devant lui dans l'eau et fonça pour la rattraper – au début elle fut terrifiée, puis éclata de rire, si bien qu'il recommença encore et encore, se soulevant hors de l'eau comme Neptune, puis se précipitant dans les eaux tourbillonnantes. Connie avait l'impression d'être jetée de-ci de-là par un nuage, elle perdait la notion du haut et du bas, et goûtait à une incroyable sensation de liberté, de vitesse, de joie pure, ainsi transportée dans ses bras, volant comme un bouquet qu'il lançait sur la mer, elle écartait les bras et riait à gorge déployée, poussant des cris que les vagues et le vent attrapaient au vol.

Ils eurent de la chance : sur les radars ils n'apparurent que comme un banc de poissons remuants, passant inaperçus dans le noir, hormis aux yeux embués d'une dame qui revenait d'une croisière d'enterrement de vie de jeune fille bien arrosée. Perchée sur le pont supérieur, solitaire, elle se demandait si elle allait vomir ou pas, et les observa, la vue dédoublée. Puis elle cligna des paupières et se fit la réflexion qu'il était vraiment temps qu'elle reprenne sa vie en main, ce qu'elle se promit de faire. Par la suite elle rentra chez elle, vira son vaurien de petit copain, Gordon, qui ne l'emmenait jamais nager en pleine mer, et devint guérisseuse spirituelle et dresseuse de dauphins. Et elle vécut une longue, heureuse et lucrative existence.

Lorsque les lumières de la Hollande furent en vue, ils s'arrêtèrent enfin, tous deux hors d'haleine et riant comme des fous. Connie avait chaud, et pourtant elle savait que l'eau devait être glacée. Luke était si étrange, si différent. Magnifique d'une manière si singulière. Mais c'était toujours lui.

— 4.13418, dit-il en fonçant les sourcils. Nous devons être presque arrivés.

— Ou alors on suit les lumières, tu sais, et on va là où c'est très éclairé, là-bas, suggéra-t-elle.

Il ralentit, et son visage changea.

— Je vais devoir me transformer de nouveau.

Elle hocha la tête.

— Je sais.

— Je ne… je n'ai pas envie.

— Tu ne peux pas contourner en nageant ?

— Par au-dessus, là où il y a un morceau prêt à se détacher ? Premièrement ça te tuerait, et deuxièmement ils me tueraient au harpon. On ne peut pas facilement s'en tirer par là-bas. Non, il faut rester sur la même latitude.

Il soupira, et son torse ondula à la surface des vagues. Connie se dit qu'il ne lui manquait plus qu'un trident.

— Lorsque nous atteindrons la terre, je devrai me replier dans mon cercueil de peau, de pigments et… d'os, ajouta-t-il avec un frisson dans la voix.

— Viens là, lui dit-elle.

Mais il était déjà là. Et soudain elle était dans ses bras, plus près de lui ; il l'entourait entièrement, et elle n'entendait plus que les battements de son cœur.

Elle ne savait pas bien ce qu'elle voulait faire. Est-ce qu'elle avait envie de l'embrasser ? Est-ce qu'il embrassait ? Est-ce qu'on s'embrassait sur sa planète ? Mais elle sentait sa respiration. Et elle savait, ça ne s'expliquait pas, elle le savait, c'est tout, même s'il était d'une espèce différente, de l'autre bout de la Galaxie – Connie avait beaucoup douté dans sa vie, mais au sujet de Luke elle ne doutait pas un instant.

Il la regarda, leurs visages se touchaient presque, son cœur était un noyau de lumières animées de pulsations.

— Je peux… ?

Elle laissa sa phrase en suspens.

— Tu vas me poser une question sur la reproduction ? demanda-t-il.

— Non, je… Enfin, si. La question de la reproduction a dû me traverser l'esprit.

— Bon. Possèdes-tu des milliers de millions d'œufs ?

— Non, répondit Connie. Mais j'en ai un. Qui… tu sais…

— Psss, nous sommes totalement incompatibles.

— C'est bizarre, ça, dit Connie, parce que, premièrement dans *Independence Day* tous les extraterrestres ont des ports USB. Et deuxièmement…, ajouta-t-elle en le regardant droit dans les yeux, je ne me sens pas du tout incompatible avec toi.

C'était vrai. Il avait une allure totalement différente, mais c'était toujours… c'était toujours Luke. C'était lui sous une autre forme. Connie se dit que c'était comme s'il avait été accidenté. Elle n'était pas… Ce n'était pas comme si elle faisait quelque chose de mal. Elle n'essayait pas d'embrasser un dauphin. À moins que si ? Non ! Elle faillit éclater de rire.

— Est-ce toujours aussi gênant ? demanda Luke en étirant vers l'arrière ses longs bras, l'eau ondulant sur son torse incroyablement large.

— Mais oui, en fait, répondit Connie qui fut rassurée de prendre conscience de cela. C'est vrai, c'est toujours une situation embarrassante. Il n'y aurait pas de l'alcool dans mon sac ?

— Vraiment ?

— Toujours. Mais je dirais que là, ça l'est doublement.

Luke lui sourit, mais il était sûr de lui, pas nerveux.

— Tu es un genre de Superman, lui dit-elle. Complètement. Tout timide avec tes lunettes à monture d'écaille, et puis tu mets ta cape et… voilà ! s'exclama-t-elle sans pouvoir retenir un éclat de rire. Ah là, tu es dans ton élément !

Luke secoua la tête.

— Je ne comprends pas.

— Bien sûr.

Elle y réfléchit un peu.

— Oh, dit-elle soudain. J'ai oublié de te demander. Je ne sais pas comment j'ai pu oublier ça, mais je ne t'ai pas encore posé la question.

Luke – ou cette créature magnifique et scintillante qui était aussi Luke – inclina sa grande tête.

Connie déglutit.

— Tu es…, dit-elle d'une voix de petite fille. Tu es un garçon ou une fille ?

Luke redressa la tête et rit bruyamment.

— Les humains sont obsédés par le genre, remarqua-t-il. Je ne crois pas que vous vous en rendiez compte, c'est vraiment une obsession bizarre. Tu es quoi, toi ?

— Sérieusement ? demanda Connie. C'est maintenant que tu me demandes ça ?

— Ce n'est pas très important pour moi.

— Oh ! Ben, je suis une fille.

Luke opina.

— Et toi ? insista Connie.

— Eh bien, le genre est bien plus fluide là d'où je viens. On peut en changer, passer de l'un à l'autre, dit-il en haussant les épaules. Pas de quoi en faire un fromage.

— Il y a combien de genres ?

— Quatre.

Connie haussa les sourcils.

— D'accord, dit-elle d'une voix hésitante. Et de quel genre es-tu en ce moment ?

Il y eut un petit silence. Elle se demandait s'il lui dirait la vérité. Puis elle se rendit compte que cela ne changeait rien. Son cœur battait si vite qu'elle avait l'impression qu'il allait éclater.

— Je ne suis pas sûr. Il n'y a pas vraiment de traduction appropriée. C'est important ?

C'est pas possible, pensa Connie.

Elle s'approcha de lui et posa la main sur sa mâchoire. Elle ferma les yeux et les rouvrit, le cœur battant.

— Tu sais embrasser ?

Il secoua la tête.

— Le truc avec les lèvres ?

— Ouais, c'est ça, le truc avec les lèvres.

— Ça a l'air bizarre pour moi.

— Ah ah ! Mais oui, c'est ça le plus bizarre !

Elle avait essayé d'écarter de son esprit l'inévitable, mais elle n'y tint plus et tenta de regarder sous l'eau.

— Oh ! dit-il en souriant. Tu cherches cette partie-là ? C'est cette partie-là, hein ?

Connie se mit à rire nerveusement.

— Généralement, oui.

Soudain elle le sentit l'attirer à lui, poitrine contre poitrine. Elle leva les yeux vers lui, excitée et terrifiée à la fois.

— Et si on essayait à ma façon ? demanda-t-il.

— Oh !

Il la serra contre lui et continua à l'encercler de plus près jusqu'à ce qu'elle n'ait plus aucune partie de son corps exposée aux éléments, il était tout autour d'elle, couvrant entièrement sa peau, l'absorbant. Elle était en lui.

Ensuite, Connie n'eut plus conscience que de deux choses : les couleurs n'étaient pas importantes lorsqu'on pouvait sentir les explosions d'étoiles courir le long de ses veines et que chaque gouttelette de liquide en soi brillait comme un soleil. Et elle comprit pourquoi Luke ne savait pas où se trouvaient ses zones érogènes. Son corps tout entier était érogène.

Chapitre 19

— Rien, patron.

Nigel poussa un juron. Il était pourtant sûr. Il avait suspendu la circulation de tous les ferries de la soirée, vérifié deux fois toutes les réservations et les achats de billets de dernière minute. Il avait affecté des gens pour scruter des kilomètres d'écrans de surveillance aux teintes sombres. Il avait parlé aux Néerlandais et avait obtenu qu'ils contrôlent à deux reprises tous les passagers entrants. Il avait demandé à consulter les balayages de radars, prévenu les chantiers navals de vérifier que personne n'était venu voler un bateau – même si l'idée de deux personnes ordinaires parvenant à franchir cent quatre-vingts kilomètres de mer démontée pour gagner les Pays-Bas dans un bateau volé lui semblait pour le moins improbable. Mais personne ne s'était échoué, et les radars n'avaient intercepté aucun signal inconnu.

— Appelez de nouveau la Hollande. Appelez, je veux qu'ils allument les projecteurs, je veux qu'on braque une torche dans la figure de tout ce qui entre dans le port. Je veux qu'il y ait des patrouilles le long des barbelés. Je veux que tous les camions soient ouverts. Je veux que chaque personne qui essaie de se rendre quelque part me maudisse parce que ça prend une éternité. Je veux La Grande Évasion, vous m'entendez ?

Le jeune agent Mbele se fit la réflexion que certains parvenaient bel et bien à s'échapper dans La Grande Évasion, mais il sentit que ce n'était pas le moment d'en parler. Ils avaient tous eu une longue journée, et Cardon ne semblait pas prêt à dégager, ce qui l'embêtait parce qu'il avait rendez-vous au cinéma avec Magenta, l'infirmière des urgences super canon. Mais, lorsqu'il l'avait appelée pour la prévenir de son empêchement, elle lui avait fait son beau rire de gorge : elle s'y connaissait en heures sup. Rien qu'en pensant à sa voix il sourit : la voix de Magenta, c'était comme du sirop.

— Il y a quelque chose de drôle ? demanda sèchement Nigel.

— Non, chef, répondit Mbele en reportant son attention sur son téléphone.

Nigel regardait Evelyn depuis le seuil. Il pensait qu'elle serait la plus difficile à faire craquer. Arnold faisait de grands discours, mais il supporterait mal l'inconfort et dénoncerait ses amis en échange de la première édition de Spider-Man. Ranjit débitait tout un tas de bêtises et, à la réflexion, était sans doute un très mauvais choix pour ce projet. Sé mettait un point d'honneur à rester assis de manière stoïque, mais Nigel pensait néanmoins qu'Evelyn était la plus dure à cuire.

— Comment ça va ? lui demanda-t-il, se tenant dans l'encadrement de la porte.

Evelyn avait une pile de papiers sur lesquels elle travaillait mollement.

— Le dîner était horrible, dit-elle. Et en retard. Et je veux rentrer chez moi.

Nigel baissa les yeux.

— Je suis désolé. La dernière fois qu'on vous a laissés rentrer, deux d'entre vous se sont enfuis. Vous voyez le problème ?

Evelyn fit un bref mouvement de tête.

— J'ai du mal à croire qu'ils vous aient laissé le soin de réparer les pots cassés. Vous payez pour leurs actions, fit Nigel en secouant la tête.

— On dirait que vous n'avez pas rencontré beaucoup de gens, fit calmement remarquer Evelyn en poursuivant ce qu'elle faisait, comme si elle était en train de noter des copies d'étudiants.

Nigel secoua la tête.

— Vous êtes l'une des seules personnes au monde à savoir ce qu'ils risquent, dit-il. Vous savez que sans leur aide nous risquons de ne jamais comprendre le message et ses implications pour nous. Pour tous les habitants de la Terre.

Evelyn regarda dans le vide, impassible. Elle se mordit la lèvre puis se retourna. Nigel retint son souffle.

— Vous pourriez leur demander de ne pas apporter le petit déjeuner en retard ? Si j'essaie de travailler alors que j'ai faim, l'activité de mon cerveau est amoindrie.

Connie disposait d'une horloge interne presque parfaite, depuis toujours. Lorsqu'elle était toute petite, elle était fascinée par la grande horloge vissée au mur du vestibule commun dans la grande maison victorienne divisée en appartements dans laquelle elle avait grandi. Aussitôt qu'elle avait su parler, elle avait obtenu que son père, responsable logistique dans une usine de produits chimiques, lui apprenne comment les journées étaient divisées en heures, si bien que vers ses trois ans elle allait donner l'heure à des inconnus et divisait les choses par douze. C'était la première fois que la famille MacAdair remarquait que Connie avait quelque chose de différent. Mais c'était loin d'être la dernière.

Depuis, Connie avait une montre dans la tête, presque par hasard : elle ne pouvait pas s'en empêcher, elle savait toujours l'heure qu'il était.

Mais là elle n'en avait pas la moindre idée.

Ils s'étaient échoués dans une petite crique. Dès que Luke cessa de faire partie d'elle – et c'était arrivé, comprit-elle, stupéfaite, il avait fait partie d'elle, d'elle tout entière, il l'avait englobée, et de la même façon elle avait fait pleinement partie de lui – elle eut conscience d'avoir froid. Elle était allongée sur le dos, les cheveux dans le sable mouillé. Et elle ne pouvait pas bouger. Ou plutôt elle ne voulait pas bouger. Le cosmos l'avait soulevée, pressée, vidée, et maintenant elle ne voulait plus que rester allongée là, dépouillée et purifiée, et savourer cette sensation de bien-être.

Où était Luke ? Où était-il ? Elle s'assit d'un coup et scruta les vagues sombres en clignant des yeux pour voir plus nettement, pour que sa vision s'habitue de nouveau à ce bas monde. Elle fit peu à peu la mise au point et regarda l'océan. Il était là, même si elle ne le voyait pas très bien : il était une ombre dense et scintillante sous l'eau.

Elle passa les bras autour de ses jambes, qui lui donnaient l'impression d'être constituées de gelée, et posa le menton sur ses genoux. À côté d'elle se trouvait le sac à dos emballé dans du plastique, qui avait miraculeusement conservé son étanchéité. Ces sacs étaient vraiment réutilisables, songea-t-elle. Elle sortit le manteau de Luke et le posa sur ses épaules pour le regarder virevolter dans l'eau. Elle était plus qu'heureuse. Elle ne pouvait penser à rien d'autre, ni à ce qu'ils avaient laissé derrière eux ni à ce qui les attendait. Il n'y avait rien que ce moment. Même si ça dépassait l'entendement… elle ne pouvait pas réfléchir à ça maintenant. Elle savait qu'elle ne pouvait pas réfléchir à ce que ça signifiait pour elle. Elle se força à ne pas s'appesantir là-dessus, à rester dans l'instant présent.

Et c'était ça, l'instant présent : regarder celui avec qui elle savait qu'elle serait, où qu'ils aillent et quoi qu'il arrive, sans le moindre doute, sans un regard en arrière, se lançant à corps perdu vers ce nouveau monde étrange dans lequel ils vivaient à présent.

Il y eut soudain un grand bruit sourd, puis le mugissement d'une sirène s'éleva. Des lumières – d'immenses projecteurs qui lui évoquèrent un film de guerre – s'allumèrent tout le long de la barrière en barbelés du port maritime. Connie se dit alors que Luke avait dû naviguer en ligne droite comme les bateaux. Pourquoi n'avaient-ils pas accosté ailleurs ? De toute façon, il devait à peine distinguer les lumières, et ne reconnaîtrait pas le son des sirènes d'alarme pour ce qu'il était. Elle sauta sur ses pieds et lui fit de grands signes frénétiques.

— Luke ! Luke ! Viens, dépêche-toi !

Elle ne doutait pas un instant qu'ils soient à leur recherche. Bien entendu. Luke et elle détenaient la clé du plus grand événement survenu sur Terre depuis que les dinosaures avaient été balayés par un astéroïde. Le cœur de Connie se mit à battre plus vite.

— Viens ! Il faut que tu viennes, lui cria-t-elle en agitant les bras.

Il la remarqua enfin et vint à la surface, secouant sa grande tête translucide pour en faire tomber les gouttes d'eau.

— Je ne veux pas, dit-il. Je ne veux pas venir à terre. Je ne veux plus jamais retourner là-bas.

— Je sais, dit Connie en jetant un coup d'œil derrière elle.

Les lumières se rapprochaient.

Elle pensait entendre des chiens aboyer au niveau de la clôture la plus éloignée. Ils ne les traquaient quand même pas avec des chiens… C'était impossible !

— Vite, Luke, dépêche-toi. Allez ! S'ils te voient… s'ils te voient comme ça, tu sais ce qui va se passer. Tu sais bien.

L'espace d'une seconde, Luke resta là, regardant la mer d'un air de défi. Elle comprenait maintenant pourquoi il ne supportait pas la proximité de l'eau. Il jeta un dernier regard à sa liberté, à cet élément où il pouvait enfin être vraiment lui-même.

Puis il vint vers elle, avançant péniblement vers la plage. Et à chaque pas, alors que l'eau retombait en cascade sur son corps, sa belle peau brillante se contractait, devenait plus solide, et enfin il eut de nouveau forme humaine, et, lorsqu'elle lui tendit sa chemise et que sa température se rapprocha de celle de l'air, la pigmentation réapparut, jusqu'à ce qu'il soit redevenu un homme. Un homme grand et élancé aux longs doigts et orteils, mais humain malgré tout. Avec ses yeux sombres et sa touffe de cheveux bruns frisés, ses pommettes hautes et ses lèvres pleines, qui pour l'instant se tordaient de douleur.

— Ça te fait mal ? demanda Connie, soucieuse.

Luke opina, incapable de parler.

— Donne-moi un instant, lui demanda-t-il enfin, tandis que des gouttes de sueur perlaient sur son front.

Il les essuya d'un geste de la main. Il s'accrocha brièvement à Connie pour trouver son équilibre et laissa échapper un petit « oh ».

— Nous devons partir, lui dit Connie. Il faut aller quelque part. Ils ont des chiens.

— Je ne peux pas…

Luke pouvait à peine se déplacer : ses jambes se dérobaient sous lui.

— Argh, désolé…

— C'est pas grave, appuie-toi sur moi, lui proposa Connie.

Il était lourd, bien plus qu'il n'en avait l'air bien sûr. Titubant sous son poids, Connie le tira comme elle pouvait en direction de la falaise, trébuchant sur les galets.

— Oh misère ! gémit-elle, hors d'haleine. Les chiens ne peuvent sans doute pas te sentir. Mais moi, si.

Elle gardait ses distances par rapport à l'enceinte, essayant de voir où elle mettait les pieds, et peu à peu Luke recouvra ses forces et fut enfin capable de la suivre par ses propres moyens, même s'il ne pouvait pas encore parler. Ils respiraient bruyamment dans l'air nocturne. Arrivé au sommet de la dune, il se retourna une fois et regarda rapidement la mer agitée. Puis il attrapa la main de Connie, et ils reprirent leur avancée.

Ne t'arrête pas, s'ordonna Connie. Ne regarde pas en arrière. Ne regarde jamais en arrière.

Ils continuaient à avancer, à quelques mètres seulement des faisceaux de lumière, lui semblait-il. Le port, la ville et la route étaient éclairés maintenant, et les lumières les pourchassaient à travers l'obscurité du grand continent qui s'étalait devant eux. Ils coururent jusqu'à ce que Connie soit épuisée. Luke la lançait par-dessus les murs et les barrières au besoin, et lui proposa de la porter, mais elle pensait que cela ne ferait que les ralentir.

— Vas-y, s'encourageait-elle à voix basse. Allez, allez, fonce.

Mais le bruit des chiens et des sirènes semblait décroître maintenant. Elle leva la tête vers le ciel, soulagée qu'il n'y ait pas d'hélicoptère. Puis elle trébucha dans un fossé sombre et tomba sur une clôture en barbelés.

— Merde ! lança Nigel. Merde de merde de merde ! Des heures se sont écoulées maintenant. Ils peuvent être n'importe où.

— On continue à fouiller les ferries, l'informa Malik. Il y a des tas de cachettes sur ces machins. Mais on ne sait même pas s'ils sont à bord de l'un d'eux. Ils pourraient aussi bien être toujours planqués dans les environs d'Ipswich. Nous avons sorti les hélicos. Nous avons mobilisé toutes les forces dont nous disposons.

— Ça ne suffit pas, grogna Nigel.

— Ce n'est pas une chasse à l'homme ordinaire, n'est-ce pas ? demanda Malik.

Nigel ne répondit pas.

La clôture semblait sans fin, dans une direction comme dans l'autre.

— Il faut qu'on trouve un autre passage, dit Connie.

Luke secoua la tête.

— C'est le bon chemin, insista-t-il.

— Oui, mais sur Terre nous avons ce que nous appelons des routes.

— Extrêmement peu pratique, critiqua Luke. Il suffit de suivre la latitude.

— Le problème, c'est qu'on tombe sur des obstacles de ce genre.

Luke eut un pâle sourire.

— Tu appelles ça un obstacle ?

Connie ne s'était pas encore remise de sa frayeur à la gare maritime, et ils ne s'en étaient pas encore assez éloignés à son goût.

— On peut y aller, s'il te plaît ? l'implora-t-elle. Peu importe où. Mais il faut continuer à avancer.

Luke hocha la tête. Derrière les barbelés, il y avait des rangées et des rangées de camions. Connie leva la tête et inspecta les clôtures, mais elle ne repéra aucune caméra.

— Tout droit, dit Luke sans hésitation. Le meilleur chemin, c'est toujours tout droit.

Il l'attrapa par la taille et la fit passer de l'autre côté de la clôture, la maintenant les pieds dans le vide. Elle ferma un instant les yeux. Lorsqu'elle les rouvrit, il n'avait pas bougé, il la tenait en l'air tel un danseur de ballet, sans le moindre effort.

Elle se laissa lentement descendre de l'autre côté. Luke escalada la clôture – les piques ne semblaient pas le gêner – et se laissa tomber au sol avec grâce.

— Waouh ! s'exclama Connie en lui emboîtant le pas.

Ils se trouvaient dans une grande zone broussailleuse faiblement éclairée et remplie de camions. C'était un endroit glauque. Connie se doutait qu'il y avait des gens endormis dans les camions, ce qui rendait l'atmosphère sinistre. Et, effectivement, elle repéra trois hommes autour d'un feu de camp à l'autre bout du terrain, une cigarette allumée au coin de la bouche. Elle s'appliqua à rester à la lisière, se faisant toute petite pour qu'ils ne la voient pas. Elle respirait bruyamment et se demandait ce qu'ils allaient bien pouvoir faire ensuite.

Luke s'approcha des hommes, restant malgré tout dans l'ombre. Connie le regardait. Elle n'avait pas la moindre idée de ce qu'il avait prévu. Il resta un moment à écouter silencieusement, puis revint discrètement.

— Eh bien ? fit Connie.

— Ils font route vers la Pologne, l'informa-t-il. Ils font des blagues à propos du fait qu'ils ont été arrêtés et fouillés, ils se demandent pourquoi. Ils ne pensent pas qu'il y ait quoi que ce soit qu'on puisse vouloir faire sortir en douce d'Angleterre, à part la pluie, les fish and chips et des enfants trop gras. Désolé ! Tu crois qu'Evelyn dirait que c'est malpoli ?

— Tu comprends le polonais ?

— Que veux-tu dire ? demanda Luke.

— Tu as compris ce qu'ils disaient ?

— Ce sont tes questions que je ne comprends pas.

— Tu es au courant qu'il existe différentes langues ? Que les gens parlent différemment selon les pays ?

— Ah oui, c'est vrai ! Je sais ça, oui, mais j'avais oublié. Alors tu ne pourrais pas les comprendre ?

— Bien sûr que non ! Pas le moindre mot. Tu n'entends pas qu'ils parlent une langue complètement différente de la mienne ?

— Tout le monde parle différemment de toi, argumenta Luke, décontenancé. Personne ne parle de la même façon.

— Tu es sérieux ?

— Tu crois que tu ressembles à Ranjit quand tu parles ? Pas pour moi.

— Mais tu comprends vraiment ce que tout le monde dit ?

— Bien sûr. Ce sont simplement des mimiques et des sons avec la bouche, pour exprimer différentes visions du monde. (Il semblait perplexe.) Tu sais, ces cerveaux énormes que les humains transportent partout avec eux et qui les déséquilibrent ?

— Humhum ?

— Vous pourriez les utiliser de manière un peu plus efficace.

Quelque part à l'autre bout du terrain, une cloche sonna. Les hommes autour du feu consultèrent leur montre : 2 heures du matin. Ils travaillaient suivant des horaires bien précis, établis selon la durée de conduite autorisée, et leur temps de pause était écoulé. Ils jetèrent leurs mégots dans le feu et se séparèrent, impatients de partir.

— Luke, commença Connie, on pourrait… Enfin, la Biélorussie est dans cette direction, non ? Et si nous allions avec eux.

— Que veux-tu dire ?

Elle leva les yeux au ciel.

— Ils conduisent ces trucs. Tu croyais que c'était quoi ?

Luke examina les camions qui les entouraient de toutes parts.

— Ah oui !

— Eh bien, ça bouge, ces trucs-là. Vers la Biélorussie, à moins que mes connaissances géographiques ne soient encore pire que ce que je pensais. Ce qui n'est pas le cas, car j'avais des A partout.

— Oh ! fit Luke.

— Mais comment diable as-tu réussi à faire le trajet dans l'autre sens ?

— J'ai juste marché tout droit, expliqua Luke. Jusqu'à ce que je trouve des maths.

— Ça t'a pris combien de temps ?

Luke plissa les yeux.

— 5,2. Environ trois mois.

— Nous avons trois jours, lui rappela Connie en avançant prudemment jusqu'à ce qu'elle trouve un camion qui démarrait.

Il était monstrueusement grand, chacune de ses douze roues était presque aussi grande qu'elle. Sur le côté s'inscrivaient des mots qu'elle ne pouvait pas lire, ainsi que « WARSAWSKA ». Elle donna un coup de coude à Luke.

— Celui-là.

Il atterrit légèrement sur le pare-chocs arrière et, d'un vif mouvement descendant, ouvrit l'énorme fermeture du camion. Les moteurs faisaient un vacarme épouvantable, et la cabine se trouvait sur un pivot de suspension. Le conducteur ne sentit pas le poids de leur arrivée : en comparaison de sa cargaison, c'était négligeable. Ils se glissèrent par l'ouverture de la porte et la refermèrent alors que le mastodonte s'ébranlait.

Il y avait un rabat de toile sur le côté du camion, et Connie se plaqua au sol pour épier par l'ouverture. Il y avait de la lumière à la barrière du parking. Et là elle vit avec horreur des hommes tenant des chiens en laisse.

— Oh, mon Dieu ! souffla-t-elle. Crotte alors ! Ils vont nous attraper.

— Comment ? demanda calmement Luke.

— Ils vont nous sentir. Enfin, ils vont me sentir, moi.

— Ces gens ?

— Non, les chiens. Merde, on était pourtant bien partis !

Luke cligna des yeux.

— Pourquoi ne me sentent-ils pas ?

— Je ne sais pas. C'est difficile à comprendre. Tu n'as pas une odeur de personne. Rien à voir. Tu sens bon, mais tu n'as pas une odeur humaine. Je crois que les chiens ne seraient pas capables de te trouver si tu étais seul.

Connie se souvint du chien de laboratoire à la gare, et même d'avant : les animaux sortant de leurs cages avaient fait comme s'il n'était pas là. Eux ne se laissaient pas prendre un seul instant à son apparence humaine.

Elle pensa alors à quelque chose et le regarda, gênée et rougissante.

— Euh…, commença-t-elle avant de se mettre à toussoter. Tu pourrais peut-être faire… euh… Tu sais, ce truc. Ce truc quand tu… euh… m'enveloppes entièrement ? Je… je crois que j'ai fini par perdre connaissance. La dernière fois que tu… qu'on… euh… qu'on l'a fait. Mais…

Luke secoua la tête.

— Il fait trop chaud ici.

Connie vira au rouge brique.

—Oh oui, c'est bien vrai !

Elle tira sur son col et soupira. Le véhicule avait ralenti en approchant de la porte, et ils étaient presque à l'arrêt maintenant.

Luke se retourna d'un coup pour regarder ce que contenait le camion.

—C'est quoi, tous ces trucs ?

Les yeux de Connie s'habituaient peu à peu à la pénombre.

—Je ne sais pas, répondit-elle.

Il ne s'agissait pas, contrairement à ce qu'elle aurait cru, de cartons de marchandises. Le grand camion était rempli de grands ballots. Au début elle crut qu'il s'agissait de tapis roulés, mais en s'approchant elle constata que c'était du textile : du tweed. Du tweed Harris.

—Vite, dit-il, là-dedans. Si je t'enroule sous plein de couches de ce truc. Ça pourrait marcher ? Il ne faudrait pas que tu t'étouffes.

—Non, gémit Connie au comble du désespoir. Les chiens sont… je veux dire… ils peuvent tout sentir. Ils vont renifler et se dire : « Ah, il y a plein de tweed Harris autour de Connie ! »

—Enfin une espèce qui peut faire des trucs chouettes, murmura Luke.

Elle le regarda qui retirait son manteau, son pantalon et sa chemise, puis l'invitait à les passer.

—Qu'est-ce que tu fais ?

— Tiens, si vraiment je n'ai pas d'odeur, et que je repousse les chiens, ça pourrait aider à masquer la tienne.

Elle n'avait pas de meilleure idée. Et le camion était à l'arrêt.

Elle couvrit tout son corps des vêtements portés par Luke et s'accroupit au milieu des rouleaux de tissu, sans aucune visibilité, se sentant terriblement exposée. Luke était accroupi au-dessus d'elle. Il ne pouvait pas être la force englobante qu'il devenait dans l'eau, mais il restait grand, et il la couvrait du mieux qu'il pouvait, les mains refermées sur les chevilles de Connie. Le simple fait qu'il soit là la rassurait, elle se sentait protégée.

Dehors deux hommes bavardaient, et il était clair qu'ils se connaissaient déjà.

— Eux pas trouvé baiseurs de moutons encore ?

— Je crois pas qu'eux aller dans trou ex-communiste où tu vas.

— Ouais, ouais, connard de révolutionnaire. Eh, le chien veut saucisse ? Moi j'avoir.

— Ah c'est pour ça lui excité. Non, lui doit chercher gens qui pas sentir saucisse. Gens qui sentir mauvaise bière et sans doute soûls, hein ?

Le conducteur polonais laissa échapper un rire, puis dit quelque chose que Connie ne saisit pas.

Il y eut un silence et un bruit de papiers. Connie retenait son souffle, terrifiée à l'idée de laisser échapper ne serait-ce que quelques molécules d'elle dans l'air. Elle attendait anxieusement que les aboiements éclatent. Le bruit de toile déchirée, les grondements du chien entraîné à trouver, à attaquer et à immobiliser tous les humains qu'il trouvait. Elle ferma les yeux bien fort, se demandant si les chiens allaient la mordre ou si leurs maîtres les rappelleraient dès qu'ils la trouveraient. Elle se demandait si elle aurait mal.

Ses mains commencèrent à être agitées de tremblements, sa gorge se serra, l'empêchant presque de respirer. Luke, la tête posée sur la sienne, essaya de caresser doucement son dos tremblant, pour la calmer, mais elle ne le sentait même pas, en proie à la peur. Puis, avec une lenteur atroce, une lumière se mit à progresser le long de la toile du camion. Connie serra les yeux encore plus fort, attendant le moment où la torche s'arrêterait.

Mais elle ne s'arrêta pas. Et le véhicule grinça de tous ses pistons en redémarrant enfin. Il avança lentement, puis prit de la vitesse... À présent les lumières défilaient à toute allure, c'étaient les lumières de l'autoroute au-dessus de la chaussée : les bâtiments du terminal, les carrefours vers les quatre coins de l'Europe : au sud vers la Provence parfumée et la douce Italie, au nord vers les froides contrées scandinaves.

Mais, alors que le camion prenait avec assurance sa vitesse de croisière et que les lumières intermittentes sur la toile étaient remplacées par l'éclairage éblouissant et passager des phares des rares véhicules qu'ils croisaient à cette heure tardive, Connie savait qu'eux se dirigeaient vers l'est, toujours plus à l'est. Et, tandis qu'ils progressaient à vive allure, ils restèrent dans la même position, recroquevillés sur le sol poussiéreux, solidement enlacés. Ils restèrent ainsi longtemps, jusqu'à ce que les tremblements de Connie cessent enfin. Peu à peu sa respiration se fit plus profonde, et enfin, complètement épuisée, elle s'endormit dans ses bras.

Elle s'éveilla juste avant l'aube, et ils se contemplèrent dans la lumière restreinte. Connie sourit à Luke lorsqu'il lui tendit la bouteille d'eau qu'elle avait achetée une éternité plus tôt, lui semblait-il. Elle but à longs traits. Maintenant qu'ils roulaient, sa peur s'était apaisée, et elle s'inquiétait pour leurs amis restés en Angleterre. Mais elle ne pouvait s'empêcher d'être au moins un peu excitée par le fait de se déplacer aussi vite, c'était physique. Et ils se déplaçaient, elle sentait les kilomètres défiler sous eux, et elle savait que c'était ce qu'ils avaient de mieux à faire. Elle ne voulait pas trop penser à ce qui se passait à Cambridge, pour Arnold et les autres. Elle voulait avancer, toujours plus loin, sans regarder en arrière. Elle se tourna vers l'homme perdu dans ses pensées, assis sur une pile de sacs en papier.

— Eh ! lui dit-elle en souriant.

Il lui rendit son sourire.

— Eh ! fit-il en l'attirant vers lui. Comment te sens-tu ?

— Beaucoup mieux, merci. Et toi ? Ça te fait toujours mal ?

Il hocha la tête.

— Ça va. Ça… ça ne passe pas, mais je m'habitue.

Connie s'assit près de lui. Elle portait toujours sa chemise.

— Je me demandais… enfin tu fonctionnes en gros comme une personne… un humain, je veux dire. Non ?

— Eh oui ! soupira tristement Luke.

Connie hocha la tête, un petit sourire au coin des lèvres. Elle prit une grande gorgée d'eau puis retira l'élastique qui retenait ses cheveux, les laissant tomber en cascade sur ses oreilles. Elle savait qu'il ne manquerait pas de regarder ça. Elle ne se trompait pas.

— Tu sais ce… truc avec les lèvres ? demanda-t-elle timidement, maintenant qu'elle avait toute son attention.

Luke la regarda.

— Mmm ?

— Tu as déjà essayé ?

— Non, répondit-il. Ça a l'air bizarre.

Connie rit, les yeux écarquillés.

— C'est toi qui le dis, Capitaine Bizarre.

— En fait je ne suis pas bizarre du tout, protesta Luke. Je suis l'individu le plus normal qu'on puisse rencontrer.

Connie le dévisagea.

— C'est vrai. Je n'ai jamais rien fait de digne d'intérêt dans ma vie avant la muraille. J'ai grandi, j'ai étudié, nagé, j'ai… hum… pratiqué un sport pour lequel vous n'avez pas de mot. J'ai fait tout ce que l'Extraction me demandait. Et puis un jour…, dit-il en agitant les bras. Etc.

— Vraiment ? s'étonna Connie en souriant. En fait, tu es vraiment ennuyeux ?

— Tout à fait ennuyeux. J'aime être dans l'eau et construire des structures, j'aime la musique et les polytopes réguliers en quatre dimensions, les cookies aux raisins secs, et je ne suis pas du tout intéressant.

Connie éclata de rire.

— Eh bien, pour moi tu es incroyablement intéressant !

— Tu dis ça pour l'instant.

Elle alla vers lui.

— Ça te dirait d'essayer quelque chose qui change un peu ?

Elle perçut son odeur fraîche de sel si caractéristique. Irrésistible.

Il lui adressa un sourire un peu nerveux.

— Suis mon exemple. Et tes instincts. Ils doivent bien être quelque part. Si tu peux manger des cookies et franchir des barrières, je crois qu'on peut aussi essayer ça.

Et tandis que le camion vrombissait dans l'aurore, toujours vers l'est, sur une longue route droite et plate, traversant les Pays-Bas, la Belgique et le nord de l'Allemagne, Connie se mit timidement à embrasser Luke. Tout aussi hésitant au départ, Luke l'embrassa en retour, puis, peu à peu, ses baisers se firent plus passionnés, et il emmêla les doigts dans les cheveux de Connie, leur respiration se fit de plus en plus précipitée.

Connie changea de position, se mit à genoux, puis, abandonnant toute réserve, s'assit à califourchon sur les longues jambes de Luke, et ils s'embrassèrent fougueusement au son des vagues échos d'un CD de musique russe leur parvenant de la cabine du conducteur, qui conduisait sans à-coups à 90 kilomètres-heure, ignorant complètement qu'ils se trouvaient là.

Elle plaça les mains de Luke sous sa chemise. Il se mit à explorer sa poitrine.

— Mais à quoi ça sert, ces choses ? demanda-t-il d'une voix rauque.

— Peu importe, marmonna-t-elle. Mais continue exactement comme ça.

— Oh ! C'est… ça aide vraiment.

— Tant mieux, lui dit-elle en souriant, le souffle court. Alors, ces zones dont nous parlions…

Le visage de Luke changea soudain.

— Je la sens, gémit-il.

— Moi aussi.

— Je crois… j'ai l'impression qu'il y a un problème. On dirait que ça va éclater.

Connie laissa échapper un rire qui céda la place à la curiosité et à l'excitation à mesure qu'elle touchait son pantalon.

— C'est censé donner cette impression, lui expliqua-t-elle tout en défaisant sa chemise.

Elle s'enhardit à glisser la main dans son pantalon.

— Oh, Luke, tu l'as fait trop gros !

Luke baissa les yeux.

— Désolé ! Oh, je… la prochaine fois que je me transformerai, je pourrai changer ça.

— Oh non, tu sais, c'est pas grave !

Son apparence humaine était toute lisse, imberbe, et sa peau dégageait une douce chaleur. Elle retira rapidement ses vêtements, soudain étonnée par sa propre audace. Elle ne s'était jamais comportée ainsi. D'habitude elle n'était pas du genre à prendre les devants, au contraire.

Mais elle ne s'était jamais sentie aussi attirée par quelqu'un. Jamais elle n'avait voulu quelqu'un ou quelque chose avec autant d'intensité. Le souvenir de ce qui s'était déjà passé entre eux ne faisait qu'attiser son désir. Elle se colla contre lui, et ils frissonnèrent tous les deux, même si l'air aux relents de moisi n'était pas froid du tout.

— Maintenant c'est à moi de te demander si tu es sûr, lui murmura-t-elle en souriant.

Luke hocha vigoureusement la tête.

— Bon, continue à suivre ton instinct. Fais-lui confiance.

— C'est précisément vers toi que me pousse mon instinct, dit-il en la pressant davantage encore, tellement près que c'en était presque douloureux.

Et enfin, très lentement et prudemment, ils se joignirent l'un à l'autre. Des gouttes de sueur perlèrent sur leurs fronts, les cheveux de Connie retombèrent dans son dos.

— Oh, mon Dieu ! Oh, mon Dieu !

Et ce fut au tour de Luke de fermer les yeux tandis que le camion roulait sous le soleil du petit matin et que les oiseaux s'envolaient des arbres, dérangés par le fracas des grosses roues.

Chapitre 20

— Deuxième jour.

Evelyn avait réussi à glisser ces deux mots à Arnold alors qu'on la faisait passer devant sa chambre et qu'on faisait sortir Arnold. Ce dernier leva la tête, surpris.

— Aujourd'hui c'est le premier jour, murmura-t-il en retour. Hier ne compte pas, ce n'était pas une journée entière.

Evelyn leva un sourcil.

— Pour moi ça compte, répliqua-t-elle d'un ton pressant.

Arnold secoua la tête.

— C'est quoi, ces messes basses ? demanda le garde, sans ménagement.

Il détestait les petits intellos.

— Où est notre petit déjeuner ? demanda Evelyn. Et nous avons besoin d'un avocat. Ou qu'on nous accuse de quelque chose.

— Je ne sais rien là-dessus, répondit le garde.

Il y avait du porridge au petit déjeuner. Ils n'avaient pas le droit de manger ensemble, Nigel avait donné l'ordre qu'ils soient maintenus isolés les uns des autres pour qu'ils cessent de comploter. S'ils avaient besoin de se poser des questions relatives à leur mission, ils devaient s'envoyer des messages écrits. Bien entendu Evelyn avait déjà élaboré un système de stéganographie basé sur l'arithmétique modulaire, que les garçons reconnaîtraient tout de suite, pensait-elle, mais qui serait inscrit dans une formule sur chaque page pour ne pas éveiller les soupçons de ceux qui n'avaient pas un doctorat de mathématiques. Elle attendait les réponses avec impatience.

Ranjit tombait de sommeil. Nigel venait de passer deux heures avec lui. Il ne se fatiguait donc jamais ?

— Ce qu'il faut comprendre, lui expliqua Nigel d'une voix très persuasive, c'est qu'il semble qu'il soit arrivé quelque chose. Cet événement a poussé deux de tes collègues à prendre la fuite. Tu comprends pourquoi nous sommes si inquiets au sujet du message ?

— Oui, dit Ranjit d'une toute petite voix.

Il avait une peur panique de l'autorité. Nigel sentait qu'il était le maillon faible du groupe et tentait de le pousser dans ses retranchements.

— Ranjit, si tu sais quelque chose à propos de ce signal… ou sur ce qui est arrivé à Luke, à Connie et au professeur…, si tu sais quelque chose à propos du message qui pourrait changer la donne pour le monde entier, qui pourrait changer l'histoire… (Il en faisait des tonnes, mais tant pis.) Tu te dois de le dire. Et tu le dois au monde entier. Arrête de couvrir tes amis, et parle.

Ranjit éclata enfin en gros sanglots incontrôlables qui l'agitaient de la tête aux pieds. Nigel attendit que les pleurs cessent, mais le jeune homme devenait de plus en plus hystérique.

— Qu'y a-t-il, Ranjit ? demanda Nigel, n'y tenant plus. Que sais-tu ?

Mais Ranjit secoua la tête.

— N… non, hoqueta-t-il. C'est pas ça.

Nigel ravala son impatience.

— Eh bien, de quoi s'agit-il ?

Les sanglots de Ranjit repartirent de plus belle.

— Ce sont les seuls amis que j'aie jamais euuuuuuus, brama-t-il.

Pendant toute la matinée, des messages furent frénétiquement échangés entre la cellule d'Evelyn et celle d'Arnold – avec très peu de relation avec leur travail, ce qui n'avait pas grande importance, au fond. Néanmoins le système de code dégénéra en échange d'insultes plus vite que prévu. Arnold voulait que ce jour soit considéré comme le premier. Evelyn voulait révéler à Nigel ce qu'ils avaient convenu, et qu'on en finisse, que ce soit fait. Ils ne savaient pas du tout ce que Luke et Connie faisaient ni où ils se trouvaient, et à tête reposée elle jugeait qu'il était temps de céder. Ils n'arrivaient pas à se mettre d'accord.

— Ils sont sûrement en train de s'envoyer en l'air, affirma fougueusement Arnold au moment du déjeuner, où ils réussirent à se croiser au niveau du frigo.

— Ne dis pas n'importe quoi, répliqua fermement Evelyn. Ils essaient de sauver Luke, voilà ce qu'ils font. Et j'ai confiance en eux, mais…

Arnold jeta un coup d'œil à leurs gardiens.

— J'espère bien qu'ils vont se grouiller. Tu as vu la tête de Ranjit ?

Evelyn opina.

— J'ai vu. Et je ne sais pas combien de temps on peut les faire patienter.

Assis dans sa cellule, Sé faisait semblant de se concentrer, furieux intérieurement, et de temps à autre il donnait de grands coups dans le mur, sans même s'en rendre compte. Il était horrifié de penser qu'il avait laissé Connie partir à l'aventure avec un extraterrestre. Horrifié d'avoir été si naïf. Et si Luke lui avait fait ce qu'il pensait qu'il avait fait au professeur Hirati ? Et si en ce moment elle gisait quelque part, morte, vidée de toutes ses couleurs, tandis que Luke cherchait sa prochaine victime, se fondant dans la masse, modifiant peut-être même son apparence. Ils ne le retrouveraient peut-être jamais. Et ce serait sa faute.

Mais il avait promis.

— Qu'est-ce qui se passe ?

Nigel soupira. Quand Anyali était d'humeur féroce, elle n'y allait pas par quatre chemins.

— Enfin quoi, je croyais que vous étiez des pros de l'interrogatoire ! Que vous étiez entraînés à soutirer les renseignements aux suspects. C'est pour ça qu'on vous paie, non ?

Nigel soupira de nouveau.

— Oui.

— Alors ?

— Eh bien, en général nous arrivons à nos fins en les séparant de leur famille et de leurs amis…, en les confinant dans une pièce où ils n'ont rien à faire, appels téléphoniques et contacts avec le monde extérieur interdits…, on les isole complètement… Et la plupart des gens paniquent au bout de quelques heures de ce traitement. Et je parle de criminels endurcis, pas d'amateurs.

— Alors ?

— Alors j'ai la terrible intuition que ceux-là s'en fichent un peu. J'ai bien peur qu'ils ne soient en train de passer du bon temps, ils ont tout le loisir de faire des opérations dans le calme et la tranquillité. L'un d'eux a demandé à passer un coup de téléphone… Il s'agissait de renouveler son abonnement à Netflix.

Anyali poussa un grognement de frustration.

— Et les astronomes, ils reçoivent toujours ces trucs ?

— Oui. J'ai essayé de les mettre ensemble, qu'ils expliquent aux autres comment déchiffrer, mais ils ont poussé de hauts cris.

C'était entièrement le fait d'Arnold. Il avait cessé d'adapter son discours pour les non-mathématiciens, et leur avait expliqué en détail ce qu'il faisait, empêchant de ce fait tout espoir d'avancée de leur côté.

— Le Premier ministre n'est pas content.

— Écoutez, fit Nigel en baissant la voix. Je pense que si une civilisation extraterrestre nous a contactés, et ne nous a pas fait sauter après avoir entendu quelques singles de Miley Cyrus, sait-on jamais, ils sont peut-être amicaux, ces extraterrestres. Ou ils sont assez intelligents pour comprendre qu'il nous faudra un peu de temps pour résoudre l'énigme.

—Mais les deux autres, Nigel, qu'est-ce qu'ils ont déchiffré ? Que savent-ils ? Et qu'ont-ils fait ?

Nigel frappa du poing sur le bureau, profondément agacé, et retourna aux cellules.

Le trait mince et brillant qui se déployait à partir de la paume de Luke scintillait dans la chaleur.

—Mais qu'est-ce que c'est ? l'interrogea Connie, curieuse.

Ils étaient épuisés, la peau à vif, et s'étaient allongés côte à côte, complices, sur une pile de tweed Harris. C'était l'après-midi, et le camion poursuivait son chemin en cahotant. L'excitation causée par ce nouveau moyen de transport s'était un peu estompée, mais tout le reste était frais et incroyablement vivant aux yeux de Connie.

Luke plissa les yeux.

—Juste un peu d'énergie électrique dont mon corps n'a pas besoin et que je peux utiliser ainsi. Ce n'est pas bien compliqué. Et ça, je peux le voir, contrairement à tous ces écrans dont vous vous entourez.

—Je n'arrive pas à croire qu'il te reste encore de l'énergie, s'étonna Connie en souriant.

Mais Luke était déjà debout.

—21 0, dit-il. Nous y sommes presque, Cheveux. Et je crois qu'il vaut mieux partir avant qu'il s'arrête.

Connie se mit debout précipitamment. Le calme de l'instant précédent envolé, l'adrénaline fusait dans ses veines.

Elle enfila ses propres vêtements.

— Regarde par l'ouverture de cette chose qui recouvre le camion, lui indiqua Luke. Dis-moi si c'est un endroit sûr. Je suis incapable d'en juger. Mais nous sommes à Varsovie.

Connie rampa vers le côté du camion et souleva un pan de bâche.

— Waouh !

— Quoi ?

— Oh, rien ! répondit-elle. C'est juste plus grand et plus chic que ce que j'imaginais.

La lumière du soleil l'éblouissait. Dehors il faisait beau mais plus froid qu'aux Pays-Bas. Les gratte-ciel de Varsovie et ses immenses bâtiments historiques scintillaient dans la lumière. Ils remontaient un grand boulevard encombré de voitures.

Juste à côté d'eux, les bâtiments étaient peints en rose vif et en orangé. L'effet était ravissant. Sur les trottoirs circulait le mélange hétéroclite que l'on retrouve dans toute ville moderne : des hommes d'affaires, des vendeurs de rue, de belles femmes munies de petits chiens, des routards anxieux.

— Hum, fit Connie. Il vaut mieux ne pas descendre tout de suite.

L'énorme camion se frayait un chemin dans la circulation tandis que Connie cherchait en vain un endroit où quitter discrètement leur véhicule. Le camion finit par descendre en direction d'un passage souterrain où s'accumulaient les voitures à cette heure d'affluence.

— Je crois que ça va être notre moment, chuchota Connie. Tout le monde arrive là avec ses lunettes de soleil. Ils vont être myopes comme… ben comme toi, dit-elle en lui prenant la main avec un sourire. Je crois que c'est le moment.

Ils se regardèrent un instant.

— Moi aussi, dit Luke. Il faut y aller.

Connie hocha la tête.

— D'accord. À mon signal.

La file de circulation entrant dans le tunnel était complètement arrêtée : soit il y avait des feux de circulation un peu plus loin, soit un gros bouchon. La lumière filtrant par les interstices de la bâche céda la place à l'obscurité, et le camion s'arrêta de nouveau.

— Bon, allons-y, dit Luke.

Il ouvrit le hayon arrière avec un grand fracas, mais, grâce au bruit amplifié de la circulation dans l'espace réduit du tunnel, cela passa inaperçu. Connie repéra un petit trottoir sur le côté qui permettait de remonter vers la surface – il serait ainsi plus aisé de se diriger à l'extérieur du tunnel – et indiqua à Luke cette direction.

— Donne-moi la main, lui demanda-t-il d'une voix inquiète. Pour moi tout est noir et blanc.

— Je sais. Un, deux, trois…

Sur les quatre automobilistes qui pouvaient les voir sauter, l'un ne perçut qu'un mouvement indistinct, le deuxième pianotait furieusement sur son téléphone et ne remarqua rien, le troisième était une très vieille dame dont le père avait fui naguère un camp de travaux forcés : elle croisa les doigts en leur souhaitant bonne chance, et la quatrième était une mère débordée qui songea à alerter la police, puis se fit la réflexion qu'elle n'aurait pas pu décrire les fugitifs de toute façon, il faisait tellement sombre, et la circulation serait encore ralentie, et il fallait qu'elle aille récupérer les enfants, elle était déjà en retard, sans parler du dîner, alors elle choisit de détourner nonchalamment la tête en espérant qu'ils n'avaient pas caché deux kilos d'explosifs dans le tunnel – quoi qu'à la réflexion, vu son état d'esprit, une annihilation soudaine lui semblait étrangement tentante, surtout si ça voulait dire qu'elle n'aurait pas à préparer un seul repas de plus.

Connie, la casquette de nouveau solidement vissée sur le crâne, tenant la main de Luke, marchait sur le trottoir du tunnel en essayant d'avoir l'air aussi naturelle que possible, comme s'ils s'étaient simplement perdus lors d'une balade. Elle s'attendait à ce que quelqu'un leur crie dessus d'un instant à l'autre, pour leur demander ce qu'ils faisaient là. Mais personne ne le fit. Chacun était bien isolé dans sa voiture, engoncé dans sa petite boîte en fer, focalisé sur sa propre vie et ses propres soucis.

Juste avant de franchir la quatre-voies au bout du tunnel, Connie jeta un dernier regard au camion. Elle se demanda qui était ce chauffeur, à quoi il ressemblait. Il ne saurait jamais ce qu'il avait fait pour eux. Elle espérait que la vie serait généreuse avec lui.

Puis ils se mirent à courir.

La gare Warszawa Centralna était un endroit hideux, une bâtisse massive des années 1970 aux murs de béton tachés par l'humidité et parsemée de nombreux panneaux contradictoires. Mais il fallait voir le bon côté des choses : ça grouillait de monde. L'humanité entière semblait s'être donné rendez-vous là : des vieilles femmes avec un fichu sur la tête qui portaient des animaux ; des ouvriers aux habits sobres et à la carrure imposante, en partance pour les maisons et les cafés de Londres, de Copenhague, de Dubai ; des aspirants oligarques du nouvel Orient avec leur téléphone dernier cri, leur montre hors de prix et leur mallette attachée au poignet avec des menottes.

Connie changea un peu d'argent à une machine, rapidement pour éviter un nouveau débat avec Luke sur la monnaie universelle, pendant qu'il leur achetait des billets en s'exprimant dans un polonais parfait. Un train de nuit passant par Kalinkovichi les mènerait à Mozyr, en Biélorussie, au petit matin.

— Nous aurons deux heures devant nous, réfléchit Connie. Est-ce que ce sera suffisant pour… ? (Elle le dévisagea.) Tu sais où se trouve ton vaisseau ?

Luke hocha la tête.

— Bien sûr.

— Et tu peux le réparer ?

— Évidemment. (Il semblait trouver la question insultante.) La seule raison pour laquelle je ne l'ai pas fait était que je savais que je ne voulais pas retourner chez moi. Je ne veux pas retourner là-bas.

Connie s'éloigna pour acheter des sandwichs à l'allure un peu étrange, des fruits, de l'eau et, sur un coup de tête, une bouteille de la vodka locale que l'on voyait partout. Elle jeta un coup d'œil à la presse anglaise chez le marchand de journaux, mais nulle part on ne parlait de Luke ni d'elle, ni du message venu de l'espace. Elle poussa un soupir de soulagement. Elle envisagea d'entrer dans un café Internet pour envoyer un mail à Arnold, mais elle se raisonna rapidement. De nos jours on disposait de moyens permettant de tracer ce type de communication, elle aurait sans doute pu retrouver l'adresse IP par elle-même. Ce serait suicidaire.

Elle s'attarda un peu du côté des boutiques, s'acheta un tee-shirt gris en guise de change. Luke ne semblait tout simplement pas avoir besoin de changer de vêtements. Il ne faisait pas tout comme les humains, finalement. Elle avait le sourire aux lèvres en se retournant…

— CONSTANCE MACADAIR ! Ah ça, que ma moustache soit louée !

Elle s'immobilisa. Un homme massif à la barbe broussailleuse et à la moustache ridicule, délibérément excentrique, se tenait devant elle, portant une chemise apparemment tachée de nourriture et brandissant une grosse liasse de papiers partant dans tous les sens. Derrière lui se tenait une rangée d'étudiants aux abois. Connie porta la main à sa bouche.

— Professeur Knighting !

— Lui-même, docteur MacAdair ! Ah ça, quelle coïncidence !

Le professeur Knighting avait été son directeur de thèse, et elle ne l'avait pas vu depuis cinq ans et demi.

— Un hasard extraordinaire ! Les garçons, voici l'une de mes plus brillantes étudiantes ! Elle a remporté les félicitations du jury haut la main… À la fin de sa soutenance, elle a mentionné en passant quelques pistes pour re-normaliser les calculs de probabilités aux mesures complexes – et elle trouvait cela négligeable –, ce qui, je n'ai pas honte de le dire, m'a conforté dans mes propres recherches. Eh oui, mesdames et messieurs… enfin, messieurs ! Eh bien, oui par le fait. Ah mais, Constance, où est passée votre flamboyante chevelure ? J'adore les vraies rousses.

Il claironnait dans tout le terminal. Connie agrippa sa casquette.

— Ha, eh bien, c'est que… Quel plaisir de vous revoir !

— Oui, vous faites aussi partie du voyage organisé par le British Council ? Il y a un cycle de conférences absolument fabuleuses à l'université en ce moment sur des résultats qui ont récemment été découverts chez les invariants locaux des courbes elliptiques définies. On va s'amuser comme des fous ! Vous y assisterez ? Et que devient votre charmant compagnon, le docteur Weerasinghe, n'est-ce pas ?

Connie avait l'impression de vivre un cauchemar. Où était passé Luke ? Ils devaient fuir. Elle le chercha désespérément des yeux.

— Vous n'avez pas de passe, hein ? Je suis sûr que le consul pourrait arranger ça… Enfin, c'est un attaché culturel, mais je dis « consul » par politesse… Bridford !

Très lentement, un homme au costume impeccable, au visage fin et aux yeux d'un bleu très pâle se retourna pour regarder Connie. Et, dès qu'il la vit, il fronça les sourcils.

Le visage en feu, Connie fixa les yeux au sol. Sur ces entrefaites, Luke déboula sans la moindre discrétion.

— Ah, tu es là ! Je n'y vois rien. Impossible de te trouver…

Il était au beau milieu du groupe.

— Chut ! lui jeta Connie d'un ton pressant, voyant que le regard nerveux du consul allait de l'un à l'autre.

Puis, sans les quitter des yeux, il sortit son téléphone comme s'il dégainait un revolver.

— On doit y aller, dit Connie très fort, trouvant que sa propre voix sonnait terriblement faux. On est en retard pour notre train… pour PARIS !

Malgré l'air surpris de son vieux professeur bienveillant, elle attrapa Luke par le bras et l'entraîna, moitié courant, moitié marchant à travers la gare. En jetant un coup d'œil derrière elle, elle vit que le consul la regardait toujours, brandissant son téléphone comme s'il s'agissait d'une arme. Ils dévalèrent l'escalier le plus proche et se fondirent dans la foule, soulagés pour la première fois que la gare soit bondée et vaste, et les directions aussi mal indiquées.

Ils sortirent de la gare. Connie s'efforçait de ne pas paniquer. Luke l'apaisa, lui assurant qu'elle n'aurait rien pu faire. Il fit surgir un plan de la gare dans sa main et l'examina soigneusement, avec ses passages et ses quais en 3D, et pour finir il identifia une porte de service qui leur permettait de gagner le quai sans passer par les tourniquets. Ils cheminèrent prudemment au-dessus des rails au moyen d'une passerelle de service désertée à cette heure tardive, et ils descendirent jusqu'à l'arrière du train, loin des opérations de contrôle.

Une fois leur porte de cabine soigneusement refermée, Connie respira enfin et ferma les yeux. Pitié, pitié, pourvu qu'on reste en avance sur Interpol, ou les autres instances qui peuvent nous rechercher. Que le train démarre ! Pourvu que le consul ait du mal à faire part de sa découverte. (Et ce fut le cas, bien sûr : Dahlia était pendue au téléphone, car depuis que la description des fugitifs avait été diffusée, de Calais à Hyderabad, tous les bureaucrates en manque d'animation signalaient des rousses, et elle devenait folle. Elle avait prévu un week-end dans le Dorset, et à ce rythme il n'y avait pas la moindre chance qu'elle puisse s'y rendre. Par ailleurs, la police locale mit un temps fou à transmettre l'appel du consul à Malik.)

Enfin il y eut un à-coup, un grincement de freins, un long chuintement, et le train se mit en branle. Connie fit un bond.

Chez lui, l'attaché culturel, qui ne se mettait jamais en colère (d'où son utilité pour le MI6), poussa un juron et se servit un verre de whisky pour se remettre de cette soirée exaspérante à se débattre au téléphone. Il se demanda ce qui se passerait si un véritable problème de sécurité nationale survenait, au lieu d'une simple fugueuse avec son petit copain.

— Ah ! Dieu merci !

L'immense train n'était pas très rempli – il existait des trajets plus rapides –, et leur cabine de première classe disposait de deux couchettes garnies de draps blancs bien frais. Connie les regarda avec convoitise. Elle avait terriblement envie de se doucher, mais un lit propre serait un bon début.

Luke s'allongea sur sa couchette.

— Est-ce que tu dors parfois ? lui demanda Connie. Je ne t'ai jamais vu endormi.

— Le sommeil sert à réparer les cellules du cerveau. Ce que je dois faire, c'est me débarrasser de quelques-unes avant qu'elles commencent à me couler par les oreilles.

Connie éclata de rire à l'évocation de cette image.

— C'est vrai ?

Il lui sourit paresseusement.

— Non. Mais je peux me reposer et traiter des informations en même temps.

Son regard s'attarda sur elle. Elle avait enfilé le nouveau tee-shirt gris, ses cheveux étaient lâchés, et elle était assise sur un petit siège près de la vitre, regardant le paysage défiler à mesure que le train gagnait de la vitesse.

— Tu viens au lit, Cheveux ?

Elle se tourna vers lui.

— Tu es obligé de m'appeler « Cheveux » ?

— Comment je dois t'appeler ?

Elle y réfléchit un moment et lui fit un timide sourire.

— Eh bien, tu pourrais m'appeler « mon amour ».

— Mon amour, essaya-t-il. Mon amour.

Elle baissa les yeux, rougissante.

— Enfin, si tu veux.

Leurs regards se croisèrent.

— J'aime bien, dit-il. Viens au lit, mon amour.

— Bientôt, lui assura-t-elle.

Elle n'avait pas le moins du monde sommeil. Et elle refusait de perdre une seconde avec lui. Elle voulait s'imprégner de tout ça, de tout ce qu'ils voyaient, de ce qu'ils vivaient, de chaque minute passée ensemble, même s'ils étaient simplement assis dans un silence complice.

Elle avait tellement de questions à lui poser. Elle voulait tout savoir sur lui, elle voulait lui dire tant de choses, même si elle avait parfois l'impression qu'il la connaissait par cœur, qu'il l'avait retournée comme un gant, et qu'il n'y avait rien qu'elle puisse dire qui le surprendrait.

Et ce n'était pas le moment pour lui poser des questions. Elle regardait par la fenêtre, l'Europe de l'Est défilait dans le crépuscule. Elle voulait croire – elle le devait – qu'ils avaient du temps devant eux, beaucoup de temps, de nombreuses occasions de s'allonger côte à côte, de discuter et de tout partager au sujet de leurs vies étranges, dans une conversation sans fin.

Elle trouva un dernier carré de chocolat dans sa poche et le jeta dans sa direction par-dessus son épaule. Il l'attrapa sans même regarder le projectile, et sans avoir besoin de se retourner ; elle savait qu'il lui souriait, et elle lui sourit en retour dans la vitre.

Elle revint au paysage sombre à la fenêtre. Quelle était la probabilité de cette étrange rencontre ? Quelles chances avaient ces événements de se produire ? C'était fou et étrange.

Comme l'amour, en somme, réfléchit-elle.

Elle avait cru être amoureuse par le passé. Elle avait connu de gros coups de cœur qui l'empêchaient de dormir. Elle avait été mal traitée par des hommes qu'elle désirait éperdument et bien traitée par des hommes dont elle ne voulait pas. Et, dans certains cas, elle avait prolongé des relations qui étaient confortables et plaisantes, mais qui, elle s'en rendait compte maintenant, n'étaient rien. Rien en comparaison de cette sensation aveuglante et dévorante, de cette excitation extraordinaire.

Elle jeta un coup d'œil à Luke, étendu de toute sa longueur sur la couchette aux bords en aluminium éraflé, avec une petite lampe de lecture bien située. Il avait trouvé un exemplaire de ce qui semblait être un magazine de mécanique en russe, et le feuilletait, un léger sourire aux lèvres. Elle regrettait énormément de ne pas avoir son téléphone sur elle, simplement pour prendre une photo. Elle eut soudain conscience qu'elle n'avait aucune photo de lui. Et elle en voulait désespérément une, même si elle se sermonnait en se disant que c'était bête. Elle pourrait toujours le voir en vrai.

Ils avaient quitté la ville à présent, avec ses immenses lotissements alignés en périphérie et les usines décrépites qui s'étendaient jusque dans la campagne. Il était tard – 22 heures –, mais le ciel était encore bien éclairé. À cette latitude, se dit-elle en souriant, il ne ferait jamais vraiment noir, ou du moins pas longtemps, à cette époque de l'année. Elle contemplait les petites fermes douillettes à côté desquelles passait le train bruyant et vieillot. Son mouvement saccadé était apaisant. Peu à peu le paysage se vida, la lune se leva, et ils se retrouvèrent à progresser à travers une étendue verte et sans fin, au milieu de terres fertiles, champs de maïs, de houblon, prés labourés et grandes prairies.

Soudain, ils arrivèrent à un grand lac. Le soleil bas se reflétait dedans, rendant l'eau lisse et unie, comme s'il était gelé. Il y avait une petite cabane au bord du lac et, devant, une silhouette assise qui pêchait tranquillement. L'homme leva un instant la tête vers le train, qui dérangeait peut-être les poissons, puis la baissa de nouveau. Il était accroupi au bout du petit ponton qui partait de sa maison.

Connie eut une vision : eux deux, quelque part très au nord, là où il faisait toujours froid – Arkhangelsk ? Plus haut encore ? Des gens vivaient-ils plus au nord ? Quelque part sur le cercle polaire, là où presque personne ne vivait, et où les rares habitants ne se mêlaient pas de ce qui ne les regardait pas. Une petite cabane, peinte en rouge et blanc, avec un ponton. Elle vivrait dans la maison, et Luke pourrait être dans la maison s'il le souhaitait, mais il pourrait aussi être totalement libre, dans l'eau. Et elle pourrait l'y rejoindre – cette idée l'emplit de joie –, et il pourrait la rejoindre à l'intérieur. Et ils vivraient ainsi, dans un élément ou dans l'autre, parfaitement heureux ensemble. Et Arnold pourrait leur envoyer le travail qu'il était trop paresseux pour faire, et puis ils n'auraient pas besoin de grand-chose. Les produits de la pêche, un peu de jardinage peut-être. Elle pouvait apprendre à coudre. Un peu de pétrole. Ils s'occuperaient de la question de la reproduction en temps et en heure.

Un frisson d'excitation la parcourut, sa vision était si réaliste qu'elle la voyait presque.

— Luke, dit-elle à mi-voix depuis les profondeurs de sa rêverie, tandis qu'ils s'éloignaient du beau lac, si tu peux convaincre les tiens de te laisser rester – et tu y arriveras, je sais que tu en es capable. Je sais que tu peux leur faire entendre raison…

Luke ne répondit pas.

— Eh bien, si tu… non… quand tu… Existe-t-il sur Terre une prison dont tu ne puisses sortir ?

Il secoua la tête.

— Je ne crois pas, répondit-il d'une voix grave. Je ne pense pas qu'on sache à quel point je suis fort ici. Ils ne s'en douteront pas ; moi-même, je ne m'y attendais pas. Chez moi, ce n'est pas le cas.

—C'est bien ce que je pensais, dit Connie. Et si je devais aller en prison tu m'attendrais ?

—Non.

Elle se tourna vers lui, étonnée.

—Je viendrais te chercher.

Elle sourit.

Deux secondes plus tard, la Lune explosa.

Chapitre 21

Il n'y eut aucun bruit évidemment, aucun son ne pouvant circuler dans le vide intersidéral. Mais les effets furent immédiatement observables : une immense pluie de météorites rougeoyantes, visible partout où il faisait nuit.

Dans tout l'hémisphère Nord, les gens sortirent précipitamment de chez eux. Ceux qui avaient grandi dans les années 1970 se repéraient aux lunettes de soleil qu'ils avaient mises.

À la Nasa, les astronomes poussèrent des gémissements en arrachant leurs écouteurs, rendus à moitié sourds par les grésillements qui s'étaient soudain transformés en mille serpents leur sifflant directement dans la tête. Mais, un instant plus tard, eux aussi coururent regarder par la fenêtre.

— Qu'est-ce que c'est que ce bordel ? s'écria Nigel en bondissant de son bureau pour sortir précipitamment. Bon sang !

Un des astronomes le rejoignit.

— Qu'avons-nous comme situation ?

— Euh, fit le jeune homme (un dénommé Damon qui préférait qu'on l'appelle D'Amon). C'est… Hawaï et le Very Large Array viennent de le confirmer… on dirait bien qu'un morceau de la Lune a… explosé.

— Putain ! Combien ? Un morceau gros comment ?

D'Amon secoua la tête.

— Pas très gros. Il suffit de pas grand-chose.

— En effet, si c'est une mise en garde, approuva Nigel. C'est une mise en garde.

Il sentit son ventre se glacer. D'abord la Lune, et ensuite ? Que leur voulaient-ils ? Que devaient-ils savoir ?

— La fréquence spéciale est en surchauffe, marmonna D'Amon.

Nigel le regarda.

— Ouais. Merci.

Ils voulaient quelque chose. Ils voulaient qu'on leur donne quelque chose. Et les seules personnes capables de révéler de quoi il s'agissait étaient Dieu sait où…

L'inspecteur Malik franchit la porte.

— Monsieur ?

Il paraissait toujours aussi en forme et costaud. Nigel qui mourait d'envie de rentrer chez lui pour prendre une douche et se changer le regarda avec un air de ressentiment.

Malik brandissait un papier.

— Ils ont été vus. À Varsovie.

— Bien, dit Nigel d'une voix lasse. Réveillez Interpol et soufflez-leur dans les bronches. Ramenez ces enfoirés, et tout de suite, en dépensant l'équivalent du PIB d'un pays pauvre s'il le faut. Je dois passer un coup de fil.

Le ciel était constellé de lumières provenant d'une magnifique pluie de météores, dont la plupart s'éteindraient dans l'océan sans faire de dégâts. Les enfants contemplaient le spectacle depuis la fenêtre de leur chambre, les ivrognes pensaient qu'ils déliraient. Des couples se fiancèrent et conçurent des enfants, inspirés par cette vision magique.

C'était la situation de crise dans les médias, et Internet était au bord de l'implosion. Nigel décrocha le téléphone.

— C'est eux ?

— Oui.

Anyali soupira.

— Demandez à la Nasa d'en endosser la responsabilité, dit Nigel. Promettez-leur un entretien demain. Mais il faut que le Premier ministre appelle le président, dites-leur que tout est sous contrôle, qu'on sait ce qu'on fait, et, je vous en prie, obtenez de la Nasa qu'elle déclare qu'ils ont fait sauter un foutu Mars Rover, ou qu'un truc est tombé d'un satellite ou n'importe quoi.

— Il va falloir que vous me fournissiez plus d'éléments, protesta Anyali d'une voix tranchante. Il le faut.

— Envoyez-moi deux types au plus vite, dit sombrement Nigel. Vous aurez des résultats. Des types avec un entraînement spécial.

— Ah, on y vient, Monsieur Principes ?

— Ils viennent de faire péter la Lune, bordel, s'énerva Nigel. La prochaine étape, c'est quoi ? Tokyo ?

— Les Américains ne vont pas être contents, prédit Anyali.

— Personne n'est content.

— On ne peut pas simplement invoquer une pluie de météores ?

— Vous pouvez faire ça… jusqu'à ce que quelqu'un remarque qu'il manque un bout de cette putain de Lune !

Anyali soupira.

— Les partisans de la théorie du complot vont s'en donner à cœur joie.

— Et que pourraient-ils inventer de pire que la réalité, cette fois ?

Luke et Connie regardèrent les météores pleuvoir du ciel alors qu'ils franchissaient la frontière biélorusse.

— Oh, mon Dieu ! souffla Connie. Est-ce que c'est eux ?

— Évidemment. Oh, bon sang, il faut que cette chose avance ! Tout est tellement lent sur Terre.

— On aurait pu prendre l'avion, mais je crois qu'ils nous auraient attrapés.

— J'aurais dû leur parler dès le début, se reprocha Luke en serrant les poings. J'aurais dû me rendre à ce bâtiment blanc et faire ça tout de suite.

— Ils ne t'auraient jamais laissé faire. Sois réaliste, personne ne t'aurait cru. Et, lorsque tu leur aurais prouvé tes dires, ils t'auraient enfermé dans un labo pour te découper en morceaux. Ils t'auraient balancé en dix secondes et tu serais à l'autre bout de la Galaxie en ce moment.

Ils regardèrent les lumières décrire de grands arcs de cercle dans le ciel.

— Quand bien même…, dit Luke.

Dans tout le train, ils entendaient des exclamations émerveillées.

— Je me demande où il est, dit-il. Celui qui est déjà ici.

— Ils peuvent te repérer ? lui demanda Connie.

— Tu m'as repéré, toi ?

— Oui, mais pas pour cette raison.

Il hocha la tête et jeta un coup d'œil par la fenêtre.

— Allez, plus vite, plus vite, murmura-t-il.

Du moment qu'ils ne stoppent pas le train, pensa Connie. Pourvu qu'ils ne coupent pas toutes les liaisons par train, par avion et par bus, et ne mettent pas le monde à feu et à sang pour le retrouver.

Mais le train ne s'arrêta pas. Il continua son parcours cahotant à travers les steppes et les terrains de plus en plus montagneux, vers l'est. Le ciel devenait plus sombre, et les lumières semblaient brûler sans fin, s'imprimant sur leur rétine, si bien que Connie les voyait encore même les yeux fermés.

Ils étaient si proches du but. Mozyr était une petite ville de l'autre côté de la rivière, à portée de la main, semblait-il, lorsque le train fit un arrêt au milieu du haut pont en métal aux formes élancées. C'était la nuit, mais il ne faisait pas vraiment noir, la lune brillait clair. Connie regarda anxieusement la ville convoitée.

Et soudain, dans le couloir du train, elle entendit qu'on frappait à chaque compartiment. Avec une demande polie :

— *Passport, please ? Passports. Reizpässe. Paszport.*

Nigel regarda sa Breitling à la dérobée : 23 heures. Il était 1 heure du matin en Pologne. Ils leur envoyaient des hommes de Londres. Il avait le temps de rentrer se changer chez lui avant l'étape suivante. Et il appréhendait cette prochaine phase. Il ne pensait pas que ces mathématiciens étaient mauvais. Mais ils étaient au courant de quelque chose, bon sang ! Ils savaient quelque chose.

Sur le chemin du retour, les routes étaient désertes, tout le monde avait la tête en l'air pour regarder les lumières clignotant dans le ciel – c'était un beau spectacle. C'était à qui postait des photos de l'événement via son téléphone, à qui écrivait de longs commentaires en caractères blancs sur fond noir dans son blog, avec force majuscules.

Nigel poussa un soupir de frustration en bifurquant vers les résidences de Meadow Oasis. Habituellement il prenait soin de ne pas faire de bruit quand il rentrait tard, mais pas cette fois. Il choisit d'ignorer les nombreux appels manqués sur son téléphone et les messages laissés par Anyali, qui n'auraient pas manqué de déboucher sur de nouvelles conversations qu'il préférait repousser. Il claqua la porte d'entrée, faisant trembler les fondations fragiles de la bâtisse. En haut, Annabelle, qui s'était assoupie devant Au cœur de la maternité, puis avait été réveillée par les lumières dehors, s'était déplacée jusqu'à la grande fenêtre de la chambre d'amis et elle était à présent installée sur un canapé d'angle rose qu'ils n'utilisaient jamais. Hypnotisée par la vue.

— Chéri ?

Elle regagna leur chambre et entreprit nerveusement de remettre les coussins sur le lit – et il y en avait un grand nombre.

— C'est juste moi, répondit Nigel d'une voix basse en gravissant l'escalier quatre à quatre. (Il retirait déjà sa cravate, et, au lieu de la suspendre proprement comme d'habitude, il la roula en boule et la jeta avec force dans un coin.) Je suis juste rentré me changer.

— Qu'est-ce qui se passe, tu sais quelque chose ?

— Et comment je pourrais le savoir ? rétorqua-t-il avec brusquerie.

D'habitude Annabelle se gardait bien de l'interroger sur son travail. Elle baissa les yeux d'un air coupable.

— À la radio ils disent que la Nasa a fait accidentellement exploser quelque chose, l'informa Annabelle.

— Ah ouais ?

Annabelle cligna des paupières.

— Dure journée ? demanda-t-elle gentiment.

— Tu n'imagines même pas, grogna Nigel avant de se tourner vers elle d'un air penaud.

Il s'en voulait terriblement de lui crier dessus.

— Désolé ! fit-il. Je suis vraiment désolé. J'ai passé une journée complètement… Enfin, je ne peux pas t'en parler. Mais je n'aurais pas dû me défouler sur toi.

Annabelle regarda les magnifiques lumières qui illuminaient toujours le ciel nocturne. Soudain elle alla vers le lit, ôta sa chemise de nuit bien sage et le regarda droit dans les yeux.

— Si, défoule-toi sur moi, lui dit-elle d'une voix que Nigel n'avait encore jamais entendue.

— Hein ? Désolé, ma chérie…

— Défoule-toi sur moi, répéta-t-elle.

Si elle n'avait pas eu l'air aussi sérieuse, l'effet aurait été comique.

Nigel consulta sa montre.

— Je dois…

Elle secoua la tête, s'approcha de lui et posa les doigts sur la bouche de Nigel. On aurait dit que c'étaient les étoiles qui tombaient en pluie derrière eux.

— Ce ne sera pas long, lui assura-t-elle en faisant glisser ses ongles parfaits le long de sa chemise bien repassée, avant de faire sauter les boutons un à un.

Après, Nigel se doucha rapidement puis s'habilla. Annabelle resta allongée sur le lit à l'observer, heureuse, le rose aux joues.

— Alors, ce sont les petits hommes verts ? demanda-t-elle. Est-ce que c'est ça ? Ils sont venus faire sauter la Lune ? Est-ce qu'il y en a partout autour de nous ?

Nigel secoua la tête.

— Non, bien sûr que non. (Il se tourna soudain brusquement vers elle et la regarda en papillonnant des yeux.) Et s'ils étaient partout… s'ils étaient ici… s'il y avait une raison pour que ces six matheux soient si peu coopératifs… (Il poussa un juron et assena du poing un coup violent sur le rebord de la fenêtre.) Bon sang ! Merde, je crois que tu as mis le doigt dessus ! Nous cherchions un meurtrier. Et ils ne protégeraient pas un meurtrier. Mais ils pourraient protéger… Je dois y aller.

Connie courut à la fenêtre du train et regarda vers le bas. Ils étaient sur un pont d'acier absolument dépouillé, squelettique, avec de hautes arches carrées au-dessus d'eux, et un à-pic équivalent à neuf étages, au-dessus de l'eau. Et, comme si cela ne suffisait pas, l'aspect de la rivière était terrifiant : il y avait des montagnes un peu plus haut, et l'eau tourbillonnait et dévalait à gros bouillons en slalomant entre des rochers acérés. Connie jeta un coup d'œil à Luke.

— Ce serait du suicide, murmura-t-elle.

Il jeta un coup d'œil et haussa les épaules.

— Tu as une autre idée ?

— On ne pourrait pas… je ne sais pas… assommer le contrôleur ?

— Le frapper ?

— Ben… ouais.

Il la dévisagea.

— Quoi ? fit Connie.

— Tu voudrais frapper un autre être humain, juste parce qu'il risque de te gêner ?

— Je le ferai si ça peut nous sauver, affirma Connie, tremblante.

Les pas et les voix se rapprochaient, elle entendait les gens se plaindre d'être réveillés. Il ne leur restait pas beaucoup de temps.

— Mais attaquer une personne, insista Luke. Est-ce que ça nous avance par rapport au problème de départ ?

— Rhhaaa ! gémit Connie. Je ne sais pas. Ils le font tout le temps, dans les films.

— Je n'ai pas vu beaucoup de films.

— Tu as déjà vu un film ?

L'espace d'un instant, son visage s'illumina.

— J'ai vu Mary Poppins. Ça m'a beaucoup plu.

— Bon, d'accord, fais venir un troupeau de pingouins dansants alors, suggéra Connie qui commençait à s'impatienter. La prochaine fois que tu regardes un film humain, tu ne pourrais pas plutôt choisir Die Hard ?

— Die Hard ? répéta Luke, pensif. « Mourir durement »... Mais qu'est-ce que ça veut dire ?

On frappait au compartiment voisin.

— Le moment est mal choisi pour avoir notre première dispute, lui dit Connie d'un ton menaçant.

Luke alla à la fenêtre et plissa les yeux pour distinguer ce qu'il y avait en bas.

— On peut le faire, affirma-t-il.

— Toi oui. Moi, je me casserai la tête sur les rails, avant de foncer vers la mort comme... comme dans un film avec un gros bateau, que tu n'as pas vu.

— Non, non, on peut y arriver tous les deux.

— Je ne peux pas nager là-dedans.

— Tu pourras si je te tiens.

— Je ne crois pas que ce soit le moment de...

— Non, non, je peux... je peux t'absorber en moi sans que ce soit... je crois que c'est comme... Je crois que c'est comme ce que disait Arnold, dit-il les sourcils froncés, l'air concentré.

— Et que dit Arnold ? demanda Connie, curieuse malgré elle.

— Il a dit que les filles disent toujours : « Oh, on pourrait juste faire un câlin ! »

Connie le regarda longuement puis éclata de rire.

— Oh là là ! dit-elle. Oh, mon Dieu ! Bon d'accord. D'accord. Chaque fois que je t'ai fait confiance jusqu'à présent, ça… enfin, c'est passé.

On frappa à leur porte.

Alors, comme s'il appuyait sur un simple bouton, Luke poussa la grande vitre du compartiment hors de son cadre. Une bourrasque pénétra dans le train tandis que le panneau de verre se brisait immédiatement en mille morceaux sur les rails.

Rien à faire. Nigel n'arrivait plus à se sortir de la tête l'idée d'Annabelle. Mais il ne pouvait pas entrer en communication avec le groupe de chercheurs.

Nigel recula son siège et sortit du Local isolé dans la nuit. Il était encore mouillé après sa douche et il se détestait. Une grosse voiture noire, luxueuse et d'aspect légèrement sinistre entra au pas dans la cour. Il leva les yeux au ciel. Ça faisait sûrement partie de leur culture de l'intimidation et de l'assurance exacerbée. Lorsque deux hommes blancs en sortirent, la tête rasée et le cou épais, et l'examinèrent de haut en bas, il eut de nouveau envie de lever les yeux au ciel, mais il ne voulait pas compliquer encore plus les choses.

— Bon, voilà les gros durs, à ce que je vois, commenta-t-il, conscient qu'en disant cela ils le prendraient pour un Anglais maniéré de plus. Suivez-moi.

Il consulta sa montre : 23 h 30.

Au bout des couloirs bordés de portes verrouillées se trouvait une pièce avec une rampe de lavage. Elle était profondément enfoncée sous terre, sans fenêtre, naturellement insonorisée. Nigel voulait croire que lors de l'extension du bâtiment ils n'avaient pas la moindre idée de l'utilisation qui serait faite de cet endroit. Il aurait mille fois préféré être dans son bureau haut perché, subissant les impertinences de Dahlia.

Il examina la liste. Sans tenir compte du politiquement correct, il ne supportait pas l'idée de mettre une femme là-dedans. C'était intolérable. Il ne supportait déjà pas d'avoir à prendre ces décisions. Gros Dur 1 et Gros Dur 2 entrèrent dans la pièce, arpentant les lieux comme des panthères, puis ils s'installèrent près du grand évier. Nigel, évitant soigneusement de les regarder, se concentra sur ce qui importait avant tout : le monde. Quelqu'un menaçait le monde, et il devait trouver qui et pourquoi.

Mais cela ne l'aida pas : le monde qu'il avait sous les yeux lui paraissait bien trop réel et cruel en ce moment.

Il consulta de nouveau la liste et élimina mentalement Ranjit. Ce n'était qu'un gamin. Il ne voulait pas avoir ce bambin balbutiant sur la conscience et, par ailleurs, il doutait fort qu'il soit capable d'énoncer quelque chose approchant de la vérité sous le coup de la panique.

Les gros bras testaient une seringue. Ils œuvraient dans le plus complet silence. Nigel se demanda combien d'années d'expérience il fallait pour arriver à faire ça sereinement. Puis il s'efforça de ne plus penser à ça non plus.

Il restait deux noms. Arnold lui tapait copieusement sur les nerfs. Rationnellement, c'était une bonne raison de le faire passer en premier. Mais, au fond, il ne le considérait pas comme un mauvais type.

Il frappa doucement à la porte. Sé ne dormait pas.

L'agent poussa un juron en trouvant la porte verrouillée alors qu'il entendait le rugissement du vent de l'autre côté de la cloison. Le vacarme était épouvantable. Les bourrasques et le tonnerre du courant emplirent les oreilles de Connie. Ce qui semblait assez haut depuis l'intérieur du train était devenu absolument vertigineux maintenant qu'elle tenait la main de Luke au bord de la fenêtre. Il y avait un grand rebord à franchir, puis une immense chute en direction d'une rivière dont ils ne connaissaient en rien la profondeur en ce début d'été. Comment savoir s'ils n'allaient pas simplement se fracasser le crâne dans le lit de la rivière ? Connie espéra de toutes ses forces que ce serait rapide, au moins.

Il y eut un coup de pied dans la porte qui tressauta vers l'intérieur. Elle ne tiendrait pas longtemps. Luke grimpa sur le cadre vide de la fenêtre, se tenant d'une main au coin, et tendit l'autre bras vers Connie. Elle était paralysée par la peur. Jusque-là, elle avait été inquiète ou boostée par l'adrénaline, mais elle n'avait jamais vraiment craint pour sa vie tant qu'elle avait Luke à ses côtés. Ni quand elle était saucissonnée dans un rouleau de tissu, ni dans ce train bringuebalant, ni même lorsqu'elle courait dans une gare remplie de policiers.

La porte émit un grincement. La serrure était en train de céder. Elle jeta un coup d'œil derrière elle, puis vers l'extérieur. Les deux choix étaient pareillement terrifiants. Luke la regardait, apparemment parfaitement calme, alors qu'il était presque suspendu hors d'un train, à près de trente mètres du sol.

— Je ne peux pas, dit-elle, la bouche sèche. Je ne peux pas sauter.

Les yeux sombres de Luke restèrent posés sur elle, il attendait patiemment, comme s'ils avaient tout le temps devant eux.

— Pas seule, non, lui rappela-t-il. Seule, tu mourrais à coup sûr. Ou tu serais grièvement blessée.

Connie respira bruyamment par le nez.

— Ah, merci !

Il lui sourit plaisamment.

— Mais heureusement je serai avec toi. Tu vois ? Bon.

Il lui tendit la main. Elle la regarda, puis jeta encore une fois un coup d'œil derrière elle, au moment où la porte cédait, révélant un contrôleur trapu et hors d'haleine au visage rubicond.

— Hey ! eut-il le temps de crier alors que d'un bond, sans plus y réfléchir, Connie sautait avec une agilité surprenante sur le rebord de la fenêtre.

Avec une synchronisation parfaite, Luke lui attrapa la main et, prenant appui sur le train, la poussa loin des rails, dans le vide.

Les météores scintillaient au-dessus de leur tête, tombant à travers l'immensité du ciel, et le contrôleur, bouche bée à la fenêtre du train, les vit, alors qu'ils restaient figés un instant en l'air : la chevelure de Connie flottant derrière elle comme un drapeau, les mains levées au-dessus de sa tête, et Luke qui tendait déjà les bras pour la rattraper.

Chapitre 22

Sé était assis au bureau de la pièce sans fenêtre. Il regardait la pendule accrochée au mur. C'était un grand cadran banal comme on en trouvait partout dans l'université : les secondes cliquetaient bruyamment, et la grande aiguille se déplaçait de minute en minute avec un son mat. Il était 23 h 36 GMT.

Allez, Connie, l'encouragea-t-il mentalement.

Il supposait qu'ils ne l'avaient toujours pas arrêtée, ce qui le rassurait un peu. Il ne supportait pas l'idée qu'elle se retrouve enfermée dans une pièce comme celle-là, avec ces gros bras qui préparaient ostensiblement leur attirail dans son dos.

À moins qu'elle ne soit morte, évidemment. Il grimaça. Où pouvaient-ils bien être ? S'ils n'avaient pas été découverts, qu'avaient-ils fait ? Il pouvait leur être arrivé n'importe quoi. Ils pouvaient avoir été tués en essayant de voler une voiture. Croupir dans une prison étrangère, être tombés à l'eau du ferry. Il pouvait s'être passé tout un tas de choses. Peut-être l'extraterrestre avait-il tué Connie. Sé déglutit avec difficulté, mais il était bien décidé à ne pas pleurer. Il ne comprenait pas. Il ne comprendrait jamais. Un homme se faisait tuer de manière inconnue, visiblement par un extraterrestre.

Et il y avait justement un extraterrestre parmi eux. Il était fou de l'avoir laissée partir. Complètement inconscient. Et s'ils ne l'avaient toujours pas retrouvée… Qu'est-ce qui était le plus probable : qu'une jeune fille et qu'un extraterrestre bizarre et très myope aient réussi à déjouer toutes les forces d'élite européennes, ou que la jeune fille soit morte et l'alien envolé ?

Il avait la cheville menottée à une chaise vissée au sol. Il pensait que c'était sûrement superflu. Il était grand, mais la douleur ne faisait pas réellement bondir pour riposter et se battre comme dans les films. Son père lui avait montré ses effets. La douleur transformait les gens en enfants apeurés, roulés en boule, qui pleuraient en appelant leur mère.

Peut-être Connie était-elle parvenue à ses fins, après tout. C'était peut-être une réussite. Il regarda l'horloge. Mais ils savaient. Ils s'étaient mis d'accord pour trois jours. Et ils devaient avoir vu ce qui était arrivé à la Lune. Ils devaient savoir combien la pression montait pour eux tous. Et ils n'avaient pas repris contact. Et lui se retrouvait dans cette pièce aveugle.

Délibérément, il se gratta l'oreille de la main droite, espérant qu'ils croient que c'était sa main directrice ; ainsi ils lui prendraient plutôt un doigt de cette main-là. Il observa ses longs doigts étalés devant lui. Ce ne serait peut-être pas tout un doigt. Un ongle suffirait-il ? Sa main tremblait un peu. Il fixa ses doigts du regard jusqu'à ce que le tremblement cesse. Puis il regarda l'horloge : 23 h 37.

— Ça prendra le temps qu'il faudra, dit l'un des hommes en ricanant.

Il avait un accent américain. Prendre son temps faisait partie de son boulot.

Nigel était présent dans la pièce. Il aurait pu ne pas assister à cette partie des opérations, il le savait. Il aurait pu laisser une liste de questions et revenir quand le sale boulot serait fait, et que les résultats seraient consignés sur un fichier audio dont lui seul avait le code d'accès.

Il s'y refusait. Il avait donné son accord, il devait assumer.

Il se tenait discrètement à côté de la porte, le dos droit, le regard fixe. Sé et lui ne se regardèrent pas. Sé pensait qu'il était un monstre. Nigel ne lui en tenait pas rigueur. Il était un monstre et il méritait son mépris. Il se força à adopter une voix calme.

— Il est encore temps, Sé. Dites-nous ce que c'était, cette explosion. Dites-nous ce que révélait le message. Dites-nous ce qui est arrivé à Luke et à Connie. Vous détenez ces réponses, nous le savons. (Il se pencha vers lui.) Nous savons que Connie et vous avez eu… une histoire ensemble. Vous voulez sûrement vous assurer qu'elle va bien ?

— Elle n'est rien pour moi, répondit Sé en regardant droit devant lui, les yeux sur l'horloge.

— Est-ce que quiconque compte pour vous, Sé ? demanda Nigel. Y a-t-il une personne au monde qui compte ? Est-ce que quelque chose compte pour vous ?

23 h 38. Les deux hommes approchèrent depuis le fond de la pièce, munis de serviettes et d'un sac-poubelle noir. Ils arrivaient sans se presser.

Chapitre 23

Avertissement maritime, surtout dans les zones de mer Dogger, German et Humber. Avis de fortes rafales à partir de 22 h 45 aujourd'hui. German : vent ouest à nord-ouest force 8 à 10, imminent. Fastnet, Cromarty, Antifer, Forties : vent ouest force 8, avis de tempête force 7, mouvements de marée inhabituels.

Informations complémentaires
à l'avis de fortes rafales.

Le choc de l'impact contre l'eau glacée fit sortir brutalement et instantanément Luke de sa forme humaine, il explosa presque comme un airbag, attirant Connie à lui – en lui – pour la protéger du froid qui, s'il était un baume bienfaisant pour lui, était une lame acérée pour elle.

Il remonta le courant, nageant vigoureusement vers la ville dans les montagnes, tandis que le monde de Connie devenait une explosion de glace et de lumière. Désorientée, elle tournait sur elle-même, à l'intérieur de lui, plongeant entre les vagues.

Enfin elle ressortit en crachotant lorsque Luke gagna la rive. Ce n'est que lorsqu'ils se hissaient hors de l'eau que Connie remarqua qu'il y avait des gens assis le long de la berge parmi les ajoncs et les rochers.

C'était un groupe de jeunes hommes aux yeux rougis. À leurs pieds gisait un assortiment de mégots et de bouteilles de vodka vides. Bien entendu jusque-là ils contemplaient le spectacle dans le ciel. Mais ils s'étaient maintenant tournés vers eux, et l'horreur se peignait peu à peu sur leur visage.

— Co do cholery ?! fit l'un d'eux.

Connie jeta un coup d'œil à Luke qui luttait pour reprendre forme humaine, plié en deux par la douleur de la transformation. Son corps se contractait et se solidifiait.

— Euh… tout va bien ! tenta de les rassurer Connie.

Mais ce n'était pas elle qu'ils regardaient, ils ne lui accordaient pas la moindre attention.

Ils étaient hypnotisés par Luke qui leva les yeux, sa tête reprenant peu à peu couleur humaine. Quelques jeunes hommes commencèrent à reculer précipitamment, l'un d'eux se cramponnait à sa bouteille de vodka comme si elle pouvait lui être de quelque secours. Le regard d'un autre allait du ciel illuminé à Luke, comme s'il voyait un lien entre les deux phénomènes.

De sa voix profonde, Luke lança :

— Szklana putapka.

À ces mots, les jeunes gens se mirent tous à détaler. Les derniers se levèrent et prirent leurs jambes à leur cou.

Connie, hors d'haleine, posa les mains sur ses genoux et se tourna vers Luke.

— Qu'est-ce que tu leur as dit ?

La douleur se lisait sur le visage de Luke, mais il était de retour dans sa forme humaine, tout affaibli et frêle en apparence. Il accueillit sa question avec surprise.

— Oh ! Je leur ai demandé s'ils voulaient « mourir durement ».

Connie tourna les yeux vers le pont, puis les fit remonter vers la vallée. Le train était toujours là, toutes lumières allumées, et on percevait des cris au loin, le personnel du train agitant des torches, cherchant à les repérer dans le courant.

Elle se sécha du mieux qu'elle put – c'est-à-dire pas beaucoup –, puis ils remontèrent la petite crique pour atteindre la route. Néanmoins, ils se cantonnèrent au fossé bordant la chaussée, hors de vue.

Connie, bien qu'elle sache parfaitement l'heure qu'il était, consulta sa montre.

— Tu as un autre rendez-vous ? s'enquit Luke. Tu rates quelque chose sur la boîte à images ?

— Il est 2 h 45 ici, l'informa Connie. Ça veut dire 23 h 45 au Royaume-Uni.

Il la regarda d'un air perplexe.

— C'est la fin du deuxième jour, lui expliqua-t-elle. Une minute après minuit, notre délai sera écoulé. Ensuite Arnold pourra donner les fréquences à ce type, et ils pourront entrer en communication avec les gens de ta planète.

— Je pensais qu'hier était le premier jour.

— Pour des gens qui travaillent avec les chiffres, le comble c'est d'avoir du mal à être au point là-dessus. Mais tu sais, Luke, avec ce truc qui est arrivé à la Lune, tout le monde doit être paniqué. Oh, mon Dieu, j'espère qu'ils ne les ont pas enfermés de nouveau. Ce connard de Nigel, tu ne crois quand même pas qu'il… Oh là là, Luke, je suis tellement inquiète pour eux ! Et je crois qu'à minuit… On ne peut pas leur en demander davantage.

— C'est vrai, approuva Luke, le regard fixé sur l'horizon. C'est à l'est, pas très loin d'ici, mais je ne sais pas si on peut y être avant minuit.

Alors ils la virent, au beau milieu de la chaussée : une antique Trabant déglinguée dont les portes grandes ouvertes laissaient voir l'intérieur jonché de cadavres de bouteilles.

— Je crois que ça devait être celle de ces types, dit Connie. Bizarrement ils l'ont laissée là.

Elle jeta un coup d'œil à l'intérieur. La clé était sur le contact. Elle essaya de démarrer.

— Ils ont dû paniquer, elle est en panne.

Luke observa le moteur.

— Alors comment ça marche : la clé produit une étincelle qui met en route le moteur ?

— Euuh… je crois, répondit Connie. Ou des fées. Mes notions sur le sujet sont un peu floues.

Luke ouvrit la main, et une étincelle bleue jaillit de ses doigts pour aller toucher le moteur. Aussitôt la voiture démarra.

— Et ça, c'est de la sorcellerie ! s'écria Connie.

Luke la regarda sans comprendre.

— Mais les humains maîtrisent les impulsions électriques, et tout le monde se sert de ces choses qui consomment de l'électricité, pour crier et prendre en photo des sandwichs.

Connie eut un instant de flottement.

— Oh, les téléphones portables ?

Luke hocha la tête.

— C'est une progression assez logique, ne t'en fais pas.

Connie s'installa sur le siège passager.

— On va l'emprunter et la rendre, décida-t-elle. On n'a pas le temps de faire autrement.

Luke était sur le siège conducteur, immobile.

— Allez, le pressa Connie. Allons-y !

Il y eut un silence.

— Oh, bon sang, j'avais oublié ! fit-elle en secouant la tête. Tu peux faire jaillir l'électricité de tes doigts par magie, mais tu ne sais pas conduire cette voiture providentielle.

Luke ne répondit pas.

— Bon, pousse-toi.

Luke indiquait les routes à Connie qui roulait à tombeau ouvert malgré le volant à gauche auquel elle n'était pas habituée. La Trabant faisait un vacarme épouvantable. Les routes étaient désertes, mais de toute façon Connie ne prêtait même plus attention à qui pouvait les voir ou les entendre. Elle se disait que les jeunes hommes fin soûls auraient une bonne histoire à raconter à leur réveil – s'ils s'en souvenaient –, mais, pour l'heure, elle pensait surtout à la panique engendrée par la pluie de météores, et à ce qui pouvait arriver à ses amis.

À 2 h 54 du matin, Luke leva la main.

— C'est ici.

Sé avait entendu dire que la noyade était une mort agréable, que ce n'était vraiment pas la pire manière de partir. Pourtant, ce n'était pas du tout l'impression qu'il en avait. Le nez bouché par une serviette, ligoté à une grande planche inclinée, il était enseveli sous des torrents d'eau, et plus rien n'existait que l'effort atroce pour ne pas respirer, le plus longtemps possible, et quand il n'en pouvait plus ses poumons s'emplissaient d'eau malgré lui, il sentait ses yeux se révulser et une terrible brûlure en lui, ses poumons resserrés, suffoquant, luttant pour le maintenir en vie, des éclairs rouges devant les yeux tandis qu'il sentait les vaisseaux sanguins céder un à un. Chaque nerf et chaque tendon hurlait, mais aucun son ne pouvait sortir de sa bouche, car elle s'emplissait, encore et encore, d'eau… Et à l'instant où il allait enfin sombrer dans l'inconscience, que sa vision s'assombrissait, convoquant un souvenir de son père faisant du pol rôti, lançant la pâte à la noix de coco dans les airs sans effort du bout de ses quatre doigts…, il se mit brutalement à vomir, déversant des quantités d'eau sous le regard de ses deux tortionnaires. Pleurant et suffoquant, il avalait l'oxygène à grandes goulées, et tout son corps tremblait contre la planche en bois.

Nigel lui toucha gentiment l'épaule, et le ton de sa voix était doux, ce qui rendait la situation encore pire pour tout le monde.

— S'il te plaît, Sé, lui dit-il d'un air désolé. Je t'en prie. Nous détestons faire ça. Je ne veux pas avoir à le faire. Personne ne souhaite ça. Parle-nous, simplement. S'il te plaît. Et on pourra rentrer à la maison et tout s'arrêtera. S'il te plaît. On doit collaborer.

Sé leva ses yeux rougis vers lui et, entre deux hoquets, lui demanda :

— Quelle… heure ?

Les météorites continuaient à tomber en pluie, mais le monde était presque entièrement silencieux lorsque Connie et Luke descendirent de voiture. Ils se trouvaient dans un champ avec des arbres à une extrémité, dans l'ombre d'une colline rocheuse, derrière laquelle s'étendaient les grandes plaines de Palyessye. Deux champs plus loin, quelques vaches somnolaient près d'un abreuvoir. Une chouette ulula dans les arbres. Il n'y avait pas le moindre bâtiment en vue hormis une grange éloignée.

Luke jeta un coup d'œil alentour.

— Tu le vois ? demanda Connie, inquiète.

— Ce n'est pas nécessaire, heureusement, répondit Luke.

D'un pas décidé, il se dirigea vers le sous-bois.

— Il n'y a rien là ! lui fit remarquer Connie.

Luke leva une main et l'appuya contre quelque chose. Alors elle le vit.

— Oh !

Un grand vaisseau bourdonnait sous sa main.

— Allez, ma vieille, murmura Luke. Tu peux y arriver.

La chose, aux contours légèrement marqués par des lueurs, était entièrement transparente et sphérique. En fait, songea Connie, cela ressemblait à une bulle de savon géante, presque aussi grande que les arbres mais complètement invisible avant que Luke la ranime. Connie la toucha à son tour : on aurait dit de la gelée très ferme. Ça bougeait un peu, et les lumières se mirent à clignoter davantage, de haut en bas.

— C'est beau, dit-elle, émerveillée.

Luke bomba le torse.

— N'est-ce pas ? dit-il fièrement.

— Je peux entrer ?

Il fronça les sourcils.

— Ben, tu pourrais, mais c'est rempli de…

Il semblait avoir du mal à trouver ses mots.

— De quoi ? demanda enfin Connie.

— Je ne sais pas. Le plus proche équivalent serait… gelée nutritive ?

— Beurk.

— Oh non, c'est…, commença-t-il en voyant sa grimace. Pas le temps.

Il fit alors une chose des plus étranges : il disparut dans l'immense bulle transparente, comme s'il traversait ses parois. Connie appuya dessus à son tour, sans parvenir à la percer. Et Luke avait totalement disparu à ses yeux une fois entré dedans. Elle recula de quelques pas et s'aperçut qu'elle ne voyait plus du tout l'appareil. C'était vraiment très étrange. Et cela faisait aussi ressortir l'étrangeté de Luke, le fait qu'il était extraterrestre. Elle serra les bras contre son tee-shirt humide : la nuit était claire et fraîche. Luke lui manquait déjà.

Qu'allait-il sortir du vaisseau ? Connie ne savait trop quoi en penser : un téléphone de l'espace peut-être ? Mais c'est avec un petit morceau lisse et arrondi qui ressemblait à du verre qu'il revint.

Ils s'assirent en tailleur sur le sol, à proximité du vaisseau.

Ce fut Evelyn qui lança le mouvement. Elle prit sa tasse en fer blanc émaillé. (Elle avait réussi à soudoyer un des gardiens pour obtenir du thé régulièrement – elle avait obtenu cette faveur en l'aidant à résoudre des intégrales un peu épineuses qu'il avait sûrement su faire dans le temps mais qu'il avait oubliées depuis. C'était un doctorant qui travaillait comme gardien pour compléter sa maigre bourse. Sauf qu'il était pire que les gardiens professionnels, car lorsqu'il ne révisait pas ces anciennes notions il se confondait en excuses et lui disait qu'elle n'avait pas idée de tout ce qu'il fallait faire pour obtenir une titularisation à l'heure actuelle. En entendant cela, Evelyn répondait d'un simple grognement.).

Les églises de la ville (Great St Mary, St Benet, St Andrew) firent résonner leurs cloches, claironnant l'arrivée d'un nouveau jour.

Evelyn se leva avec sa tasse et tapa contre la lourde porte de toutes ses forces. En l'entendant, Arnold se mit lui aussi à cogner et à crier. Ce qui réveilla Ranjit qui, lorsqu'il se rappela où il se trouvait, se leva d'un bond et commença à gueuler avec eux, se risquant même à pousser quelques jurons en hindi. Ils criaient à tue-tête.

Francis, le gardien-doctorant, arriva le premier.

— Que se passe-t-il ?

— Nous sommes prêts, lui annonça Arnold. Nous sommes prêts, fais-nous sortir. Où est Sé ?

Francis transmit la bonne nouvelle à Nigel qui essaya de garder son flegme pour ne pas laisser voir son ravissement. Il fit signe aux soldats américains de libérer Sé de ses liens immédiatement. Ce dernier continua à vomir sur le sol, incapable de se tenir debout par lui-même. Nigel attendit patiemment qu'il se remette, puis demanda à l'un des soldats de le porter jusqu'à la salle de conférences, où les autres devaient eux aussi être menés.

Arnold n'en crut pas ses yeux lorsqu'il vit ce qu'ils avaient fait subir à Sé. Evelyn n'était pas surprise, pour sa part. Tous les trois se précipitèrent vers lui à son arrivée. Arnold dut prendre sur lui pour ne pas pleurer. Evelyn enlaça Sé, l'aida à s'asseoir puis le berça d'avant en arrière comme un enfant.

— Mais ils t'ont fait quoi ? répétait sans arrêt Ranjit. Tu as été sensationnel. Je parie que tu leur as rien dit ! Je parie que t'étais genre super résistant. T'es le meilleur ! Moi aussi, j'aurais géré, carrément.

— Ahem, fit Nigel calmement. On peut commencer ?

Luke étendit les doigts sur la surface de l'appareil. Connie repensa à ce qu'elle faisait quand elle était petite, passant le doigt sur le pourtour d'un verre pour le faire chanter. La chose s'alluma en bourdonnant, puis se mit brusquement à grésiller. Ce n'était pas très fort, mais on aurait dit une cacophonie de cent ou plutôt de mille fréquences, comme s'ils recevaient simultanément tous les émetteurs de la Terre. Et c'était précisément le cas.

— Oh ! s'exclama Connie. Éteins-le, éteins-le !

Il la regarda d'un air amusé.

— Oh, je trouve que c'est un son plaisant !

— ÉTEINS-MOI ÇA !

— Les fréquences terriennes sont dangereusement proches les unes des autres, marmonna-t-il. Vous parlez tellement. Et je ne peux pas me débrouiller avec ces espèces de saucisses.

— Arrête de te plaindre de tes doigts, lui reprocha Connie. Les doigts, c'est super.

Maintenant elle sautillait sur place, aiguillonnée par la nervosité et l'impatience en regardant le galet qui luisait doucement entre les mains de Luke. Il passait en revue crachotements et grésillements, levant les yeux de temps en temps, scrutant différentes zones du ciel. Enfin il y eut un craquement sec qui ressemblait au bruit d'un accident de voiture, puis un choc sourd. Et encore un autre. C'était menaçant et angoissant comme une alarme horrible.

Arnold écrivit sur un papier les données qu'il avait mémorisées et les donna à Nigel.

— Voilà comment les joindre, lança-t-il d'un ton bourru.

Nigel regarda les chiffres d'un air abasourdi.

— Et vous avez ça depuis trois jours ?

Après un moment d'hésitation, ils hochèrent la tête.

— C'est un acte de trahison, conclut Nigel.

— Ouais, c'est bon, on est au courant, répondit Arnold. Je peux m'attarder un peu et mourir en Grande-Bretagne ? Les prisons américaines sont vraiment, vraiment horribles.

— Mais pourquoi ? POURQUOI ? Pourquoi ne nous avoir rien dit ? Pourquoi les deux autres se sont-ils enfuis ?

— Il y a un message, aussi, l'informa Evelyn. Il vaut mieux vous asseoir.

Nigel s'exécuta, tâchant de ne pas laisser voir le tremblement de ses mains. Il jeta un coup d'œil à Sé, dont la tête reposait maintenant sur les genoux d'Evelyn et dont les yeux terriblement injectés regardaient dans le vide.

— Les extraterrestres sont à la recherche d'un fugitif, un des leurs qui s'est caché sur Terre.

— Elle avait raison, murmura Nigel en secouant la tête, interloqué.

Il se laissa aller en arrière sur sa chaise.

— Ce n'est pas Godzilla, tout de même ? demanda-t-il à voix basse.

— Ooh ! fit Ranjit.

— Non, dit Evelyn. C'est Luke.

Il y eut un long silence tandis que Nigel essayait de digérer la nouvelle. Ces mots avaient enfin été prononcés tout haut.

— Pendant tout ce temps… Ce binoclard… Bien sûr. Évidemment. Et il a tué le professeur, qui avait découvert son imposture. Qui d'autre aurait pu faire ça ? Et ensuite il s'est enfui. Bon sang !

— Il dit que ce n'est pas lui, le meurtrier, intervint Evelyn.

— Est-ce que… ? Enfin, il vous a juste dit qu'il était un extraterrestre ?

Ils secouèrent la tête.

— On l'a vu ! C'est une sorte de méduse, décrivit Ranjit. Comme une méduse qui brille !

Nigel secoua la tête puis tapa du poing sur la table.

— Vous l'avez laissé s'enfuir et vous ne nous avez rien dit ?! Mais qu'est-ce qui vous a pris, enfin !

— C'est ça, oui, railla Evelyn. On aurait dû faire confiance à votre façon de traiter les gens.

Elle caressait la tête de Sé d'un air possessif.

— Et elle ? Il l'a prise en otage ? C'est ça, hein ? Elle est son otage. Mais vous auriez quand même dû nous mettre au courant, nous avons les moyens de régler ce genre de situation.

Evelyn, Ranjit et Arnold échangèrent quelques regards.

— Euh, fit Arnold. C'est pas vraiment ça.

— C'est une affaire privée, ajouta Evelyn.

— Elle était au courant et elle a choisi de partir avec un extraterrestre meurtrier ? Oh, mon Dieu, mon Dieu ! Mais où sont-ils donc ?

— Ils partaient pour la Biélorussie, révéla Evelyn qui tout en le disant se sentit soudain accablée par le poids de la trahison. On ne sait pas s'ils y sont parvenus. (Elle parlait d'un ton bas et rapide.) Nous n'avons pas de nouvelles d'eux. Ils ont promis de nous joindre s'ils y arrivaient, et nous avons convenu qu'au bout de trois jours nous vous livrerions toute l'affaire.

Une connexion se fit dans l'esprit de Nigel. Le signalement rapporté par Malik. Varsovie. Il consulta rapidement les nouveaux messages sur son téléphone. Mozyr. Mozyr ? Une histoire de train. Où ça pouvait bien être ?

Il ferma les yeux, le visage crispé.

— Je crois bien qu'ils ont réussi.

— OUAIS ! s'exclama Ranjit.

— Mais pourquoi là-bas ?

— Le vaisseau de Luke s'y trouve, expliqua Arnold. Son vaisseau spatial. Il a un vaisseau spatial. Mon pote Luke a un vaisseau spatial. Il a son propre vaisseau spatial. Waouh, j'aime bien dire ça !

— Alors il va s'enfuir encore ? dit Nigel. Grâce à vous. Alors qu'une civilisation extraterrestre est à sa recherche. Et vous avez mis toute la planète en danger pour ça ?

Il les regarda et secoua la tête. Les oreilles de Ranjit viraient au rose vif.

— Donnez-moi tous les détails. Donnez-moi toutes les informations tout de suite, ordonna Nigel en prenant son téléphone. Dahlia ? (Il écouta un instant sa secrétaire.) Non, écoutez-moi, je me fiche de vos projets de vacances, là. Non. Pas maintenant, non. Écoutez ! Passez-moi Vauxhall et le numéro 10, je vous prie. C'est un Code N. Double N. Merde, triple N ! N puissance n !

Evelyn ne s'était encore jamais trouvée dans la salle de contrôle du télescope. C'était impressionnant. À minuit passé, elle était encore en pleine activité, fourmillant d'employés à la mine sérieuse qui semblaient surmenés – ce qui devait être le cas étant donné toutes les données qu'ils avaient à traiter alors qu'ils étaient incapables d'y comprendre goutte, sans compter le standard saturé de gens qui voulaient savoir ce qui était arrivé à la Lune.

Tout le monde semblait nerveux et excité à la fois. Elle avait voulu raccompagner Sé à son appartement, mais il n'en était pas question. Ils devaient rester groupés à un endroit où l'on pouvait les surveiller. Quelqu'un lui trouva un siège au fond de la pièce, et il s'affala dessus, à demi-inconscient.

— Qui s'occupe des communications audio ? demanda Nigel. Qui est le responsable des communications ?

Un homme d'allure juvénile, incroyablement fluet et portant un nœud papillon, fit un pas en avant.

— Tu veux bien dire à ton papa de venir nous aider ? lui aboya Nigel tandis que le pauvre garçon triturait sa blouse blanche et se raclait nerveusement la gorge.

Nigel se tourna vers Arnold.

— Et maintenant qu'est-ce qu'on doit faire, bordel ?

Arnold inscrivit sur un papier les coordonnées galactiques dérivées des séquences de fréquences qu'il avait mémorisées et, sur un signe d'assentiment des deux autres, le tendit à Nigel. Ce dernier y jeta un coup d'œil, mais pour lui c'était du chinois.

Le jeune homme – qui s'appelait Pol – regarda à son tour.

— Ça ne peut pas marcher, dit-il avec humeur. À cet endroit, il n'y a que de la poussière de nuages, un creux entre les étoiles. Il n'y a rien. Il n'y a rien dans tout ce quadrant.

— Bon, avec vos instruments, vous pouvez atteindre cet endroit où il est censé y avoir quelque chose ? demanda Arnold. Ou ils servent juste à regarder sous la jupe des filles à huit kilomètres de distance ?

Pol eut l'air piqué au vif.

— Évidemment qu'on peut détecter ce point. On pourrait s'il y avait quelque chose. Mais je me tue à vous le dire : on passe devant tous les jours. Il n'y a rien. Et il serait d'ailleurs physiquement impossible qu'un message nous parvienne de là, à travers l'espace.

Arnold, Evelyn et Ranjit se tenaient en rang serré. Arnold croisa les bras et dit :

— Bon, je t'explique : nous, on est mathématiciens. Alors quand on nous dit « physiquement impossible », on entend juste « blabla bouh bouh ».

Pol lui jeta un regard noir.

— Bon, s'il vous plaît, on peut préparer la machine et regarder ? intervint Nigel qui avait peine à garder son calme. Essayons de faire semblant un instant que l'enjeu est plus grand qu'une connerie de rivalité territoriale.

Pol prit le papier et chassa une jeune femme assise devant un ordinateur énorme muni de trois écrans.

— Quoi, c'est ça votre équipement super à la pointe pour sonder l'espace ? s'exclama Arnold qui avait vraiment eu du mal avec le fait d'être réduit au silence pendant trois jours dans une cellule. Chez moi j'ai une meilleure installation pour World of Warcraft. Avec un appareil à panini.

Tandis que Pol mettait les instruments en marche, les autres dévisagèrent Arnold. Les trois écrans s'allumèrent. Sur l'un d'eux s'étalaient des courbes accidentées, et un autre permettait d'explorer les constellations.

— Ben quoi ? Ça donne faim.

Pol chaussa ses écouteurs d'une manière théâtrale, sans quitter Arnold des yeux. Il abaissa un micro vers sa bouche.

— Regardez, voilà Madonna, se moqua Arnold.

— Chut, le rabroua Evelyn.

— Non, je ne me tairai pas, protesta Arnold. Je tiens les secrets de l'Univers dans ma main, et Monsieur le prince Georges veut nous montrer sa supériorité.

Pol l'ignora superbement et parla dans le micro de l'ordinateur d'une voix basse.

— Antennes à cinquante-cinq degrés, cent cinquante-cinq gigahertz.

Il y eut un grincement distinct. Evelyn regarda par la fenêtre. Dans la nuit sombre, les grandes antennes paraboliques commencèrent à tourner lentement sur leurs mécanismes hydrauliques. Les voir se déployer toutes en même temps donnait une impression légèrement sinistre : on aurait dit de grosses têtes jusque-là endormies qui se tournaient soudain comme pour prêter l'oreille à quelque chose, puis fixaient leur regard dessus d'une manière implacable.

Elle frissonna et regarda Sé. Il était avachi sur son siège, le regard dans le vide. Elle eut la velléité d'aller vers lui, mais Nigel la vit et lui fit comprendre d'un bref mouvement de tête qu'il n'en était pas question. Elle émit un son désapprobateur.

Pol écoutait attentivement ce qui se passait dans ses écouteurs, puis Nigel lui ordonna d'allumer le haut-parleur. Un mélange de bruissements et de sifflements s'éleva. Des interférences et des bruits parasites venus du fin fond de la Galaxie. Pol prit un air suffisant tandis qu'Arnold et Evelyn échangeaient un regard. Il y eut un long moment de flottement. Nigel pensait – espérait, pour la dernière fois – qu'il s'agissait finalement d'un gros malentendu ridicule, qu'il devait y avoir une explication toute simple, avec des gentils et des méchants, et les méchants seraient mis en prison.

Puis, l'espace d'un instant, une fraction de seconde avant d'entendre le bruit, le graphique à l'écran forma un pic à l'écran. Et un autre, et encore un autre.

Enfin, ils l'entendirent. Un craquement épouvantable. Et un autre. Et encore un autre. Puis une vive lumière s'alluma à l'extérieur des fenêtres du laboratoire.

Chapitre 24

Luke se frottait anxieusement la gorge. Connie raisonnait de manière pragmatique.

— Si tu veux leur parler efficacement, parle-leur dans votre langue… Je veux dire : si tu retournes dans ton vaisseau, tu ne peux pas… ?

Luke secoua la tête.

— Je m'y refuse. Je ne veux pas m'adresser à eux comme l'un des leurs. Je veux parler comme l'un des vôtres. Un des nôtres. Est-ce que tu comprends ? ajouta-t-il après une courte pause.

Connie hocha la tête et posa une main sur la sienne. Luke se pencha en avant et parla doucement en direction de l'objet ressemblant à du verre.

— Bonjour.

Le bruit était plus fort que ce qui venait des haut-parleurs. Ça faisait quelque chose comme « wop wop wop ». Et la lumière…

La pièce s'immobilisa.

— On dirait tout à fait un hélicoptère, fit remarquer Evelyn à l'assemblée paralysée par l'effroi.

Et effectivement, lorsque la lumière s'éteignit dehors, il fut évident qu'un hélicoptère avait atterri sur le terrain du complexe de recherche. Tous les regards convergèrent vers l'appareil, alors qu'une femme d'allure solide et aux cheveux très frisés en sortait prudemment, accompagnée de deux agents de sécurité munis d'oreillettes. Et derrière eux apparut la silhouette en costume, immédiatement reconnaissable et légèrement hirsute, du Premier ministre.

— Je me disais aussi que le cirque n'était pas au grand complet, lança Evelyn d'un ton posé.

Le Premier ministre avait l'air tout excité. En entrant dans le laboratoire, il arborait un grand sourire. Quant à Anyali, elle jeta un regard noir à Nigel. Instinctivement, tout le monde se redressa et croisa les mains dans le dos.

— Le Cobra a décidé que c'était la meilleure solution, expliqua Anyali. Les chefs sont juste derrière nous.

— Il y a qui parmi les CEM ? demanda Arnold.

— Chefs d'états-majors, traduisit immédiatement Ranjit. Quoi ? Je voulais entrer dans l'armée territoriale. Ben quoi ? C'est pas ma faute si je suis allergique aux fougères.

— Il nous manquait plus que ça, fit Nigel. La cavalerie, ici. Il y a moyen de les tenir à l'écart ?

Anyali secoua la tête.

— Vous n'avez peut-être pas remarqué, mais nous avons été attaqués.

— Vous n'avez peut-être pas remarqué que ce n'est pas le cas.

— La Lune est sous la responsabilité de la Terre.

Arnold suivait leur échange avec attention.

— Alors, comme ça, vous laissez les Maldives se noyer et le Moyen-Orient partir à vau-l'eau sans rien faire, mais si quelqu'un fait sauter trois cailloux sur la lune c'est la catastrophe ?

— Fermez-la, lui ordonnèrent en chœur Nigel et Anyali, sans même le regarder.

— Eh bien, bonsoir ! dit le Premier ministre qui distribuait des poignées de main à la ronde. J'ai préparé un discours pour nos nouveaux voisins galactiques. Il y a un peu de latin, mais pas tant que ça… Avons-nous un interprète ?

Nigel interrogea les mathématiciens du regard.

— Luke a toujours parlé un anglais parfait, fit remarquer Evelyn. Je ne sais pas si ça va marcher, mais ils sont assurément capables de comprendre d'autres langues.

— On n'en sait pas plus, conclut Nigel.

— Très bien, très bien, dit le Premier ministre.

— Il a été mis au courant de tout ? demanda Nigel à Anyali qui opina. Un instant, s'il vous plaît, dit-il alors, prenant Anyali à part.

— Comment allons-nous procéder ?

— Le patron hésite.

— Comment ça : « il hésite », bordel ?

— Eh bien, il y a les lois sur l'extradition à prendre en compte, ce genre de choses.

— Mais enfin il ne s'agit pas d'une personne ! Ce n'est pas un cas pour Amnesty International !

Anyali haussa les épaules.

— Je sais bien. Essayez donc de le lui expliquer, à lui.

— Mais, bon sang, c'est pourtant évident ! C'est un extraterrestre qui fuit je ne sais quelles foutaises d'extraterrestres sur leur planète. Nous proposons de le leur livrer et qu'ils nous laissent tranquilles en échange. Je ne vois pas où il y a la place pour l'hésitation !

— Est-ce que vous l'avez arrêté ?

— On se rapproche.

— C'est immense, la Biélorussie.

— Oui, et leur armée aussi.

Anyali secoua la tête.

— Vous savez, le patron ne veut pas de… de fuites. Surtout en ce qui concerne nos potentiels alliés politiques à l'Est.

Nigel opina. Le message que Malik avait reçu d'Interpol était bref et efficace : les suspects avaient été vus s'échappant d'un train près de Mozyr. Ils ne pouvaient pas être bien loin. Les services britanniques avaient emprunté quelques membres des forces spéciales sur place, mais en restant très vagues sur les raisons de l'opération.

— Il s'agit juste de gagner du temps en attendant de lui mettre le grappin dessus.

— S'il n'y a que ça, allez-y, le Premier ministre va leur rebattre les oreilles, vous aurez tout le temps qu'il faut. À supposer qu'ils aient des oreilles.

Elle examina le dispositif de Pol.

— Sérieusement, le contact est établi ?

Nigel se contenta de hocher la tête, la bouche sèche. Puis ils échangèrent un regard.

— Bon, bon, fit Anyali en secouant la tête. Bonne chance, agent Cardon.

— De même.

C'était la première fois qu'ils se rencontraient en personne. Ils se serrèrent solennellement la main.

— Rallumez le haut-parleur, ordonna Nigel.

Le Premier ministre arborait une expression grave, mais il ne parvenait pas complètement à empêcher ses lèvres de frémir d'excitation.

La courbe sur l'écran d'ordinateur se mit de nouveau à dessiner des pics, et une cacophonie se déversa des haut-parleurs. Pol était très concentré. Un micro fut installé devant le Premier ministre qui remercia d'un signe.

Pol tapota furieusement sur le clavier relié aux trois écrans et leva une main pour demander le silence. Puis il l'abaissa lentement et compta silencieusement avec les doigts : trois, deux, un.

Le Premier ministre s'avança et s'éclaircit la gorge.

— Bonjour, répéta Luke.

Il fronça les sourcils et frotta l'appareil.

— Ah, la technologie ! dit Connie, compatissante.

Si seulement ils pouvaient tomber sur quelqu'un avec qui il était possible de discuter. Quelqu'un qui soit capable de comprendre. Quelqu'un avec qui ils parviendraient à communiquer.

— Chers amis de par-delà les étoiles, bonsoir ! commença le Premier ministre.

Mal à l'aise, Nigel se dandinait d'un pied sur l'autre. Un des techniciens enregistrait en douce sur son téléphone. Un agent de sécurité du Premier ministre le lui confisqua calmement, sans provoquer d'esclandre, puis l'écrasa sous son pied.

Les bruits de métal torturé faisaient monter et descendre le graphe. Mais il émergeait quelque chose d'autre, il y avait maintenant une étrange pression dans l'air, une atmosphère métallique et lourde, comme celle d'un orage électrique. Les gens commençaient à se frotter les oreilles.

— Ici, la Grande-Bretagne, annonça le Premier ministre.

Si Connie avait été présente, elle aurait eu l'impression d'être à l'Eurovision.

— Nous souhaitons… tendre vers vous… la main de l'accueil et de la paix.

Les grands bruits de fracas commencèrent à décroître. C'était toujours une cacophonie, mais ça ressemblait de moins en moins à une symphonie de voitures prises dans une tornade. Sur les représentations graphiques, on voyait clairement que les couches sonores étaient retirées les unes après les autres, comme si un groupe de rock passait progressivement en version acoustique.

— Pour vous souhaiter la bienvenue dans notre Système solaire, si toutefois c'est la première fois que vous goûtez à ses merveilles… Mais la prochaine fois que vous voudrez un souvenir de la Lune, demandez-nous la permission.

— Pas d'humour ! chuchota Anyali d'un ton pressant. J'avais dit : pas d'humour ! Enfin ! Si les Français eux-mêmes ne saisissent pas nos blagues, Dieu sait comment une civilisation extraterrestre risque de réagir !

Le bruit continua à décroître, jusqu'au moment où un seul son fut audible : une tonalité. Puis une autre. Et encore une autre.

— Sixte, dirent Evelyn et Arnold en même temps.

— Non, se corrigea aussitôt Arnold. Sixte augmentée.

— Pardon ? fit Nigel.

— C'est une mesure mathématique d'intervalle musical. La cohérence est universelle, mais c'est une clé horrible.

— Comme la fois où Luke a voulu accorder ce piano, se rappela Evelyn. C'était ce qu'il essayait d'obtenir.

— Ils doivent parler une langue à tons, expliqua Arnold. Voilà pourquoi Luke croit que le camion poubelle chante une mélodie. Attendez, essayez d'adapter les fréquences sonores. Ils n'utilisent pas des harmonies rationnelles : convertissez en utilisant la racine carrée de trois.

Pol hocha la tête et pianota à toute allure sur son clavier.

Les tonalités se changèrent en une sorte de vocalisation : « aaaadddd ».

— Très bien ! lança le Premier ministre d'un ton d'encouragement.

Le visage d'Anyali était sévère.

Enfin, lorsque Pol parvint à éliminer les grésillements de la pluie de météores lunaires, ils l'entendirent. Une voix grave et menaçante, qui prononçait un son identifiable.

— Un.

La pièce entière retenait son souffle.

— Un deux, un deux, dit le Premier ministre. Très bien, très très bien ! Test audio : un, deux, trois ! Vous êtes en ligne, on vous entend parfaitement.

— Un, répéta la voix.

Elle ne semblait ni humaine ni robotique, ni masculine ni féminine, c'était simplement une voix produisant des sons anglais. Evelyn ne trouva pas tout de suite à quoi elle lui faisait penser, puis cela la frappa : la voix parlait avec le même timbre lent et légèrement haché que les bulletins de la météo marine. Bien sûr elle ressemblait aussi à l'élocution de Luke : douce, comme s'il ne pouvait même pas imaginer faire du mal à qui que ce soit.

Et pourtant les dégâts étaient là, aussi flagrants que ceux des terribles ouragans annoncés par les prévisions météo : l'explosion de la Lune, les menaces. Les voix n'étaient pas responsables, mais elles étaient les messagères.

— Vous avez… un des nôtres, précisa la voix.

Il y avait un petit décalage. Le Premier ministre hocha la tête.

— Ils ne peuvent pas vous voir, l'informa Pol.

— Et comment pourriez-vous en être sûr, jeune homme ? rétorqua le Premier ministre en éloignant le micro de sa bouche un instant. Oui, reprit-il dans le micro. Nous comprenons la situation et nous mettons tous nos moyens à votre disposition.

C'en était trop pour Arnold. Francis le gardien-doctorant était occupé à regarder le Premier ministre, pour lequel il avait voté dans l'espoir qu'il appuierait sa foi en l'éducation par des financements revus à la hausse. Ça ne s'était pas produit.

Arnold, pour sa part, avait totalement oublié qu'il était sous surveillance rapprochée. Il bondit vers le micro.

— Hip hip hip hourra, mon salaud ! hurla-t-il. Mange-toi ça ! J'aurai ma revanche, dans cette vie ou au-delà ! Luke !

Luke leva l'objet qui s'était mis à briller légèrement. La cacophonie de Cambridge leur parvint.

— Arnold ? fit-il, ravi. Arnold, c'est bien toi ?

— LUKE ! cria Evelyn, tandis qu'Arnold se faisait plaquer au sol par deux agents de sécurité.

Le technicien dont le téléphone avait été détruit profita de la confusion pour marcher sur la main du garde responsable de ce crime, tout en prétendant qu'il s'agissait d'un accident.

Sé se redressa soudain sur sa chaise.

— Où est Connie ? demanda-t-il. Où est Connie ? Elle est là ?

Aussitôt une explosion de bruits de friture se fit entendre, imbroglio de sons discordants.

Luke, toujours en communication, resta tranquillement assis dans son champ des environs de Mozyr.

— Non, dit-il calmement, en réponse aux bruits. Je parle un nouveau langage maintenant.

Les crépitements reprirent de plus belle, et Luke attendit patiemment que cela cesse, ce qui se produisit peu à peu. Les sons discordants et furieux furent retirés couche après couche, pour laisser place à une voix compréhensible.

— Undesnôtres, disait-elle.

Le Premier ministre jeta à la ronde un regard consterné.

— Il s'agit là de votre vagabond ?

Anyali regarda Nigel qui jeta un coup d'œil à Evelyn qui répondit d'un hochement de tête.

— Eh bien, voilà une excellente nouvelle ! s'enthousiasma le Premier ministre. Où êtes-vous ?

— Ne réponds pas ! l'enjoignit Arnold qui se prit, inévitablement, un coup dans les côtes.

Mais cela n'avait guère d'importance, Pol s'activait déjà sur le troisième écran d'ordinateur, pour tracer l'origine du signal en temps record.

— Etvousvousrendez ? demanda la voix.

Les membres du Lims retinrent leur souffle.

— Vous pouvez m'expliquer ce qui s'est passé ? dit Luke de sa voix douce. Après ce que j'ai fait ?

— Est-ce que CONNIE est là ? cria Sé d'une voix désespérée.

— Oui, répondit-elle calmement. Je suis là.

— Est-ce que tu vas bien ?

— La ferme, Sé ! On est occupés, là, tu vois bien.

— Elle est égale à elle-même, commenta Evelyn.

— Cequisestpassé ? répéta lentement la voix étrange, comme si elle n'avait pas bien compris.

— Après la chute du mur. Que s'est-il passé ? Dites-le-moi. Est-ce que vous l'avez reconstruit à l'identique ?

Il y eut un long silence. Puis la voix reprit la parole, avec moins d'hésitations, comme si l'interlocuteur commençait à mieux maîtriser leur langue.

— Non. Nous ne l'avons pas reconstruit.

— Pourquoi ?

— Parce que… Au début… au début c'était dur. Ce que vous avez fait. Tout le monde qui se mélangeait. Ça ne nous est pas naturel. Seulement comme vous êtes un…

L'extraterrestre cherchait le terme approprié.

— « Bâtard », lui proposa Luke. Apparemment on appelle cela un « bâtard ».

— Oui, répondit son interlocuteur d'un ton peu convaincu.

— Alors que s'est-il passé ? demanda Connie, vraiment intéressée.

— Le mélange ne pouvait pas être évité et, avec le temps… Il a fallu du temps. Mais avec le temps… il y a eu… il y a eu des mélanges, et peu à peu les gens ont eu moins peur. Et c'est… c'est devenu une bonne chose.

Dans le Lims, Arnold donna un coup de poing victorieux en l'air. L'agent de sécurité lui tapa la main. Dans le champ plongé dans l'obscurité, Luke fit un large sourire. Connie lui sauta sur le dos pour lui embrasser la nuque.

— Ouais ! lui chuchota-t-elle à l'oreille. Génial, génial !

— Alors, y a-t-il davantage de conflits depuis la chute du mur ? Ou moins ? s'enquit Luke.

— Nous n'avons pas pour habitude de parlementer avec les criminels, dit la voix.

— Dites-nous, je vous en prie ! cria Connie dans le galet, même si élever la voix était clairement inutile, et assourdit simplement Pol (pour le plus grand ravissement d'Arnold). S'il vous plaît ! Vous nous avez trouvés. Nous sommes là. Dites-nous.

Il y eut un silence. Lorsque l'interlocuteur extraterrestre reprit la parole, le timbre de la voix était toujours le même, mais Connie crut y déceler une note de lassitude.

— Il y a… Certains ont construit des monuments à votre mémoire, ils vous considèrent comme leur sauveur.

Il y eut un silence, tandis que chacun prenait la mesure de cette nouvelle.

— For-mi-dable ! commenta le Premier ministre. Et si nous faisions une conférence diplomatique ? J'adore ça ! On prend des photos de tous les participants, voyez-vous… et vous serez invités d'honneur, bien sûr. La nourriture est généralement excellente. Simple curiosité, ajouta-t-il après un bref silence : vous faites quelle taille ?

— Alors vous n'avez pas besoin de lui ? dit Connie d'une voix exaltée. Vous n'avez pas besoin de le ramener avec vous ?

— C'est un criminel. Nous avons pour ordre de le ramener.

— Et si vous prétendez ne pas l'avoir trouvé ?

— Nous l'avons trouvé.

— Mais vous ne pouvez pas l'emmener ! Qu'allez-vous lui faire ?

— Justice.

— Ouf ! fit Connie, soulagée.

Mais Luke secouait la tête.

— Gens de la Terre. Nous n'oublierons pas le service rendu. Nous nous en irons et ne reviendrons pas, comme il se doit entre tous les peuples de l'Univers : une civilisation découvre par elle-même le reste de l'Univers, et non l'inverse. Lorsque vous serez prêts, venez nous rendre visite. Nous n'envahissons pas, nous n'engageons pas le contact. Sauf circonstances exceptionnelles.

— Attendez un instant, intervint Connie. Ce sont des circonstances exceptionnellement bonnes. Comme vous l'avez mentionné, Luke a apporté à votre planète un bienfait colossal.

— En effet.

— Et vous voulez l'emmener et l'exécuter ?

— En tant que chef de ce… monde, intervint le Premier ministre. Non, attendez, je me suis un peu trompé, là, non ? Voyons voir. En tant que chef… d'une partie de ce monde – une petite partie, en fait, mais on y est très attachés. Bref. Je pense que nous préférerions garder ce gars, si vous êtes disposés à prendre notre avis en compte. Nous aimerions l'examiner, voyez-vous. Voir si nous pouvons apprendre… les uns des autres. Mais nous prendrions garde à ce qu'il ne lui arrive rien, ne vous en faites pas. Aucun problème.

— Oui, c'est ça, exultait Connie. Allons-y pour cette option-là : enfermement et expériences.

— Ferme-la, Connie, l'arrêta Evelyn. Ferme-la.

La voix de l'interlocuteur extraterrestre se refit entendre. Il y avait toujours quelque deux secondes de décalage.

— Nous avons pour mission de trouver le criminel et de le ramener.

— Oui, dit patiemment le Premier ministre, mais vous avez vous-même avoué qu'il a rendu service à votre civilisation. En partant de ce constat, ne pourrait-il pas choisir lui-même son lieu de résidence ? Après avoir contribué de manière bénéfique à nos sociétés respectives, peut-être ? Il sera traité en criminel ici aussi, je peux vous l'assurer.

Il y eut un long silence.

— Nous allons y réfléchir.

Délicatement, Luke fit descendre Connie de son dos et la posa dans le champ. Mais elle ne pouvait pas rester tranquille et se mit à bondir dans tous les sens. Il leva le morceau de verre vers sa bouche.

— Je dois vous dire, commença-t-il. Je dois vous dire... s'il vous plaît, transmettez au... (Il prononça quelque chose que Connie ne comprit pas.) que je n'ai jamais voulu faire de mal à qui que ce soit. J'ai saboté une construction que je trouvais terriblement injuste. Je ne voulais pas faire de mal. Je voulais... je voulais que les murs tombent et que les gens comprennent qu'ils étaient capables de vivre ensemble. C'est tout. J'étais jeune et naïf, mais…

— Si vous pouviez revenir en arrière, le referiez-vous ? demanda la voix implacable.

— Oui.

— Et si vous trouvez des murs dans ce monde les ferez-vous tomber ?

Luke hésita avant de répondre.

— Je ne comprends pas ces gens.

— Alors comment espérez-vous vivre parmi eux ?

Connie lui serra la main. Il mit longtemps à répondre.

— Je ferai de mon mieux.

Il y eut encore un silence.

— Et vous, chef de ce monde.

— Euh… oui ? répondit le Premier ministre.

— Vous êtes d'accord pour que cette personne reste dans votre environnement ? Tout en sachant ce qu'il a fait et de quoi il est capable ?

— Carrément ! répondit le Premier ministre, incapable de cacher son enthousiasme. Je veux dire : oui, nous sommes d'accord. Je crois que je peux dire, au nom de Sa Majesté la reine, que nous invitons ce personnage à devenir (sous certaines conditions nécessaires à sa propre sécurité) part entière de notre empire mondial, pour qu'il nous transmette ses connaissances et sa sagesse venues d'au-delà les étoiles, et nous aide à devenir de meilleurs citoyens d'une nouvelle démocratie interstellaire.

Le Premier ministre distribua des sourires satisfaits à la ronde. Arnold, toujours fermement maintenu à terre, retenait son souffle, tout comme Evelyn. Sé attendait, concentré. Ranjit sautillait sur place.

Le silence qui suivit fut long et pesant.

— Nous allons débattre de cette question avec notre hiérarchie.

Puis l'horrible cacophonie grésillante reprit, et Pol arracha ses écouteurs. Puis le calme revint d'un coup, donnant à chacun l'impression qu'il avait les oreilles bouchées, et l'étrange sensation d'électricité statique disparut.

Dans la pièce, un brouhaha s'éleva alors.

Pol était parvenu à déterminer deux choses sur son écran : la position de Luke et de Connie, et l'endroit d'où provenait le signal extraterrestre. C'était juste au bord du Système solaire, d'après ce qu'ils pouvaient voir.

— Pourquoi personne n'avait remarqué ça avant ? aboya quelqu'un à côté de l'écran. Ils sont pour ainsi dire au coin de la rue.

Pol secouait la tête, incrédule.

— On surveille ce coin tout le temps. Tout le temps.

— Nous balayons la zone en ce moment même, monsieur, annonça une autre personne.

Au milieu de toute cette agitation, personne n'entendit les portes s'ouvrir. Et tout à coup un groupe d'hommes d'âge mûr, chargés de médailles et à l'allure distinguée, entra dans la pièce.

— Ah, bien, je savais que vous n'étiez pas loin derrière ! fit le Premier ministre d'un air penaud. Euh… nous n'avons pas pu vous attendre, mais Anyali va vous mettre au courant de la situation.

— Vous êtes entré en communication avec l'ennemi ? interrogea un vice-amiral qui prenait une teinte rosée. Vous ne nous avez pas attendus ?

Le Premier ministre adopta sa fameuse mimique avec la tête penchée sur le côté – ce qui était censé lui donner un air juvénile et adorable. Le vice-amiral ne se laissa pas attendrir.

— Je n'ai vraiment pas eu le choix. Ils ont commencé à parler, et voilà. N'en faisons pas tout un coup d'État, les gars.

— Laissez-moi leur parler maintenant, ordonna le général des armées en s'avançant. Nous allons leur dire ce que nous pensons de leur façon de faire exploser la Lune.

— Euh… oui, fit le Premier ministre qui n'avait rien contre le fait d'être pris pour un imbécile, mais n'en était pas un en réalité. En fait nous étions plutôt dans l'optique de résoudre les choses de manière pacifique. Et, en bonus, on garderait un extraterrestre. Donc jusqu'ici les choses se passent bien. Je crois qu'on peut s'occuper du reste sans vous.

Les chefs d'états-majors qui habituellement se méprisaient cordialement étaient pour une fois unis par l'indignation.

— Et comment savez-vous qu'ils ne vous mènent pas en bateau et qu'ils ne vont pas malgré tout faire exploser le monde ? demanda le général. Après tout, ils ont bien fait sauter la Lune.

— Oh, on pourrait faire sauter La lune quand ça nous chante ! rétorqua le Premier ministre. Ça ne prouve rien. Et puis pourquoi ils feraient ça ?

Le général le toisa.

— Je vous prenais pour un homme instruit, monsieur. Pourquoi ? Mais voilà une planète bourrée de ressources minières et de main-d'œuvre. Je sais ce que je ferais à leur place.

Dans la main de Luke, le morceau de verre devint opaque. Il resta à le regarder un long moment. Puis il se tourna vers Connie.

— Je n'ai jamais entendu un juriste dire ça.

— Il va y réfléchir, exultait Connie, en se jetant au cou de Luke. Ils vont y réfléchir ! Ça veut dire oui ! C'est ce qu'un papa répond quand on lui demande une glace.

Luke fronça les sourcils.

— Ou quand on veut refiler la responsabilité d'une décision à quelqu'un d'autre.

— Exactement ! « Je peux avoir une remise sur l'achat de cette voiture, s'il vous plaît ? » ; « Je vais y réfléchir... Bon, d'accord – je voulais juste que vous pensiez que j'étais intraitable. »

Il la souleva dans ses bras et enfouit son visage dans ses cheveux.

— Cela me rend... très heureux, que tu aies autant confiance en moi.

— Tu plaisantes ? Mais tu l'as entendu, non ? Tu as pour ainsi dire sauvé leur planète. Il y a des statues de toi ! Tu es célèbre.

Luke fit la grimace.

— Quoi ?

— La célébrité est un concept étrange pour moi. Vous torturez émotionnellement les individus qui possèdent une grande symétrie physique. Je ne comprends pas.

— Mais non, protesta Connie, tout en se promettant de ne plus jamais regarder ces magazines en ligne regorgeant de femmes en Bikini buvant du café.

Étrangement, la pureté et la bizarrerie de Luke, son manque de références culturelles lui donnaient l'impression d'être elle aussi une ardoise vierge. Elle voulait peupler son esprit et son cœur uniquement des plus belles choses et des plus beaux endroits du globe, pour les partager avec lui pour la première fois.

Soudain, Luke se raidit. Sentant sa tension, elle se dégagea pour voir ce qu'il avait surpris. Elle se retourna et poussa une exclamation étouffée. Une silhouette d'un blanc de spectre, baignée par la lumière laiteuse de la lune, se dirigeait vers eux depuis l'autre extrémité du champ. C'était un individu frêle, et chauve.

Chapitre 25

— Bon je peux me lever, maintenant ? demanda Arnold. Le sol est tapissé de microbes de physiciens.

Personne ne lui accorda la moindre attention. Il régnait une pagaille incroyable, tout le monde parlait en même temps, menaçant d'alerter les médias, ou directement le président américain ou le président russe. Ce qui, comme quelqu'un ne manqua pas de le faire remarquer, déclencherait une panique mondiale qui avait autant de chance de détruire le monde qu'une attaque extraterrestre. L'agent de sécurité vérifiait que personne ne quittait les lieux ni ne sortait son téléphone, mais il n'avait pas reçu l'ordre d'enlever son pied de la nuque d'Arnold, aussi l'y laissa-t-il. Ranjit examinait l'autre garde à côté de lui.

— Je peux toucher votre arme ?

— Non.

Le niveau sonore continua de grimper, et même le Premier ministre ne parvenait guère à ramener l'ordre. Anyali rejoignit Nigel.

— À votre avis, qu'est-ce qu'on doit faire ?

Il haussa les épaules.

—J'ai fait ce que j'avais à faire, répondit-il en mettant fin à une conversation téléphonique. Les forces biélorusses sont en route. Non, ils pensent que c'est un potentiel terroriste, précisa-t-il devant son regard interrogateur. Mais ils ont pour ordre de ne pas lui tirer dessus.

—Ah d'accord, vous les avez sermonnés avec votre grosse voix ! Je suis sûre que ça aura beaucoup d'effet sur ces jeunes soldats apeurés et excités de la gâchette.

Nigel leva les yeux au ciel.

—Ce sont les forces spéciales, pas les scouts. Ils ont bien compris qu'on le veut vivant.

—Et si on ne l'attrape pas ? Et s'il fait un truc d'extra-terrestres et les tue tous ?

Nigel aussi avait envisagé cette éventualité, et il ne voulait plus y penser.

—Je ne sais pas. Les abris nucléaires, ça existe toujours ?

Pol brandissait une feuille de papier.

—Mais c'est absurde ! s'exclama-t-il bruyamment, ce qui fit taire tout le monde.

— Eh bien, quoi ? l'interrogea Anyali avec impatience.

Pol faisait durer le suspense, savourant le moment.

—Nous avons trouvé le secteur d'où provient le signal, nous avons braqué les télescopes dessus. Mais il n'y a toujours rien à cet endroit, on ne voit rien du tout. C'est à croire qu'ils sont complètement invisibles.

La nuit devenait plus claire maintenant. Luke se redressa lentement à mesure que la silhouette se rapprochait d'eux. Au début elle marchait, puis elle se mit à courir. Lorsqu'elle fut assez proche pour que Luke la voie mieux, il poussa un cri et ouvrit les bras, tandis qu'une étrange inconnue accourait vers lui.

— Galina !

— Luke !

Et elle se jeta dans les bras de Luke qui serra son corps frêle contre lui. Connie ressentit l'aiguillon de la jalousie lui piquer les côtes, ce qui ne lui arrivait presque jamais. Qui était-ce ?

Cette femme, puisqu'il s'agissait d'une femme, rajustait d'une main experte le foulard lui couvrant la tête, qui avait glissé sur ses épaules. Sous le regard éberlué de Connie, elle fit une longue phrase dans une langue étrangère et recula pour toucher le visage de Luke en faisant moult commentaires.

— Euh… bonjour ? fit Connie.

Luke se tourna vers elle.

— Désolé, dit-il. Comment pourrais-je… Galina, voici…

Si tu oublies mon nom à ce moment précis, pensa Connie, je vais te tuer, homme des étoiles, pas besoin d'influence extérieure !

— Euh… Connie. Voici Galina.

La femme se remit à parler.

— Je ne comprends pas un traître mot de ce qu'elle raconte, fit remarquer Connie.

—Ah oui, vous parlez différemment ! Désolé. Tu parles sa langue ?

—Non…

Luke sourit.

—Wow, il y a plein de langues que tu ne parles pas !

—Ah oui, et tu veux me montrer comment tu te débrouilles pour boutonner ta veste ?

Avec un sourire, il se tourna de nouveau vers Galina.

—Ці можаце вы гаварыць па-ангельску ?

Galina hocha la tête.

—Ды. Oui. Oui ! Bonjour, comment allez-vous ?

Connie lui serra la main.

—Enchantée.

—Je lui dis : j'ai vu explosion la Lune, et je pense : c'est lui ! Je n'ai pas vu ce garçon beaucoup beaucoup des années… Comme il est beau, non ? Il est comme mon Artem. Juste pareil ! Il est exactement ce que serait mon fils si…

Sa voix s'étrangla, et elle n'acheva pas sa phrase.

Connie jeta un coup d'œil au galet dans les mains de Luke. Il était maintenant inerte et sans éclat. Quelle que soit la tournure que prendrait la discussion sur son sort, ils ne pouvaient plus rien y faire, et elle ne savait pas combien de temps ça pourrait prendre.

—Et si vous nous racontiez tout ça ? demanda-t-elle à l'étrange femme.

Pour finir, ils s'installèrent sous les arbres, où Galina fit prestement un feu avec des brindilles et des fougères. Les flammes vacillantes s'élevèrent dans la fraîcheur précédant l'aube, et Connie se rappela qu'il y avait une bouteille de vodka polonaise dans son sac – qui avait miraculeusement survécu à la chute. Galina et elle en prirent une gorgée.

— Je suis née en 1986, à l'automne, commença-t-elle, son anglais nettement amélioré par l'alcool (et par les films américains qu'elle regardait en quantité lorsqu'elle était trop faible pour bouger, comme elle le leur apprit plus tard).

Connie eut un choc : elles avaient presque le même âge, mais Galina paraissait assez âgée pour être sa mère.

— Je sais, je sais : l'âge ne me réussit pas, expliqua sèchement Galina avant de tendre la main pour caresser la tête de Luke. Tu as une girlfriend ? dit-elle en souriant. Est-ce qu'elle est au courant ?

Luke hocha la tête.

Galina n'avait pas de sourcils, mais son étonnement était évident. Elle dévisagea Connie.

— Tu aimes cet homme-poisson ?

Connie rougit jusqu'aux racines de ses cheveux roux, incapable de regarder Luke.

— Euh… oui, je crois que oui.

Luke se tourna vers elle et pour une fois il n'avait pas ce sourire ironique aux lèvres, il avait l'air solennel. Il lui prit la main. Galina gloussa.

— Ah ! Comme on dit : *everybody needs somebody to love!* Tu as l'homme-poisson, j'ai eu mon Artem, et le monde tourne.

Elle reprit une gorgée de vodka.

— J'étais dans le ventre de ma mère quand il y a eu l'explosion. Tu as entendu parler ? Tchernobyl ?

Connie poussa une exclamation de surprise. Elle n'avait pas du tout pris conscience de l'endroit où ils se trouvaient.

— C'est à cent kilomètres d'ici. Ma mère m'a dit elle a entendu. Elle a vu. Et les autorités ont dit : « Tout va bien, pas vous inquiéter, c'est technologie soviétique très puissante. » Mais après ils ont dit : « Non, en fait il faut partir, merci beaucoup. » Mais nous étions pauvres, impossible de déménager. Et ce que Tchernobyl a fait, impossible à voir. C'est entré profond en moi, tu comprends ? À l'intérieur de mes os. Et je ne pourrai jamais être en bonne santé.

De sa main libre, Luke tapota gentiment le bras de Galina, et elle s'accrocha à lui.

— Mais une fois j'étais jeune, j'étais « en rémission » comme ils disent, et j'ai voulu sortir avec les amis, comme les autres filles. Je suis allée danser et j'ai bu trop de la vodka. Et j'ai rencontré un beau garçon, dit-elle en dévisageant Luke ouvertement. Il ressemblait beaucoup à Luke.

Ce dernier hocha la tête.

— Alors… le beau garçon est parti pour l'armée, mais il a laissé quelque chose. Et j'étais contente parce que j'étais malade et je voulais quelque chose, quelque chose de bien pour une fois dans ma vie. Une chose bonne. Et ma mère était heureuse parce qu'elle avait une fille malade et elle voulait un enfant en bonne santé. Et quand Artem est né c'était le plus beau le plus merveilleux petit garçon dans tout le monde.

Elle poussa un profond soupir et se couvrit le visage avec les mains. Connie fit le tour du feu pour venir passer un bras autour de Galina.

— Mais il était malade aussi. Tout le monde ici est malade. Le gouvernement a dit : « Tout va bien, pas de maladies. » Et tout le monde malade. Pas tout de suite, tu sais. Pas vite, non. Mais c'est à l'intérieur, tellement profond. Et dans mon petit garçon aussi. Mon fils. Souvent il ne pouvait pas aller à l'école, et les traitements le brûlent. Mais il était beaucoup intelligent ! Il travaillait et travaillait, il avait très bon ordinateur, on lui avait acheté. Et il était le plus rapide, il pouvait tout faire. Il était brillant, un génie.

Luke approuva.

— Oui, il l'était, vraiment.

— Et un jour il veut sortir, sortir du lit pendant la nuit. Il a trouvé quelque chose, il me dit, quelque chose étrange, qui fait des signaux étranges…

— C'était ma faute, dit Luke en hochant la tête, plongé dans ses souvenirs. Je venais d'atterrir et j'ai sorti l'appareil de télécommunication, ce qui produit un signal, dit-il en baissant la tête. C'était une erreur. De loin ma plus grande erreur.

Galina lui frotta la tête.

— Ah, глупства, ce n'était pas ta faute. Tu n'as pas fait exprès. Et pour nous tu n'étais pas une erreur. Tu étais la meilleure chose qui pouvait arriver.

— Pour moi aussi, dit Connie. Continuez, je vous en prie, ajouta-t-elle après un moment de silence.

Dans le Lims, l'équipe se massa autour du moniteur ; l'image fournie par les télescopes était d'une beauté à couper le souffle : dans les confins du Système solaire, l'onde de choc était visible, des volutes orangée et rouge dansaient à l'interface entre les vents solaires et les gaz interstellaires. Soudain, il y eut une sorte d'éclair, et ils virent…

— Qu'est-ce que… ?

— C'est sûrement l'onde de choc, dit quelqu'un. Regardez cette forme de bulle.

Ils se penchèrent tous en avant. Il n'y avait presque pas de lumière, rien qui puisse produire un reflet, et c'était bien trop loin du Soleil. Mais on sentait nettement que quelque chose flottait là…, quelque chose qui ressemblait à une énorme bulle de savon.

— Il va falloir patienter, conclut le Premier ministre. Pas d'appels, pas de mesures… Rien en attendant qu'ils nous recontactent.

Il se tourna vers Nigel et lui jeta d'une voix sévère :

— Et vous, ramenez votre type ici en vitesse, compris ?

— Oui, monsieur.

— On pourrait pas commander des pizzas ? demanda Arnold depuis le sol de la pièce.

— Ils se sont rencontrés près de la rivière, poursuivit Galina. Mon Artem, il ne voulait jamais aller dehors.

Avant. Devant l'ordinateur, c'était tout ce qu'il voulait. Pas les arbres, pas l'herbe, rien. Et alors il a rencontré l'homme-poisson et il est devenu son ami.

— Juste comme ça ? s'étonna Connie.

— Il avait peur au début, précisa Luke. Moi aussi, j'avais peur au début.

— Et puis il allait dehors tous les jours – dans le froid – alors je demandais pourquoi, il disait qu'il avait fait un ami. Alors j'ai pensé un homme mauvais dans les bois voulait mon garçon ; moi aussi, j'avais peur. Tout le monde avait peur !

— Mais qu'est-ce que vous faisiez ? demanda Connie à l'intention de Luke qui haussa les épaules.

— Il aimait les maths.

— Tu lui as parlé de maths ?

— Il était beaucoup intelligent, mon Artem. Un garçon intelligent, intelligent ! Alors j'allais voir, et tous les jours ils faisaient les équations et parler, je ne comprenais même pas ! Et dessiner dans le sable ! Il avait neuf ans ! Si doué !

— Vous avez juste fait des maths ? répéta Connie. Tu ne lui as pas posé de questions sur notre monde, pour apprendre plein de choses.

Luke haussa les épaules.

— Un peu. Mais il n'était pas très intéressé par le monde, et moi, je ne comprenais pas, alors que les mathématiques étaient les mêmes pour nous deux, alors…

— C'est bien des garçons…

— Je sais qu'il aimait sa mère, dit Luke.

Mais Galina ne se laissa pas distraire de son récit.

— Et puis l'été est venu.

— La rivière, poursuivit Luke. Là où nous avons sauté, c'était froid, mais ici, à l'abri, ça se réchauffe en été et… j'ai commencé à…

— Je vois, dit Connie.

Luke opina.

— Nous avons parlé du problème. Je pouvais façonner mon corps, prendre la forme d'un humain, à peu près. Mais sans pigment.

— Et mon Artem, très malade. Plus malade chaque jour, rappela Galina. Il n'y avait rien pour le guérir. Tout ce qu'il voulait, c'était voir son Luke, son Luca. C'était une blague, tu sais. Une blague stupide en anglais, parce qu'il ne voyait pas bien. « Look, Luke ! » Artem a appris l'anglais à la télévision. Si intelligent. Si intelligent.

— Tu ne pouvais pas le guérir ? demanda Connie.

Luke secoua la tête.

— Malheureusement. Je ne comprenais même pas ce que c'était. Ce n'est pas… Je crois que nous n'avons pas cette maladie. Et je ne suis pas docteur.

— Mais il a aidé Artem ! s'emporta Galina, indignée que Connie puisse croire que Luke n'avait pas fait tout son possible.

— Il l'a emmené nager avant l'eau trop chaude. Il était heureux en nageant ! Si heureux. C'étaient les plus beaux jours de sa vie. Parce que sa vie n'a pas été bonne, et ma vie n'était pas bonne. Mais tu sais, si tu voyais l'homme-poisson nager !

Connie hocha la tête avec un sourire.

— Il nage bien ; l'homme-poisson et Artem aimaient ça plus que tout. Il riait, il riait ! Jusqu'à cet été. Il était trop malade. De plus en plus malade. Et quand le moment a approché… ils ont pensé…

— Il m'a donné sa couleur, expliqua Luke. Il me l'a donnée. Je ne l'ai pas prise, Connie, je te le promets. Je ne savais même pas que c'était possible, je n'en avais aucune idée.

— Il n'y avait plus rien à faire, dit Galina.

— Je t'ai toujours cru, lui rappela Connie. Mais comment as-tu fait ?

— Avant de mourir, Artem m'a dit ce qu'il voulait, et nous avons essayé un peu.

— Ach, sa main ! s'exclama Galina. Tu vois, c'est la dernière chose qui l'a amusé : la main transparente.

— Et c'était indolore. Mais ça rendait Artem somnolent. Et pour continuer… (Galina prit une autre gorgée de vodka et se tourna vers Connie d'un air soudain fâché.) Tu n'es pas mère.

— Non, répondit Connie, même s'il ne s'agissait pas d'une question.

— Tu n'as jamais eu un enfant condamné à souffrir. Je te le dis, petite Anglaise, c'est une douleur pire que tout dans le monde. C'est pire que tout ce que l'univers pourrait inventer. Je l'ai supplié, dit-elle en crachant dans les flammes. Je l'ai supplié de faire partir la douleur d'Artem. La douleur sans fin, inutile, injuste.

Luke avait les larmes aux yeux. Il les écrasa farouchement.

— Artem ne pleurait jamais.

— Tu ne le voyais pas tout le temps dans les dernières semaines, corrigea Galina. Pour toi, les sourires. Tout le reste du temps, il pleurait, il hurlait, il suppliait. Le cancer te mange, il te mange de l'intérieur, et ne te laisse même pas mourir. Et maintenant c'est pareil pour moi, dit-elle d'une voix radoucie. Mais moi, je m'en fiche. Je devrais me tuer. Mais j'ai toujours l'espoir. J'ai toujours l'espoir de revoir mon Artem.

Elle passait rêveusement la main dans les cheveux de Luke et se mit à fredonner un air.

Юрыя! ставай рана,
Юрыя! місія была,
Юрыя! Ва мі клю і,
Юрыя! Выйдзі поле…

— Qu'est-il arrivé ? demanda Connie.

— Je l'ai tenu, et il m'a donné sa couleur. Je l'ai prise. Ce n'était pas douloureux pour lui, il n'était pas malheureux. Il dormait.

Le silence qui suivit dura longtemps. Au loin, une chouette ulula. Luke avait la tête basse.

— Ensuite j'ai dû partir, bien sûr. À cause des questions.

— Il n'y a pas eu de questions ! protesta Galina en assenant un grand coup avec la bouteille de vodka à moitié vide. Ils n'ont même pas posé de questions ! Autour de Tchernobyl, on ne pose plus de questions, parce que ce sont des lâches, ils ont peur. Ils ont emmené mon fils dans un cercueil fermé et ils ne disent rien de peur de perdre leur travail, même s'il était beau et comme en glace. Mais je savais qu'il n'était pas tout à fait mort. Parce qu'un peu de lui est en toi.

— Et pour cela je suis privilégié, dit Luke. Plus que je ne saurais l'exprimer.

— Voilà ce que je voulais savoir, intervint Connie. Artem a dû te parler du pôle Nord. Pourquoi n'es-tu pas allé là-bas, pour vivre où tout est froid et gelé tout le temps, pour vivre dans ton état naturel ? Pourquoi es-tu allé au Royaume-Uni ?

Luke la regarda longuement.

— Parce que je me sentais seul, répondit-il simplement.

Connie plongea le regard dans le sien, et aucun d'eux ne remarqua le galet sur ses genoux qui se mettait à briller. Et bientôt, tout près, on entendit les pales d'un hélicoptère.

Chapitre 26

Les grésillements envahirent toute la pièce, et l'atmosphère se fit lourde, pleine d'électricité statique. Alors ils arrêtèrent tous de se chamailler comme si l'on avait actionné un interrupteur. Il y eut une cacophonie, et Pol s'empressa de baisser le son. Ils se jetaient des coups d'œil, et Nigel se demanda s'ils pensaient tous la même chose : le sort du monde est-il vraiment entre les mains de ces gens ?

— J'arrive pas à croire que le sort du monde est entre vos mains, énonça Arnold à voix haute.

— On ne peut pas le faire sortir, lui ? demanda Anyali.

— Ah oui, carrément, je vais sortir tranquillement ! Vous allez me tirer dans le dos, ou carrément dans la tête, rapide ?

— TA GUEULE ! s'énerva Pol.

De nouveau les filtres successifs permirent d'aboutir à une traduction, et les bruits se muèrent en sons intelligibles.

— Terre, énonça la voix étrangement douce.

Connie bondit soudain.

— Il brille !

Luke se leva précipitamment et souleva l'appareil. Ils tendirent l'oreille.

— Terre.

Connie vint près de Luke et serra sa main dans la sienne.

— Oui ! Ils viennent pour nous ramener en Angleterre, chuchota-t-elle. Ensuite il ne te restera plus qu'à faire une sortie à la Hulk pour t'échapper de l'horrible labo où ils t'enfermeront, et on sera libres ! Toi et moi. Pour toujours. Ou pour le temps de ton espérance de vie. Si c'est des milliers d'années, je ne tiendrai sans doute pas le coup.

Luke imprima une légère pression sur sa main et lui embrassa tendrement le dessus de la tête.

La voix extraterrestre se fit plus nette.

— Nous avons discuté du cas du fugitif. Ce qu'il a fait était un acte héroïque qui a été bénéfique à notre monde.

Connie sautait presque en l'air.

— Mais nous ne pouvons tolérer le sabotage, au risque d'encourager tous ceux qui ont des griefs. Nous nous en tenons à ce que nous avons promis, et nous vous laisserons tranquilles. Mais vous devez d'abord tenir vos engagements. Vous devez nous le livrer. Là où vous êtes. Nous viendrons le chercher lorsqu'il fera de nouveau sombre, là où vous êtes.

Il y eut un silence.

En Angleterre, le Premier ministre se pencha vers le micro, toussota pour gagner du temps, puis toussa.

— Eh bien, eh bien, êtes-vous absolument sûrs que cela est raisonnable ? Enfin je pense qu'il y a beaucoup de points à discuter concernant les traités d'extradition et tout ce qui pourrait être convenu, mais dans l'ensemble nous sommes très… Voyez-vous, il semblerait que vous ayez décidé de le tuer, d'après ce que nous savons, et… Enfin si nous étions en Amérique, ce ne serait pas un problème, mais…

Il n'y eut pas de réponse. Il se pencha vers le micro de nouveau.

— Je crois que ce que je veux savoir, c'est… : que se passera-t-il si nous ne vous le livrons pas ?

Personne ne dit mot pendant ce qui parut durer une éternité. La pièce entière retenait son souffle. Puis le haut-parleur crachota.

— Des conséquences suivront…, expliqua la voix douce.

Il y eut un sifflement, puis l'enchevêtrement de bruits s'éleva de nouveau, atteignant un niveau insoutenable de crissements industriels et de cris. Puis plus rien.

Silence. Complet et pesant. Les extraterrestres étaient partis. Et le Premier ministre et Pol eurent beau crier dans le micro. On aurait dit qu'il n'y avait jamais eu personne à l'autre bout de la fréquence.

Ranjit fondit en larmes. Même Nigel secoua la tête, dépité. Puis Arnold fit quelque chose qui aurait vraiment surpris son cardiologue : mû par un soudain regain de force et d'agilité, il se releva d'un bond, repoussant le garde qui chuta comme un sac de briques, puis sauta sur le micro en bousculant le Premier ministre et hurla :

— LUKE ! ENFUIS-TOI ! ILS VONT VENIR TE CAPTURER ! ENFUIS-TOI SANS TE RETOURNER ! VAS-Y !

Cette fois-ci, ils eurent plus de mal à le maîtriser.

Galina contemplait toujours le feu, en buvant de la vodka à petites gorgées. Mais Connie et Luke s'étaient levés et se regardaient.

— Pas question ! s'écria Connie. Pas question, reprends la communication, dis-leur qu'ils ont tort !

Luke secoua la tête.

— C'était couru d'avance, lui avoua-t-il. Je crois qu'ils ont prétendu y réfléchir par politesse diplomatique. Cela donne l'impression qu'ils ont de la compassion. Une fausse impression.

— Tu t'attendais à ça et tu es resté tranquillement assis là ?

— Avec toi, je resterais assis n'importe où.

Connie se tourna vers son vaisseau. Il n'était pas facilement visible, même si l'aube descendait sur les champs.

— Tu as dit que tu pouvais le réparer, lui rappela-t-elle. Alors répare-le. Répare-le ! On ira sur une autre planète. Toujours en cavale. Je peux le faire. On s'est enfuis une fois, on peut continuer.

Luke secoua la tête.

— Oh, mon amour !

— Pas d'hésitation. J'en ai marre de la Terre de toute façon. Allons-y. Allons explorer l'Univers ! Ça va être fantastique !

Elle courut vers la sphère immense, puis se retourna et vit le visage désespéré de Luke.

— Mon amour, ce n'est pas… Elle ne peut pas te transporter.

Connie se figea. Pourtant, elle l'avait toujours su, inconsciemment. Elle savait qu'ils n'étaient pas de la même espèce. Il avança vers elle.

— Parce que je n'ai pas de foutues branchies, hoqueta-t-elle à travers des larmes qu'elle ne pouvait plus retenir.

Luke hocha la tête.

— Foutues branchies merdiques.

Connie se retourna pour poser les mains sur le vaisseau. Elle resta en contact un long moment. Le bruit de l'hélicoptère se rapprochait. Ils devaient fouiller les environs, et il ne leur faudrait pas longtemps pour les repérer, ils ne s'étaient même pas donné la peine d'éteindre le feu. Elle se mordit la lèvre et se tourna vers Luke.

— Vas-y seul. Tu peux leur échapper. Tout seul. Tu prends ton vaisseau, tu t'en vas. Fais-le. Tout de suite.

Il la regarda.

— En te laissant ici, subir la colère de mon peuple ? Tu es devenue complètement folle ou quoi ?

Elle le regarda.

— On trouvera un moyen d'y échapper. On dira que tu t'es perdu. On habillera un épouvantail avec tes habits. Qui verrait la différence ? On lui fera faire des équations et manifester pour les droits des animaux…

Sa voix se brisa.

— Non, ma darahi, dit-il en lui prenant le menton entre ses doigts et en lui inclinant la tête en arrière. Comme si j'étais capable d'aller quelque part sans toi. C'est nous deux ou rien.

Ils devaient crier pour se faire entendre maintenant. L'hélicoptère – un énorme Chinook avec deux paires de pales – planait juste au-dessus de leur tête.

— FAIS-LE ! JE PRÉFÈRE QUE TU SOIS LOIN ET VIVANT PLUTÔT QUE DE TE FAIRE TUER AVEC MOI !

— TU FERAIS CE CHOIX À MA PLACE ?

— NON !

Leurs cheveux voletaient, soulevés par l'air déplacé par l'appareil en train d'atterrir.

— À terre, à terre ! Les mains derrière la tête ! leur ordonna une voix au-dessus d'eux.

Galina leva la tête vers l'immense hélicoptère, mais elle s'y intéressa à peine. Le regard perdu dans les flammes, elle était dans le monde de ses souvenirs.

— UTILISE TON CERVEAU HYPERTROPHIÉ POUR TROUVER UN PLAN ! hurla Connie. DÉPÊCHE-TOI !

Mais juste au moment où l'appareil se posait, laissant sortir une demi-douzaine d'hommes en noir pointant leurs armes sur eux, Luke se précipita sur Galina. Il lui prit les mains et les porta à ses lèvres. Elle leva le menton vers lui, et ses immenses yeux enfoncés qui lui mangeaient le visage s'animèrent.

— Ці бачу цябе зно?

Luke pressa le visage contre l'épaule de Galina.

— Я не ведаю…

— À TERRE! À TERRE! LES MAINS DERRIÈRE LA TÊTE!

De ses mains tremblantes, Galina lui caressa encore une fois le visage.

— братка, dit-elle d'une voix rauque.

— За сёды.

Luke pencha la tête, ils lui tirèrent dans la nuque, et Connie hurla à travers toute la campagne, à travers tout l'univers.

Chapitre 27

Le visage du Premier ministre avait perdu tout son aspect juvénile. Il semblait inutile de retourner au Cobra à Londres alors que ses principaux acteurs étaient déjà sur place, attendant d'avoir des nouvelles des forces biélorusses. On leur apporta du thé, et on laissa le personnel s'occuper des communications, avec l'ordre de contacter les commandants au cas où quelque chose se passerait.

Arnold était inconscient, et Sé l'était presque. Ils furent tous les deux traînés jusqu'à leurs chambres par les forces de sécurité.

— Mettez-les dans la pièce principale et laissez-moi avec eux, demanda Evelyn. Il faut bien que quelqu'un les surveille. Vous croyez peut-être que vous avez le droit d'agir à votre guise en toute impunité, mais il y aura des conséquences s'il leur arrive quelque chose.

— Vous pourrez m'écrire une lettre de réclamation de Holloway, railla Nigel. Ou bien vous préférez retourner au Congo ? J'ai entendu dire que dans leurs prisons, si on graisse suffisamment la patte du maton, on peut acheter un espace où s'allonger…

Evelyn soutint son regard.

— Je ne veux pas que mes collègues meurent de non-assistance à personne en danger, répondit-elle avec raideur. À vous de voir. Et, sait-on jamais, on finira peut-être voisins de cellule…

Nigel poussa un soupir appuyé.

— Nous n'avons plus besoin de vous, dit-il.

— Alors nous allons tous mourir dans de mystérieux accidents ?

— Quoi ? dit Nigel qui commençait à être très fatigué. Non. Non, non, non, tout ce que je voulais dire, c'est que ça n'a plus aucune importance, que vous partagiez la même pièce ou pas. Alors, voilà c'est bon. Peu importe, ajouta-t-il en leur faisant signe de partir. Allez-vous-en… Et surtout veillez à ce que je n'aie pas à recroiser cet Américain, par pitié.

— Et celui que vous avez torturé ? insista Evelyn. Vous voulez que lui aussi disparaisse sous le tapis ?

Nigel la regarda.

— Nous n'avions AUCUNE idée de ce qui se tramait. AUCUNE. Finalement, ils veulent juste tuer un type. Ils pourraient en tuer mille. Un million ! Et cela reste possible !

— Nous avons voulu laisser une chance à Luke, expliqua Evelyn.

— Ouais, pour protéger votre ami, vous avez mis en danger les amis de tout le monde, résuma Nigel, rouge de colère. Tout ça pour quoi ? Pour rien. On l'a attrapé, on le ramène ici et on va faire comme les gros aliens avec le pistolet explose-lune nous disent de faire. Et si vous vous imaginez que c'est de gaieté de cœur vous

vous fourrez le doigt dans l'œil. Imaginez plutôt que mon boulot consiste à protéger le plus de gens possible, pour qu'ils ne soient pas pulvérisés, vous voyez ? Et si je réussis, ce ne sera pas grâce aux gens comme vous qui pensent que, sous prétexte qu'ils savent faire des putains de calculs, ils valent mieux que les autres. (Il prit un instant pour se calmer.) Mais oui, allez-y, vous pouvez vous rassembler dans la même pièce. Et vous pouvez même dire merci.

Evelyn le regarda.

— Je ne pense pas que je vaille mieux que les non-mathématiciens. Mais je pense que je vaux mieux que vous.

Elle prit le relais du garde pour soutenir Sé et fit comprendre aux autres agents de sécurité de se charger d'Arnold, qu'ils étendirent comme ils purent sur trois chaises de la pièce. Evelyn aida Sé qui parvenait maintenant à marcher mais restait un peu faible sur ses jambes.

— Je suis obligé de venir ? demanda Ranjit. Parce qu'en fait j'aimerais mieux rentrer chez moi et suivre la suite à la télé.

— Ce n'est pas la télé, Ranj, lui expliqua Evelyn avec lassitude.

— Non, fit Ranjit en la suivant, les épaules basses. Je préférerais que ce soit un feuilleton télé. Mais dans ce cas je changerais sans doute de chaîne pour regarder Danse avec les stars. (Il retrouva soudain un peu d'entrain.) Eh, tu crois que quand tout ça sera fini ils voudront que je rejoigne le casting de Danse avec les stars ?

— Voilà un univers que je ne veux même pas envisager, soupira Evelyn.

Luke se réveilla en sursaut, immédiatement sur le qui-vive alors qu'il aurait dû rester endormi encore deux ou trois heures vu la dose qu'on lui avait administrée. Il découvrit qu'il était menotté à la paroi de l'hélicoptère, un mastodonte assez vaste pour accueillir vingt à trente personnes. Le niveau sonore était impressionnant – et aux oreilles de Luke ce vacarme était apaisant. Au début, tout était flou, mais à force de regarder autour de lui, gagné par la panique, il finit par reconnaître Connie assise en face de lui, attachée elle aussi, et qui le regardait avec inquiétude.

— Dieu merci ! fit-elle quand elle parvint à capter son regard.

Elle tendit la main vers lui, mais elle ne pouvait pas aller plus loin que les courroies qui la maintenaient. Ils étaient menottés tous les deux.

Luke regarda autour de lui.

— 2.3508, dit-il en fronçant les sourcils.

Aussitôt, un soldat braqua son arme dans leur direction.

— Pas de communication, intima-t-il.

Luke baissa les yeux vers ses menottes et tira prudemment dessus.

— Arrête, siffla Connie. Ne les enlève pas. Ils seraient capables de…

— PAS DE COMMUNICATION.

— Trouve un plan, le supplia Connie. Trouve une solution. Tu sais que tu en es capable.

— Eh bien…

Il tira de nouveau sur ses attaches, et l'une se détacha de la paroi.

— Qu'est-ce que vous faites ? demanda le soldat.

Mais, avant même qu'il ait eu l'occasion de répondre, un autre tira de nouveau sur Luke.

Dans la salle de contrôle du Lims, alors que les techniciens essayaient désespérément de rétablir le contact, une réunion de la plus haute importance avait lieu.

— À quoi ressemble-t-il ? demanda le vice-amiral.

— À un type normal, répondit Nigel. C'est ce qui nous a égarés depuis le début. C'est juste un grand type maigre.

— Alors comment est-il allé si loin ? s'interrogea le général.

— Justement parce qu'il ressemble à un type normal. Je crois que s'il avait eu des tentacules géants on l'aurait repéré un peu plus vite.

— Bien, tout cela n'a plus d'importance maintenant, leur rappela le Premier ministre. Il faut se concentrer sur ce que nous allons faire.

Un lourd silence tomba dans l'assistance.

— Si nous devons prendre des décisions difficiles, allons-y, poursuivit-il. Y a-t-il quelqu'un qui s'oppose sérieusement à ce que nous fassions ce qu'ils demandent ?

— Comment savoir s'ils ne vont pas nous faire sauter de toute façon, qu'on le leur livre ou pas ? demanda le général.

— On n'en sait rien, répondit Nigel. Nous n'avons aucun moyen de savoir s'ils nous mentent. Ni même si ce concept a cours chez eux. Tout ce qu'on a, c'est ce qu'ils nous ont dit. Et…

Il semblait réticent à poursuivre.

— Quoi ? demanda Anyali.

Il soupira.

— Je ne sais pas… Mais il semblerait que ceux qui ont côtoyé et travaillé avec cet extraterrestre… Dieu sait pourquoi… mais apparemment ils lui font confiance.

— Très juste, nota le Premier ministre. Je crois qu'il faut prendre leurs propos pour argent comptant. Cela dit, sommes-nous prêts ? Sommes-nous prêts à perdre la première créature extraterrestre vivante arrivée sur notre sol, et en plus surtout pour le condamner très certainement à la mort ?

Personne ne répondit.

Anyali se pencha sur son téléphone.

— Un autre ferry s'est échoué en Indonésie, monsieur.

— Ah, misère ! réagit le Premier ministre. Des victimes ?

— Aucune pour l'instant. Mais c'est le quatrième… Ce n'est qu'une question de temps avant qu'il y en ait.

— Est-ce vraiment en lien avec l'incident de la Lune ? demanda l'amiral. Les accidents en mer, ça arrive.

— C'est bien le problème, répondit calmement Anyali. Je crois que la mer n'était pas là où elle aurait dû être. Le bateau a touché le fond au large d'un atoll de Riau.

Le général secoua la tête.

— Il faut en référer aux Nations unies, dit-il. On ne peut pas prendre une telle décision seuls alors que les conséquences s'étendent à toute la planète.

Depuis le début une grande femme se tenait debout au fond sans rien dire. Elle était arrivée dans l'hélicoptère militaire, et personne n'avait mis en doute la légitimité de sa présence. Nigel était à peu près certain que c'était son chef, mais il ne pouvait pas en jurer. Les rencontres de visu n'étaient pas très populaires dans son métier.

C'est le moment qu'elle choisit pour s'avancer vers la table, sur laquelle elle posa le bout des doigts.

— Qu'en pensez-vous, Kathy ? demanda le Premier ministre qui semblait avoir pris dix ans au cours de la nuit. (Son ensemble tout froissé semblait bon à jeter, et il avait de gros cernes sous les yeux.) C'est la chose la plus incroyable de l'histoire de la Terre, et nous devrions y renoncer ?

Kathy avait des yeux gris inexpressifs et des cheveux très foncés.

— C'est un risque calculé, dit-elle d'une voix basse en regardant Anyali. Nous sommes passés en phase de limitation des dégâts. Nous ne savons pas précisément ce que cet homme – cette créature, plutôt – a fait. Je crois que nous pouvons supposer avec une assez grande certitude qu'il a tué un de nos agents.

Plusieurs personnes hochèrent la tête.

— Si nous ne faisons rien, la Lune disparaîtra, ou pis encore. Si nous le protégeons, même chose. Si nous nous plions à leurs demandes en le livrant, ils affirment qu'ils nous laisseront tranquilles. Cela peut être vrai ou faux. Mais je ne vois tout simplement pas ce que nous pouvons faire d'autre.

Ses paroles furent accueillies dans le silence général. Les militaires hochaient gravement la tête. Le Premier ministre poussa un gros soupir. Nigel fit de même, mais pour des raisons différentes : il voulait que ça finisse. Il voulait rentrer chez lui, se laisser aller dans les bras d'Annabelle et ne plus jamais penser à aucune de ces personnes.

Luke revint à lui alors que l'hélicoptère, après avoir fait le plein, traversait la Manche. La lumière du petit matin était grise et froide. Connie regardait la mer par une porte de l'appareil qui était ouverte malgré le froid glacial. Elle n'avait jamais vu des vagues pareilles : une terrible tempête battait les côtes de part et d'autre. Il n'y avait pas un bateau en vue par cette nuit funeste, rien que d'immenses vagues ourlées d'écume qui semblaient faire trente ou quarante mètres de hauteur, formant de grosses montagnes et des creux vertigineux. Connie contemplait le spectacle en contrebas, effrayée mais aussi fascinée par le mouvement incessant.

— Je n'ai jamais vu une telle tempête, murmura-t-elle, avant de se rendre compte qu'elle s'adressait, comme une idiote, à des soldats qui, premièrement, ne parlaient pas sa langue et, deuxièmement, étaient entraînés à tuer.

Puis elle entendit la voix douce de Luke et vit qu'il était réveillé.

— La modification de la Lune a perturbé le phénomène des marées.

— Je t'en prie, ne te prends pas une autre dose de tranquillisant juste pour me parler des marées, lui souffla-t-elle.

Mais les soldats aussi étaient hypnotisés par la tempête. Le Chinook était secoué par le vent comme un jouet entre les mains d'un enfant. Ces hommes aguerris au combat n'avaient pas l'air à leur aise du tout. L'un d'eux vomissait discrètement dans un sac. Leur malaise ne dérangeait pas Connie. Du moment qu'elle était avec Luke, il n'y avait rien dans la mer qui puisse lui faire du mal. Soudain, elle se prit à souhaiter que l'hélicoptère s'écrase. Aussitôt elle culpabilisa d'avoir eu cette pensée horrible.

— Qu'est-ce qui va arriver au climat ? murmura-t-elle. Avec les marées ?

— C'est mauvais. Les marées seront moins importantes, le niveau de la mer va baisser, de deux centimètres peut-être, parce qu'il y a maintenant une masse moins importante, et moins d'érosion…

Connie le dévisagea, bouche bée.

— Tu n'es pas sérieux.

— Je crains que si.

— C'est…

— Ce que mon peuple a fait à la Terre est un acte inadmissible.

Connie fut un instant distraite par un détail.

— Comment se fait-il que tu connaisses le mot « inadmissible » et pas « voiture » ?

— J'aime beaucoup Jane Austen, répondit Luke.

— Ah ! Bon, mais en fait, non, ce que je voulais dire, c'était que le niveau de la mer était trop haut ! Beaucoup trop haut ! S'il descend, ne serait-ce qu'un peu... Oh, mais... Enfin, ça pourrait être vraiment bien. Si cette tempête se calme un jour.

— Oui, elle s'apaisera, dit Luke, l'air dérouté. Mais pourquoi avez-vous laissé les marées monter à ce point ? Vous ne savez pas qu'il faut s'occuper de l'eau ?

— C'est...

— Compliqué ?

L'hélicoptère ballottait dangereusement. Soudain, Luke fut projeté en l'air, et, l'espace d'un instant, ils parvinrent à se toucher la main. Un soldat leur grogna dessus, les obligeant à se lâcher. Lorsque Connie baissa les yeux vers sa main, elle vit qu'il y avait quelque chose d'écrit sur sa paume, à légers traits brillants.

« $e^{i\pi} + 1 = 0$ »

— Voilà ce que tu représentes pour moi.

Connie rayonnait.

Anyali faisait des grimaces au téléphone, encore une fois.

— Les conditions météorologiques sont catastrophiques, mais ils arrivent, annonça-t-elle. L'oiseau rentre au nid.

Dans la pièce, les uns et les autres se redressèrent nerveusement.

Nigel hocha la tête et fit le tour de l'assemblée du regard.

— Vous avez une équipe pour les accueillir ?

Nigel opina.

— Oui, les gars du coin ont travaillé dur là-dessus.

Le Chinook se posa en titubant sur un terrain d'atterrissage juste à l'extérieur de la ville. Ils avaient pris l'aube de vitesse, mais tout juste.

Courbaturés et nerveux, Luke et Connie se virent détachés sous la menace d'une arme par un soldat des forces spéciales au teint légèrement verdâtre. Ils avancèrent, les jambes ankylosées, et sautèrent par le côté de l'appareil. Dans le petit matin frisquet, les flèches de la belle ville de Cambridge s'élevaient au-dessus de la brume. Connie trouvait étrange d'être de retour parmi ces briques dorées et patinées par le temps, ces plaines humides d'un vert diffus. Luke tenta de lui prendre la main, mais la crosse d'un fusil les sépara aussitôt. Tout ce qu'elle voulait, c'était du temps, se dit-elle, agacée. Du temps pour s'asseoir et discuter, pour apprendre à se connaître. Un petit peu de temps. Elle regarda Luke.

Il devait être en train d'élaborer un plan. C'était certain. Il semblait doux au premier abord, mais intérieurement il était fort comme l'acier. Plus fort encore. De son côté, Connie se creusait la cervelle pour trouver quelque chose qu'elle puisse faire. Mais tout ce qu'elle voyait, c'était que Luke pouvait arracher ses menottes – et elle savait qu'il en était capable, sans même forcer –, l'attraper et l'emporter ailleurs. En fuite de nouveau. Et ils seraient de retour à la case départ. Quelles seraient les représailles du peuple de Luke ? Faire exploser l'Australie, la Thaïlande ? À quoi bon courir puisque cela ne servirait à rien ? Au bout du compte, ils ne trouveraient ni la paix ni le bonheur, ils n'avaient nulle part où se cacher.

Il devait bien y avoir une autre solution.

L'inspecteur Malik sortit de son panier à salade et se dirigea à grands pas vers les hommes des forces spéciales.

— Bonjour.

— Je peux prendre la suite des opérations.

Le commandant le regarda.

— Qui sont-ils ? demanda-t-il.

Malik se tapota l'aile du nez.

— Des suspects de la plus haute importance. Un meurtre. Merci de les avoir ramenés.

Paviel, le commandant du Chinook, était perplexe. Épingler des suspects de droit commun n'était généralement pas une tâche que l'on confiait aux forces spéciales. Mais, d'un autre côté, les forces spéciales n'avaient pas coutume de poser des questions. Il fit signe à ses hommes, qui escortèrent sans ménagement les suspects jusqu'au véhicule de police.

— Allez, montez, leur ordonna l'inspecteur. Vous avez causé assez de problèmes comme ça.

Luke et Connie étaient assis à l'arrière du fourgon, le dos rond, main dans la main.

Malik les observa dans le rétroviseur.

— Vous avez faim ?

— Non, répondit Luke.

Connie se contenta de secouer la tête. Elle était assise à l'arrière d'un fourgon de police, de retour en Angleterre, là où tout avait commencé, elle grelottait dans le froid en regardant par les vitres grillagées et prenait conscience des conséquences de ce qu'ils avaient fait – de tout ce qu'ils avaient fait, et de ce qu'ils s'apprêtaient à faire. Et elle se sentit soudain découragée, même si elle se blottissait contre Luke, profitant de sa chaleur et de chaque instant de sa présence.

Malgré leur réponse, Malik s'arrêta à une station-service, se gara à une place reculée, dissimulée par un bosquet d'arbres, et verrouilla le fourgon. Luke aurait pu s'en échapper en un instant, mais il n'en fit rien bien sûr. L'inspecteur revint cinq minutes plus tard avec trois tasses de café fumant, un sandwich au bacon et deux salades.

Luke le regarda à travers la grille, décontenancé, tandis qu'il ouvrait la porte du fourgon. Puis il tendit la salade à Luke. Sa main toucha alors celle de Luke, et Connie vit avec stupéfaction leurs mains se fondre l'une dans l'autre. Les deux hommes étaient soudain reliés, comme s'ils étaient faits de pâte à modeler.

Luke laissa tomber la salade et leva la tête, interloqué. Malik lui fit signe de rester calme.

— Je ne trouve pas de mot correct dans cette langue, dit-il d'une voix basse. Mais je crois que je pourrais t'appeler « frère-sœur ».

Connie se leva brusquement.

— Pas possible ! C'en est un autre !

Les deux hommes s'observaient, leurs mains si étroitement mêlées qu'il était impossible de voir où l'un finissait et où l'autre commençait.

— Tu es là pour me tuer ? demanda Luke.

Malik secoua la tête.

— Non, frère-sœur. Tu ne me reconnais pas ?

— Je ne reconnais personne.

— Je sais, c'est dingue. Je ne t'ai même pas reconnu quand ils t'ont fait venir.

— Quand j'ai cassé la machine à ADN.

— Tu ne l'as pas cassée. La laborantine n'arrivait pas à comprendre les résultats. Je lui ai dit qu'on les avait envoyés à quelqu'un d'autre et que tout était bon. Bon sang, je te couvre depuis des semaines ! J'allais venir te chercher à l'université quand tu as décidé de te faire la malle. C'était sacrément emmerdant, je peux te dire. J'ai dû rester dans cette gare à Varsovie pendant quatre-vingt-dix bonnes minutes. À Mozyr aussi.

— Tu as fait tout ce chemin pour me trouver ?

— Oui.

— Pourquoi ?

— Pour t'avertir qu'ils allaient venir.

— Mais ça t'a pris autant de temps que moi ?

Malik secoua la tête.

— Oh non, il y a eu beaucoup de progrès depuis ton départ. La collaboration transtopographique a vraiment fait progresser les technologies.

Connie serra le bras de Luke.

— Parce que tu es vraiment génial.

— Quand j'ai entendu qu'ils avaient pu remonter à la source d'un signal…

— En Biélorussie. J'ai été très négligent. C'était juste après mon atterrissage.

— Nous savions qu'ils allaient venir, expliqua Malik. Alors je suis venu aussi, un peu plus vite. J'ai deviné que tu serais là où les Terriens capteraient le signal.

Très fier de lui, il souriait largement.

Luke récupéra sa main et observa Malik. Connie sut ce qu'il allait dire juste avant qu'il prononce les mots.

— Tu as tué le professeur.

Malik inclina la tête d'un côté.

— Évidemment.

— Tu as tué quelqu'un.

— Oui, quelqu'un qui allait te couper en morceaux, t'empailler et te mettre dans une vitrine. J'avais besoin d'une pigmentation pour ne pas me faire repérer. Je ne savais pas qui tu étais, mais j'avais deviné que tu serais là où arrivaient les messages. J'ai effectué ma surveillance et dès que j'ai été sûr… Bref, tu avais besoin d'un coup de main. Tu avais besoin de moi. Ce professeur aurait fait preuve de bien moins de compassion avec toi que moi avec lui, tu peux me croire.

Connie plaqua une main sur sa bouche, choquée.

— Il n'a pas eu mal.

— Tu ne peux pas…

Voir Luke s'énerver était inhabituel et étrange. Il donna un coup dans le fourgon. Un siège se détacha.

— Tu ne peux pas empêcher la mort par la mort ! C'est l'idée la plus stupide que j'aie jamais entendue !

— Là j'ai pour ordre de vous conduire directement au Lims. Et vous croyez qu'ils vont vous recevoir comment ? Avec des scones et de la marmelade ?

Luke secoua la tête.

— Non.

— Et si tu essaies de t'échapper… Tu es au courant que les balles peuvent te tuer ? dit Malik. Ces petites choses noires qui sortent des pistolets. Tu t'imagines peut-être que ça ne te ferait pas grand-chose. Eh ben, je peux te dire que tu te trompes. Ça peut te tuer et ça te pend au nez. Chez nous comme chez eux, tout le monde est pressé de te descendre après tout ce que tu as fait. Tu déstabilises ceux qui sont au pouvoir. D'une espèce à l'autre, c'est la même histoire. Et toi, je ne sais même pas comment tu as réussi à te mettre dans ce pétrin. Tu ne devrais même pas être là.

Ces dernières remarques s'adressaient à Connie qui le gratifia d'un regard noir.

— Qu'est-ce que tu connais sur les Anglaises ?

— Pas autant de choses que lui, j'ai l'impression.

Connie le foudroya du regard, tout en se demandant si cet homme était leur dernière planche de salut.

— Qu'est-ce qu'on peut faire ? demanda-t-elle enfin.

— Dans notre Extraction, expliqua Malik, les gens ne savent pas qu'ils vont te tuer. Si nous leur en donnons la preuve, si nous leur montrons que tu es ici et que le gouvernement a prévu de te tuer malgré tout… il y aura des pressions. Ils pourront peut-être faire pression sur la hiérarchie.

— C'est quoi une Extraction ? demanda Connie.

Luke y réfléchit intensément.

— Euh… une sorte de famille ? Mais en plus grand. Bien plus grand. D'environ un million.

— Compliqué à Noël !

— Ils pourraient faire ça ? s'étonna Luke, dubitatif. L'Extraction pourrait contester l'autorité de la hiérarchie ?

— Tu as loupé soixante-huit ans d'histoire politique. Quarante années terriennes, précisa Malik. Pas mal de choses ont bougé. (Sa voix s'adoucit.) Mais ils ne t'ont pas oublié.

— Mais si je n'avais pas été là le professeur serait encore en vie, fit tristement remarquer Luke.

— Bon, tu veux qu'il ne soit pas mort en vain ou pas ? s'impatienta Malik. Ou tu préfères qu'il y ait encore des souffrances inutiles ? Surtout pour toi, je te rappelle.

Malik ouvrit la main et des informations apparurent sur sa paume, fluorescentes. Connie ne parvint qu'à saisir des bribes ici et là, mais Luke lut l'intégralité du message et resta bouche bée.

— Je l'ai fait, dit Malik. Je leur ai dit. Je leur ai tout dit.

Luke opina.

— J'ai envoyé tout ce que j'ai pu trouver, tout ce qu'il y a au Lims, tout ce qu'ils font, au mot près. Nos gens sont motivés, Luke. Chaque enfant de sang-mêlé, chaque Extraction qui travaille de part et d'autre de la frontière, tous ceux qui coopèrent. Ils sont outrés d'apprendre ce qu'on s'apprête à te faire. Quand ils te ramèneront, il y aura des problèmes. Ils seront au courant de ta présence.

Luke fronça les sourcils.

— Je ne veux pas qu'on soit en colère.

— Ils ne veulent pas que tu sois exécuté. Et ils le font savoir.

— La hiérarchie ne va pas aimer ça.

— L'objectif est que justement, à ton retour, la hiérarchie n'ait pas d'autre choix que de te rendre ta liberté.

Luke jeta un coup d'œil à Malik.

— Ils vont devoir contenter les Extractions.

— Ils ne se sont jamais préoccupés de ça avant.

— Les choses ont changé, lui répéta Malik. Il faut que tu y croies. Et, si ça a tant changé, c'est parce que toi, tu as fait bouger les choses. Et les gens souhaitent ton retour – et ta liberté.

Connie prit une inspiration et retint son souffle.

— Mais je ne veux pas rentrer, dit Luke.

Malik le dévisagea.

— Ne sois pas ridicule. Tu vas rentrer et tout ira bien.

Luke haussa les épaules.

— Peut-être que oui, peut-être que non. Mais je ne veux pas rentrer.

— Tu es sérieux ? Vraiment ? Tu aimes être coincé dans cette peau ? C'est horrible, se plaignit-il en agitant les bras.

Luke haussa les épaules.

— On s'y fait.

— Et la pesanteur. Ça ne te rend pas dingue.

— Oh… eh bien…

— Tu ne veux pas revoir le monde ? Aller voir le grand saut de… Argh, on ne peut pas traduire ça !

— En effet, mais je vois ce que tu veux dire.

Ils furent un instant perdus dans leurs pensées. Puis Malik secoua la tête.

— Mais tu ne veux pas rentrer chez toi ?

Luke ne répondit pas. Connie retenait son souffle, le cœur prêt à se briser. Évidemment, elle s'était fait des idées. Bien sûr qu'il voudrait rentrer chez lui s'il ne courait plus de danger là-bas. Il n'allait sûrement pas rester sur Terre, c'était ridicule.

— Vous avez votre vaisseau ici ? demanda-t-elle à Malik qui ne lui prêtait guère attention.

Il chassa sa question d'un geste.

— Il ne peut pas rentrer dans mon vaisseau, expliqua-t-il comme s'il s'adressait à une enfant. Il doit être ramené à l'État, pour se montrer aux Extractions et à la hiérarchie. Essaie de suivre.

Connie plissa les yeux et lui fit un doigt d'honneur, sachant qu'il ne distinguerait sans doute pas le geste et que, même s'il le voyait, il ne comprendrait pas sa signification.

— Il faut qu'on renvoie un message, dit Malik à Luke. Un vrai message de toi. C'est pour cette raison que je t'ai conduit ici. C'est l'endroit tranquille le plus bruyant que je connaisse.

Effectivement, les voitures vrombissaient sur l'autoroute, mais personne ne faisait attention à eux.

— Une minute, fit Connie. Comment ça se fait : vous savez conduire ?

Malik la dévisagea.

— Et alors ce n'est pas difficile.

— En effet. Et vous connaissez comment fonctionne la police ?

— Là encore rien de compliqué. Vous n'êtes pas une espèce aussi complexe que vous aimez le croire.

— Mais lui, il a du mal avec tout ça.

— Oui, mais c'est un geek obsédé par les maths.

Connie cacha un sourire derrière sa main.

— Oh oui, c'est tout à fait ça !

Malik revint vers Luke.

— On n'a pas beaucoup de temps. Tu peux le faire.

— C'est que… ces cordes vocales…

— Je sais. Comment tu supportes ça ? Bon sang, j'ai tellement hâte de partir, j'en peux plus.

Il tapota l'épaule de Luke.

— Fais de ton mieux.

— Mais qu'est-ce que…

— Expose simplement ce que tu penses de ce que tu as fait, implore le pardon. Dis combien tu rêves de revoir ta belle terre natale.

— Mais ils ne risquent pas de détecter le transmetteur ?

— Très certainement. C'est pour cette raison qu'ensuite je te déposerai au Lims. Tu nieras avoir eu connaissance que j'étais autre chose qu'un simple policier. Et moi, en faisant plein usage des délicieuses fricatives de cette gorge trop serrée, je prendrai mes jambes à mon cou. Gagne du temps. Dis-leur que les nôtres vont changer d'avis. Laisse la pression monter.

— Il y a des pétitions sur les planètes extraterrestres ? s'étonna Connie. Fascinant.

— Les Extractions vont t'accorder leur soutien, affirma Malik. C'est sûr. Et la hiérarchie reviendra sur sa décision.

— Vous êtes très sûr de vous, fit remarquer Connie.

— J'ai foi en mon frère-sœur, répondit simplement Malik. J'ai vu ce qu'il a fait. Tu ne comprends pas ?

Sous le regard désapprobateur de Connie, les deux extraterrestres se penchèrent au-dessus de la petite perle ressemblant à du verre, que Malik avait sortie de sa poche. Elle brillait et scintillait par intermittence.

— Mais je…, fit Luke en se tâtant la gorge.

— Fais-le, ordonna Malik d'une voix qui ne tolérait pas la contestation.

Le bruit s'infiltrait dans la tête de Connie, comme s'il se logeait à l'intérieur de ses oreilles, lui donnant l'impression qu'elle allait se mettre à saigner. Elle s'éloigna le plus possible à l'arrière du fourgon, mais le véhicule faisait caisse de résonance, et le grondement de l'écho empirait encore les choses. C'était un bruit insoutenable, même si, comme le prétendait Luke, il s'agissait d'une version étouffée. Ces sons n'avaient rien d'humain. On aurait dit les grincements torturés d'une collision métallique. Un million de robots s'écrasant dans un million d'escaliers. L'air crépitait, empli d'une odeur de fil électrique brûlé.

Sans se faire remarquer, elle ouvrit la porte arrière du fourgon et sortit sur la bretelle d'accès à l'autoroute, referma derrière elle et courut le long de l'accotement jusqu'au champ le plus proche, pressée d'échapper au regard des automobilistes décontenancés qui cherchaient à comprendre ce qui clochait avec leur autoradio.

Depuis le bas-côté herbeux, elle faisait face à une six-voies, où une circulation dense défilait dans un vacarme assourdissant mais qui ne suffisait pourtant pas à couvrir ce bruit incroyable. Elle s'assit, les mains sur les genoux, s'efforçant de ne pas fondre en larmes.

Malik… Était-ce la solution ? Est-ce que ça pouvait réellement les sauver ? Elle se figura une immense planète grouillant de milliards d'êtres vivants, à des milliards de kilomètres, à l'autre bout de l'Univers… Et tous ces gens pensaient à Luke, manifestaient en sa faveur, applaudissaient ses actions.

Que ce plan fonctionne ou non, Connie ne voyait pas comment elle pourrait garder Luke.

Alors elle resta simplement assise dans la fraîcheur du matin, la tête sur les genoux, enserrant ses jambes pour essayer de se boucher les oreilles et échapper aux bruits discordants que faisait Luke en parlant à son peuple dans sa langue. Et pour échapper à ses émotions.

Et s'ils lui laissaient le choix ? Serait-il malheureux s'il restait pour elle ? Suffirait-elle à compenser tout ce à quoi il devrait renoncer s'il ne retournait jamais sur sa planète ? Serait-il capable de vivre pour toujours dans un corps douloureux contre lequel il devait lutter à chaque instant ? Pouvait-on demander cela à qui que ce soit ?

Le forceraient-ils à repartir ? Serait-ce le prix à payer pour sa survie ? Et elle, parviendrait-elle à y survivre ? Et ses amis : quel prix avaient-ils déjà dû payer pour leurs actions ?

Tout à coup, le bruit cessa, comme un étau se desserrant de son crâne. Elle regarda autour d'elle en clignant des yeux.

Luke remontait rapidement la colline pour venir à sa rencontre. Il tendit la main.

— C'est bon ? dit-elle. Ça va marcher ? Tu leur as dit de te traiter en héros, de te sauver, de te porter en triomphe dans les rues ?

Il secoua la tête.

— Je ne sais pas. J'ai envoyé le message.

Elle hocha la tête.

— Ils voudront que tu rentres.

Luke eut l'air triste.

— Tu ne veux plus de moi.

— Si, plus que tout, dit-elle d'une voix blanche. Mais je ne sais pas si je peux t'arracher à… à ton monde, à toute ta vie.

Alors Luke s'allongea dans l'herbe humide et posa la tête sur les genoux de Connie. Le flot de voitures tout proche ne semblait pas le déranger le moins du monde, ni le temps qui leur était compté ni les obstacles qui les attendaient. On aurait pu croire qu'il n'avait aucun souci. Il tendit la main pour lui caresser les cheveux.

— Voilà le seul endroit où je veuille être. C'est toute ma vie maintenant. C'est tout ce qui compte pour moi.

Une larme coula jusqu'au menton de Connie et tomba sur la joue de Luke. Il l'essuya doucement.

— Tu pleures, dit-il. Tu vois comme je suis humain ?

Elle lui sourit.

— Sauf quand tu fais des bruits de bétonnière, lui rappela-t-elle.

— Evelyn m'a toujours dit que les humains n'étaient pas censés faire des commentaires personnels désobligeants, fit-il remarquer alors qu'elle baissait la tête pour l'embrasser.

Malik remontait l'accotement en titubant.

— Mais qu'est-ce que vous faites, espèces d'imbéciles ?! C'est pas les vacances ! Ramenez vos fesses dans le fourgon avant qu'ils fassent exploser New College !

Chapitre 28

Malik s'arrêta à la porte du Lims, qui était sous bonne garde. Ils durent remettre les menottes. C'était douloureux, du moins pour Connie. Malik enfonça la main dans l'épaule de Luke, puis ils collèrent leur front l'un contre l'autre.

— Bonne continuation, grommela-t-il.

— Toi aussi, répondit Luke avant de se redresser.

— Merci, dit timidement Connie.

Malik se tourna brusquement vers elle.

— Ne va pas le faire tuer, gronda-t-il farouchement. Ne t'avise pas de lui mettre la pression et que les retombées soient mauvaises pour mon monde, tu comprends ? Ne le mets pas en danger. Ne fais rien.

Connie le regarda. Elle comprenait ce qu'il lui demandait. Mais elle ne savait pas si elle voulait le faire.

— Hmhm, répondit-elle.

Malik la dévisagea d'un air glacial.

— Renonce à lui.

Elle cligna des yeux, incapable de répondre.

— Si tu l'aimes, renonce à lui.

— Il ne s'agira pas de ça, dit Luke.

— Mais regarde tes cheveux, lâcha Malik. Tu es une couleur.

— Oui, je sais, mais je ne suis pas que ça, rétorqua Connie.

Malik les laissa sortir du fourgon. Puis il lança violemment son transmetteur en l'air, et il tomba dans la Cam, dérangeant un instant quelques rameurs matinaux. Il regarda le point de chute un moment, puis retourna dans son fourgon et s'éloigna à toute vitesse, toutes sirènes hurlantes, sans un regard en arrière.

Les gardes firent cercle autour de Luke et de Connie, puis les escortèrent dans l'intérieur immaculé du Lims. Nigel parcourut les couloirs au pas de course, emprunta l'escalier de secours, jurant avec profusion lorsque le système de reconnaissance d'empreintes digitales refusa de coopérer.

Il fonça tête baissée vers l'entrée, puis ralentit, prenant le temps d'arranger sa chemise et de rajuster sa cravate, dans une tentative un peu vaine de paraître calme et maître de lui. Il s'avança d'un pas mesuré.

La jeune fille avait l'air d'une folle, sa tignasse échevelée formait un halo cuivré autour de sa tête, ses yeux étaient un peu trop brillants, pleins d'excitation, elle avait les joues toutes rouges et portait un tee-shirt gris taché, déchiré par endroits et portant l'inscription « Kocham Warszaw » sur le devant. Luke était exactement égal à lui-même.

— Où est l'inspecteur Malik ? demanda-t-il aux gardes.

— Il a eu un coup de mou, il a pris ses cliques et ses claques, répondit Francis. Il est parti comme une flèche.

Nigel hocha la tête.

— Très bien, dit-il en se tournant vers les deux prisonniers, l'air excédé. Avez-vous la moindre idée des emmerdes que vous nous avez causées ? Et tout ça pour quoi ?

— On voulait juste un peu de temps, répondit Luke.

— Eh bien, bravo ! Vous avez mis en danger la vie de tout le monde sur Terre. Et maintenant il y a quelques personnes qui voudraient vous rencontrer.

Connie secoua la tête d'un air têtu.

— On parlera à qui vous voulez, on fera ce que vous voulez, mais d'abord on veut voir nos amis.

— Vous voulez faire attendre le Premier ministre ?

— Il a attendu trois jours, il peut bien patienter encore un peu. Et puis c'est un imbécile. Et puis oui. Parce qu'une fois là-bas on pourra coopérer, ou bien regarder nos pieds. Ça m'est égal.

— Euh… comme elle dit, ajouta Luke.

Nigel soupira et jeta un coup d'œil à sa montre. C'était le dernier jour de Luke sur Terre. Lorsque le soleil se coucherait, toute cette histoire serait le problème de quelqu'un d'autre – du moins l'espérait-il.

— Cinq minutes, céda-t-il en grognant.

Ils pénétrèrent dans la pièce où tous les autres étaient rassemblés. Ils furent d'abord accueillis par un silence complet. Puis Ranjit sauta en l'air en criant :

— VOUS ÊTES DE RETOUR !

Son ravissement était si sincère et spontané que les craintes de Connie au sujet des choses horribles qui avaient pu leur arriver se dissipèrent un peu, et elle le prit dans ses bras.

— Oh, mon Dieu, vous allez bien ? Il ne vous est rien arrivé ? Arnold ! Qu'est-ce qu'ils t'ont fait ?

En revenant à lui, Arnold s'était découvert une grosse empreinte de botte sur le cou et un œil au beurre noir. Il leur fit un grand sourire.

— J'ai tenu tête, annonça-t-il fièrement. J'ai toujours su que j'en étais capable. Il faut juste que je garde cette marque le temps d'avoir accès à un appareil photo. Je collerai ça sur le Net. Je vais devenir une sorte de héros populaire, tu vois. Je me vois bien dans une ambassade pendant quelques années.

Connie alla vers lui tandis que Ranjit s'approchait de Luke, avant de se raviser, hésitant, jusqu'à ce que Luke prenne les choses en main et le serre brièvement dans ses bras.

Connie câlina Arnold comme un bébé. Il était ravi.

— Tu es sûre que je ne sens pas mauvais ? demanda-t-il.

— Si, admit Connie, tu pues. Mais ça m'est égal.

— C'est la puanteur de l'homme droit. Tu sens un peu aussi.

— C'est parce que je n'arrête pas d'être trempée, expliqua Connie. Je te raconte pas. Oh, je suis tellement heureuse que vous soyez tous sains et saufs ! J'avais terriblement peur qu'ils… qu'ils ne vous fassent des choses horribles. Dieu soit loué ! Merci, merci infiniment de les avoir retardés. Merci. On a pu avoir le temps…

Ça nous a donné une chance… Je crois qu'on a peut-être résolu le problème.

En levant la tête, elle remarqua la mine sombre d'Evelyn.

— Quoi ? Qu'est-ce qu'il y a ? Qu'est-ce qui s'est passé ?

Evelyn désigna Sé assis à côté d'elle, le regard vide. Il ne s'était pas levé pour les accueillir. Connie s'approcha prudemment de lui et examina son visage délicat. Elle avait les mains qui tremblaient.

— Qu'est-ce qu'ils lui ont fait ? demanda-t-elle d'une voix blanche. (Sous le choc, elle avait l'impression que son corps tout entier s'effritait.) Ils t'ont fait quelque chose ?

Sé déglutit péniblement. Il avait toujours la gorge gonflée et douloureuse à force de s'être étouffé à maintes reprises.

— Peu… importe, prononça-t-il avec difficulté.

Connie inspira bruyamment.

— Oh, mon Dieu, qu'est-ce qu'ils t'ont fait ?

Il secoua la tête, la nuque raide, et Connie éclata en sanglots.

— Je suis désolée ! Je suis terriblement désolée !

Il posa la tête contre son épaule.

— C'est pas grave, murmura-t-il avant de se mettre à pleurer lui aussi. Je suis très content de te revoir.

— Bon, les mecs, dit Arnold, je ne veux pas gâcher les retrouvailles, mais qu'est-ce qui est arrivé à la Lune, bordel ?

Connie leur fit part de la théorie de Luke concernant les effets d'une Lune plus petite sur les phénomènes de marées, ce qui les impressionna et les inquiéta à la fois. Puis ils leur révélèrent la vraie nature de Malik.

— Le policier ! couina Ranjit, très excité. Le policier qui est venu après votre départ ! C'était lui, l'alien ! J'ai parlé à un alien !

— Tu es en train de parler à un alien en ce moment même, lui rappela Arnold.

— Ouais, mais ça, c'est Luke, c'est pas pareil.

— Eh oui, j'ai un extraterrestre parmi mes meilleurs amis, t'as un problème ? dit sèchement Arnold.

— Bon, maintenant quelle est la suite du programme ? s'enquit Evelyn. Parce que selon moi je dois dire que ça n'a pas l'air brillant.

— Je sais. On a entendu. Tout va bien se passer, affirma Connie. Tout ira bien, Luke a envoyé un message à tout le monde sur Kepler-186f.

— Qu'est-ce qu'il a dit ?

— Un truc incompréhensible du genre « BLEARGHGLA-WARDGHGRRHULKSMASH ».

Luke et Connie se regardèrent en souriant. Arnold leva les yeux au ciel.

— Non, je crois que Malik et Luke tiennent le bon bout. Tout ira bien. Ils ont parlé à leur peuple sur leur planète, et ça va le faire. C'est un héros pour eux ! Ils vont le laisser libre.

Sans rien dire, Luke se contenta de sourire.

Mais Connie se trompait. Elle croyait connaître la teneur du message : un plaidoyer pour le pardon, la clémence et le vivre-ensemble.

Elle se trompait.

Nigel ferma soigneusement la porte de la salle en ébullition et attendit de capter l'attention générale. Peu à peu, les bavardages cessèrent. Le Premier ministre semblait attendre quelque chose avec impatience. Les militaires, quant à eux, étaient tout aussi impassibles qu'à leur habitude.

— Ils sont là, annonça Nigel.

Quelqu'un étouffa une exclamation.

Anyali s'avança et jeta un coup d'œil au Premier ministre.

— Nous aimerions le rencontrer d'abord. En privé.

Le consultant scientifique en chef s'avança à son tour.

— Nous aimerions aussi passer un peu de temps avec lui. Pour faire des prélèvements, etc. Nous avons combien de temps ?

— Coucher du soleil, éructa le général.

Ils le regardèrent. Le Premier ministre secouait la tête.

— Nous n'avons pas eu de nouvelle prise de contact ? demanda-t-il en regardant en direction de Pol qui était toujours occupé à taper à toute allure, entouré par ses trois écrans.

— Pas pour l'instant. On va continuer à essayer.

— Comment vont-ils l'emmener ? demanda le général.

— Je pense que nous le saurons quand nous le verrons, répondit Kathy.

— Nous avons mis au point une couverture ?

Kathy hocha la tête.

— Un nouveau projet de Danny Boyle. Au cas où les Jeux olympiques auraient de nouveau lieu à Londres.

Anyali releva la tête, quittant un instant son téléphone des yeux.

— Un autre pétrolier s'est abîmé en Équateur, dit-elle pensivement. Il y a un gros problème avec les marées. Toutes les liaisons maritimes américaines et britanniques sont suspendues. Et le gouvernement biélorusse n'est pas content. Pas content du tout. Il se pose beaucoup de questions.

— Une seule crise mondiale à la fois, dit le Premier ministre. Comment se portent nos chers amis les colons ?

— Ils pètent les plombs. Je ne crois pas qu'il y ait beaucoup de médias qui parlent d'autre chose que d'invasion extraterrestre. Sauf Fox News qui a déclaré qu'il s'agissait de la vengeance de Dieu à cause du mariage gay.

— Je préfère vraiment ne pas avoir affaire aux Américains en ce moment, soupira le Premier ministre en agitant les mains. Menez-moi jusqu'à lui, s'il vous plaît, demanda-t-il à Nigel.

— Et nous ensuite, demanda le scientifique, il faut nous laisser au moins faire une IRM.

Il avait une lueur avide dans l'œil qui ne plaisait pas du tout à Nigel.

Finalement, Nigel décida que la rencontre aurait lieu dans son beau bureau au sommet de la tour. C'était joli là-haut. Dahlia, comme tous les membres du personnel non essentiels au service, avait eu sa journée. L'endroit était agréable et calme. Ils voulaient seulement voir Luke, mais celui-ci avait catégoriquement refusé de venir sans Connie. Aussi était-elle présente également. Nigel prit quelques photos – personne ne semblait y voir d'inconvénient – du Premier ministre et de Luke se serrant la main.

— Bienvenue ! l'accueillit le Premier ministre. Bienvenue sur Terre.

— Euh... merci, dit timidement Luke. C'est sympathique.

Le Premier ministre se pencha en avant.

— Navré de vous rencontrer dans des circonstances si... délicates.

Luke opina.

— Je tiens à vous dire que nous avons tout fait et que nous ferons tout ce qui est en notre pouvoir pour... pour obtenir un sursis à l'exécution. Et nous n'abandonnerons pas, jusqu'au dernier moment.

— Merci beaucoup.

— Nos petits gars des labos, en bas, voudraient... vous savez... vous examiner.

Connie bondit en avant, tous crocs dehors.

— Pas question ! Hors de question qu'ils le charcutent.

— Je crois qu'ils pensaient plutôt à une IRM.

— Non ! décréta fermement Connie, avant de se rappeler à qui elle s'adressait. Désolée, je voulais dire : non, monsieur. Mais c'est bien clair, monsieur. Nous pourrons faire partie de la Galaxie lorsque nous la trouverons. Seulement une fois que nous la découvrirons par nous-mêmes. Pas en analysant les cheveux de quelqu'un.

— Mmm, fit le Premier ministre qui pour une fois ne savait pas quoi dire. Est-ce que les prisons sont… euh… confortables par chez vous ? demanda-t-il à Luke.

Luke secoua la tête.

— Il n'y a pas de prisons.

— Oh ! Oh ! répéta-t-il d'un ton grave.

Connie se rapprocha de Luke.

— Tout ira bien, affirma-t-elle d'un air de défi. Luke leur a parlé. Les gens vont le sauver, parce qu'il les a sauvés. Ça va aller.

Un bruit s'éleva dans le vieil escalier en bois : un martèlement de pas. Ils se retournèrent tous, et les agents de sécurité bondirent vers la porte.

Connie sourit.

— C'est eux. C'est sûrement eux.

Les agents ouvrirent la porte, derrière laquelle venait d'arriver un Pol essoufflé et tremblant.

— Ils sont de nouveau là. Ils sont de nouveau en ligne. Ils veulent nous dire quelque chose.

Chapitre 29

Dans la salle de commande du Lims, l'impatience était palpable, l'atmosphère électrique.

Dès que Luke fit son entrée, le silence tomba, et toutes les personnes présentes se figèrent.

Le Premier ministre leur adressa un sourire d'encouragement, mais pour une fois personne ne le regardait.

— J'espère que tout le monde y trouvera son compte.

— Et qu'ils pourront te découper en rondelles dans un labo, chuchota Connie à l'oreille de Luke. Pas question. Mais ne lui dis pas ça.

Les membres de l'équipe scientifique ne pouvaient s'en empêcher : ils le dévisageaient, la bouche ouverte.

Chacun quitta son écran ou sa console de contrôle pour venir l'observer de plus près. Connie entendait les murmures : « Ben, il a l'air humain quand même ! » « Vous pensez qu'il procède par assimilation ? » « Est-ce qu'il a deux cœurs ? » Quelques mains se tendaient nerveusement pour le toucher, et tous les regards étaient braqués sur lui, plus personne ne prêtant attention aux moniteurs ni aux sorties papier.

Luke avait l'air de plus en plus mal à l'aise à mesure que les chuchotements devenaient hystériques.

Nigel intervint.

— Ne le touchez pas et reculez, ordonna-t-il.

Et pour une fois Connie apprécia sa voix et ses manières brusques, car les astronomes et astrophysiciens reculèrent un peu. Alors même que nombre d'entre eux avaient rêvé de ce genre de découverte depuis tout petits, mus par une possibilité infime – et qui se tenait maintenant devant eux, bien vivante.

Quelques-uns écrasaient une petite larme.

— Vous venez d'une autre galaxie ? demanda D'Amon d'une voix enrouée. Pour de vrai ?

— Non, il s'agit de la même galaxie, mais d'un autre Système solaire. Nous sommes pratiquement voisins.

— C'est pour ça que vous avez la même apparence ?

— Non.

D'autres s'enhardirent, les voix se transformèrent bientôt en clameur, les mains se tendirent de nouveau. Mais soudain Pol monta le son du haut-parleur qui diffusait de nouveau ces effroyables bruits désormais familiers, propageant une pression particulière.

— Un.

— Chut, ordonna Anyali. Silence, tout le monde !

L'assistance se raidit. Connie ferma les yeux.

— Un a reçu son message. Il a été discuté avec la hiérarchie.

Il y avait un gros décalage.

— Son retour sur notre planète serait déstabilisant.

Connie serra fébrilement la main de Luke.

— Nous ne souhaitons pas le ramener chez nous.

Les cris de joie et les applaudissements explosèrent dans la pièce. Connie se jeta au cou de Luke. Un Premier ministre radieux distribuait des poignées de main tandis que tout le monde se précipitait maintenant sans retenue vers Luke pour lui dire bonjour, pour se présenter ou pour exposer son champ d'études en assortissant l'explication d'arguments en faveur d'une collaboration. Le niveau sonore était impressionnant.

— Pas question de le charcuter ! répétait Connie avec véhémence.

Luke souriait d'un air doux, essayant de supporter toute cette agitation, noyé par les paroles et les vœux de bienvenue.

Cependant Pol essayait d'attirer leur attention au milieu de ce brouhaha joyeux.

— Hé ! Hé !

Personne ne lui prêtait la moindre attention.

— Hé ! Hé !

Anyali fut la première à se retourner. Nigel remarqua son mouvement, puis son visage qui redevenait grave, sa main qui se levait vers sa bouche.

À son tour Connie se retourna, comme au ralenti, perdue dans la cohue de scientifiques curieux et excités. Elle avait perdu sa main, Luke était encerclé par ses admirateurs. Alors que tout le monde bavardait et poussait des exclamations enjouées, elle perçut le changement d'attitude de Nigel et d'Anyali, leur soulagement qui cédait la place au sérieux. Elle suivit la direction de leur regard et tomba sur Pol qui agitait les bras et articulait vainement des paroles perdues dans le brouhaha. Elle eut l'impression d'être de retour sous l'eau, ses oreilles immergées déformant les sons. Elle chercha la présence de Luke d'une main, il n'était pas là. Sur les écrans de Pol, vers lesquels se dirigeaient Nigel et Anyali, l'activité n'avait pas cessé, Connie voyait les pics caractéristiques et, à travers ses sens engourdis, elle perçut bientôt le « crump crump crump » du bruit de fond, toujours présent… Lorsqu'elle reprit pied et recouvra son ouïe, elle entendit uniquement Pol qui criait à pleins poumons :

— CE N'EST PAS FINI ! ÉCOUTEZ TOUS, ILS N'ONT PAS FINI DE PARLER ! FERMEZ-LA !

Et peu à peu les gens se retournèrent, refermant la bouche, et le niveau sonore baissa. Bientôt on n'entendit plus que la respiration hachée de Pol, les crépitements dans l'air et le sifflement des haut-parleurs qui se remettaient en marche.

— Nous ne souhaitons pas qu'il revienne, redit la voix, toujours douce, sans aucune intonation menaçante, neutre. Il est trop dangereux. Vous devez le tuer sur votre planète. Vous le tuerez à la tombée de la nuit. Nous vous déconseillons la mort par noyade. Vous le tuerez en extérieur pour que nous puissions y assister. Ensuite nous partirons sans vous causer d'autres ennuis. Et ce sera fini.

Chapitre 30

La lumière rasante de fin d'après-midi brillait à travers les vitres du petit bureau dans la tour, éclairant les particules de poussière en suspension dans l'air. Un petit groupe se tenait là. Têtes baissées, mine sérieuse et regards concentrés.

Le général s'éclaircit la voix et prit la parole en premier, avec retenue.

— Est-ce qu'il faut le pendre ? Ce n'est pas ça la sentence pour haute trahison ? C'était le cas de mon temps.

— Qui va faire ça ? demanda l'amiral. Nous avons de bons soldats, mais ce ne sont que des soldats. Pendre quelqu'un, c'est une méthode de méchants. Nous n'installons pas des nœuds coulants sur des échafauds.

— C'est compliqué sur le plan logistique aussi, ajouta Kathy. Il faut de l'équipement spécialisé et je ne sais quoi encore. Et c'est barbare.

— Ah ça, c'est barbare, en revanche ? grogna le Premier ministre.

Un silence gêné lui répondit.

Finalement, l'amiral retrouva sa voix.

— Je crois qu'il faut considérer que ce n'est pas une personne que nous allons tuer. Il ne s'agit pas d'une personne. C'est une chose. Grosse différence. C'est comme un cafard ou un phoque.

— C'est un autre argument en défaveur de la pendaison, intervint quelqu'un. Et s'il est impossible de le tuer ainsi.

Il y eut un nouveau silence.

— Pas de noyade, dit pensivement le Premier ministre. À votre avis, que voulaient-ils dire par là ?

Évidemment aucun d'eux n'en avait la moindre idée.

— Ton équipe d'intellos de compétition ne sait pas non plus ? demanda Anyali à l'intention de Nigel.

Il haussa les épaules.

— Je ne suis pas sûr qu'il soit encore possible de leur tirer un semblant de discours cohérent, pour l'instant.

— Et si les balles le traversent comme du vide ?

— Je crois qu'il est quand même établi qu'il est matériel, argumenta Nigel.

— En tout cas j'aimerais bien voir quelqu'un qui réchappe à une neuf millimètres à expansion. Et ça, on en a plein ; c'est mieux pour les hommes aussi.

— Je n'arrive pas à croire qu'on va vraiment faire ça, déplora le Premier ministre en secouant la tête.

Kathy prit la parole.

— Oui, nous allons le faire, et de cette façon vous allez sauver votre peuple, vous allez sauver le monde, et le monde n'en saura rien.

Le Premier ministre secouait toujours tristement la tête.

— Et ils se remettront à me détester pour toutes les autres choses que j'ai faites.

Eh bien, oui, après tout vous avez aussi fait ça, pensa Nigel, sans toutefois formuler sa pensée tout haut.

Connie était presque traînée dans le couloir, en proie à une terrible crise de colère.

On les séparait. Luke était escorté en direction de la pièce avec la rampe de lavage. Connie était emmenée vers la salle commune où se trouvaient les autres. Elle hurlait.

— QU'EST-CE QUE TU LEUR AS DIT ?

Luke avait l'air surpris.

— QU'EST-CE QUE TU LEUR AS DIT POUR QU'ILS CHANGENT D'AVIS, BORDEL ? MAIS QU'EST-CE QUE TU AS FAIT ?

— Je leur ai dit ma pensée.

— Tu aurais dû leur dire ce que Malik t'avait conseillé. Que tu respectais profondément leur travail et implorais leur clémence, en leur rappelant les bienfaits que tu avais apportés. Que tu leur demandais ta liberté pour rester ici ! C'EST ÇA QUE TU AURAIS DÛ FAIRE !

— Mais comment implorer ? Comment demander de faire une exception pour moi alors que tant de gens vivent dans l'oppression ?

Connie donna un coup de pied dans le mur en passant. Elle se fit mal.

— Je SAIS ce que tu leur as dit, hurla-t-elle. Je sais EXACTEMENT ce que tu as dit. Tu as dit : « Salut tout le monde, si vous trouvez que la situation est injuste, sortez de chez vous et détruisez les murs. Changez les choses. » Je te connais. C'est à ça que tu crois, hein ? C'est ce que tu as fait. ÉVIDEMMENT qu'ils veulent ta mort !

Luke baissa la tête.

— Tu avais une chance, une dernière chance, et tu la bousilles en les laissant croire que tu vas lancer une foutue révolution ! On ne peut pas envoyer un coup de poing à quelqu'un en pleine face et demander une faveur l'instant d'après ! Pour qui te prends-tu, bon sang ? Je ne sors pas avec Mahatma Gandhi. Comment as-tu pu me faire ça ? Te faire ça ? Nous faire ça à tous ?

Luke posa sur elle ses yeux doux.

— J'ai fait ce que je pensais être juste, Cheveux. Je pense que c'était juste. Et je pensais qu'ils le comprendraient.

— Non, ce n'est PAS JUSTE.

— Je t'en prie. (Son calme extrême agaçait Connie, mais pour la première fois sa voix se mit à trembler un peu.) Viens, s'il te plaît. Je t'en prie, viens contre moi.

— Tout ça à cause d'une monumentale connerie de merde stupide de demeuré ! Après tout ce qu'on a fait ! Tous les risques qu'on a pris !

— Wo !

Ils étaient arrivés à l'embranchement du couloir devant l'ascenseur. Brian, le bras droit de Nigel, essayait d'entraîner Connie.

— Je ne peux pas vous laisser gueuler comme si vous étiez dans une émission de télé-réalité, OK ? Stop, c'est fini. Il est temps d'y aller.

— Très bien ! fit Connie, montée sur ses grands chevaux, refusant de regarder en direction de Luke. Je ne veux pas être dans la même pièce que lui de toute façon.

— Bien, dit Brian. Vous allez rejoindre les autres. Lui, ajouta-t-il en parlant de Luke, par là. Et pas d'entourloupe.

— Il ne tentera rien, lui assura amèrement Connie avant de tourner à gauche en suivant Brian sans un regard en arrière.

— Je viendrai te chercher, dit Luke.

— Ce sera trop tard, cracha-t-elle.

Chapitre 31

Nigel sortit par le cloître aux parterres bien entretenus du collège, où les mathématiciens étaient cantonnés.

Le collège avait été fermé, et tous ses occupants avaient été évacués. L'endroit avait été jugé suffisamment discret et dissimulé pour échapper aux regards d'un éventuel agriculteur sur son tracteur (c'était le problème avec la proximité de champs de culture), ainsi qu'à ceux d'une centaine d'astrophysiciens (Mullard). Ils ne devaient pas non plus boucher la vue aux képlériens, même s'ils ne savaient pas bien ce qui pouvait les gêner. En tout cas ils avaient décidé d'écarter tout ce qui était sous des arbres.

Ils n'étaient pas sûrs, mais il valait mieux (vu les enjeux en cas de faux pas) rendre les choses aussi directes que possible.

Nigel marchait sur l'herbe, ce qui était strictement interdit, mais il avait l'impression que cela n'avait plus guère d'importance. Il avait renvoyé chez lui Robinson, le portier. Le soleil se reflétait sur les hautes fenêtres et portait de grandes ombres sur la pelouse luxuriante et la pierre polie, le bruit de la circulation semblait très lointain, et de toute façon ils allaient fermer la route.

Un collège avec ses hauts murs et son entrée bien gardée. C'était un bâtiment si ancien qu'il avait vu défiler guerres civiles, persécutions religieuses, avènement et chute de rois sanglants, et il était toujours debout, comme une balise pour l'humanité et la civilisation en tous lieux, un havre où tous les citoyens du monde pouvaient venir étendre leurs connaissances et leur expérience. Non loin de là, une pomme était tombée sur la tête de Newton. Aujourd'hui… c'était différent. Pas vraiment un pas en avant.

Son téléphone sonna.

— Désolée de te déranger, mon chéri, dit Annabelle. Mais est-ce que tu sais si tu vas rentrer ce soir ? C'est juste que c'est à mon tour d'accueillir le club lecture…

— Le club lecture ? répéta Nigel en se frottant les yeux.

— Oh oui, et je crois que presque tout le monde a fini le livre de ce mois-ci. Enfin, il y aura forcément quelqu'un qui… Voilà, je me demandais simplement si tu serais là…

Nigel ferma les yeux.

— Oui. Oui, je serai là. Tard. Après la tombée de la nuit.

— Oh, parfait ! dit Annabelle. Tu pourras venir dire bonjour à tout le monde. Ils adorent te voir. Je vais acheter des petites choses à grignoter. Et puis peut-être que quand ils seront partis…

Elle baissa la voix.

Nigel hochait la tête. « Petites choses à grignoter. » « Club lecture. » « À la maison. » Soudain, il lui sembla que rien n'aurait pu lui paraître plus désirable.

— Oui, dit-il simplement avant de couper la communication.

Il s'arrêta près d'un mur du cloître qui avait dû être rénové mais qui était déjà abîmé, et où les briques se déchaussaient. Il faudrait que ça fasse l'affaire.

Connie sanglotait de tout son cœur sur les genoux d'Evelyn, trempant son jean noir. Evelyn lui caressait pensivement la tête, sans lui débiter de platitudes, et Connie lui en était profondément reconnaissante.

— Comment a-t-il pu nous faire ça ? mugissait Connie. Il aurait pu tout arranger, j'en suis sûre. Il aurait pu y arriver.

— Tu ne peux pas savoir ce qui s'est passé dans sa tête, lui rappela Evelyn.

— Parce que c'est un extraterrestre.

— Tout le monde est un extraterrestre. Tout le monde. Quand Pansy a décidé de me quitter, elle a donné le change pendant des mois. Elle rentrait tous les soirs. Nous mangions ensemble. Nous avions même planifié nos vacances. Nous vivions notre vie. Et pendant tout ce temps, derrière son visage impassible, il y avait une extraterrestre, un robot. Une fille qui était tombée éperdument amoureuse d'une étudiante nommée Electra. Et qui ne pensait qu'à elle, comme elle me l'a avoué plus tard. Cette Electra emplissait apparemment son esprit, ses espoirs, ses rêves et chaque instant de son quotidien, même quand elle écossait des petits pois avec moi.

» Tout le monde est un extraterrestre. Et même quand on est amoureuse de quelqu'un, quand on croit connaître cette personne mieux que soi-même, même quand on pense tout connaître d'elle, quand on vit dans l'âme de l'autre et réciproquement…, finalement on ne sait rien de l'autre.

C'était la plus longue tirade que Connie ait jamais entendue de la part d'Evelyn. Le flot de ses larmes commença à tarir.

— Bon, maintenant, il est presque l'heure du dîner, conclut Evelyn. Tu crois qu'ils vont songer à nous nourrir ? Ou peut-être qu'ils vont se débarrasser de nous en nous laissant mourir de faim.

Connie se redressa lentement.

— Mais si tout le monde est un étranger, un extraterrestre impossible à connaître vraiment et totalement bizarre…

— Oui.

— CARRÉMENT, intervint Arnold.

Elles le regardèrent.

— Ben quoi ? Je sais des trucs.

Connie parvint à lui adresser une faible esquisse de sourire.

— Alors à quoi ça sert ? De tomber amoureuse ? À quoi bon l'amour ? Pourquoi est-ce si compliqué ?

Evelyn haussa les épaules.

— Je crois que l'amour, c'est peut-être comme les mathématiques, finalement, répondit-elle. Ce n'est ni simple ni compliqué en soi. Ça existe, c'est tout.

— Vous tambourinez de nouveau.

Brian était exaspéré.

Connie s'était passé de l'eau sur le visage, mais elle semblait toujours passablement secouée.

— Je dois retourner avec Luke.

Brian secoua la tête.

— Désolé. On m'a donné des instructions. Il ne doit voir personne, parler à personne. Au cas où il essaierait de s'enfuir, de prendre un otage, de tenter quelque chose.

— C'est son dernier jour, plaida Connie. Il a sûrement besoin d'avoir quelqu'un avec lui ?

— Ils ont parlé de faire venir un prêtre.

— Un prêtre ? Mais c'est pas possible, je veux parler à Nigel !

— Il est occupé.

— Faites venir Nigel. NIGEL ! cria Connie dans le couloir. NIGEL !

— Merde, vous êtes une vraie rousse, vous !

— LA FERME ! NIGEL ! NIGEL !

Les autres reprirent en chœur :

— NI-GEL ! NI-GEL ! NI-GEL !

Avec un soupir, Brian alluma son talkie-walkie.

Nigel finit par arriver avant que Connie ait perdu sa voix. Il avait le regard fatigué et le menton couvert d'une ombre de barbe dense et noire. Il avait l'air d'un être humain, remarqua Connie, et non plus de cet affreux personnage qu'ils s'étaient figuré qu'il était.

— Hey, méchant flic ! appela-t-elle.

— Nous ne sommes pas… Passons, peu importe, conclut-il en accompagnant ces mots d'un geste las.

— Je dois le voir.

— Impossible. Personne n'a le droit de le voir.

— Je dois le voir, Nigel.

— Les ordres viennent d'en haut. Et si par miracle quelqu'un obtenait de le voir ce ne serait pas vous. La dernière fois que vous vous êtes retrouvés ensemble dans cet endroit, on vous a retrouvés à quinze cents kilomètres d'ici, avec un coût d'intervention en hélicoptère de plusieurs milliers de livres.

Connie hocha la tête.

— Mais vous avez ma parole, je vous promets que je ne ferai rien. Nous ne ferons rien. Je veux juste… je dois le voir. Il faut absolument que je le voie.

— Brian m'a dit que vous lui criiez dessus comme une furie.

— Voilà pourquoi il faut que je le voie.

— Je suis désolé, répondit Nigel. Je ne peux pas. Je ne peux pas prendre ce risque. Pour commencer, je perdrais mon boulot. Et il ne s'agit pas que de moi. Tout le monde est concerné. Je ne peux pas prendre le risque qu'il vous fasse quelque chose.

— Il ne me ferait jamais de mal.

— Et je ne peux pas prendre le risque que vous essayiez de le libérer ou je ne sais quelle embrouille.

Connie secoua la tête et déglutit avec difficulté.

— Je ne tenterai rien, je vous le promets. Je me suis fait une raison.

— Ah ça, vous n'avez pas l'air du tout de vous être fait une raison !

— C'est vrai, je n'accepterai jamais, mais je ne vais rien faire pour changer les choses.

— Toujours non.

Connie soupira.

— À votre avis, comment avons-nous réussi à atteindre la Biélorussie ?

— Avec une dose de chance à peine croyable, hasarda Nigel qui s'était posé la même question quasiment en boucle ces douze dernières heures.

— Sérieux, vous croyez que ça aurait pu suffire ?

Nigel la regarda, soudain très attentif.

— Parlez.

— Il est doté d'une force surhumaine, Nigel. Nous avons gardé ça secret, mais... il est bien plus fort que quiconque sur Terre. Il pourrait défoncer les murs à coups de poing. Il pourrait arracher ses menottes et les portes en un instant.

— Alors pourquoi ne le fait-il pas ?

— Parce que... (Connie avala sa salive, la gorge nouée.) Parce que c'est un parfait imbécile. Mais aussi parce qu'il essaie de faire les choses comme il faut. Il ne veut pas que la situation empire.

Nigel cligna des yeux.

— C'est louable de sa part.

— C'est ridicule, oui, cracha Connie avant de se reprendre.

— Mais, Nigel, dit-elle en le regardant bien en face, s'il ne peut pas me voir..., s'il n'a pas le droit de me voir au moins une fois avant... avant, je crois qu'il va essayer de venir par lui-même. Je pense qu'il risque de faire tomber les murs – ça ne lui prendra qu'une minute – pour venir de force. Je crois qu'il risque de foutre en l'air tous vos plans.

— Vous plaisantez ?!

Connie secoua la tête.

— C'était notre plan. S'ils l'avaient autorisé à rester sur Terre, ensuite il se serait évadé. Et cette fois vous ne nous auriez jamais retrouvés.

— Nous vous avons trouvés.

— Non, on vous a laissés nous trouver.

Nigel poussa un gros soupir et regarda autour de lui. Les couloirs du Lims étaient déserts, tout le monde était encore dans la salle de commande, où avait lieu dans le plus grand silence une séance de débriefing psychologique dispensée par les plus effrayants salauds que l'armée et le MI5 avaient pu rassembler.

Nigel se pencha. Il dépassait Connie d'une tête.

— Vous êtes sûre de ne pas simplement avoir subi un lavage de cerveau ?

— L'amour, le lavage de cerveau, je ne vois plus la différence.

— Je risque de perdre mon boulot sur un coup comme ça, râla-t-il, le front soucieux.

Puis il y réfléchit.

— Et puis merde ! C'est bon.

Il ouvrit la porte.

Chapitre 32

Luke était enchaîné à un tuyau dans un coin de la salle de torture. Il avait la tête basse. Connie se dit qu'elle n'avait jamais vu quelqu'un de plus esseulé. Nigel regarda autour de lui.

— Quinze minutes, souffla-t-il. Et pas d'entourloupe.

— Merci, souffla Connie en lui agrippant la main. Merci beaucoup.

Elle fit un pas dans la cellule.

— Mon amour, murmura-t-elle.

Luke se retourna. Il ne parvenait pas à ajuster sa vue. Il ne dit rien.

— Je suis désolée, poursuivit Connie en approchant sans bruit sur le sol en pierre. Je suis vraiment désolée.

Ils restèrent longtemps à se regarder, simplement. Puis elle fut dans ses bras, sanglotant sur son épaule.

— Là, là…

C'était lui qui la réconfortait et non l'inverse.

Sa légère odeur de brise salée l'apaisait. Tant qu'il était là, l'espoir vivait, il y avait toujours une lueur d'espoir.

— Il doit bien y avoir un moyen, murmura-t-elle.

— Je ne veux plus en parler, répondit Luke. Plus maintenant.

Il lui caressait les cheveux.

— Dis-moi des choses sur toi, davantage de choses. Je veux tout savoir.

— Et moi, je veux tout savoir sur toi, lui dit Connie en écho. Pour être égaux.

— Bon, tu peux être 1, lui dit Luke avec un sourire. Et moi, je serai 0,9999 et ainsi de suite.

Elle lui rendit son sourire.

— Nous n'avons pas le temps, mon amour.

— Le soir est arrivé si vite, acquiesça Luke.

Il la serra plus étroitement tandis que le soleil poursuivait sa course inexorable, loin au-dessus des profondeurs de cette cave sans fenêtres, par-dessus le complexe d'astronomie, les télescopes, les champs, la ville.

— Reste juste assise avec moi. Raconte-moi encore la fois où tu as vu l'ovni quand tu étais petite.

Connie se blottit contre lui.

— Je n'ai pas vraiment vu un ovni.

— Je sais, mais raconte-moi quand même.

— Eh bien, c'était comme une soucoupe.

— Une soucoupe, qu'est-ce que c'est ?

— Une grande forme circulaire et aplatie.

— Et comment ça marcherait ?

— Par exemple, dans un vortex ça pourrait pivoter-tourner.

— Pivoter-tourner ! s'exclama Luke. Quel concept intéressant !

— Et ça a des lumières, tu sais.

— Des lumières, oui.

— Les extraterrestres ont besoin de lumières, poursuivit Connie. Blanches à l'avant, rouges à l'arrière.

— Pour qu'ils puissent facilement changer de voie de circulation spatiale et se plier aux signaux de la route galactique.

— Voilà, c'est exactement pour ça, approuva Connie.

— Et si un astronaute était descendu et avait dit « Venez avec moi, Petite Personne Chevelue », qu'aurais-tu répondu ?

— J'aurais dit oui, bien sûr. J'aurais dit oui sans hésitation. Toujours partante.

— N'importe quel vieil astronaute ?

— Oui, n'importe lequel aurait fait l'affaire.

— Bon, je crois que j'ai eu de la chance d'être le premier à passer par là.

— Je crois que oui.

Nigel toqua à la porte d'une manière pressante. Il avait attendu le plus longtemps possible.

— Il est bientôt l'heure, vous devez partir.

Connie se retourna, prise de panique.

— Vous ne pouvez pas faire ça. C'est impossible.

— Je suis désolé, ils vont arriver.

— NON ! C'est trop tôt…, beaucoup trop tôt.

— Cheveux, lui dit Luke en l'attirant à lui, calme-toi. Les mathématiques ne sont pas dans le plan temporel. Nous n'avons plus de temps, mon amour. Ce n'est pas grave.

— Je t'interdis de dire ça.
— Connie, s'il te plaît.
Le chagrin se lisait sur le visage de Nigel.
— Ils arrivent. Je ne veux pas… je ne veux pas qu'ils soient obligés de vous emmener de force.
Connie était blême, elle tremblait de tous ses membres. Elle vint vers Nigel et le regarda droit dans les yeux.
— Vous serez présent ?
Nigel détourna la tête.
— Si j'y suis obligé.
— Vous devez être présent, affirma-t-elle. Vous le devez. Il faut qu'il ait quelqu'un avec lui.
Nigel baissa les yeux, rongé par la honte.
— Je n'ai rien fait pour lui.
Dans le passage, les bruits de pas se rapprochaient. Un groupe d'hommes – Brian était parmi eux – apparut dans l'entrée, en tenue antiémeute, ce qui était ridicule puisque jusque-là personne n'avait pris cette précaution. Connie les examina, incrédule.
— Franchement ?
— Nous avons vu ce qu'il a fait au professeur, se justifia Brian. Nous ne voulons pas prendre de risque.
Connie recula.
— Vous devez partir maintenant, ajouta-t-il.
Luke se leva alors, oubliant complètement qu'il était menotté par la jambe à une tuyauterie. Il trébucha et arracha le tuyau dans sa confusion, brisant les menottes en deux. Les hommes poussèrent des exclamations étouffées en reculant, et plusieurs sortirent leur arme.

— Arrêtez, arrêtez ! leur cria Connie. Tout va bien.

— Je viens, dit Luke en levant les mains. C'est bon, je viens. Tout va bien, ne tirez pas.

— ATTENDEZ ! hurla soudain Connie.

Les hommes casqués se tournèrent vers elle.

— Dernières volontés ! s'écria-t-elle, tout excitée. Les dernières volontés ! Tout condamné à mort a le droit à une dernière volonté, je viens de me le rappeler !

— Je crois qu'on n'a pas le droit de fumer dans l'enceinte du collège, l'informa Brian.

— Une dernière volonté ! cria Connie.

Brian consulta Nigel du regard, et celui-ci haussa les épaules.

— Je crois que c'est valable, dit-il. Du moment que ce n'est pas… un hélicoptère ou un piano.

Chapitre 33

Les ombres avaient grandi sur la pelouse du collège, et le ciel était zébré de rose. Le bourdonnement métallique était de retour dans l'atmosphère, comme si un orage se préparait. Sauf que l'orage était déjà là bien sûr, l'orage était là depuis un moment, à les attendre.

Le Premier ministre faisait les cent pas dans l'herbe, et pendant ce temps ses attachés de presse à Londres devenaient fous à force de chercher des moyens de justifier son absence alors qu'il pleuvait des météores à tour de bras. Anyali consultait sans arrêt son téléphone, bien qu'elle soit incapable de lire ce qui s'y trouvait. Kathy était appuyée contre un mur et échangeait avec flegme des ragots de caserne avec les chefs d'états-majors – rien ne laissait paraître une nervosité de sa part. À l'inverse, le vice-amiral consultait compulsivement sa montre.

Personne ne regardait en direction du mur du cloître à l'autre bout, où un petit poteau noir avait été érigé.

Les cloches de Cambridge égrenaient les heures : 19 heures, 19 h 30, 20 heures. Le ciel s'assombrissait, la lumière baissait. Soudain, de l'autre côté de la pelouse, une antique porte en bois s'ouvrit en grinçant. Tout le monde sursauta. Le Premier ministre déglutit bruyamment. Anyali se précipita.

C'était Nigel, l'air contrit. Il s'avança et expliqua aux personnes présentes l'idée retenue pour la dernière volonté du condamné. Avec un soupir, ils acquiescèrent néanmoins.

— Du moment qu'ils comprennent que s'ils tentent quoi que ce soit de louche, prévint le général, y compris si le gros se met à crier des slogans contestataires, ils courent le risque très concret de se faire tirer dessus.

— Je m'assurerai que ce soit bien clair, monsieur.

Et c'est ainsi que lorsque Luke arriva une demi-heure plus tard (on lui avait proposé un bandeau, mais il avait poliment décliné l'offre en expliquant que sa vue n'était pas assez bonne pour qu'il en ait besoin) il était entouré de ses amis.

Arnold marchait fièrement en tête d'un pas lent, la tête relevée. Connie était à droite de Luke, et Evelyn à sa gauche. Ils avaient interdiction de le toucher, mais lorsqu'il trébucha malencontreusement sur la marche séparant l'herbe de l'allée elles tendirent instinctivement la main, et on les laissa faire.

Sé était derrière. Un peu plus tôt dans la pièce commune, Sé et Luke s'étaient retrouvés face à face.

— Je ne voulais pas que ça finisse comme ça, avait affirmé Sé avec raideur.

— Moi non plus, avait répondu Luke.

Puis après une pause il avait demandé :

— Acceptes-tu de m'accompagner, Sé ?

— Oui. Oui, je t'accompagnerai.

Et à côté de lui Ranjit sanglotait en titubant comme un enfant exténué.

Luke fut conduit jusqu'au poteau noir au bout de la pelouse du collège, alors que les derniers rayons de soleil désertaient les fenêtres à croisillons des pièces où Connie avait rêvé d'une mer d'étoiles.

Les hommes en tenue antiémeute leur firent signe de reculer jusqu'au bord du gazon, et Luke continua seul. Ranjit s'était mis à pousser de grands gémissements entrecoupés de hoquets.

Connie fut la dernière à quitter Luke. Le visage baigné de larmes, elle ne quittait plus des yeux son visage baissé.

— Mon amour. Mon chéri. Mon Luke. Regarde-moi, regarde-moi.

Il la regarda.

— Toujours, promit-il simplement. Ma Constance. Ma constante.

— Ne m'appelle pas Constance, dit Connie d'une voix étranglée. Appelle-moi Cheveux.

— Cheveux, dit Luke d'une voix si douce qu'on aurait dit qu'il s'endormait. Adieu, Cheveux.

Elle secouait la tête alors qu'il lui caressait une dernière fois la joue. Elle ferma les yeux, et ses larmes coulèrent le long des doigts de Luke. Seule Anyali qui observait attentivement la scène remarqua ce qui se passa alors : Luke baissa la main, et elle entra dans la main de Connie. L'espace d'un instant, elles furent totalement fusionnées, et une sorte de petite étincelle sembla se communiquer à Connie. La douleur sur le visage de la jeune femme s'effaça brièvement. Il était maintenant impossible de voir les limites de leurs mains respectives. Abasourdie, Anyali porta la sienne à sa bouche.

Dans l'air, l'électricité statique crépita d'une manière inquiétante. Inutile de se demander de quoi il s'agissait : ils étaient là.

— Il est temps, annonça Nigel à Connie.

— Non.

— Il est temps.

Pour finir, il dut soulever Connie en lui attrapant les bras, tandis qu'elle se débattait frénétiquement. Puis elle s'écroula en pleurant dans les bras de ses amis.

— Je ne peux pas regarder, dit-elle.

— Tu devrais, lui dit Evelyn, toujours pragmatique. Il a besoin de te voir.

La pression atmosphérique était devenue presque douloureuse, les oreilles se bouchaient, le malaise était général.

Le Premier ministre s'avança. Il avait envisagé de faire un petit discours de circonstance, mais Anyali l'avait convaincu que ce n'était pas le moment. À la place, lorsque les hommes se placèrent en position de tir, il dit simplement :

— J'espère que la prochaine fois que deux grandes civilisations viendront à se rencontrer… nous pourrons au moins essayer de nous comporter de manière civilisée.

Il fit un signe de tête au général, qui salua puis cria :

— Armes ! Visez !

Tout alla sans doute très vite, mais cela sembla terriblement lent pour les gens qui étaient présents. Connie, n'y tenant plus, échappa à ses amis et s'élança sur la pelouse, juste au moment où le général abaissait la main en donnant le signal « FEU ! » Sé se précipita pour la pousser hors du champ de tir.

La première des soixante-quinze balles à expansion lui déchira l'épaule alors qu'il était encore en plein bond. La deuxième le toucha à la jambe.

Les quatorze suivantes atteignirent Luke en passant par-dessus le corps avachi de Sé qui était retombé sur Connie. La pelouse était constellée de rouge vif. Connie, poussant des cris à réveiller les morts, se dégagea pour voir Luke. Mais il n'y avait plus de Luke. Ou plutôt il y avait encore sa silhouette dans l'air, un simple contour. La première balle avait fait exploser le contrôle de sa forme humaine, le précipitant dans son aspect majestueux et transparent que seule Connie connaissait. Quant aux autres, cette apparition les effraya et les laissa sans voix. Et Brian baissa immédiatement et sans hésitation son arme. Mais cette forme n'étincela qu'un instant dans le crépuscule, avant de s'évanouir, laissant place à un mur d'eau salée, une fontaine qui cascada jusqu'au sol, où elle se mêla au sang rouge vif de Sé sur l'herbe verte brillante de rosée.

Peu à peu les crépitements des armes et l'électricité statique qui signalait la présence extraterrestre se dissipèrent, et soudain, après ce temps chaud et ces nuits de tempête, une pluie d'été anglaise se mit doucement à tomber.

Chapitre 34

Dix-huit mois plus tard

Arnold s'éventait ; habillé d'une chemise blanche brodée, il avait l'air très mal à l'aise.

— Mais il y a combien de personnes ici ? Des milliers ! Je n'ai jamais vu autant de monde. Rien que pour les hors-d'œuvre, ça doit coûter une fortune !

— Tu veux bien te taire ? lui demanda Evelyn. J'essaie de faire preuve de respect.

— Et puis il y a plein de femmes magnifiques ici, poursuivit Arnold. Et sans doute n'ai-je même pas le droit de leur parler. Je parie que j'aurais fait partie d'une bonne caste.

Il avait l'air mélancolique.

— Sérieusement, tais-toi, le gronda Evelyn. Si je dois répondre encore une fois à quelqu'un qui nous demande si nous sommes mariés et où sont nos enfants, je vais devoir casser quelque chose.

Arnold gémit.

— Ça dure combien de temps, ce truc ?

— Trois jours.

— Eh ben, en tout cas, si après ça je n'ai pas perdu quelques kilos c'est un cas désespéré, dit Arnold, les yeux baissés sur sa bedaine.

— Oh non, je crois que tu vas adorer la nourriture ici !

Il y eut un froufrou de tissus dans le temple, et, sous les yeux émerveillés des nombreux invités qui poussèrent des cris de joie, Ranjit parut, assis sur un fauteuil doré porté par six membres de sa famille. Il portait une veste en brocard doré avec un galon composé de ce qui semblait être des pierres précieuses, et un couvre-chef assorti. Aux pieds il avait des mocassins Gucci, et plusieurs guirlandes de fleurs lui ornaient le cou. Il souriait d'une oreille à l'autre.

Il repéra vite ses amis dans la foule (ce qui n'était pas difficile, fit remarquer plus tard Evelyn) et leur fit des signes frénétiques en articulant : « Et vous ne l'avez pas encore vue ! »

Evelyn avait en fait déjà rencontré la future épouse à la cérémonie des tatouages mehndi. Rupi était une petite jeune femme de vingt et un ans au rire facile, et pour elle Ranjit était l'homme le plus intelligent et le plus drôle qu'elle ait jamais rencontré. Ranjit avait obtenu un poste de professeur à l'université de Bombay, et ils étaient tous les deux très impatients de se marier.

Evelyn s'installa confortablement pour apprécier les subtilités de cette longue cérémonie. Elle regarda ses mains décorées de délicats dessins au henné qui formaient une dentelle sur sa peau. Elle se tourna vers Arnold d'un air pensif.

— Tu n'as pas eu de nouvelles de… ?

Arnold sursauta.

— Mais si ! Si, si !

— Et tu comptais m'en parler quand ?

— Je suis complètement assommé par le jetlag, se défendit Arnold en soulevant sa chemise pour fouiller dans la vaste banane qu'il s'était attachée à la taille.

— Euh… tu peux éviter de faire ça, Homer Simpson ? se plaignit Evelyn en se cachant les yeux.

Mais Arnold avait déjà trouvé la carte postale qu'il cherchait et la lui tendit.

C'était une photo de quelques cabanes vivement colorées dans la neige. Le timbre était russe. Sous la chaleur de Bombay, Evelyn trouvait dur à croire que quelque part dans le monde il fasse un froid de canard. Depuis l'explosion lunaire, les marées avaient diminué d'amplitude, et des observations scientifiques montraient que cela avait un effet positif sur le Gulf Stream. Mais par contrecoup les zones froides restaient très froides.

— Et comment elle va ? murmura Evelyn tandis que la cérémonie se poursuivait. Comment ça se fait que tu aies des nouvelles et pas moi ?

— C'est moi qui lui envoie du boulot, lui rappela Arnold. On continue à déchiffrer, tu sais.

— Incroyable.

Evelyn était repartie au Caire dès que la situation politique s'était stabilisée. Elle avait assez vu l'hémisphère Nord. Arnold était resté.

— Mais que fait-elle là-haut toute seule ?

— Oh, elle n'est pas seule ! Il y a une Russe avec elle, Galine, quelque chose comme ça. Bref, elle vit avec une femme.

— Elle est vraiment ouverte d'esprit.

— Non, non, rectifia Arnold, c'est une personne qu'elle connaît et qui est malade. Elle prend soin d'elle. Je crois que ça se passe bien. Elle pêche un peu. Elle a une vie tranquille.

— Je n'arrive toujours pas à croire qu'elle soit sortie de prison. Qu'on soit tous sortis de prison, d'ailleurs.

— Eh, en gros on a sauvé le monde, merde ! s'excita Arnold. Enfin, au bout du compte.

— Hmmm. Chut, c'est le meilleur moment.

Bien plus haut que le cercle polaire, il y a un minuscule village de pêcheurs appelé Tarana, et parfois les baleines viennent se réfugier tout près de là, en été. Il faut avoir de la chance, ou beaucoup de patience, mais pendant les longues nuits éclairées, quand le sommeil ne vient pas, on peut enfiler sa parka, emporter une tasse isotherme fumante, et un chien éventuellement – sans doute un chien perdu sauvé d'un laboratoire –, et aller s'asseoir près d'une des nombreuses criques où la glace a fondu. Et puis on attend.

Et si on est patient, et chanceux, alors parfois on peut voir une baleine, parfois même tout un troupeau de baleines.

Elles plongent et tournoient joyeusement dans l'eau glacée, dans leur élément. Leurs grandes formes lourdes sont libres et légères, gracieuses dans la lumière blanche et froide. Elles plongent, éclaboussent et nagent, agitant leurs grandes queues. Heureuses, libres et à leur aise. Et la fille avec le halo de cheveux rouges est assise près de l'eau et les observe. À côté d'elle il y a un faire-part de mariage oublié par terre.

Et dans sa paume elle fait rouler un étrange filament de lumière scintillante, qui ne faiblit jamais.

Alors que la cérémonie allait commencer, un vieil homme remonta l'allée centrale du temple en boitant et s'arrêta près d'eux. Evelyn remarqua qu'il lui manquait deux doigts à chaque main.

— Excusez-moi, dit-il avec un fort accent. Je crois qu'il est prévu que je m'assoie ici ?

Ils se levèrent aussitôt.

— Monsieur Weerasinghe, le salua Arnold, Ranjit va être ravi que vous ayez pu venir.

Et juste derrière eux apparut Sé. Seule une légère raideur au niveau de l'épaule et de la jambe trahissait ses blessures. Il regarda autour de lui, il n'arrivait pas à perdre cette habitude.

— Elle ne viendra pas, l'informa simplement Arnold en lui passant la carte postale.

Pour finir, Galina parvint à faire changer d'avis Connie.

Le petit rickshaw se déplaçait à vive allure et avec beaucoup d'adresse dans les rues bondées de la ville.

Naguère, une telle expérience aurait inquiété Connie – ou peut-être aurait-elle été exaltée.

Le petit homme sec et musclé la déposa devant la porte du temple avec un grand sourire, et elle lui donna un généreux pourboire.

— Pourquoi si triste, jolie madame ? lui demanda-t-il.

Connie se contenta de lui adresser un sourire amical. Elle ne pensait pas qu'il souhaitait vraiment le savoir.

Devant les portes du temple, elle prit une grande inspiration. Le bruit, la richesse des couleurs et des odeurs de Bombay étaient presque trop envahissants pour Connie, habituée à une vie très tranquille. Naguère, elle en était persuadée, elle aurait adoré cet endroit. Et Galina l'avait poussée à venir, à être présente pour ses amis, qui avaient été là pour elle et pour Luke, qui leur avaient fait confiance et ne les avaient jamais laissés tomber. Ils avaient risqué leur vie pour elle. Elle serait là pour eux. Et elle savait qu'ils comprendraient, ils avaient vécu quelque chose de similaire de leur côté. Ils allaient se serrer dans les bras, rire, pleurer, parler de tout ça, et au moins pendant un court moment, au moins pendant la durée de son séjour, elle pourrait se rappeler.

Elle rajusta sa tunique en coton, prit une autre inspiration et actionna la grande poignée du temple pour ouvrir la porte.

Transcription de
Nom : LUKE BEITH
message à Sen.1678
vaisseau patrouille 6.4.8.556

Je n'ai qu'une chose à dire. Je me fiche de ce que vous allez me faire. Je n'ai pas envie d'inciter à la révolution, ni d'être considéré comme un sauveur, ni de servir d'exemple. Tout cela m'importe peu. Je ferai ce que vous voudrez. Ce qui est nécessaire pour la paix. Mais laissez la Terre tranquille. Partez. Épargnez-la. Je ferai ce que vous voudrez sans opposer de résistance. Je m'y soumettrai. Je ne fuirai pas, je ne braverai pas l'autorité. Mais partez. Je vous en prie. Partez. Épargnez-la. À n'importe quel prix.

/fin du message

Norvège
Mer du Nord
DUBLIN
Irlande
Royaume-Uni
Felixstowe
Pays-Bas
Hanovre
AMSTERDAM
LONDRES
BRUXELLES
Belgique
Luxembourg
Tunnel sous la Manche
PARIS
BERNE
Suisse
France
Golfe de Gascogne
500 km

Le périple de Connie et de Luke

latitude 52.2° N; longitude 0.11° E, longitude 4.13° E, longitude 21.01° E, longitude 29.26° E

Remerciements

Je tiens à remercier avant toute chose le docteur Edmund Harriss, mathématicien, artiste et professeur à l'Université de l'Arkansas, et Alex Bellos pour m'avoir recommandée à lui. Le regard et les suggestions d'Edmund sur ce livre m'ont beaucoup aidée. Chaque fois que j'ai eu du mal à comprendre un concept mathématique, c'est que j'ai quitté la route qu'il avait tracée.

Au cours de l'été, Edmund a été très occupé à – êtes-vous vraiment prêt à accueillir une telle révélation ? – l'invention d'une nouvelle courbe ! Bien sûr, vous vous demandez qui peut faire des trucs pareils. Celle que l'on nomme Harriss Spiral est extraordinaire tant par sa beauté que par son intérêt sur le plan des mathématiques.

(Pour en savoir plus, rendez-vous sur maxwelldemon.com)

Durant cette période, j'ai également reçu le soutien du brillant et talentueux Wren Robson, consultant en mathématiques appliquées, qui m'a fourni une bonne partie de la matière grise de ce livre. Un grand merci aussi à l'elfique James Harkin qui a pris le temps de nous rassembler alors même qu'il était occupé à déchirer sur Only Connect.

Merci à Tim Holman et à son équipe géniale qui nous ont réservé un accueil très chaleureux chez Orbit, ainsi qu'à Gemma Conley-Smith, Joanna Kramer et Mrs Anna Jackson, ma merveilleuse éditrice avec laquelle j'ai eu plaisir à travailler.

Je remercie également toute l'équipe de Little, Brown and Company : Ursula McKenzie, David Shelley, Charlie King, Emma Williams, Victoria Gilder, le service commercial, Hannah Wood et tous ceux qui ont relevé le défi de prendre mon parti quand j'ai dit : « Alors voilà, j'ai quelque chose d'un peu différent à proposer. »

Que soient également remerciés ici les Abeilles, le comité, Deborah Schneider et Mallory, D., Marcus Gipps, Tom Holland, les copains, la famille… Spéciale dédicace à la mafia DW – Paul Cornell, Albert de Petrillo, Rob Shearman, Matthew Sweet, Lee Binding, Tom Spilsbury, Gareth Roberts, Justin Richards, Mark & Cav et tous les autres ; merci pour votre bienveillance, vous m'avez appris comment évoluer en sécurité dans un univers de science-fiction.

Enfin, un immense merci à la décidément merveilleuse Jo Unwin à qui j'ai prétendu un jour, alors qu'elle se proposait gentiment de devenir mon agent, que je ne devrais pas poser trop de problèmes.

Achevé d'imprimer en Italie par LEGO en avril 2020
Dépôt légal : juin 2020
9383570-1